JOYCE CAROL OATES

天堂的小鸟

[美]乔伊斯·卡罗尔·欧茨　著
陈腾华　译

新　华　出　版　社

图书在版编目（CIP）数据

天堂的小鸟/（美）欧茨著；陈腾华译
北京：新华出版社，2015.3
书名原文：Little Bird of Heaven
ISBN 978－7－5166－1657－4
Ⅰ.①天… Ⅱ.①欧…②陈… Ⅲ.①长篇小说—美国—现代
Ⅳ.①I712.45
中国版本图书馆 CIP 数据核字（2015）第 087256 号
著作权合同登记号：01－2014－0938

天堂的小鸟

作　　者：（美）乔伊斯·卡罗尔·欧茨　　**翻　　译：**陈腾华

出 版 人：张百新　　**封面设计：**李尘工作室
责任编辑：曾　曦　　**责任印制：**廖成华

出版发行：新华出版社
地　　址：北京石景山区京原路 8 号　　**邮　　编：**100040
网　　址：http：//www.xinhuapub.com
http：//press.xinhuanet.com
经　　销：新华书店
购书热线：010－63077122
中国新闻书店购书热线：010－63072012

照　　排：新华出版社照排中心
印　　刷：北京文林印务有限公司

成品尺寸：145mm×210mm　1/32
印　　张：12.25　　**字　　数：**320 千字
版　　次：2015 年 12 月第一版
印　　次：2015 年 12 月第一次印刷

书　　号：ISBN 978－7－5166－1657－4
定　　价：32.00 元
图书如有印装问题，请与出版社联系调换：010－63077101

第一部

1

我心中的思念，已经是很久以前的事了。

“克丽丝塔，我不能陪你进去了。但我答应你，等你安全进去后我再走。”

11 月的一个傍晚，我们沿着一条位于纽约州南金玛郡西斯巴塔市偏南方向的河流——黑河在雾中行驶。很长时间以来，蜿蜒流淌的黑河一直笼罩在雾中。

雨中，一股带着金属垃圾的气味扑鼻而来。

我们，斯巴塔的儿女们，永远的儿女们，无论什么年龄，都一直与这些气味相伴，陪伴着这些气味、烟味和酒精生活。我们已经不感觉这气味难闻，相反，这些熟悉的气味对我们具有高度的吸引力和诱惑力。

沿着河流开车送我回家的这个男人是我父亲爱德华一迪尔尼，也叫“爱迪一迪尔尼”，一个在斯巴塔声名狼藉的名字。直到那天夜晚，“爱迪一迪尔尼”还应该是我的父亲。就在那天晚上，地方执法官员临时组成的枪队在 10 秒钟内莫名其妙地对着他连射 18 发子弹，置他于死地。

爹地沙哑的嗓音总带着些许嘲弄味道。但假如你是女儿，你会喜欢这种嘲弄，因为你知道这是爱的表现。

“猫咪，就说堵车，莫要太认真了。”

我笑了。只要是爹地说的，我总会笑着说没问题。

即使不是什么问题，只要是爹地说的，你得立即反应。如果你不这么做，爹地会瞪着你，既不皱眉头也不对你笑，只会用肘捅捅你说“呃？对吗？”

当然，爹地送我回家的时间晚了点，他的漫不经心耽误了一些时间。没错，我是被带回家的，而不是坐校车回家的。

漫不经心是爱迪－迪尔尼的行事风格，他对这一点从来不加注意。

在那个 11 月的夜晚，爹地带我朝那个称之为家的屋舍开去。爹地被我母亲赶出家门，这给他造成了极大的伤害。不久之后，他就被执法枪队打死了。

我们家住在河滨道的一座两层楼的白色木屋里，与这里其他楼房没有区别。这座木屋对我父亲来说颇为珍贵，或者说曾经颇为珍贵。这是一座爹地亲手参与建造的屋子，一座他亲自监督封顶和粉刷的屋子，北面裸露的一边油漆开始剥落，百叶窗和窗花需要维修了。几年前，赫金玛郡刑事法庭家庭事务部发布一纸文件，把爱德华－迪尔尼赶出了这个家（这个文件确实存在，但哥哥和我都没有看到，被母亲藏在她法律文档的某个地方了）。

母亲藏起此类文件的目的是担心我们看到。其实这个担心毫无道理，但按她典型的思维方式，怕我和哥哥中的一个，最有可能是我会有别的想法，会把文件撕掉。我不是母亲认为的那种乖乖女，至少我当时不是。此刻，我把自己交给了这个漫不经心的男人。猫咪，在你平安进门之前我不会开车走的。

从父亲的举动中，我不明白我的安全会遭受什么危险，爹地没有明说。

我太感动了，因为爹地叫我猫咪。我已经有一段时间没有听到小姑娘时代的这个称呼了。

我知道父亲在看着我，所以也瞟了他一眼。两年前，我 13 岁，是八年级学生，比现在（15 岁）矮一两寸，虽然还不能称做青春少女，但也不再是小姑娘，可毕竟还是个孩子，年龄摆着呢。我和两个八年级的女生一路尖叫，一路大笑地跑着，穿过离学校几个街区的市中心街道。突然，一辆拖车故意冲向我们，（一个年轻男的）司机不停地追逐我们，戏弄我们。车开得很快，他（鲁莽地）贴近路边排水沟，冲起水花溅在我们的光腿上。踏上人行道之后，我们觉得安全了，就大笑起来，笑得几乎喘不过起来。戏谑的恐怖过去了，我偶然看到一个男的正准备爬上停在路牙子边上的轿车。他一直在盯着我们，盯着我们湿漉漉的光腿和衣服。从侧面看，这男的满头赭红色的浓发。我没有停下脚步，我们都没有停。刹那间，我感觉到那是爹地？

后来，我想不会的。那个人不是爹地，这辆车我并不熟悉。

我没有朝后看。当一个成年男子盯着你看时，一个 13 岁的孩子是不敢朝后看的。

两年前的那天下着雨。下雨是斯巴塔常有的事。从安大略湖到北部和西部（我是从地图上了解到的，我喜欢地图，喜欢按图思索。这些湖就像美妙的云团，一块一块地连接在一起，形成了美轮美奂的名字：安大略湖、伊利湖、休伦湖、密歇根湖和苏必利湖。父亲曾经答应我，等有一天得空，就带本杰明也就是我的哥哥和我去做一次“游艇旅行”）。天空上布满雨云，大块的雷雨云就像坏孩子在变魔术，随时都可能出现。

如此景致，如此家庭。

那天晚上也在下雨。狭窄的呼隆派克路上，一片漆黑，能见度极低。薄雾宛若隔世的墙从爹地车前掠过，强烈的车头灯白色光束也被雾气吞没。在如此恶劣的驾驶条件下，你可能会不记得身处何地，路向何方，又是为何而行。路两边，稀疏的屋舍在雾中若隐若现。黑暗中，隐隐可见的邮筒像一只悄然探出的手臂。突然，我冒出一句话：“爹地，你看……？”父亲还没回过神来，碎石车道尽头雾中显现出了我们家的邮筒。爹地哼了一声，他当然知道我住在哪里。

爹地会转入我家车道吗？那条长长的积水车道一直通向黑暗之中，就像在讨厌的黑暗中通向我们家的一条隧道。这条车道到处是淡白反光的积水坑，在车上很难辨认。我看到家里客厅窗户里只有微弱的灯光，楼上漆黑一团。可能家里没人，但我知道母亲一定在后屋，在她最常待的厨房里。假如本在家，他会在后屋楼上自己的房间里。

在父亲搬出之前，在法庭的文书把他扫地出门之前，他把我们家阁楼漏水的斜木瓦顶重修了一遍，也把地下室的部分电缆线重新换了一遍，加固了通向房屋的阶梯。在生意场上，他是个木匠，是个优秀的技师，也曾经是斯巴塔建筑公司的工头。

屋子里的每一个角落，楼上楼下，到处都是爹地留下的木工活。事实会让你认定爱德华－迪尔尼对家庭的忠诚。

爹地没有驶进车道，他把车停在路边。

我隐约听到他嘟哝道，去他妈的，我才不呢。

假如他把车驶进私家车道，他会觉得太靠近令他羞辱之地，这个他被驱赶之处，这个他受到伤害之处，恼怒之处，他时不时有谋杀者感觉的恼怒。太危险了，因为法令使他从这片房产扫地出门。他的呼吸充满了威士忌味，涨红的脸上充满炽热的愤怒之火。

作为这个男人的女儿，一个自出生以来就生活在呼隆派克路的孩子，他呼出来的威士忌味儿没有令我不安，反而感到很舒服。你不觉得奇怪吗？（母亲一直不知道我的这种感受，也不必知道）这是一种危险的舒服，但对我来说，是一种熟悉的感觉，是爹地的味道。

爹地胡子拉碴的下巴靠过来，在我的嘴角深深地亲了一口，令我瘙痒难禁。爹地举止冲动而且笨拙。他就像那些常年形成习惯的男人一样，最终因为不敢相信自己的判断能力，不敢相信自己的感觉，从而再不敢相信自己的习惯。尽管爹地的吻有点粗暴，有点重，他专注的吻令我久久不能忘怀。爹地推开我，我俩都满脸通红。

“晚安，猫咪。”

不是说再见，而是说晚安，这令我不安。

雨好像下得不大，但当我爬下车朝家跑去的那一瞬间，冷风骤雨袭来，打湿的落叶疯狂地扑向我。我低着头笨拙地跑着，呼吸急促又很想笑。我手里抓着的背包打在腿上，几乎把我绊倒。笨！

我不敢想父亲是不是在看着我。半道上，我还是忍不住回头看，说不出理由，一直看着父亲红色的车尾灯消失在雾中。

“爹地！晚安……”

你一定会想到他的承诺，一直等到我安全进入家门。

你一定会想到我很失望，很受伤。但是，我就是不想感到惊讶，感到失望和感到受伤。你不要误解我。我从来不会以一个女儿的感觉去判断父亲的冲动和无情，不会像别人那样误判。我不想太零碎地记住那些微伤、误解以及这个男人身上某些粗心大意的举动。他脑子里有太多其他事要想了。这个男人已经加快沉沦，难以抗拒地进入了他死亡的轨道。他的沉沦超出了1987年那个雨夜水坑泛光的碎石车道的长度。当时，我15岁，渴望着我真正人生的开端。

2

耻辱像一把箭弯弓射出，直指我心。

那耻辱裹在最轻的责备声里。如果你是一个不理性的观众，你会认为这是一幕电视喜剧，有趣，好玩。

“克丽丝塔，你和他在一起，对吧？”

母亲没有刻意说“他”。有如电视上的妈妈轻责的声音里，“他”平缓如凝石。

她不是责问，她在声明，在谴责。

“如果你不想坐校车，如果你想到除你之外的其他人，比如和他在一起，至少你该打个电话。你知道那……”

那是我所担心的。母亲的话让我感觉受到侵犯。

而一位母亲的荣誉受到了伤害。别以为一位母亲的爱是无条件的。

雨中冲刺使我呼吸急促，头发散乱，但母亲的话令我恼怒。我踢掉脚上的靴子，笨手笨脚地把外衣扣在门边的衣钩上，真想撕破它。这是一件时髦的紫色人造丝外套，奶黄色的里子。不久前，我还很喜欢，现在却觉得它低档了，不值得喜欢。我尽量避免和母亲冲突，不想直视她责备且如释重负的眼神。其实，她真的担心我，不知道我去了哪里，生气了。父亲在重修厨房时，在橱柜上方的方形窗户做了一个透视的花样，从天花板投下来的光线中让人觉得彼此相像，说不出谁是母亲，谁是女儿。母亲故作平静地说：“克丽丝塔，看着我说，你是不是……和他在一起?”

是说他，不会错的。

背包肩带缠在我脚上，我把它踢到一边，脸上毫无表情地喃喃道：是。我不能对母亲撒谎，她太了解我叛逆的心了。她盘问什么我说什么。我有点内疚地重复着但不无挑衅地说：“是啊，我和……爹地在一起。”爹地是小女孩的叫法，本已经多年没有叫过爹地了。

“在什么地方，和‘爹地’在一起?”

“车上看不清是什么地方。”

“看不清?”

“沿着河开，没有去特别的地方。”

但确实很特别，因为就我和爹地两个人。

背叛是很伤人的事，背叛是最深层的痛。当爱已经不在，背叛是爱的残留。

母亲的名字叫鲁西尼，没有人叫她“露西”。她对权威极为敏锐。这时候，一种脆弱的权威感在支配着她，折磨着她，随着我的长大不断加强，就像现在这种时候。在最随意的交谈中，她也会提出令人费解的要求，似乎从来也没有使她完全满足过。自从鲁西尼的丈夫被迫离开了我们，她的要求变得越来越难满足了（现在叫前夫，也就是我的父亲，他最终离开了我们。我从来也没有弄明白，本和我一样也弄不明白）。

“‘不知道什么地方’是不是也包括停车喝酒？你可能忘了这茬事了吧？”

“哦……”我得解开母亲给我下的套。她就站在我身边，我没有理由不看着她，“在31号公路边上的乡村一线餐馆，靠近拉毗兹桥。”

“乡村一线餐馆。他带你去的？”

母亲的眼睛瞪得像铜钱一般。她拥有我的监护权，不准备把我交出去。

“克丽丝塔，为什么不给我打电话？那地方没有电话吗？你要知道我在等你回来。”

“妈，我打过。我一直在……”

“没有。我一直在家。4点15分以后我都在家。我能听到电话铃声。”

“妈，我打的时候，家里电话一直是忙音。我试了两三次，一直是忙音……”

是真的，我从乡村一线给母亲打过电话，但我只试了两次。一直是忙音，后来我就放弃了，也忘了拨第三次。

母亲说着，口气软了下来。可能她当时是在通电话，但只有几分钟，也可能错过了我的电话。“我打了南希的电话（南希是我的同学，她住在斯巴塔，我有时候会在她家过夜），我想知道你会不会在她家，或者她知道你在哪里。她说不知道。”

“妈！我的天，你为什么要打电话给南希？”

“克丽丝塔，不要在我面前说亵渎神明的话，那是不敬和粗俗的。只有你父亲会这么说，甚至更粗的话。可我不想听到从我的女儿嘴里说出这种话来。”

妈呀，去你的。这样的话就是我的话。

我的心不悦地跳着，在母亲眼里我还是个孩子。其实我早就不是小屁孩了。

“他喝得凶吗？很凶吧？”

“没有。”

“他在开车，酒醉后？”

我厌恶地转过脸，不想对母亲说更多有关父亲的事。我已经说过父亲的情况了。

温暖的厨房里摆着一个油光闪亮的枫木碗柜，厨房门是用铜合叶固定的；厨台的台面是用土黄色的弗米卡防热薄板做成的。在通向二楼楼梯的拐角处放着一个总是渗出霉味的壁橱。我和母亲心情凌乱地走出厨房。对视中，母亲紧贴近我，在我脸上呼气，呼吸中透出一股酸楚，很酸的味道。

鲁西尼并不饮酒，但她经常使用一种说不出名堂的防身处方药叫“迪亚呋拉”，我说不出是什么东西。

“克丽丝塔，你这会儿要去哪里？为什么要急匆匆从我身边走开？”

“妈，我没有。我想去洗手间。我的衣服湿透了，想去换掉。”

“他让你淋着雨跑？难道他没有带你到门口来吗？”

“妈，‘禁令’不许他进来。如果他靠近这间屋子会被捕的。”

“如果他违反禁令，他就该被抓起来。他都做了什么？没有经过我的允许，也没有告知就到学校接你。光醉驾一项他就该被捕。”

我想用微笑安抚她，但我不想接近她，害怕碰到她灼热的身体，想绕过她悄悄地走开。

我经常会对自己的某种本能感到震惊。我有一种病态的感觉，母亲不像以前那样高大了。就像变魔术一样，我长高了，也变得更加莽撞。我硬硬的乳房开始像婴儿的拳头，乳头长得丰满许多，草莓色的，很敏感。我现在戴柔软的 32A 的白棉“胸罩”，穿胯部加厚的白棉裤子。我大概每隔 4 周来一次“月经”，这种现象令我又惊又喜，母亲却为此紧张。她知道我的身体发生了变化，知道土红色的渗漏从我双腿之间的那个紧小的孔中喷出来。

我站在楼梯底层的某一级上，母亲走上来站在我的身边尖声对我说话，但我不想听。令人真不愉快！在学校，哪怕是最好的朋友，只要靠得太近，也会被我轻轻地推开。我有点迷糊了，好像母亲就要掴我一掌，或许有人已经掴了我一掌，或者是有人在我嘴角重重地亲了一口？男人毛刷般的吻刺疼了我。

我想要做的是离开这个女人，去期待那种亲吻，从那种亲吻中积聚力量。我在镜子中凝视着火热的脸，想看看那亲吻有没有留下印记。

猫咪，爱你！你懂的，呃？

你的老爹让你们受累了，你和你哥哥。但你老爹一定会补回来的。你懂的，呃？

是的，爹地“醉酒”，但又有哪个男人不喝酒呢？在斯帕塔我熟悉的人中，父亲亲戚中的男人没有一个不喝酒，除非是那些因为酒精过敏而禁酒的一两个人。

告诉你妈我爱她，永远不会变。

“……我现在有你和你哥哥。克丽丝塔，别对我瞪眼，真是这样的。你是我们的家庭成员，你对我很重要。他并不爱你，只是在利用你，好让你回到他身边。‘愿上帝宽恕我，我要报复’，这是你父亲的老伎俩。他和他的兄弟们等着看你的笑话呢。迪尔尼家族全是善于报复的人。他们都不是值得信任的丈夫、父亲和朋友，但是很棒的敌人，是很好的对手。”母亲稍作停顿后开始炫耀口才了（我很多次听到我母亲和她的女性亲戚说起她的口才）：“他到学校接你，对吧？克丽丝塔，坐在酒鬼车里很危险。他曾经因为危险驾驶被捕过，我希望他的驾照被永远吊销。他害过别人，也会害你的。他伤害过你，可你毫不在乎。克丽丝塔，难道你不明白这个人是奸夫吗？他背叛的不仅仅是我，他背叛了我们所有人。你也知道，他伤害了那个女人。他是……”

我哽咽着推开她，不想听到她说出谋杀那个可怕的字眼。

我推开她，让她失去控制。她用手在我头侧拍过来，两下，很重。鲁西尼这些年很少这样做。她再也不是“爱德华－迪尔尼太太”了，她重新改回“鲁西尼－鲍尔”这个姑娘时代的正式名字，她为之骄傲的名字。像所有的鲍尔家族人士一样，鲁西尼－鲍尔不愿意表露出她脆弱的一面，这一点和别的人毫无二致。

她瞪着铜褐色的眼睛，着实把我吓了一跳。她老想用她的铁爪抱住我，把我的手臂困住。你可听到过用如此邪恶的方法“抱住”一个不受羁绊的儿童和自我为中心的儿童吗？这种感觉对我来说太可怕了，吓死我了，我受不了啦。我受不了母亲酸酸的呼气，受不了她身上熟悉的爽身粉味，还有那种又大又软的胸脯紧贴我的感觉和出奇强硬的手指……“放开我，我恨你。”我惊慌地跌跌绊绊地向楼上跑去。我真的摔倒了，还擦破了膝盖。我强迫自己爬起来继续跑，就像惊慌失措的小动物逃离虎口。据说，一个惊慌失措的动物会有两倍（或三倍）的爆发力。我激发了力量，肾上腺素冲向我的心脏。

我被母亲以占有的情感方式触碰！我知道她希望我永远处于被动，永远温顺，像孩子一般扑入她的怀抱。那曾经是一种和平相处，是一种爱。妈咪的小克莉丝曾经调皮捣蛋，而今被原谅，并且安全地在妈咪的怀里接受保护，不会受到来自爹地的大嗓门、重脚步和不可预测的行为方式（所有这些都是男性不可了解和不可预测）的侵害。可我现在反抗她，再不会顺从，像孩子一般被拥在这个女人的怀里。绝不。

这是彼此之间的伤害，感情正在撕裂，我的心碎了。然而，我果断，不屈服。我不会呼应她，不会随意说出道歉。我跌跌撞撞地冲进昏暗的卧室，砰地关上房门。在我身后的楼梯上传来恼怒凄厉的叫唤：

“克丽丝塔，你嫌弃我？你是受蒙骗的。总有一天你会变得像他一样背叛爱你的人。”

没有比背叛更可怕的事，更甚于谋杀的事。

3

他会说我是无辜的，知道吗？

我会说，知道，爹地。

当然，这远远不够。一个孩子对父亲那种炽热的信任，无可置疑的爱，这对一个父亲来说难能可贵，但还远远不够。

你说，反复地说你是无辜的。但别的人在说，你做了那件事，你可能已经做了，或者在某方面被强烈怀疑你已经做了。你说的不够证明什么，除非别的人，许多别的人为你说话。

哪怕是被强烈怀疑，除非你公开摆明事实，否则是不够的。

……宝贝，你和你哥，明白吗？你哥和你妈应该明白这道理。你呢？

明白，爹地。

4

“嘿，宝贝，对不起，真对不起，心肝，你碰到我的脸了。”

他们大笑起来。今天下午篮球场上，我瘦小的屁屁已经被踢了好几回，不止一回。我那卡通般的眼睛也冒了几回泪。

裁判还来不及吹响刺耳的哨子，我已经被一个坏女生用肘狠狠地撞在鼻子上，不停流血。

“可怜的宝贝，娇嫩的小白妞。喂，对不起了。”

斯巴塔中学的课后篮球赛。要和这些女同学打球，你就得既高又强，还得鲁莽快步，不顾一切。

在初中部里，我也可以与和我年龄相近、身材相仿的但不如我专业的女同学玩。在她们中间，我是明星级的运动员。但是不知为什么，我更愿意和八年级、九年级同学混在一起玩，和这帮粗野的女生玩，和贝利娅、斯文丝、琪琪、多罗丽丝这些女生玩。她们都比我年龄大，长得也比我高大。她们 16 岁或 17 岁，多罗丽丝可能已经 18 岁了，她和琪琪住在离斯帕塔北部几里路的塞内加印第安保留地。她们一头齐肩的油黑直发，像短刀一样来回甩动。她们的眼睛充满邪恶，也充满快意。

如果开车出城往北进入乡下的阿迪隆达克山麓，你会被很久以前的冰川残留吸引。漫长的自然暴力形成的像经过绞肉机扭曲一般的山崖景观。很多代人以前，美国政府与印第安人签订了条约，让他们被迫聚居在如此崎岖不平、不宜人居的土地。由此，你会明白为什么上纽约土生土长的 6 个部族子孙时刻都在寻找机会对高加索受益者们实施报复。

同学们都认为我和这些年龄大的女生打球很愚蠢。在这些十年级同学中，我年龄最轻，身材瘦小，但我可以像蛇一样游动穿插，出其不意地前突，柔顺的金色马尾束发在脑后飞摆，似乎是在挑衅对手。我不止一次地感觉到，每当我跃起投篮的时候，总有人猛拽我的马尾，使我失去平衡。我的体重不过 106 磅，假如我给人家撞一下（这是常事），肯定吃亏。其中一个大个女生经常撞我，害得我摔倒在光滑的硬木地板上，有时还摔得很重，很久都起不来。

"克丽丝塔，没事吧？来呀，姑娘，起来。"

她们大都喜欢我，愿意和我说话。她们互相之间说的无非是残酷、有趣、淫秽的事。她们说下流话可溜了，以此显得亲昵，像"狗娘的，别碰我的脸"、"X 你这白狗娘"、"X 你的狗洞"（其实，我们大都是"白的"，但"白"也分层次，只不过没有给出一个名字即"社会阶层"、"背景"之类。在斯帕塔中学的学生中，多罗丽丝和琪琪以及其他几个女运动员都有亲戚、邻居、朋友、男朋友关在青少年拘留所、监狱或者最近获得保释，她们的脏话来自监狱的淫秽大全）。在她们当中，我这个"克丽丝"像是球队的福星（不必看得太重）。有时我会给她们惊喜，会出其不意地投球、断球，趁人不备地以水蛇一般灵活的动作从她们肘下溜过冲到前场。因为我缺乏真正运动员的攻击能力，也不够老练，因此甚至不能和二流球员交手。当场上比赛变得粗野（至少每一场都会有），我会缩开，怕受伤不敢持球。如果你被碰倒，被吹罚，别人会来安慰你，如果一个 150 磅的女生像垃圾车撞击婴儿车那样冲撞你，踢得你瘦小的屁屁在地板上溜滑，这个女生会顽皮地咧嘴，弯下身扶你起来，用手指在你的头皮上划一划，或拽一下你的马尾，掐一下你的脖子说："宝贝，真对不起，你阻拦我了。"

即便鼻子滴血，我感觉还行。

我一瘸一拐地站上罚球线，女生们都排在一起看着我。太多机会进球了，因为罚球是克丽丝—迪尔尼的绝活。

"克丽丝，走吧！走，妞。"

"姐，你先走。别忘了给我们带小零食来。"

星期二黄昏。父亲没有打招呼就出现在篮球练习赛场边。从来不事先打招呼是爱迪—迪尔尼的风格。

鲁西尼经常责怪我背着她策划和"你的父亲"见面，可我能策划和他见面吗？父亲已经好几个月没有联系我了，而且我也没有办法联系到他，除非通过对我很不友善的迪尔尼族人（他们认为我是鲁西尼的女儿，同时也是她的共谋者），我甚至不清楚他现在的落脚点是在布法罗还是巴塔维亚，我无时无刻不想念父亲。像如刺在喉，说不清楚他在哪里，说不清楚什么时候会出现。

晚上醒来，我会出汗和焦虑，为那根刺。我哥本轻蔑地说这就像传染病，他也有这种感觉。“可恶的病。只要我们还住在斯帕塔，只要人们知道我们的名字，我们都会得这种病，谁叫我们是爱迪－迪尔尼的小孩呢？”

打完球后，如果我不去城里同学家过夜，我一般都会坐 4 点半最后一班校车回家（“常规”发车时间是 3 点 30 分）。我们家在呼隆派克路，离斯帕塔中学大概 3 里路。我如果坐校车，一般在 5 点就能到家。

他就站在体育馆门内。这个时段很少有大人站在体育馆门前。比赛结束后，我一边瘸着腿走出球场，一边用球衫擦干满脸汗水。突然，我听到一个男人的声音，一个从喉咙中发出来颤抖的声音：“克丽丝塔。”由于毫无准备，我着实吓了一跳。

我抬头向四周看去。在不到 20 码的地方，站着一个穿着淡黄色小山羊皮夹克和黑裤、帽沿低低地压在前额的男人。是他在向我打招呼吗？

我看清楚了，是爹地。

“克丽丝塔，门外。”

我腿软了，无力回应。我看着父亲穿过门走向外边走廊不见了。

别的女生也看到他了，听到他在说话，一定听到了。在我之前她们就瞅见一个男的站在门边，是克丽丝塔－迪尔尼的父亲？

迪尔尼？那个……？

那个被杀的女人，他就是那……？为什么这么快就从监狱出来了？

有人看着我，我想一定是教练，她问我但我假装没有听到。我激动得耳朵嗡嗡作响，几乎听不到声音，但我希望听到了。

我真想对着她们大笑。她们全都不认识我父亲爱迪—迪尔尼，而我呢？想到他是来找我的，你就会明白我毕竟很特别哟。

5

“结束了。”

或者说：“了结了。”

这是母亲的话。母亲摆出一副尊严的架势，直立，稍稍有点抖，头抬得很高，眼神果断。她简洁的回答显露出她的尊严。这就是人们向她提问有关她（前任）丈夫爱迪—迪尔尼的反应。鲁西尼—鲍尔无可回避地遭到有关爱迪—迪尔尼的提问，这个被最多谈起的“争议”人物。这个人和她已经结婚 18 年，占了她成人生活的绝大部分。其时，鲁西尼没有听到不愉快的、粗鲁的攻击性的语言，只是些暗示性的、非直接的语言。

请问，鲁西尼，他是如何……？她简洁冷静但以十分礼貌的方式作了回答。冷不丁的一笑意味着她所受的伤害，或者说是一种嘲讽。

想看到我哭吗？想看到我破碎的心吗？休想。

80 年代的纽约斯帕塔。一位叫做鲁西尼的年轻女性在期盼，在预测她会属于何种阶层，劳工阶级、中产阶级、“受人尊敬的阶级、好的阶级”？她的期盼与 50 年代后期的人们以及早期鲁西尼母亲的期盼没有本质的区别。人们希望早点订婚，早点成亲和早点有孩子。人们期望找到一个有吸引力的男人，最好是性感的男人，能够有丰厚收入和忠诚的男人。

60 年代后期，在这个国家的其他地方，或者至少在充满美国梦幻的小报里，商业媒介捆绑兜售性革命主题，嬉皮士占据了统治地位。但斯帕塔这个小城没有这种现象，赫金玛郡没有，位于阿迪隆达克南部山麓冰川交织的上纽约州也没有。这里出现过不断上升的离婚率和不断增加的“单亲父母”(比如人们常常挂在嘴边并且不认同的靠救济金生活的黑人母亲）和其他不可避免的60年代的各种日常争论如50年代开始流行的现象。由于潜在的业主们不愿意花钱买天然产品，50年代在美国开始流行抛光面板，如父亲所在的建筑公司销售的人造黄松硬木地板。

在非公开场合，母亲会在家反复地说出令人吃惊的话，我无法理解的话。她说她从来不了解爱迪，虽然和这个男人生活那么些年，还有了两个孩子，但从来不了解他的心。

(是这样吗？我和本都给弄糊涂了。照片上年轻的父亲和母亲是如此恩爱，如此令人羡慕。一个是青春靓丽的圆脸姑娘，嘴角挂着啦啦队长般的微笑，迷人、逗人的美发，颇有尺寸的乳房在“名家设计”的丝绸上衣中绷紧；一个是高头宽肩的青年男子，赭红的头发，方棱的下巴，拘谨的眼睛，狡黠的半笑，就像是艾尔维斯一普莱斯勒（美国传奇乡村与西部风格歌手猫王——译者注）标志性的微笑。细看这些照片，特别是那幅结婚照，新郎坚实的手臂搭在新娘的肩膀上，把她紧紧地楼向他。新郎的男性大手握住新娘白披肩下面的赤裸上臂，拇指不露痕迹地压在（其实是摩擦）新娘肥嫩光滑的右胸。色！这就是我们的父母亲！就是)。

18年间，鲁西尼胖了，在她离婚的18个月里，鲁西尼又瘦了。她曾经妙龄女子满月般的脸膛在30岁以后无可挽回地留下了岁月的残忍刻痕。她瘦得很快，皮肤开始起皱，身体各个部位都在松弛、起袋。鲁西尼极力掩饰，她不穿整齐不出门，不抹口红不离家。1984年11月的那个非常星期二，即离婚不久之后，鲁西尼剪短了头发并且重新做了发，显得“光鲜”了许多。一夜之后，她年轻的女儿大大松了口气，因为那些像蜗牛的一头青铜色的头发不复存在了。

本稚气地说："注意到了吗？妈今天不一样了。"

"她开口笑了吧。"

"哈哈。"本的语气中充满了尖刻的嘲讽。凡是和母亲相关的事，都会使本极易发怒。他恨父亲，因为父亲伤害了母亲，他因此只能不做判断、不作任何情感区别、盲目地爱母亲，如果我说鲁西尼的不是，本就会揍我。

鲁西尼不常笑。她不在家笑。

只有走出家门，鲁西尼才笑，没错。每次她带我去斯巴塔第一基督教长老会教堂，我都会给一尊恐怖的三角形雕塑吓得把心缩成一团。出于少年的反叛，每次我都是被硬拽进去，拽到她的"老朋友，最好的朋友"面前。她说自从和爱迪一迪尔尼结婚之后，"他没有耐心对待友善的人，使我几乎失去了朋友"。

她指的朋友其实是最乏味的人，友善但乏味的基督教妇人。她们应该庆幸，乏味的丈夫还没有离开她们，由于众所诸知的原因，还没有离开她们。

"克丽丝塔，这是希尔达一史密斯的女儿珍珠。她和你同班吧？她是斯巴塔基督教青年会的。希尔达告诉我她们在乔治湖有一个很有趣的夏令营地。我说我会对你说……"

好啦，妈，你已经对我说过了。

"克丽丝塔，我们要把邪念、丑陋的念想抛去。基督的威力像地震，像洪水，使你感到震动。然后，你就知道，你被感化，复活了。福音书上说的意思是'你有福了"。

鲁西尼以生硬、决断和乐观的口气说话，就像一个人不经意地把不好吃又磕牙的东西塞到嘴里，粘在牙缝剔之不去，只好把它嚼碎吞下肚。如果你不小心，她也会让你吞下肚。

赫金玛郡法庭给爱德华一迪尔尼的禁止令最早在 1984 年 4 月发出，

此后至少重发一次。根据这个禁令，爱德华－迪尔尼被禁止在任何公私场合接近他的（前任）妻子及他的子女本杰明和克丽丝塔，禁止在100码内靠近他们，禁止“穿越”位于呼隆派克路的房产（这是他12年前以30年抵押贷款购置的产业。许多年来，他花很多工夫重修屋子，其中包括他亲力亲为的许多木匠活。父亲以其夸张和轻率的做法把房产登记在母亲名下。母亲苦涩地说：“这是他能做到的一切了。”）。显然，他不会走近，也不往家里打电话。

迄今为止，我们所能了解的是，自与母亲离婚之后，爹地可能和朋友或亲戚住在一起，也可能是被一位女朋友带走了。爱迪－迪尔尼有许多了解他的人，他们和他一起上中学，和他做酒肉朋友。这些都是母亲和我们很难了解到的。这些人，大多数是男人，他们可以证明爱迪－迪尔尼没有做有人言之凿凿的实施谋杀——“谋杀罪”。即便爱迪－迪尔尼被带去斯巴塔警察局拘留所之后，即便有人透露他“未能”通过测谎器，即便他的照片连同在本案中的其他“主要疑犯”（一个斯巴塔的男子，一个同学的父亲，年龄、身高以及体型与父亲离奇地相近）开始在本地报纸和电视新闻中出现，他们也不会停止相信爱迪－迪尔尼是无罪的。

警方质询克鲁拉谋杀案疑犯、

……

虽然母亲换了电话号码并且注销了电话本上的记录，父亲还是有如神助地获取了号码并且给我们打来电话。但是，当我们中有人去接电话时，他不说话，你只能听到沉默得像火焰即将烧起的毕毕剥剥的电流声。我会胆怯地问“爹地，是你吗?”但爹地既不回答，也不挂机，我不知道怎么办，我非常爱父亲，也怕他。我之所以怕他是因为鲍尔家的人曾经悄悄说过他是个暴徒和杀人犯，斯巴塔许多人也认为我父亲是个暴徒，杀人犯。如果是本接电话，他会恼怒、不明智地尖叫道：“我们不欢迎你打电话来，爸。”随着他叫一声爸，他的声音会逐渐小下来，虽然他强迫自己不说出“爸”这个字，但“爸”还是脱口而出。有一次，我拿起电话，本以为是我朋友南希，谁知道传来的是一个男子低沉的声音：“克丽丝塔，就一句话，宝贝，我爱你。”我颤抖着站在厨房里，眨着眼茫然地听着话筒里传来的声音，“你母亲在旁边吗？她也在听吗？”我喉咙发干，说不出话来。“别挂，宝贝，我只想让你知道我爱……”母亲一眼读破我脸上的表情，恼怒地轻叫了一声，一把抢过话筒，一言不发地把它扣上。

母亲把话筒从话筒托上移开，电话再也不响了。

“他太大胆了！我警告过他的！我要打电话报告警方……”

我们都激动得坐不下来吃饭了。

母亲一定要我们吃，说不要被他搅局，他没有权利控制我们。我们木然地坐在餐桌前，木然地传递我和母亲一起做的菜，都避免看到父亲曾经在厨房一角郁闷地抽烟的地方。

我嚼不了咽不下饭。我木木地说：“他可能只是想……”说话的声音低得连我自己也听不到。

母亲冷冷地说：“克丽丝塔，不说了。”

其实，父亲开车经过家门，停在私家车道尽头已经好几次了，究竟多少次我说不准。有时，亲戚会告诉我们（母亲的一个亲戚就打过电话），父亲竟敢把车停在路旁树丛的空地（从屋里不容易看到这个地方）。鲍尔家的人大概不很清楚，迪尔尼家的人全都支持爱德华，他们的爱迪（事实上，鲍尔家的人也意见分歧。有人相信鲁西尼的丈夫对她不忠诚，但不可能杀那个女人，不可能是爱迪！也有人认为是他，说是如果爱德华喝醉酒，就有可能实施谋杀）。我知道父亲有一天晚上就在附近，我感到他的存在，能听到他在喊克丽丝塔，克丽丝，我的猫咪在哪里？我来接我的猫咪，小克丽丝。我激动不已，像是火在燃烧，像水晶就要破碎。难以控制的激动就像超速的汽车恐怖地颤动，就像旋转的篮球飞向你毫无遮掩的脸，有一种篮球即将撞击，使鼻子喷血的感觉。

13岁那年圣诞，鹅毛大雪下个不停，赫金玛郡的铲雪车、拖车一整夜在呼隆派克路穿梭。圣诞早晨，我从卧室窗户看到一辆车停在私家车道尽头，好像是一辆皮卡。我看到一个男人从车里出来，在清理铲雪车堆在我家车道尽头的雪。一开始，我以为是郡服务机构的人（虽然这里不属于日常铲雪服务范围），可后来我发觉在路尽头铲雪的竟然是父亲。他还和我们住在一起的时候，每当雪暴过后他总是这么做的。

父亲住在哪里呢？我想不会在斯巴塔。那他一定是顾不上恶劣的气象条件，在圣诞节清早为铲雪开车而来。母亲和本都不知晓，我没告诉他们。当母亲开车出行时，她一定不会对车道像平时一样没有阻碍感到不对的。

有一次，父亲可能是喝醉了，他毫不在意（或不顾一切）地把车停在我家车道尽头，车头灯也忘了关。本偶然从楼上的窗户看见，就对着母亲喊道："妈，是他来了！天杀的，我恨他！"

一阵惊恐之后，母亲拨通了赫金玛郡治安警队的电话（这个电话号码是当局专门提供的应急号码）。不到几分钟，只见一辆执勤警车沿着呼隆派克路斜插过来，像电视上一样车顶闪着红色警灯。爱迪-迪尔尼毫无反抗地就范了。他被铐上手铐带走，车也被拖走了。

不知什么原因，鲁西尼放弃了起诉。她没有解释。

"都过去了。"

此后，他就消失了。几个月之后，有人看到他开车缓缓地驶过母亲做过钟点工的二手通宵店小商业中心。这是一家"信托"商店，专供妇女把不再穿的衣服拿来重售。有人看见他把车停在停车场后面，坐在车上抽烟，也可能在喝酒。迪尔尼对一个侄儿说过，他只想从"远处望她"，"也不想和她说话"。但是，鲁西尼没有现身。大概一小时之后，他开车走了。

斯巴塔居民迪尔尼，42 岁

从警察局拘留所释放

“目前未受到指控”

我知道，母亲常常趁我不在的时候潜入我的房间。为此，我在内衣抽斗和衣柜里都做了标记。我的一本作业本夹着我的珍藏剪报。我把它放在背包里每天带来带去，从不离身。这些剪报记录了 1983 年 4 月 29 日《斯巴塔日报》最后一次刊登爱德华—迪尔尼的照片，这些照片的报纸首页将永久留在我珍藏本中。

报纸十分明确地表述，将爱德华—迪尔尼与谋杀佐伊—克鲁拉联系在一起的证据不足，爱德华—迪尔尼已经从斯巴塔警察局拘留所释放。这些剪报对我来说太珍贵了。

我不会错过，即便是只浏览题目的人也不会错过那字字珠玑：目前未受到指控。

那引人瞩目的省略：怀疑被消除。

爱德华—迪尔尼不止一次（两次或许三次）进入拘留所。他作为“首要嫌犯之一”被无数次辨明身份，但从来也没有被捕过（另一个男人即被害者的丈夫被捕过但后来释放了）。这是一个所有迪尔尼家族、鲍尔家族以及所有朋友悲哀受辱的季节。父亲带走的时候，我和本都在上学，每个人都比我们更了解父亲的事，我们的父亲与一个“被谋杀”、“在床上被掐死的叫佐伊—克鲁拉的女人”有染。几个月来警方一直在调查，像一张网一会儿扯向一个方向，一会儿又扯到另一个方向，一张梦魇编织的陷阱网在调查的道上，所有人都知道我们的父亲在不止一次接受“调查”。一年，两年，好多年来，这个调查一直在进行。直到 1987 年 11 月，没有人因此被羁押，佐伊—克鲁拉的名字也从报纸上消失，再没证据将爱德华—迪尔尼列为“首要嫌犯”。但是，斯巴塔警方或郡检察官也没有公开为爱德华·迪尔尼正名。

母亲像一个饱受癌症折磨、想尽办法维持生命的女人，也从此闭口，不想再谈几乎要她命的事。如果有人想引出话题，鲁西尼，不介意我问这……？她立即怒火燃烧，脸色惨白。

不行，我真的介意。

没有人告诉我关于母亲和家里遇到的“麻烦”，人们都认为我是一个比我哥本还敏感和极易激动的女孩，我被遗忘了，我只知道父亲不再和我们住在一起。他是一起本地谋杀案的疑犯，他请律师为他辩护，但又不知什么原因解雇了一个又再请一个，为此欠下前面两个律师几千块钱。这是他明显无力还清的债务，因为他要承担继续维持家庭（母亲、我和我哥）的责任。他已经失去了自二十几岁以来一直在斯巴塔建筑公司的工作（开始是木工学徒，然后是木工，再后被他的雇主也是他的朋友或曾经的朋友提为工头、经理，直到他被带去警察局拘留所为止。）

虽然没有人公开和我说过，但我了解所有这些事实。

“麻烦”指的是已经发生的那些事。母亲会说麻烦已经降临我们的生活，而父亲说的则是麻烦落在了我的头上。

像是天上闪电，灾难就在那里。

他给我们寄圣诞贺卡。他在贺卡上规规矩矩地写上：纽约州斯巴塔市呼隆派克路 3 号鲁西尼、本杰明和克丽丝塔－迪尔尼收，并且歪歪扭扭地签上：爱你们，爹地，有时也会写成爱你们的爹地（母亲把这些贺卡统统扔进垃圾桶，我再把它们悄悄捡起来，偷偷藏在我秘密的爹地笔记本中）。

好几个月了，没有人提起爱迪－迪尔尼，也没有人知道他在哪里。夜里电话铃会偶尔响起，假如是母亲接电话，我们会听到她急促的呼吸，然后生硬地回答道：“不，事情都了结了。不要再打电话来了。”

假如是本接电话，他会急忙挂掉，然后苍白着脸、浑身发抖地甩上门："有病啊！可恶。他为什么不能放过我们？"

假如是我接电话，如果母亲没有在现场扔掉话管的话，我会胆怯、但充满渴望地回话，是爹地吗？我会颤抖着压低声音，我的心跳会沉重地扑扑跳动，沉得像佐伊—克鲁拉在《天堂的小鸟》里折断的翅膀。

6

"克丽丝塔，过来。"

学校后门出口处，爹地的车在等我。

这是一辆我从来没见过的车，古铜色的金属漆外观，铬固件闪闪发光。崭新的外观，闪亮的外观，白圈轮框和铮亮的毂帽。这就是爱迪—迪尔尼的专车。

这就是爹地二手车买卖的某些特点，他会进行改装，"习惯性地"开上一段时间然后再卖出去，以此获得一些利润。爹地经手的车都是旧型号的过时车，像凯迪、林肯、奥斯，也有较新的过时雷鸟、科维特、斯丁格莱、马斯唐、巴拉酷达。这些车都是从急于筹钱的朋友手中神秘得来，或是破产转让或是警方拍卖得来的。打我记事起，这些专车交易令人恐慌，充满危险。我哥和我充满愉快的好奇，母亲却感到烦恼。爹地的特点是常常不事先通知，也不解释，随随便便就把一辆新车开回家。他会站在门前晃动车钥匙，龇牙咧嘴地狡笑着说："往车道上看，谁想坐一下？"

我们想，本和我！我们崇拜出人意表的爹地！

这种突然正是当年的感觉。父亲出现在学校，出现在体育馆里，在这里。如果你爱他，你就要毫无疑问地投入爱迪—迪尔尼给你的幸福，否则狡猾的微笑就会戛然而止，取而代之是小眼睛里冒出的冷光。

我想都没想，没有一丝防备。我需要防备吗？他会带我走吗？在这个季节，5 点钟之后天就黑了，母亲一再叮嘱我按要求 40 分钟内回到家，我不再理会母亲的叮咛，爬上父亲令人印象深刻的车，坐在副驾驶席上，把背包仍在座位下。

“天哪，猫咪！我等得太久了。”

父亲抓住我来了一个粗鲁的熊抱，胡子拉碴的下巴给了我一个痒痒的深吻，嘴里满是怪味。

“我亲亲的小猫咪。”我很久没听到过的名字，“克丽丝，宝贝。”

很久都没人这样抱我亲我了。

爹地今年大概有45岁或46岁。一个高大的男子，220磅，虽然腰部已经开始松弛，但绝大部分肌肉仍然坚实如故。中学时代他曾经是一个（橄榄球和垒球）运动员，他20岁时是美国陆军的一等兵（在越南）。他现在右腿走起来有点瘸（战争时代榴散弹所致）。他拒绝对本和我说起他的越南经历。我们相信他会有许多历险经过，但他不愿意说起。我们也从来没有见过他在越南的照片、纪念品或者勋章（紫心勋章和卓越服务勋章）或者战友（他在排里一定会有战友）的信件。爱迪一迪尔尼是个爱交际的人，但总是向我们推脱回避，他会喃喃道，孩子，都过去了。别说过去的事。

母亲不鼓励我们去“挑衅”父亲。他受过伤，光在医院就住了8个星期。母亲曾经对我说起过，人们都以为他活不过来了。

有一次，母亲悄悄地对我们说，他从来没有和我说起过那段经历，你们最好不要去问他。

我嘲笑她说，多么自私的妻子啊！连自己的丈夫战争年代的事情都不想了解的女人。

爹地很重，在拥抱我时能轻而易举地把我压扁。即使多年以后，我没意识到会忽然和他在一起坐在他的车上。那时爹地真害怕失去我。他开怀大笑，笑得那么灿烂，这是我不敢相信的笑声，神奇的笑声，是下意识的爆发。是我的女儿，是我禁止见到的女儿来到我的身边了。真是她吗？

“真是我的好女儿，我勇敢的好女儿。”

父亲的大手，起茧的大手温柔地停在我脸上。我曾经看到过父亲像现在这样用大手抓住母亲的脸要她听话，要她明白。不是因为爱，是因为生气、发怒。现在，伴随着一阵惊恐，我又有了很久以前的回忆。我不由自主地如孩童一般，焦虑最终消除，所有的惧怕，甚至对爹地的惧怕全都消失殆尽。如此紧抱的奢华，如此醉人的亲吻，如此醉人的爱。我知道父亲永远不会伤害我。泪水涌出我的眼睛，在脸上流淌，一个钟头前随意投篮时的撞伤阵疼也随之消失得无踪无影。我不记得什么时候母亲最后一次亲我、抱我，她煽情的表演使彼此都觉得尴尬。我们会硬着头皮听我哥的说辞，本频繁地使用家庭式的恶心逗笑，冷冰冰地对我说，天哪，别胡来了，这不是演电视剧！

这不是电视。这是即兴的，非事先知道的，以前没有发生过，没有在我身上发生过的。

校车散喷着尾气晃悠悠地驶近。同学们冒雨跑过去上车。校车准备起动的时候，停车场熙熙攘攘好不热闹。车头灯照亮了我和父亲激动的脸。这是爱迪－迪尔尼最不愿意看到的。

那不是爱迪－迪尔尼吗？那个……

和他的女儿在一起？她叫什么来着……

爹地赶忙挂上挡，开车驶离了停车场。

雨中，我有几分钟迷乱，却是心旷神怡的几分钟。我不知道他会带我去哪里。他沿着艾德奇希尔街、东安迪大道、联合大道和主街开。只见汽车拐了个弯冲下陡坡，来到火车站。这些街道我们太熟悉了。诚然，我记不住街名，但我认得方向。车带着我们离开学校，漫无目的地往前开。我认为，我们的生活不需要乱哄哄的目的。

父亲告诉我他开的车是 1976 款的凯迪，购车的目的就是为了来接我。显摆的购车做派充分说明了父亲旧时的傲气。车的外表漆是“峡谷红”的，内饰则是“奶白色皮，真皮的”。这辆车的“靓丽之处”在于它强劲的动力，耀眼的白圈轮胎、8 缸发动机、空调、收音机、卡带播放机以及比其他美国“豪车”更省油的特点。

爹地也认为是这样。这辆凯迪的底盘经过改装，发动机“真他妈的状态好极了。你能从声音听出来哟。”

我听出来了。我连忙点头说，是啊，是啊！我听得出来。

我以在校女生特有的情绪结结巴巴地对父亲说，这是我见到过的最漂亮的一部车，是我坐过的最奇妙的一部车。

“是啊，猫咪，很接近我的意思了。”

我说的也许是真的。爹地的“专车”全都是引人注目的车辆。爹地有过的每一辆引人注目的车，像奥斯莫比尔、卡特拉斯苏比利姆、林肯凡尔赛、雪维科维亚、古董车雷鸟以及古董车斯达德巴克，都在某些方面取代了上一代车，成为最闪亮和最诱人的梦幻车型，但也正在被下一代车取代，开始失去魅力。

我知道父亲很想了解鲁西尼现在在开哪种车。父亲似乎在暗示，和你母亲一起生活真可怜，你从你母亲那里得到的爱那么可怜。或许爱迪一迪尔尼真的想知道鲁西尼现在开哪种车，是不是亲戚转手或送给她的那种不新但享有售后服务的车？

其实，父亲知道母亲开什么车。父亲在来学校接我之前可能已经在二手通宵商店瞥视、观察过母亲。他可能把车停在街对面或停车场后面。据说，爱迪一迪尔尼有一个对前妻进行观察的“贴近管道”，他通过那些一直和他保持联系和共谋的迪尔尼子侄窥视前妻。这些厉害的子侄一如既往地“相信”爱迪，他们嫌恶爱迪的前妻在最需要她的时候没有“和他站在一起”。

我可以肯定，父亲应该比本和我都了解母亲的私生活，但本和我不可能有这种想法。母亲已是中年妇女，整天精神恍惚，极不幸福，她不可能有私生活。

“克丽丝塔，我……有点吃惊。你已经长大了。我是说你长高了。你会长成一个高个姑娘，会很漂亮，很漂亮的，不是你现在那种漂亮。可是，猫咪……”

雨中，爹地开着闪亮的凯迪专车从铁路天桥下穿过，溅起鸟翅一般的积水。爹地还在分心说话，我真担心高转速的引擎出事故。“……和那些高大粗野的印第安姑娘打球，猫咪，坦白地说，你爹地有点……”爹地出乎意料地压低了声音，显得和蔼可亲，显然是对孩子与众不同的想法表示赞许。

当父亲舍去大声吆喝、毫无节制的爹地口吻说话的时候，我听到了不同寻常的口气，一种带伤的甜蜜话音。有些时候，当我从烦心的梦中醒来，也会听到这种声音，虽然记不起所说的话，也会唤起我心中的期许。我注视着父亲，发现（我不会感到吃惊）他苍老了，下巴变厚了，皮肤像烤焦的面包干涩起皱，浓密的赭红色头发夹杂着一丝丝白发，开始稀疏。他看不到，我不说也罢。我知道，他的右腿和膝盖布满了大面积的焦黄鱼皮伤疤组织。哪怕是最热的夏天，爱迪—迪尔尼也从来不穿短裤，从来不和我们去狼头湖游泳。

我曾经看到过他的伤腿，心想，母亲在卧室里也会经常看见的。母亲对战争年代过来的爹地敬爱有加呢，还是对受伤的肉体产生微妙的厌恶？是否她会对父亲的男性体征产生微妙的厌恶？我指的是他的性征。

爹地开口了。他说他很想我，十分想念他“美丽的女儿”，“充满沮丧和不安”地思念比“天底下任何事物”都爱的女儿。

他一手握着方向盘开车蹚过浑水，另一只手摸索着我的手，抓住我的手，把它们紧紧地握在他手里。

我不想缩回我的手，我喜爱这种重握的痛楚。

我羞涩地对父亲说："爹地，我也想你。我不明白为什么妈……"

"克丽丝塔，别说'妈'。现在不说。"

尽管胡子拉碴，尽管稍显凌乱的头发显得灰白，我眼中的父亲仍然英俊潇洒。即便他脸上破损，眼底起袋（似是睡眠不足或是用手指抠过眼睛），前额因为担心起褶，爱迪一迪尔尼仍然是一个英俊的男子汉。他穿着笔挺的毛绒里子小羊皮外套。如果你挨近外套，你会感觉到如此厚实的外套带给你舒适。我从爹地的喉结下看到他灰黑色的胸毛，我把脸压在他喉咙上，舒服极了。

我们在大雨滂沱的黑暗中开上站前街，开上仓库区和灌木丛生的黑河水边，然后拐向海兰德桥，跨上美丽的悬索桥，钢丝网的桥面在车轮下吱吱作响。在 1976 款（奶白色的内饰和峡谷红的外壳和白圈轮胎）凯迪斯维尔车里，我们沉浸在狂热的幸福之中。"系紧安全带！起飞了。"爹地开怀大笑，如此狂喜，极具挑战性。我也在笑，但显得惴惴不安。

爹地要带我去哪里？我们跨过了悬索桥。雨势渐小，迷雾从朦胧的河中升起，一线流水隐约可见。雨雾中，早已废弃的红砖磨坊和早已关闭的工厂如林克女用豪华针织、来诺尔德兄弟、纸制品、庄士敦番茄罐头等沿着昏暗的河岸一字排开。

在麻烦摧毁我们的家庭之前，这些都是斯巴塔著名的景致，这些景致一直伴随着我成长。

"……克丽丝塔，看到我的小女儿和那些高大威猛的姑娘混在一起，我感到很骄傲。"

高大威猛的姑娘另有所指。高大威猛的姑娘含有性感和嘲笑的内容。

我问爹地他怎么知道我会在那里的，怎么知道放学后我会留在体育馆里呢？爹地抽抽鼻子说："你的老爹装有你的信息雷达。克丽丝塔，你最好相信我的感觉。”

他不会喝醉了吧？他的话开始有了取笑的味道，渐渐变得含糊不清，勉强可听。

15 岁的你和（受禁的）父亲同在一辆车，驶向你未知的目的地，这是再幸福不过的事。英俊的（受禁）父亲对你的出现，对再次拥有你显得欣喜若狂，就像一个窃贼施计窃得一件珍宝而无人追寻沾沾自喜一样。

为什么没有人像他一样爱我？为什么没有人想过把我据为己有？

在父亲搬离斯巴塔的前几年，在爱德华－迪尔尼“被带去警察局拘留所”，“从警察局拘留所释放”那段纷乱和梦魇一般的日子里，他被逐出家门但从来没有离开过斯巴塔，他和本地亲戚住在一起。在我放学踏上校车的时候、在母亲采购家用的商场、我在呼隆派克路上骑自行车的时候，父亲如影随形，这是偶然吗？我是那么迫不及待地想见到父亲，本则是嗤之以鼻，迫不及待转身就走。

本常常憋着气嘟哝道，你不要像恶鬼一样缠住我们。去死吧！

这是本可憎的一面。我永远不会原谅他那急于向母亲报告的方式：“爹地在跟踪我们！爹地向我们招手！”母亲慌极了，变得有点歇斯底里，变得优柔寡断，她怕父亲“绑架”我们。她老是想，该不该打电话向警方报告？该不该打电话给父亲的亲戚？该不该无视爱迪－迪尔尼的“骚扰”？她在想，一个负责任的母亲对此该做些什么呢？

没有人知道。她有许多选择，但没人知道。人们都相信爱德华－迪尔尼谋杀了斯巴塔的那个女人，把她“掐死在床”，那个女人曾经是他的“情妇”。“情妇”这个专有术语在本地报纸上大字刊出，在电台和电视上播出。人们会很自然地联想，爱德华－迪尔尼应当禁止接近他的孩子。但是如果你相信爱德华－迪尔尼是无辜的，是对孩子“有爱心”的父亲，你就会改变想法。

一个家庭仅有一次分裂，你所认知的只有第一次。

“……如果你想再和粗野的姑娘打球时保全自己，宝贝，你需要更具攻击性。你并不是我在场上看到最矮的人，但你是最要‘积累’的人，我指的是肌肉方面。你需要变得更娴熟，以便获得更多的机会。一个好的运动员不要时时考虑自己，要想到整个队。如果老是想到会伤到自己，你肯定会受伤，只要是运动就会受伤，你就会成为包袱而不是搭档。”

包袱？搭档？很久以前中学教练也是这么说的。

我很委屈，爹地在批评我。爹地没有表扬我，而我希望得到爹地的表扬。

“我一直在观察那些姑娘。像她们这种年龄，其中三四个给我留下相当好的印象。其中一个掠边动作明摆是个男运动员的动作。是塞内加印第安人吧？她俯身，撑肘，在半空中转身抛篮，活力十足，看得出来，她在保留地曾和男孩子一起打过球。那个染发的大胸女孩从你手里抢球的方式，干脆利落地从你手里夺过球。几乎踩到那个6尺高、黑头直发方脸的姑娘……”

“多罗拉丝－斯蒂尔沃特。”

“印第安人，对吗？保留地来的？”

我们为什么要谈论这些女生？我们为什么不谈论我们自己？

“克丽丝塔，假如你真的很想成为她那样的运动员，你还需要多一点努力。不要只停在固定位置投篮，这是不够的。要跑起来，防守性地跑，把握住自己。假如那些小蠢猪过来阻挡，让她们知道你要撞她们，逗她们犯规。初中时代的教练告诉我们，‘无论是你还是他们’，运动员要提早做决定。你将自己摆在危险的位置，她们也会一样。你拿住球，跑动着穿越她们。总是犯规的球手狗屎不如。猫咪，如果你不想冒险，那你就不要参加任何运动。”

我记住了，这就是我本来的父亲，本的父亲，我的父亲。你想受到表扬，任何时候都不会缺的。但是，父亲所思考的是严厉和真诚的评判。你可以换位思考一下，比如将一件不称手的工具塞在他手里，毕竟不是值得表扬的事。

在工作中，爹地是一个完美主义者，他用敏锐的眼睛挑剔别人眼里看不到的毛病。正因为如此，爹地曾经撬掉厨房的地砖，然后不厌其烦地重新铺设，他还涨红着脸骂咧咧地撕掉他冒着酷暑辛苦了好几个小时贴的墙纸，就因为他亲手挑选的油漆颜色“不对”，“使他发疯”，使他把墙重新粉刷一遍。他做了一张红木厨台放在厨房后边，然后不断添加装饰，又不断减少装饰。在我们家里，工作“永远没有完结的时候”，“总是要安装点什么”。你不可能帮爹地做点什么，爹地的标准太高。爹地会不耐烦地从我哥的笨手中抢过铁锤、螺丝刀和电动打磨机等等。那些年，可怜的本总想在家务活中成为爹地的木工徒弟，然而他做不到。

爱迪一迪尔尼憎恨所有的错，无论是他的错还是别人错都让他发疯。

假如你对我父母亲有一个公开而不是私下的了解，你会觉得我母亲不好取悦，爱迪一迪尔尼则不同，他毫无心机，为人随和，总是把事情做得随人所愿。父亲又是一个极易发怒的家伙，具有一个男人凡事不耐烦的表征。在我们周边出现任何可憎冲突的时候，母亲鲁西尼会警觉和害怕，担心父亲做出过激反应。

一直到爱迪一迪尔尼被逐出家门和远离我们生活的法令生效后，据我所知，母亲一直在担心父亲易怒“盲目”的脾气。

我愠怒地问父亲，我是否该放弃篮球？

我曾经充满兴奋和骄傲，想给父亲留下好印象，如今却满心酸楚。

凯迪斯维尔驶进了出口。父亲透过满是雨污的挡风玻璃，皱着眉头向外瞥视，似乎没有听我说话。后来，他更加轻柔地说：“克丽丝，我并没有那样说，不会的。你一直在学，你有潜质。运动是互相争强的事，明白吗？像生活中那样，你只有和对手一样好就成了。她们只有和你一样好也就成了。”

这是真的，无可争议。我开始明白，父亲是有感而发。他的对手一直反对他，阻挠他，践踏他的生活。我深深地记得，当我们全家还在呼隆派克路一起生活的时候，父亲随着风的强弱回荡，情绪也随之起落。

“宝贝，不要多想。你永远不要放弃。”

令我吃惊的是，爹地不是和斯巴塔的亲戚或朋友一起住，他在31号公路的天天客栈租了一间房子。他向我解释说，下个星期一之前他会待在“郊区”，然后“去见见人”，“做点生意”，“处理点事”。我希望他不会去见母亲或者其他家庭成员。鲍尔家的人都不希望再次见到爱迪—迪尔尼。

你父亲不受欢迎。

你父亲已经死了。

父亲在斯巴塔的事情之一涉及“官司”。几年了，他和一个又一个律师一直试图起诉当地执法官员和赫金玛郡检察官办公室，理由是骚扰、个性谋杀、犯罪诽谤和权力误用。据知，到目前为止，除了增加律师费，父亲的法律诉讼毫无进展。

听说他又要约见另一个律师，我很担心。他计划再次和警方、检察官、当地报纸以及新闻媒介诉说，要求正名。

无论父亲在斯巴塔有什么特别事宜，我不用问都很清楚。爹地总是以公开坦诚和好斗乐观的方式说话，他希望你也对他这样。我开始意识到大人们说话的方式都很直接，具有排他性。我在告诉你需要了解的，我没有说的你就不必知道。

我们从市中心驶出嘎吱作响的悬索桥，一直开到东斯巴塔空无一人的小工厂区。加油站和仓库、宽阔但凹凸破碎的柏油停车场上，疯长着杂木树丛，荒地上堆满杂物。塞满垃圾的水槽里，成堆的动物死尸已经部分腐烂了。再看一眼吧，你所看到的只有包包垃圾，更多的垃圾。东斯巴塔的工业已所剩无几，现在的东斯巴塔到处是残砖碎瓦。

我问父亲在哪里定居，“我？在哪里定居?”父亲像在开玩笑地回答，我也神经质地笑了。

他让我猜，布法罗、巴塔维亚、澳里斯卡尼港、斯特里克斯维尔……“我还没有固定住所。我把行李寄存在布法罗。你要知道，我多数时候都在这车里度过。这车是我最近买的，最新的投资。喜欢吗?”

诚然，我一直在注意听，但我似乎不明白他在问我什么。这车？我喜欢这车吗?

我说，我喜欢这车，这是一辆漂亮的车。可他不应该就住在车上呀！他真的住在车里吗?

车后座堆满了物件，纸箱、文档和文件夹、男鞋、外衣以及皮包、皮箱、轻便用具包，还有更多的纸箱。

羞辱啊，难道他不知道吗?

可恨的恶鬼，真希望他死吗?

“克丽丝塔，无论我去哪里，你都在我灵魂里，在我记忆中，深深的记忆中，在我的灵魂深处。克丽丝塔，我这段时间就在这里，在斯巴塔。我常常睡在呼隆路，我醒来的地方就是我家门口。我清醒的时候突然想到，嘿，不不不！这不是我该来的地方。”

我无法回应，但我爱爹地。很奇怪，一个女孩为什么有一个爹地，为什么爱一个爹地？一个女孩不应该去评判爹地的是非。我恨哥哥本，恨他不再爱爹地。本一定也不会爱我。

“这是生我的地方，”爹地说，“我的生命所在的地方。多少不眠之夜，我会闭上眼睛默默地说，我在这里，我在家。”

“我希望……”

“说，猫咪。你希望什么?”

“……你可以再和我们住在一起。爹地，那就是我希望的。”

爹地和蔼地笑了。也许他的笑是一种无奈的感叹，受伤的感叹。

“……希望你今晚能回来……你不在的时候，一切都不是原样了。爹地，家里的一切都变了，所有地方……”像是对方控卫出自故意戳我的眼睛，像是注视着渐渐变暗的灯光刺痛了我的眼睛，我用手使劲揉了揉眼睛。

尿床的小白妞，别碰我的脸!

“爹地，我想你。本也想你，虽然他没说，但他真的想你。”

撒谎。我为什么要这样说，是冲动吗?我不知道，也许是想让爹地快乐一些。

“好啊，宝贝，谢谢，我也想你，想坏了。”爹地沉思了一会儿，然后接着说，“还有你哥哥。”

我说我会告诉他。我真的告诉他了。

有一件事会对父亲的生活造成冲击，他儿子真的背叛了他，与他为敌。

他爱本更甚于爱我。有了儿子，爹地在男性朋友圈里就有了吹嘘的本钱。

“……她过得好吗?她还好吧?”

她。我们在说母亲。自从我笨拙地爬上凯迪斯维尔，一路上话题都没有离开母亲。

“……去哪间教堂?新的那间?她怎么想出来去那间的?”

我说这很正常，母亲加入了一个新教会，有了“新朋友”，她声称有了新朋友。但是，我没有见过这些“新朋友”，只知道其中有一个叫夏娃一赫特尔（赫德尼?）的，铜褐色、垃圾车形状发型的那个，是二手通宵商店的老板。

我忐忑不安，父亲会不会问母亲在和什么人交往，有男的吗？我想说，爹地，我不知道啊！应该没有吧？但愿他不会问，毕竟是伤自尊的事。

爹地果然没有问。假如爱迪一迪尔尼有性嫉妒和性愤慨的感觉，他会用强势的男性傲气发问。我能感觉到他很想发问。

“……没有告诉你们很多有关我的信息吧？“

信息？我猜不准爹地指的是什么。

“比如我死了，是这样的吧？‘他死了’——她是这么说的吧？”

这事完结了，了结了。那才是她说的。

我小心翼翼地对爹地说，我不能肯定她说过。他说得没错，她确实没有把太多的信息告诉本和我，但也没有在我们中间吐露“心中”的秘密，应该也没有对其他人讲过。太多的耻辱了。

爱迪一迪尔尼的淫荡情妇，被赤身裸体掐死在床。

在我们前头，一辆橘红色校车闪着红灯停下来让学生下车。爹地因为分神，差点撞了过去。他骂骂咧咧地紧紧握住方向盘踩住刹车。

“去！可恶的校车。”

还好，爹地和我都系上了安全带。爹地很重视系安全带。他曾经有个中学的老同学就因为没系安全带撞在方向盘上，被撞碎的玻璃割断半个脑袋，死得很惨。爹地一再警告本和我，上车一定要系上安全带。

“我想她应该会告诉你她把我寄的支票兑成现金了。”

兑现他的支票？有吗？我听鲍尔家的人说，是父亲放弃责任，忽视家庭，拖欠赡养费和儿童资助。

“这是我该做的。我不想使她不愉快，你们是我的家人。就凭她卖二手衣服得来的那点狗屁‘薪水’？我毁了这女人的生活，我该尽所能补偿……”

爹地有点尴尬，有点生气，渐渐无语。他动作迟缓地点燃了一根烟，像长期没有接触过新鲜氧气一般深深地吸了一口。

爹地的尴尬不知是生气挑起来的还是他一直在生气。慢慢地，他的气有如点燃的橡胶在雨中融化，他的尴尬如一层云彩遮住火热的太阳一般迅速被遮掩。

“……我从来没有说过我不负责任，对那些事。没有……克丽丝，不是他们说的那样。可是……你母亲、你和本……我毁了你们的生活？老天！如果我再做一次……”

这是一个新的说法，毁了你们的生活，毁了这女人的生活。听到父亲这些话，我深感不安。有好一会儿，我都不理解父亲说的女人是谁，是我母亲还是别的女人？

父亲从来没有对我和本提过佐伊－克鲁拉。在做无罪抗辩时，他宣称他与那女人的死无关，从来不会提及佐伊－克鲁拉的名字。我明白，他现在也不会提及。

“……活着真好，自由真好。克丽丝，活着就是奇迹，我没有在阿提卡（纽约的重犯监狱——译者注）终身服刑，这就是奇迹。据说，只要在阿提卡待几个月就会发疯，特别是老人和白人。守卫也发疯。谁会愿意在阿提卡当典狱长呢？我在部队认识的伙伴给我捎话了，如果把我送去阿提卡，我会没事的，我们可以组成雅利安车队好好玩一下。克丽丝，想想看，有人已经安排好我的未来了，我真把这看作是好消息，盼望着呢！”父亲笑了起来，但笑声很快变成一阵咳嗽。他悻悻地把烟掐灭在膝盖旁边的烟缸里。“克丽丝，天上可能真有一个上帝，但上帝会为人类主持正义吗？我在读《科学发现》杂志，上面说上帝是一个‘本体’，一个‘平衡体’。是有一个叫上帝的，但是哪一种上帝呢？一个男人得自己锻造正义，得自己锻造自己的灵魂。正义不能冒得太快，得用时间去磨，但至少是可以期待的。绝大多数人类都不会比‘上帝’放更多的屁。我想你不能责怪可怜的人们。地球上发生飓风、洪水，每一种可怕的事物都在吞噬地球。每当你看一张报纸，每当你打开电视，你跟得上吗？当我还是孩子的时候，我会跟大人一起上主日学校，一直到11岁那年我不愿意再去了。我记得，我们被告知耶稣是如何显灵的。感动人们的是‘神迹’而不是作为布道者的耶稣。他们要你相信耶稣能起死回生，能拯救他的子民。问题是此刻，耶稣真能‘拯救’世上芸芸众生吗？世上有数以百万的人们生活在水深火热之中。可作为上帝，可恶的‘主宰’、‘领头大哥’，却不屑一顾。一切关乎权力，关乎藏在瑞士的财富。他们在乎的是银行不会揭穿他们的身份，不用交税。那些‘主宰们’出卖自己的灵魂，把一个个无辜的人投进监狱，目的是想要‘了结案件’。去他的伪君子……”

我迷糊了，被爹地突如其来的高谈阔论震惊了。真是这样的吗？父亲谈论的是痛苦的事情，沮丧的事情，有关责任认知的事情。他开头的话充满了悲天悯人的语气，但很快变得愤怒。他扬起尖尖的下巴，双眼直勾勾地看着前方。车里的空调器放着暖风，我却情绪低落，犹如一阵冷风吹遍全身。

不要相信一个酒鬼。克丽丝塔，答应我，永远不要上酒鬼的车，永远。否则你会后悔的。

母亲曾经许多次警告我们，她的母亲也一定警告过她，她听进去了吗？

我们大概是沿着31号公路往乡下开。这是斯巴塔北部的一条两车道州立公路。沿路有快餐店、加油站和汽车旅馆，天天客栈就在我们身后。我想，假如父亲图谋“绑架”我，他不会朝这个方向开的。他以倍加亲切的口吻对我说，为了庆祝我的16岁生日，他要送给我一辆车。

“一辆敞篷车怎样？就为甜蜜的16岁。”

爹地在开玩笑？爹地要送给我一辆车？我猜，爹地大概连我什么时候生日都不知道吧？

我在立体交叉导引道上看到一排排房子的侧影，有木棚、牲口栏以及滴着雨水的晾衣绳，一个毫无生气的移动“乡村”，垃圾堆熏烟冒着烧橡胶的味道。

我们沿着 31 号公路一路东行，目标似乎很明确。爹地把车开得飞快，是不是着急去见什么人？前面出口有不少娱乐场所，大概是佐伊－克鲁拉经常出没之地吧？这里有踢踏俱乐部、切特钢琴娱乐厅、好利汉、格罗托、斯万克摇滚舞厅。这里有新万豪酒店和喜来登·希尔顿酒店的酒吧间以及假日酒店的希罗娱乐厅，在车辆所到的交通圈里还有小拉斯维加斯娱乐场所……昔日昼夜灯火通明的地方如今大都黑灯瞎火，只有没有灯光照射的卡通画般的露点半裸女人广告牌，还有川流不息的垃圾车。停车场到处是污泥浊水。在爱迪－迪尔尼被关进警察局之前，他应该不是第一个混迹其间的“住家男人”。爱迪离开之后，朋友间就已互通信息说，没有人因为任何罪名被捕，但生活已经被毁了。

那时，我只有 15 岁，还太年轻，不谙世事。

这是一个小乡村，位于赫金玛郡的一个小镇，名叫拉皮兹。怪石突兀的山岗名叫铜鼓边，裸露的页岩和石灰石像是一条条断骨刺向天空。公路两边是毫无生气的牧场，山麓草地上，噶纳西奶牛在平静地吃草。爱迪－迪尔尼的一些亲戚住在拉皮兹，但我们从来没有去拜访过他们。

“爹地，我想知道我们在哪里，要去哪里?”

我尽量用平静的语气问爹地，声音里充满小女孩的好奇。我们应该是去一个叫乡村一线的小餐馆，那是爱迪－迪尔尼常去的地方。我真希望这就像我和本小时候那样，是爹地开着他的靓车带我沿着黑河的一次旅游。有时，母亲也会和我们一起出去，她会看着爹地的新车说，“看这车！我不喜欢这车！你究竟想用这车做什么？噢，爱迪。哦，天哪!”

星期天，爹地会带我们去肖恩的农场。

肖恩是母亲的一位叔叔。他一头蓬松的纯白发，皮肤像菠萝皮一样粗糙。他准许本在堂哥蒂伊陪同下到马厩里抚摸牧马柔软的鼻子。蒂伊会提醒我们："小心！从这边走。"他也允许我们用钢丝刷刷马肚，暖暖的，不停地抖动的马肚。高大壮实的马实在令人感到惊奇，不停地晃动的粗马鬃和粗马尾，脚下新鲜的马粪，漫天飞舞的马蝇。我真希望自己也有一匹马，我喜欢把脸贴在暖暖的马肚上。我最喜欢的是一匹叫玛丽奥的母马，它是"肖恩叔叔"的小马之一，有一双浅灰色水汪汪的眼睛，我想它一定认识我。

它是一匹马，而我是一个小女孩。这就是生命的偶然，马，女孩。

在父亲背叛母亲，失去对我们的监护权后，我常会骑自行车到斯巴塔四处瞎逛。我经过一座排屋的时候（据说佐伊－克鲁拉就在这里被掐死在床上），有一种荒诞的想法，假如我住在这里，假如其他人住在这里，死亡就会在这里。

人们谴责被杀之人，谴责赤身裸体被掐死在床的女人。

"……你那个'肖恩叔叔'一定要赶我走？"

我用轻蔑且伤心的口吻说出"肖恩叔叔"。

"我想，你母亲那边的人都一样，我指的是某些人，那些男人，如'肖恩叔叔'。"爹地似乎也在顺着我的思路。

"爹地，他不是我的叔叔，他是妈妈的叔叔。"

"他是你叔爷，是这么叫的。"

这不是我的错，我要抗议。肖恩叔叔只不过是一个老人，一个愚昧的男人。爹地为什么要介意他的想法……

"……要知道我不会放弃，只有犯罪的人才会放弃，才会搬走。我现在被逐出斯巴塔，可我不是那桩案件的罪犯。我要修正像'肖恩叔叔'那种诬蔑我的浑蛋们的想法，我一直在为此抗争。5 年了，要是一个罪犯早就放弃了，但绝不会是爱迪－迪尔尼。"

爹地情绪激动。他又一次伸出手摸索我的手。他强有力的手指触向我的手腕，我有一种忽如其来的警觉，一阵不可思议的恐惧。那些人壮实、高大，他们的力量让人不可抵挡，要伤害你简直太容易了，不用任何理由。

7

“哈，说你呢！刚想到会是你呢。”

在哈尼斯通甜品店，最值得你等候的服务生是佐伊一克鲁拉，不是乌嘴黑唇超胖的奥德莱（看她那副永远绷紧的苦瓜脸），也不是呆板的老板娘哈尼斯通夫人，更不是雇来在高温天气下服务的帮手或是爱打听顾客名字的女中学生。佐伊记得来这里的一个小女孩，她在挑选雪糕时喜欢将草莓堆在雪糕筒顶，巧克力搁在筒底，这样，雪糕融化时草莓就可以吸到巧克力味。她要求雪糕颜色淡而不黑，果粒不要有嚼劲，雪糕的做法不要太花哨。她要求奶昔顶部不要果仁，不要野樱桃，如此等等。只有佐伊一克鲁拉了解，只有佐伊一克鲁拉记得。

佐伊一克鲁拉很会记名字：“克丽丝，是你呀？嘿，克丽丝来了！”

佐伊很迷人，不止漂亮那么简单。当你看到佐伊，你的眼睛会不由自主地盯着她，就像紧盯着公路旁的广告牌一样。

作为一个小女孩、一个成年女子最吸引人们的是脸蛋和身材。

佐伊是一个成年女子，一位妻子和母亲。然而，你感觉不到佐伊比哈尼斯通甜品店柜台后面的中学女生年龄更大。她有一张姑娘的脸，美丽的脸。她总是面带微笑，贝齿靓丽迷人，皮肤暖白带斑，齐肩飘逸的金色卷发，眉毛经过仔细修拔描色，淡淡的睫毛略略染油，眼球鼻梁略显长，亮鼻头，宽鼻孔，她的下巴稍稍显窄。不过，最吸引的是她琥珀色的双眼，美丽动人，有如孩童玩耍的半透明琥珀弹子，转动时不断变化颜色。

佐伊是个小个子女人，体重不足百磅，身高也不过5尺2寸。她的手指纤细，身上散发出性感姑娘时尚的香气，使她宛若在聚光灯下一般。当佐伊在哈尼斯通奶品店柜台后面将双眼锁定某一位顾客时，她以特定的方式站起来张开嘴露出闪亮的皓齿微笑，脸上闪着真诚的容光。

“哈，说你呢！刚想会是你呢。”

最令人惊奇的是佐伊发自喉咙得意的咕咕声，这声音好像不是发自她红扑扑的大嘴，而是来自收音机。她的声音甚至比她靓丽的脸蛋还吸引人，一个你不得不想的特别之人。

佐伊左胸的小口袋上绣着醒目红色大字“佐伊”。

夏夜的乔托瓜公园里，乐台上本地音乐人和歌手云集。佐伊－克鲁拉和几位朋友组建了一个叫做“震撼黑河”的乐队。这个乐队由吉他手、班卓琴手、小提琴手和钢琴手组成，佐伊是乐队唯一的女性。

除了一个长得像猫王的吉他手（一个染黑发、穿牛仔靴 20 出头的孩子）之外，其他人都在 30 岁以上，他们激情洋溢，热切期盼受到欢迎。他们的音乐涵盖乡村和西部古典乐曲（《小小玛吉》、《来自多佛》、《我要走线》）到忧伤的传统乡村乐曲《天堂的小鸟》、《踩在雪上的小小脚印》以及的士高乐曲《我定生存》、《星期六晚上的狂热》等等。

佐伊身穿亮晶晶的演出袍，性感诱人，整条大腿裸露在外。她草莓金的卷发盘在头顶，看上去就像浑身闪着电光。在登台那一刻，她不再是斯巴塔的一位妻子和母亲。

然而，她是克鲁拉夫人，本在中学一个男同学的母亲。这个男同学叫亚伦，比本要大 1 岁或更多，长着一副与佐伊完全不同的冷峻方脸。

母亲和她的朋友们都说：“佐伊嫁早了。”

还有人别有用心地说：“佐伊‘嫁得太早了，可惜了’”，“佐伊‘嫁错人了’。”

本和我不明所指，只知道爹地开车带我们去斯巴塔郊外哈尼斯通奶品店是我们一周表现良好的周末奖赏。他会说，有人对坐车感兴趣吗？

去哈尼斯通？哈尼斯通奶品店是一个真正的奶牛场，秘制雪糕和色拉在当地很有名气。

就说我回到斯巴塔吧！就说我寻找留下的为数不多的“朋友”，学生时代的同学吧！问问他们孩提时代记忆中最有印象的是什么？每个人都会说：“哈尼斯通的奶品！”每个人都会拍着手，眼睛里噙着甜甜的泪水，回忆起哈尼斯通奶品，宛如回忆一个失去的天堂。

回忆起开车去哈尼斯通的往事，它承载着我童年最幸福的期盼。

汽车驶离开东呼隆派克路，经过水处理塔，经过火车站场，跨过黑河桥，在东斯巴塔纪念公园之外大约 1 里路，就到了斯巴塔城的边界。在凹凸不平的砾石停车场后面，有一座闪着白光的拉灰水泥建筑。夏天，红色天竺葵盛开，秋天，菊花色彩缤纷。这座建筑物前面竖着一杆 30 尺高的哞牛广告（晚上看上去就像舞台背景），上面闪着“哈尼斯通奶品”大字。进入奶品店后，你会立即感受到一种特别的气氛，整间店都是奶冷色的、云石冷的，极像米兰德－斯巴塔银行的门厅颜色。只有一点不同，那就是香甜的烘焙气味逗得你像婴儿流涎一样口水直冒。哈尼斯通的地面铺的是真正的云石，黑白相间的花格，旧了仍然高贵。光洁柔黑的仿皮厢座里摆着精心装饰的白色锻铁桌椅。从天花板上垂下来的 6 把慢速风扇，叶片如同小飞机的推进器，给人一种柔情暧昧的感觉。假如你梦见哈尼斯通的内饰，缓缓转动的风扇一定会给你某种暗示。

哈尼斯通之梦或许是一种模糊的梦境，你不能清晰地看到是谁引你前往。在梦中，你永远是一个在大人羽翼下的年少孩童，无助的孩子。

“亲爱的，我能为你做些什么？”

这就是佐伊独特的待客之道。迷人的佐伊－克鲁拉，手肘支撑着身体，垫起脚趾斜靠在高高的柜台上，红扑扑的嘴唇带着微笑，露出贝齿迷人的一笑。她银蓝色的眼影在光亮的黑睫毛下显得奇异，使你口呆目瞪，不知所措。

关于亚伦的母亲，还有一个十分美丽的故事。当她穿着哈尼斯通白色工作罩衫时把衣袖挽到手肘上，露出点点小蚂蚁黑痣的纤臂，有点使人难堪，使人战栗！这位从喉咙里发出咕咕声的女子长得如同一个十几岁的女孩，让人想把那裸露的手臂狠狠地咬一口，让牙齿酸痛，让你的下巴酸痛，让你在冰冷中打战。

哈尼斯通规定员工必须把罩衫穿在白色灯芯绒裤子外边，罩衫和裤子必须保持干净整洁。其他帮工都必须戴头罩，看上去傻帽俗气，而佐伊例外，褐色金发只是罩上一顶薄薄的纱罩，显得十分妩媚。

佐伊问我："宝贝，我能做些什么为你？"搅乱的词序让人惊愕，让人费解，让你猜不透哪里出错了。

做为你，而不是为你做。太可笑了。

本是一个不喜欢被人尤其是被不熟悉的人戏弄的小男生，但他看到佐伊用肘斜撑在柜台上俯视着问他我能做什么为你，称他是爹地的大男孩的时候，他也会禁不住笑出声来。

妈咪带我们去哈尼斯通的时候，佐伊会说本是妈咪的大男孩，但不知为什么少了一点激情。过后，佐伊就不太理会我们了。

母亲在佐伊－克鲁拉还姓娘家姓的时候就认识她了。那时佐伊还是一个中学生，是鲁西尼－鲍尔在斯巴塔中学一个同学的妹妹。

像斯巴塔这样一个小城市，人们几乎天天见面，每个人对对方的家庭背景都了如指掌，其中掺和着历史的原因，也包含着紧密的友情以及紧张的世仇。这些几十年前流行于地下的氛围一直在发酵，一直在玷污风气。

人们可以闻到玷污的气味但看不透其中所在，也不可能猜到其中的历史原因。

地表之下埋着盘根错节的根系，一旦发掘出来会令人震惊。春天时分，母亲一直在屋外车道旁不停地挖土，决定种一种耐寒快长的多年生植物银边翠。铁锹撞上了缠绕的根系，那感觉像是某种丑陋之物撞击脑袋上一般。

当麻烦开始在我们生活中出现（本和我当然不明白这些麻烦为何物），我们的母亲变得怪异起来，开始在屋外忙活，整天汗流浃背，前臂上暴露的青筋着实吓人。她紧咬嘴唇，像是缝错了的衣边，她把身体压在铁锹上不停地挖，用穿着帆布鞋的脚用力地踩在铁锹上，疼得哇哇直叫，“啊，上帝呀！疼死我了。”

地下缠绕的根系盘根错节。一些挖断了的根系露出白浆如骨髓。

母亲知道哈尼斯通的佐伊－克鲁拉是多么的迷人，父亲一定是通过另一种方式认识她的。

假设，我轻松地和我哥本说话（我真的不会疏远他），冲动地打电话问他，记得我们一起去哈尼斯通奶品店吗？妈咪带我们去和爹地带我们去好像不太相同哟！

假设，本没有挂断电话，他会不假思索但真诚、若有所思地对我说：

克丽丝塔，你说，你一定记得的。

那时？

不，不是那时。

后来吗？

对，就是后来。

爹地开车飞快。他把收音机开得震天响，大声跟着唱。车在呼隆派克路开得飞快，可到了哈尼斯通奶品店之后，他却煞费苦心地校准方向停车。这车是爱迪－迪尔尼的炫车之一，今天一早还在我家车道上仔细冲洗、打蜡抛光。在哈尼斯通停车场上，爱迪－迪尔尼费尽心思把车停好，显然是想吸引别人的眼球。哈尼斯通的前窗是长长的平板落地玻璃，几乎与屋子的宽度相等。佐伊一定能看到炫目的双色（米黑相间）外漆的1973款林肯大陆（或者闪亮的镀铬奶白1977款豪华奥斯莫比尔，又或是有如等候发射滑动火箭的赭红色古董雷鸟），她会站原地凝视，微笑。

爱迪一迪尔尼的专车是用来换取观赏者微笑的。

凝神注视的微笑，专为亲密的人，专为挑起妒忌。

天啊！谁的车？

看到停车场停的车，猜到司机可能是爱迪一迪尔尼，佐伊会立即转过脸，背对着停车场照照镜子，从白色灯芯绒套褂口袋里掏出专门为特定场合准备的折叠小镜审视自己的反应，也正好借机往自己的鼻子补点象牙色粉底，检查一下眼影，努着嘴看看红唇膏是不是还光鲜依旧，正好整理一下在如此刻板的地方必须戴的可恶的发罩。

“喂，爱迪一迪尔尼！还真是你呀。”

佐伊一克鲁拉性感的嗓音宛如砂纸擦拭，令人猛然打个激灵。那声音如此之近，如此温暖，如此挑逗，一如你躺在床上听到耳边的喃喃絮语，一如头靠在你枕边，厮磨你的下巴。

爹地带着期许推门进了哈尼斯通奶品店，悬挂在门上的小铃叮叮一阵作响。佐伊领着爱迪的小宝贝们走进令人陶醉的奶白冷云衬托的氛围中，边走边问，他们叫什么名字？本？克丽丝？

佐伊一克鲁拉与爱迪一迪尔尼互相对视了一下。几乎同时，他俩脸上立即通红一片，像触电一般。

“佐伊，你还好吧？看来气色不错。”

星期天下午应该是哈尼斯通最忙的时候，父亲十分随意地打了个招呼。

佐伊一克鲁拉是奶品店最受欢迎的人，就像她在乔托瓜公园夏夜音乐会上那样惹人喜爱。顾客们宁愿排着队专门等佐伊为他们服务，也不去理会胖妞奥德莱和白头哈尼斯通夫人绷着脸在柜台后无所事事。

哈尼斯通夫人是马尔维一哈尼斯通的老婆，爱迪曾经为马尔维修过车，因此认识他。爱迪一迪尔尼站在果品冷藏柜子旁边双手插在后裤兜晃悠着，不愿接触哈尼斯通夫人的眼神，似乎他来哈尼斯通的目的是为了买一块草莓搅拌奶油派，一块巧克力奶冻，一块三层生日蛋糕，一块香甜的浇糖水果蛋挞，又或是一盘奶油巧克力奶糖、巧克力曲奇、蛋白杏仁小甜饼。

“喂，本，克丽丝，你们最喜欢什么?”

本和我激烈地争论着。

草莓搅拌奶油派，香蕉奶油派，铺着一圈一圈像风车一样的金脆壳的樱桃派，不是铺上难看的硬壳那种……

种类齐全的生日蛋糕陈列柜!

争论还可能持续几分钟。此刻，爱迪一迪尔尼还有时间透过陈列柜后面的镜子注视佐伊一克鲁拉。他以批判性的蹙眉观赏自己的形象，一头酷似鸡冠的赭红浓发，双手在身后快速地移动。

爱迪一迪尔尼有一双木匠的大手，手指粗壮。一双浓眉大眼藏在海青色的“导航者”金属框太阳镜里。面对着满头时尚金色小卷发，神韵迷人，酷似洋布娃娃的女人，爱迪一迪尔尼在默默祈求，默默盯着佐伊卷起的白色衣袖和裸露着的带斑前臂。

爹地带我们来，只让我们过过眼瘾。经历几次星期天如此遭际之后，本开始抗议了：“爸，你总是问我们要什么，可你从来也没买过给我们。你为什么要这样问呢?”

我不想听到这话。我把我的选择告诉爹地，香蕉奶油派、焦糖乳羹派、用粉色糖霜喷上生日快乐字样的三层巧克力蛋糕。我曾经看到过佐伊一克鲁拉把一圈粉色糖霜像挤牙膏那样喷在一块双层蛋糕“祝罗宾生日快乐!”

我才不管谁是罗宾呢！才不管他是女孩男孩呢！

爹地不悦地说："本，我在做心灵记录。你爹地有一个结实的心筐，用来积存实例以便将来顺手拈来。"

心灵记录？我感到好奇。我问爹地什么叫心灵记录？爹地斜视着佐伊一克鲁拉，她也在经过一位烫发顾客的同时对着爹地微微笑。

"爹地，什么叫'心灵记录'……"

"佐伊，你来告诉她。"爹地彬彬有礼地提高声音把佐伊拖入对话。佐伊正在为一家哭闹的孩子们做奶昔，"什么是心灵记录？"

我估计佐伊在十几码开外的地方一直在听我们对话。自从爱迪一迪尔尼进入哈尼斯通之后，佐伊一直在凝神关注着他和他那两个忠实于母亲的孩子。可怜虫。爱迪一迪尔尼是一个英俊男子，鲁西尼一鲍尔则是一个圆脸妇人。

佐伊偏着头表示她在认真思索。

"'心灵记录'是指一种记忆。你在脑子里积存某种记忆来提醒你后一天要做的事。'心灵记录'为的是将来，即从现在往后追忆。"

佐伊用故作神秘的嗓音低声道。我不明白她和父亲在说些什么，但是她一连串的话意味深长，就像广告牌上的说辞或电视里的商业广告。

爱迪一迪尔尼头上换戴各种工作帽和垒球帽，外出时总戴，在家时长戴。他脱掉戴了几年、镶着铜字斯巴塔建筑公司的工作帽，那是一顶油腻腻的深蓝色帽子。然后用手捋一下头发，把新帽子的帽沿拽低压在前额。这时，他会不好意思，自我意识使然。他是一个男男女女都关注的男人，他却以排他性的方式祈求别人关注。

在斯巴塔建筑有限公司工作的时候，爹地总是一身白衬衫，夏季穿短袖，冬季穿长袖。他坚持要穿白棉衬衫，所以母亲会把衬衫熨过以后再让他穿，一定不让他洗了就穿。爹地在工作中也坚持穿笔挺的裤子，冷天则穿运动外衣或夹克，从来不穿大衣，木匠是不会在工作时穿大衣的。夏天收工之后，爹地穿 T 恤和卡其裤，皱巴巴、锈迹斑斑的卡其裤，12 码的大脚穿一对跑鞋。

爹地长得硕大无比，结实高大，宽肩厚膀，手臂也长，手腕有力，在我面前就是一座大山。尽管有腿病（母亲是这样说的，当然不会当着爹地的面说），爹地走起路来却不那么明显。他从来不喜欢有人提到他的病腿和伤痛，如果有人（大都是母亲的亲戚）刻意提到他的健康问题，他会不快甚至愤懑地涨红着脸（因此，父亲对男女亲戚关于建筑生意如何如何的问题都冷言少语，往往笑着耸耸肩说，莫抱怨，你呀！管好自己的事吧）。

父亲平日里有松散也有冲动，除了心不在焉和心情愉快的时候，他会因为受到威胁的暗示显得无比激动。这就是他，我的父亲。别靠得太近！别以为我对你示好我就是你的朋友。

在父亲黝黑的手臂上长着猪鬃卷串般的浓毛，深锈近黑，摸起来硬得像电线却十分有弹性。当我还是小女孩的时候，爹地会把我揽在他多毛结实的臂弯里。他白色 T 恤里的前胸和身背的一部分也长着像野兽一样的又黑又硬的毛，一直长到喉结的地方。当爹地看到我奇怪的眼神，他就笑着说：“猫咪，别怕。你不会变成丑陋的多毛猩猩的。”

我喜欢爹地和我开玩笑。父亲是我生活中十分重要的一个男性，一个典型的美国男人，也是一个小城男人，一个参加过越南战争的男人。他会出人意表地冒出一句玩笑话，毫无机心的玩笑话，他们称之为取笑。他喜欢喝啤酒，有一些和他气味相投的朋友，自从他不再信任任何女人，甚至老婆和他母亲之后，这些朋友是他仅能信任的人。如果你要问为什么，算了吧。

如果要问，去死吧。

如果你坚持要问，问你自己吧。

世界上没有比这些美国爹地们的微笑更令人心旷神怡的事。微笑使他们生硬的脸变得像男孩子的脸那样放松，微笑使他们拘谨的眼角放松。当这些爹地们不再微笑，凡事会变得可怕无比。

那天在哈已斯通，父亲突然向本吼了一声："嘿，浑蛋，过来。"

本在做什么？只见本把手伸向陈列柜玻璃托板上用保鲜膜盖住的一盘鲜烤巧克力奶饼。

那时，本只有10岁，还是一个瘦小的男孩，淡淡的棕黄色头发，头发上长着一圈可笑的旋，看上去像一个女孩。他长着一双吓人的淡棕色眼睛，像不安的兔子一样转动。爹地生气了，他真不应该在那种场合说这样的话。

"你在做什么？把你的手从那不属于你的东西上移开。"

后来，爹地说他气急了。那时，他正等候佐伊－克鲁拉注意他。爱迪－迪尔尼可不是那种习惯等着一个女人注意他的人。

我哥遭到父亲公开训斥，我有点惊愕，然后是一阵窃喜。哥啊，你也有今天！本的手好像碰到蛇一样急忙从陈列柜里缩回来。太好笑了。然而，父亲的态度真的使我害怕，一不留神，小克丽丝也会遭到大声训斥的。

佐伊－克鲁拉终于来了，直接走到我们面前甜蜜地说：

"爱迪？看外面那辆炫车。"

爹地赞同地开怀大笑，那是他的车，几天前才弄到手的。

"你开进停车场那一刻，我就猜到是你了。"

此刻，话题就在我们的父亲与佐伊－克鲁拉之间展开，像打乒乓球一般迅速地你来我往。话题无非是爹地最近搞到的车、震撼黑河乐队一两周以后要举办的"爵士音乐演奏会"。他们也谈论各自的配偶、家庭。从表面上听来，他们的交谈平淡乏味。他们时不时会转过脸看我们这两个小孩子，心里想的却是与我们毫不相干的事情。

佐伊说得漫不经心，但你别领会错了，在她内心深处是极为认真的。

她在挥动着满是斑痣的裸臂，那双琥珀大眼一直痴迷地盯着爱迪一迪尔尼，火辣辣的，意味深长。我盯着佐伊－克鲁拉发亮的腥红色指甲，盯着爹地异乎寻常的举止，感到血液在加快流动。

似乎过了很长时间，其实也不过两三分钟，佐伊的大眼睛终于转向本和我："哈，你是本？你是克丽丝？爹地的小男伴和爹地的小女伴。今天，我能做什么为你们？"

我们笑了，这真是一种奇怪的说话方式，像谜语，像逗笑。我不敢说我不喜欢这样搅在一起的词句。作为一个小孩子，我不喜欢大人无端发笑，很在意词句错用。搅乱词序就像尿裤子尿床，就像晚饭时倒洒一杯牛奶，就像把盛满土豆泥的叉子掉在地上。小孩最怕的是做错事时大人们的大笑。

此刻，佐伊口里吐出可笑的词句为你们我能做什么？你是本？你是克丽丝？

我爱佐伊－克鲁拉，我喜欢她看我的眼神，喜欢她叫我的小名。

但是，我为什么会害怕佐伊－克鲁拉呢？

有一个看似无意的插曲。爹地告诉佐伊，克丽丝想要一份咖啡雪糕(我抗议，我最恨咖啡雪糕)。佐伊笑着说好。其实，她最了解我的心思，我想要的是双份雪糕，巧克力在底草莓在上的那种。

"宝贝，你爹地太粗心了。别以为我很在意你的老爹。去，他想得美！"

去是大人们常挂在嘴边的话，这取决于语气和对谁说，有时是软语关心，有时却是一种严苛。在哈尼斯通奶品店，佐伊－克鲁拉和爱迪一迪尔尼之间的对话都是软语甜话而不是严苛。

爹地从来不会为自己点一份雪糕或奶昔，他不喜欢甜食，他中意的是咸味食品如椒盐卷饼、花生和土豆片，不管新不新鲜都照吃不误。就像星期天喝啤酒那样，他吃什么都是大口大口的。爹地喜欢咖啡，给黑咖啡“迷了魂”，尤其喜欢哈尼斯通的咖啡，那味儿家里做不出来。

佐伊开始展示她冲咖啡的技巧。她把滚烫的水举高冲在泡沫杯子里，说：“爱迪，来了！希望这是你喜欢的。”

“对极了，这正是我喜欢的。”

总有一天，佐伊－克鲁拉会从哈尼斯通消失。不久后的一天，这件事真的发生了。这对我是一种打击，使我感到吃惊。这一天，母亲带着本和我去奶品店。我们都兴冲冲地跑进去找佐伊－克鲁拉，但只看到老哈尼斯通夫人和愚蠢的胖妞奥德莱以及另一个我们不认识的姑娘。我们问哈尼斯通夫人，佐伊呢？佐伊在哪里？哈尼斯通夫人淡淡地说了一句：“她辞工了。”哈尼斯通夫人没有说佐伊的名字，只说了“她”。哈尼斯通夫人板着脸，不愿意说更多有关佐伊－克鲁拉的事，母亲也不愿意多问。

她在哪里，她去了。没留下话儿去了。

那一天是我一直期盼的星期天。我8岁，秋天就要上三年级了。爹地和佐伊－克鲁拉在进行快速的乒乓调笑。与此同时，佐伊为本和我舀了雪糕，给爹地冲了咖啡，摇铃下订单、找零钱。爹地一边低声细语，一边从佐伊的纤纤细手中接过找回的零钱。佐伊把钱递过来的时候会叫一声“迪尔”。谁是“迪尔”？佐伊笑着说：“我呀，我见到他就这么叫的。”这个回答让爹地有点尴尬。他笨手笨脚地抓着找回的零钱，慌乱中把一块硬币掉在云石地砖上乱滚，本扑过去抓住。佐伊仍然着笑着说话，好像从来都是那么轻松愉快。她说话的声音宛如头顶扑翅飞翔的小鸟那样飘逸，“给露西带个好，行吗？”

停车场上，天气炎热潮湿，经受奶品店的奶白冷后显得格外闷热。爹地的车就停在耀眼的阳光下。当我们走到车前的时候，我发现我的雪糕尖顶已经下陷了，更可怕的是，雪糕筒顶部有一只黑色象鼻虫在动。

我尖叫着把雪糕筒扔在地上。

爹地听到了，连忙过来察看。

“克丽丝，搞什么鬼？出什么事了?”

双份草莓巧克力雪糕掉在砾石地上，融化了。我告诉爹地雪糕里有象鼻虫，不敢吃，我捂住嘴怕呕出来。爹地骂骂咧咧地用鞋尖戳了戳雪糕，从他站的高度，好像看到有许多黑色的虫子在雪糕筒顶蠕动。他有点怀疑自己的眼睛，显得不耐烦，好像那雪糕的不洁是我的错，我笨拙地把它掉在地上后又想把责任推给他人。

“喂，你别想再要一个。时间不早了，我们得走了。”

别想再要一个？什么时候成了我的错？我倒吸了一口气，我要抗议，我想哭。我失去了我最想要的东西，固执的小孩子受到了不公平的待遇。爹地完全不理会我的情绪，不想再去奶品店，向佐伊或其他人抱怨。

我不高兴地甩开爹地的手，但他粗蛮地拽住，我瘦小的手臂，我无法反抗。“去！克丽丝塔，快走。”

本傻笑着舔着雪糕，露出一丝同情。本坚持要坐副驾驶位，这辆车是奥斯莫比尔特有的“豪华”版，车的内饰是淡紫色的。我坐在后座上，皮座椅被太阳烤得火辣辣的，烫得腿很不舒服。我呜咽着，诅咒刚才不公平的待遇。如果我刚才跑回去，佐伊一克鲁拉一定会再给我一份雪糕的，又假如妈咪在，她一定会进去理论，而不是爹地带我们去，店员应该有同情心，应该道歉补偿一份雪糕给我。可是，爹地只是恼怒发火，低声诅咒，然后开车走人，你却不能惹恼他。如果爹地想得周全，他会命令本和我分享雪糕。可爹地根本不在意雪糕这件事，根本不理会他固执的女儿，他的心思在另外的地方。我蜷缩在后座上抽鼻子喘粗气，这不是我的错。为什么爹地要对我发飙？我 8 岁的心碎了。

大约一周以后，母亲带我们去拜访东斯巴塔郊外的一位亲戚。回家路上，妈咪领我们去了哈尼斯通奶品店。本要了一份雪糕，我不想吃雪糕，就要了一份奶昔。奶昔装在一个小塑料碗里，可以一边吃一边看到碗里的一切。佐伊－克鲁拉就在柜台后面，她清楚地记得我想要的雪糕种类。她向我眨眨眼，用甜蜜的嗓音叫我“克丽丝”，设法逗我笑。但我不想笑，我在生闷气，不想抬起眼盯着佐伊容光焕发的脸。

8

1983年2月，也就是2年零7个月之后的一个星期天早晨，佐伊－克鲁拉死了，死在斯巴塔下城西弗利街的一间红砖排屋里。

《斯巴塔日报》的头版报道说，佐伊－克鲁拉遭受钝器敲击头部致伤及人为窒息而死。这是一起凶杀案。

据报纸披露，被谋杀妇女已经与丈夫分居，并且被谋杀的妇女被发现在自己的床上，有……

“克丽丝塔，把报纸给我。”

“不，我还在读呢。”

“我说……”

母亲满脸焦虑地来抢我手里那一页报纸，看到如此焦虑的脸色，我害怕地转过脸，把报纸递过去，但我已经看到——

尸体由该死者14岁的儿子亚伦－克鲁拉发现

该男童冲到街上呼救

这时，我11岁，已不再是因“丑陋”、“肮脏”和“恶心”之类的事情而需要母亲保护的小孩子了，也不再会忍受如此保护。我知道，被自己的儿子发现、被人掐死在自己的床上的女子正是那位魅力四射又毫无心机的女子，那位在哈尼斯通等着我们的女子。我胆战心惊地了解到，在佐伊－克鲁拉死亡前这段时间里，已经和丈夫德尔莱－克鲁拉分居，脱离了与德尔莱－克鲁拉和儿子亚伦（我哥中学的同班同学）的关系。分居、脱离、联系断裂，如此难以理解的词语。我心中一片茫然，像去牙科医院被奴弗卡因注进齿龈时一样麻木。我像在梦中，在一种让我喘不过气、精神恍惚、头痛难忍的梦中，经历着一种感情集中依恋和喷发的梦境。在梦境里，一种不断变换语调的声音（就像不断转换电台那样）在静电中淡去。后来我知道，佐伊－克鲁拉和一个名叫德鲁卡的女子共租一套在西弗利街 349 号的公寓。

西弗利街离呼隆派克街有几里路，并不是我熟悉的街道，应该在铁路站场附近，在堤岸仓库区边上，在站前街之外离大桥一两个街区的地方。那里有一家三级成人图书影视商店，一个堆放碎石的空地。那里是巴塔复兴公园区，政府标榜的未来的旅游休闲区，一片在建的毛坯“高层住宅”沿着河岸一字排开。

我还了解到，有一些男士常去排屋探访佐伊－克鲁拉。

目前这些男性探访者正在接受斯巴塔警方的调查。

我想不通，母亲为什么要对这些事如此焦虑？为什么要锁门不让本和我进去？她为什么要拒绝回答我们惊恐的提问？妈咪，到底发生什么事啦？

这是一个异常寒冷的 2 月。本地报纸上正在连载好笑的冰川重现卡通画，夸张的冰川、柱齿象和裹冰弯齿的长毛猛犸。这时候，我在哈珀维尔小学念六年级，我哥则在斯巴中学念九年级。亚伦－克鲁拉也在这所中学读书。母亲问本是不是认识亚伦－克鲁拉，本说不认识，但马上又说“他比我低一班”。

他轻蔑地说：“克鲁拉是半个印第安人，和我不一样。”

“他和你同年，对吧？报纸上说他 14 岁。”

本不耐烦地说：“那又怎么样？妈，我告诉你，他比我低一班，我不认识他。”

“他不是来自保留地的吧？他不是纯印第安血统的吧？‘德尔莱－克

鲁拉'，他不是印第安人。"

"我的天，妈！那又怎样？我们在说什么呀？"本生气了，他不喜欢母亲偏执纠缠于一些琐碎的细节。母亲的固执比惹恼我还要使本上火。

我心中暗暗祈求母亲，让它去吧，妈。你就让它去吧。

母亲还是固执地说："那可怜的孩子，我为他感到不安。他还是个孩子，让他发现了她。"直到这时，母亲还是不愿意说出佐伊－克鲁拉的名字，而是用轻蔑的口气说出"她"。

本耸耸肩转过身去。

本肯定认识亚伦－克鲁拉，从小学开始本就认识他。

本的性格如此，从来不愿意谈令他不快的事，比如佐伊－克鲁拉已经死去这件事。一个我们认识的人已经死去这件事似乎使他感到不自在。我哥正处在那种半吊子的年龄，对待某些事情不会耸耸肩说句俏皮话，只会苦笑着转身就走。

他从嘴角对我蹦出一句话："克鲁拉的妈，那个'佐伊'，你知道她是什么人吗？婊子。"

婊子？我觉得这个词就像一个清脆的耳光扇在我这个傻女孩的脸上。

"婊子就是给人玩的女性。亚伦的母亲是一个婊子，也是一个人渣，这就是她离开哈尼斯通奶品店的原因，是她出去卖唱的原因。亚伦并没有跑出去'喊救命'。当时，有人发现他和她在一起，就在她死的地方。并且……"本说话声越来越低。他停了一下，然后带着嘲讽的口吻说："他当时吓得只会尿裤子。你从报纸上是看不到的。"

在我能接触到的报纸上，在那些连篇累牍的报道中（有些报纸给母亲藏在她的香樟木柜子的抽屉里，不让我们看到）和在学校与女友们一起浏览的报纸里，我看到佐伊－克鲁拉的照片，她脸上带着微笑凝视着我，好像在说，克丽丝，今天为你什么我能做？

这谜语无解。

当她转身对着爹地，仰起她那令人神魂颠倒的脸，有如一朵追着你去采蜜的鲜花。迪尔尼先生，今天我能为你做些什么呢？

据我所知，佐伊-克鲁拉照片虽然不会刊登在全国性报纸如美联社这种报业辛迪加的报纸上，但也会适时刊登在本州发行的一些报纸上。那是一张佐伊摆好姿势和震撼黑河乐队的乐手们一起的照片。照片中，佐伊穿着亮晶晶的低胸演出服，头发蓬松，像遭了电击一般散落在半裸的肩膀上。还有一张比较随意的照片，是年轻时候的佐伊。她调皮地微笑着面对镜头，像是在揶揄摄影师，像一个洋溢着青春气息的中学啦啦队队长或舞会皇后。这些佐伊-克鲁拉的照片还要刊印多少次？还有多少次我会惊愕地凝视那张熟知的脸？在我的生活中一定不会不记得哈尼斯通的佐伊-克鲁拉。每一次记忆，对我来说都是一个错误，一个梦魇，一个残酷的笑话。在这些照片中，佐伊展现出如此信任的微笑。她不会想到自己的照片会被多次刊印，冠以佐伊-克鲁拉，斯巴塔谋杀受害者的身份标识出现在本地报纸和电视新闻中。

诚然，我只有 11 岁，很年轻，（大人们甚至青少年们）不得不告诫我说，她不应当笑成那个样子。

《斯巴塔日报》早晨的头条新闻以不平常的通栏标题横贯整张报纸：

斯巴塔妇女，34 岁，被发现受殴窒息而死

警方在调查本地传统乡村音乐歌手的死因

调查重点集中在“男性朋友”，“男性探访者”

稍后，标题新闻减少了，报道口气也发生了微妙变化：

传统乡村音乐歌手私生活“不同寻常”

斯巴塔探员循后续“线索”继续开展调查

我们家里没有人谈论佐伊-克鲁拉。爹地经常超时工作（或者因为“出差”在外过夜）。有一段时间（这已经不是第一次了），假如本和我问起爹地，妈咪会显得焦躁和不耐烦："他外出了。他在工作。我怎么会知道他在哪里？自己去问他好了！"

这太不符合逻辑，本也不知道该怎样回话。

母亲不停地打电话。她把自己关在楼上的卧室里（除非受到邀请，除非要我去帮母亲打扫房间和吸尘，我们是不能进去的）。此外，母亲会把自己关在厨房里打电话。厨房的枫木门是爹地安装的，从来也没有关过。

本和我坐校车回到家里，跺着脚到后屋的储物间里脱下被雪水泡湿的靴子，就看到厨房的门关着，传来母亲用急促、带责怪和恐慌的声调打电话的声音。这声音是对我们的警告，表示不要靠近她。"可是，什么？发生了什么事？你这是什么意思？可能会遭逮捕？怎么会呢，如果……律师？他为什么要请律师？啊，我的天哪！律师……我们请不起律……"

本铁青着脸踢掉靴子，重重地踏上楼梯，母亲一定听得到他上楼的脚步声。本居然不顾我冻僵的身体，忽视我的乞求。我把受伤的拇指含在嘴里，用牙齿用力咬指甲，我就要让手指的血多流一些。

"他说什么？你知道他要说什么！他可能不想和我说，他会对你说吧……但不要律师，这事……没那么糟糕……"

母亲激动的声音里充满责备、羞辱和生气的语调，明显是在和她哥哥或姐妹通话。我不想听！我急忙用双手捂着耳朵紧随哥哥上楼了。

"哈，是你呀。克丽丝，我能做什么为你？"

我凝视着浴室镜子里的自己，学着佐伊－克鲁拉从喉咙里发出嘶嘶的嗓音。我想哭。但没有哭，我不会流下一滴泪。

9

爹地，我们不能问。

克丽丝不能，本不能，母亲也不能。

不能问登在报纸上克鲁拉夫人的照片，不能问凶杀案件。

我找不出任何理由对父亲说这件事。无论我多大年龄，都没有理由直接询问他有关肉体生活的事，直接说就是关于性。我从来不问父亲挣多少钱，我们的房子值多少钱，假如他买了保险，付了多少钱。我也不问他有关上帝的事，比如真有上帝吗？上帝和我们有什么关系？我们之间有禁忌的话题。但在斯巴塔，你看到的只是广告和流行文化宣传的叫做“禁忌”的香水。

孩子们在任何情况下都不会问关于死亡的事。尽管孩子们从电视上看到死亡、枪战、爆炸和天空上飞机遭到恣意炮击，拖着一曳火线掉下来，但是他们不能向大人问起死亡的事，连幼童都会很快明白死亡不是他们该问的事。

迪尔尼爷爷死时，我只有 4 岁，还没有上学。那时，爹地没去上班，他把自己关在家里地下室的工作间里。我们隔着地面能听到电动工具的凄厉嘶叫声，一直到迪尔尼爷爷的葬礼。除了躲避性地说一句爷爷“去了”之外，爹地再没有向我们提起迪尔尼爷爷。从爹地的脸上，本和我都知道不该问迪尔尼爷爷去哪里了。

母亲警告我们不要问爷爷的事，爹地烦着呢。母亲打电话时，会对别人说爱迪在强忍悲痛，他的悲痛全憋在心里。

听到这些话，我感到震惊。

强忍着，全在憋在心里。

在学校，人们都在议论亚伦的母亲佐伊一克鲁拉。而今，克鲁拉夫人也“去了”。

凡是认识佐伊一克鲁拉的人都感到震惊，这位既是哈尼斯通奶品店又是乔托瓜公园音乐之夜的美丽女性，这位如此友善、如此迷人的女性怎么会被掐死在自己床上，怎么会被谋杀呢？一切都错了。你可以成为震撼黑河乐队的女歌手，得到众人喝彩，受到口哨声捧场，欢迎再唱一首。然而，你一定会遭人嫉恨，以致要把你掐死在床上。

比谋杀亚伦母亲更难听的话多着呢，有人说她是个婊子。

在佐伊一克鲁拉死后的一个月里，母亲不允许我们留在学校参加课外活动，校方也不再鼓励学生参加课外活动。校园里到处是穿梭的巡逻车，像驯化的鲨鱼在停车场来回游动。校车司机在开车之前清点人数，确认我们都上了车后才关上车门离开学校。大男生们都反对这些措施，他们不是愚蠢的小女生。

本说：“我听到过一些亚伦母亲的事。‘掐人者’是尾随亚伦找到他母亲的。那个‘掐人者’为什么不会跟踪我们呢?”

我问本是谁告诉他的，在学校还听到什么。本耸耸肩搪塞我：“不关你的事。”

在世界的其他地方，任何时候都会有人死亡，或者正在以可怕的方式被杀戮。然而在斯巴塔，罕有死亡事件发生，更不要说发生如此离奇、令人惶恐的死亡事件了。“自然”死亡会使人伤心、哭泣，女人会号啕大哭，男人则忍而不发或略显悲切。在斯巴塔，人们一般都是终老病死，或者死于车祸，或在河里溺水死亡，在斯巴塔周围有数不清的湖泊，沉船落水身亡是常有的事。这些死亡令人伤心，但不会引起恐慌。假如你是一个小孩子，这些死亡一般不会发生在你身上。

死与被杀是两个完全不同的概念。

这一次，人们开始恐慌了。

没有了佐伊一克鲁拉撑着双肘靠在柜台上的微笑，哈尼斯通奶品店再也不好玩了。只是冰激凌仍旧香甜可口，我所不能接受的现磨咖啡的味道仍然苦味浓重。由于冰激凌蠕虫事件，整个夏天爹地都没有再带我们去哈尼斯通。但其实，个中原因不难猜度。

在哈尼斯通，我从来不去偷听母亲和苦瓜脸老太太哈尼斯通夫人对话。她俩相互摇头表示无法理解。话到愤[illegible]，二人一动不动地僵直着：“她怎么能舍家而去？她怎么能这样做？”

小孩子们无法理解大人们的话，永远也理解不了。我们只能听到大人们说的琐事，细微之事，“别让鞋子进沙，否则你得弓脚行走”，等等。

已经是 1983 年的 3 月初了。呼隆派克街上的白板木屋因一个不能说出口的名字笼罩上了一层阴霾。楼上楼下，地下室工作间里（父亲工作之余花费大量时间待的地方），到处弥漫着令人窒息的沉寂，像在电闪那一刻等待着雷鸣。

巨大的冬季风暴云团横贯整个安大略湖，一场暴雪即将来临。

暴雪前的沉寂。你在等待，但不知道在等的是什么。

二楼大厅父母的卧室门关着，门底下漏出微弱的灯光，我听到父母亲压低嗓门紧张急促的对话。有几个小时了。

在这声响中，本和我沉睡了，又在这声响中，我们被吵醒了。

我不想错误理解当时的事，也不想臆造记忆。

“佐伊－克鲁拉。你怎么能这样？多少次了？噢，为什么呀？”

深夜，那几个小时。我听到旋风呼呼，旧壁炉在气旋中嘎吱作响，像衰竭的心脏挣扎着呼唤生命。

可能是父母亲的卧室门开了又关，可能是父亲在门厅踱步，下楼。我醒了，惊恐，口干舌燥。

“爹地，你去哪儿？”

只听到父亲说“回你床上去，睡觉去”。假如我尾随他，在楼道上他一定会更严厉地对我说：“克丽丝，回去睡觉，这不是你管的事。”

那个早来的冬天，那个我们不愿回忆的冬天。那些宛如随意划过黑板的笔痕的记忆，深深地伤害了本和我。

很久以后，我们都不会忘记那段记忆。

佐伊一克鲁拉死前的日日夜夜。

感恩节后，漫长的圣诞节和透骨寒的 1 月。我们无法想象是如何度过那些日子的。

那些日子，爹地经常出门。那天晚上，他迟了几个小时才赶回来参加感恩节晚宴（“晚宴”在姑姑莎隆家举行，4 点钟开始），他也没有去参加另一位亲戚家的生日晚宴。每逢工作日，他总是打电话说迟一点回来吃晚饭，或者干脆说不回来了。那几天晚上，他没有打电话，也没有回家。

不懂事的本和我，一直追着母亲问：“爹地呢？”母亲脸色阴沉，眼睛里充满愤怒：“别问！闭嘴！走开！”但我们不停地问。小孩子不会掩饰不快的心情。

“爹地在哪儿，上班了？会见客户？在建筑工地干活？”

我担心爹地吃不上晚饭，他在哪里吃饭呢？本说别担心，无论爹地在哪里，有的是餐馆，爹地知道所有的餐馆。

母亲说：“保罗一卡萨诺（父亲在斯巴塔建筑公司的老板）去年冬天得了轻微心脏病，已经半退了。你们父亲现在负责‘管理层’，工作比以前多，责任更重了。”

晚餐时我仍旧给父亲摆了餐具，摆上了深绿色的塑料编织餐垫、折叠纸巾、刀叉和汤勺，一切都井井有条。

帮母亲准备晚餐是我小时候最享受的时刻！母亲让我搅匀煮开的通心粉，洗胡萝卜和土豆，调整搅拌器的转速（它有不可思议的好多转速，不能太快，这样才能把土豆打成泥状，倒出来才会起霜），给烤箱设定温度（一般是华氏 375 度，用来烤鱼或者烘焙蛋糕）。我最惬意的是可以在小小的厨房里触碰母亲温暖多肉的大腿。母亲身上有一股脆饼般的香味，不像有时我在同学家过夜闻到同学母亲身上刺鼻的香水味。在家里，母亲穿得比同学母亲更随意，超市买的松紧裤、套头衫和套头毛衣、毛袜（冬天穿）和布鞋。在家的时候，母亲从来不化妆。但在爹地下班前她会仔细地涂上唇膏，把平覆的头发梳松，在灰黄的脸颊上补粉。

有一段时间，母亲逢人就夸父亲。她对每一位来家里做客的人炫耀："你看这些枫木碗柜，你看这张厨台，还有这地板，都是爱迪亲手做的，漂亮吧？"

可是，当麻烦开始出现之后，母亲再也不用这种方式夸耀父亲了。除了用生硬平淡的口气说事之外，母亲几乎完全不提父亲。"你父亲今晚不会回来，不用给他摆餐具了。"

放假了，我们从学校安全保险的常规课业中解脱了。但是，这段时间似乎漫长而无尽头。在这漫长的圣诞季节，激烈的争吵开始了。爆吵的声音不仅仅局限于父母亲的卧室，本和我都特别留意到，父母亲会衣衫不整地出现在我们面前，不断提高的声音通过壁炉通风口从厨房传到我的房子。夜深人静之时，客厅会亮着一盏灯，电视开着，声音调得很小，母亲像病妇一般蜷缩在毛毯里，坐在沙发上等父亲归来。

那些日子里，母亲要求我晚上 9 点半，本 10 点半必须睡觉，可她自己却迟迟不肯上楼。她在等着从河滨路开过来的车，等候家门口的车道上晃动的车头灯。母亲过去从不抽烟，但她现在开始抽了。她过去滴酒不沾，现在开始喝了。她像是在看电视，电视机却悄然无声，没有任何频道能够引起她的兴趣，经典电影频道也不行。好几次，本穿着 T 恤和拳击短裤赤足走下楼梯（他模仿爹地的夜间装扮），想看看她的行为到底有多么"怪异"。我的天，她为什么不去睡觉呢？

妈压根就不搭理本。她坐在漆黑的客厅里抽烟，任由电视频幕闪着像是海底的磷火一样的微光。辛辣的香烟味飘到楼上，飘进我的房间。我梦到房屋起火了，我的双腿却拌在睡裤里，不能逃生。

我感觉到母亲的绝望与日俱增。午夜时，我身穿睡袍，光着脚坐在楼梯最上边。我和妈咪一起等，但并不想让她发现。

为了看清妈咪坐在沙发上的背影，我不得不往下挪了几级。为了不让妈咪发现，我悄无声息地抱紧双膝挪动。如果给她发现，她一定会怒气冲冲地说："难道我在这可憎的屋子里不能有一点私隐吗？走开，让我一个人待在这里，你们这些讨嫌的小东西，有孩子真是我的不幸，让我丢脸。走开，让我一个人待着。"

白天，母亲不是这样的，这是晚上在漆黑的客厅里让电视无声开着的妈咪。有些时候，我会在楼梯上睡着。他们（可能是妈咪，也可能是爹地）发现了，就会抱着我回到房间，把我放到床上。这也是我的梦境之一，幸福的梦境，或许从来没有发生过。

克丽丝，你这顽皮的孩子，闭上眼睛睡觉吧。

10

"你们的父亲要去和厄尔叔叔住一段时间。不，别问我，他自己会告诉你们。"

你们的父亲，再也不说你爹地了。微妙的变化，突然的变化。母亲对我们说你们的父亲就好像说你们的老师、你们的校车司机一样。

这是有关佐伊－克鲁拉的消息披露之后的第三天，报登出通栏标题新闻之后的这些天，爹地很少回家，有时回来一会儿又出去，有时回得很晚，本和我都已经睡觉。

"告诉我们什么？"

我们回到家了，本任由背包滑落在地。自从得知佐伊－克鲁拉遇害的消息后，本举止怪异，经常无端发笑。变得像在校车上恃强凌弱的大男生一样残忍。

由于生气，本的脸涨得通红，"放屁！"这种粗话常常挂在嘴边。

母亲一直瞪着本，没有叫他的名字，也没有对他吼叫。本一点都不理会，他挤过母亲，用脚跟狠蹬着楼梯跑到楼上，摔门进了自己的房间，我感到有些事已经糟得不可收拾了。

“妈，是什么……”

“我说过，克丽丝塔，他自己会对你说的。用不了多久了。”

我整个人呆住了，无法理解本为什么恼怒，无法理解父亲要和亲戚住一段时间是什么意思。这些事一定和佐伊－克鲁拉有关，但我想不出是怎么回事。

我们都在厨房，任由电话铃铃作响。厨房也出了问题。洗涮盆里浸泡着加了洗洁液的盘碟，厨台上摆着一个好像抹过咖啡渍的海绵和一个塞满烟蒂的烟灰缸，屋里飘着烟灰和烟蒂的气味，难闻极了。母亲脸上油光发亮，嘴唇上抹着口红，好像在等同伴，或者同伴已经来过又走了？这就不难理解水盆里的盘碟和在烟灰缸里燃尽的烟蒂。我扑到母亲怀里，但是母亲没有理我，她在生气，没有时间理会需要关怀的女儿。也没有意识到电话一直在响。正当我走过去想拿起话筒的时候，母亲轻轻地推了我一把说：“不，克丽丝塔，不是你的电话。我来接。”

父亲和东斯巴塔的厄尔－迪尔尼叔叔住在一起。他的决定太突然。爹地的东西还留在家里，衣服来不及收拾，地下室工作间的工具还放在那里，他本打算卖掉的1975款的威利斯吉普还摆在车库。

电话铃每响一次，我就很自然地想到是爹地的电话！

一直到第二天傍晚，我们已经坐下来吃晚饭了，父亲才打来电话。母亲回话的声音里充满戒备的口气，她挥手让本和我离开厨房。还不到几分钟，母亲把本叫回去说：“本，你父亲要和你说话！快点。”本满脸通红，怯生生地从她手里接过话筒。他像哭丧着脸回答道：“爸，好，是的，我也这么想。”我和本一样紧张，口干舌燥。和爹地通话也十分羞怯，这感觉似乎不对，太奇怪了。本和我又不是第一次和爹地通话。父亲的声音如此贴近，我有点不太适应：“猫咪，是你吗？真是我的小猫咪，对吧？我的甜猫咪，对吧？”我除了说是，爹地！是，爹地！什么也说不出来。爹地有点不对劲，是不是喝醉了？除了喝醉，和家里通话他不会那么没信心的。我感到很困惑，也很害怕，不知怎的就开始哭起来。爹地厉声说道：“去，别哭，克里斯塔，别哭。没出息。你妈都对你们说了些什么？克丽丝塔，把话筒给你妈。”

后来发生的事我不记得了，我脑子里一片空白。

自从那次听不清父亲在电话里的声音开始，我有一段时间听不清别人说话。在学校里，我费尽力气才听得到本德尔老师的话。别人在我耳边的吼叫就像远方的闷雷，就像爹地的车在呼隆派克街靠近家时候的响声。黑板上的粉笔字在我眼里一片模糊。我的眼睛泡在泪水里，鼻子流着鼻涕。我趴在书桌上拼命地用手擦鼻子，手上沾满黏黏糊糊的鼻涕。“克丽丝塔，你在哭吗？亲爱的，告诉我你怎么啦。”

本德尔老师弯下腰注视着我，递给我几张纸巾。她请我到室外走廊里，问我是不是有什么事，我摇摇头说没有。母亲一再警告我不要对别人说任何关于爹地的事，一定不要说家里发生的事。

我头晕脑涨，感到十分自责，眼前晃动的都是父亲责备的神色，克丽丝塔，别哭，不要哭，不要哭了。

我的牙齿上下打战，就像傻帽的红眼玩具娃娃那样不自觉地抖动。我是鲁西尼－迪尔尼的女儿，鲁西尼对她的家，对她的子女如此放任不管。她允许我在透骨寒的 2 月早晨只穿棉套头衫，只在夹克里面穿松紧裤。我好看柔软的金发粘在脖子上，弄得脖子通红。

本德尔老师轻轻地把冰凉的手背贴在我的前额上。

“哦，亲爱的，你发烧了。”

我发烧了。怎么会这样呢？

在医务室里，护士把一支探热针插在我的舌苔下，使我无法说话。她检查我的口腔和喉咙，弄得我嘴酸酸的、痒痒的。她和本德尔老师悄悄地说："那女孩，知道是谁吗？迪尔尼？"

护士差不多花了一个小时和母亲通话，要她立即来把孩子领回家："她都烧到华氏 102 度了，可能得了流感。"

"得了流感！"这是冬季在斯巴塔最流行的一句话。流感可以解释为是一种令人伤心的病态虚脱效应。其实，流感并不可怕，流感之后就是希望，所有的人都一样。

"狗屁。"

这是本常挂在嘴上的一句话。他说这话的时候，或在发怒，或大笑，有时声音轻得不让人听到，有时却粗声粗气让人害怕，但不得不听。

母亲限制我们看报，不让我们看晚 6 点的本地新闻。只有她掌握遥控器的时候，才会让我们看她允许看的节目。

每天晚上，母亲都把自己关在卧室里接电话，不让我们听到。她也不再把话筒递给我们和爹地通话。我忍不住了，有点绝望地问本为什么会这样。本只是耸耸肩不说话，或者只是说："狗屁！一直都这样。"

我问本这和克鲁拉夫人被杀有什么关系？本怒火冲天，蛮不讲理地重复道："告诉你，狗屁！"

"狗屁是什么意思？"

"蠢蛋。'狗屁'就是狗屁。"

我缠着本，拽着他的手臂。本推我，甩开我。我气得脸发青，不断重复发问。看到我的可怜样，本心软了。

"就是新闻中说的那些，说爹地是'疑犯'。"

"'疑犯'是什么？"

"他被关起来了。爱迪—迪尔尼是'疑犯'。警方'审问'爸爸有关克鲁拉夫人的死因。"

"可……为什么呀？"

我当然知道什么是疑犯。我知道一个疑犯被关在警察局拘留所是什么意思。我不能将这些联系在一起的是，这和我们的父亲有什么关系呀？

“为什么？因为他们都是浑蛋，这就是为什么。她见到的男人，中间有一个做了那事，‘掐死’了她，‘谋杀’了她。有人想证明爹地是疑犯。可谁都知道亚伦的父亲才是杀人犯。狗屎，他们把父亲关进拘留所了。”

本的脸抽动着，眼看就要哭起来。我怕看见本哭，如果他哭，我就是见证人，本就会因此记恨我，从此不再理我，比现在更恨我。因此，我像电视喜剧里跑龙套的女孩逗观众傻笑那样，用傻女孩的声音说：“哦，好像知道点？克鲁拉夫人曾经来过这里。”本眼睛里闪着泪花瞪着我。

“这里？哪里？”

“这里，就在这间屋子。”

“狗屎！什么时候？”

我苦苦地想，一定是去年，去年春天，开始天暖的时候，可那时我们都在上学。有可能是5月或是6月。记忆像过电影一样逐渐清晰起来。我没想到校车这么早就把我送回家，才12点半。因为老师星期三下午要开会，所以只上半天课。母亲不知道星期三只上半天课，所以离家出去了，去乔托瓜瀑布探访一位住院做手术的亲戚。

母亲告诉过我和本后门没锁，假如放学回来她不在，我们可以直接从后门进去。她答应过5点钟准会回来的。

不锁门一点都不奇怪。在西斯巴塔郊外的呼隆派克路，房子整天整夜不上锁是平常事。

像鲁西－尼迪尔尼这样“专心致志”的母亲，在这种时刻敢一两个小时对孩子不管不顾也并非不正常。

我哼着歌走进厨房。妈在洗涮池旁边？不，是佐伊－克鲁拉在洗东西！是美丽的哈尼斯通奶品店的佐伊－克鲁拉，只不过她穿的不是白色灯芯绒罩衫和灯芯绒裤子，而是紫色松紧裤和合身的薰衣草毛衣，蓬松的头发上没戴头罩。她一边吹口哨一边冲洗咖啡杯，转过身用闪亮的大眼睛看着我。就在一瞬间，佐伊用温柔的嗓音甜甜地对我说："怎么会是你呢，克丽丝？说呀，克丽丝！我就猜到是你！克丽丝，为什么这么早就回家了？"

佐伊说话的声音低得听不见，不仅仅是小克丽丝，邻近房间的人也一样听不见。我接受不了这个事实。我感到十分惊奇，但这是一种令人愉快的惊奇，真的。我看到佐伊－克鲁拉在我家的厨房，在洗涮池旁。佐伊对着我笑得很开心，脸上酒窝毕现。她的笑在粉红的牙床衬托下显得如此甜美，牛奶色的斑痣皮肤随着笑声发颤。我还听到另一个房间传来低沉的声音，是爹地的声音，是爹地。我刚刚看到爹地的吉普停在车道上。我告诉佐伊今天是星期三，只上半天学，我还告诉她老师要开会。我告诉她我母亲去乔托瓜瀑布探望一个住院的亲戚，几个小时后就会回来。我提到母亲的时候佐伊显得更高兴。佐伊说："克丽丝，我顺便过来看你妈，来和她打个招呼，但露西不在家，是吗？你说她去哪儿啦，乔托瓜瀑布？"

爹地梳着头进了厨房。我很少见到爹地在厨房里梳头。他浓厚的赭红色头发看起来齐整湿漉，好像刚洗过澡。爹地飞快地把头发从前额往后梳。他穿着一件刚熨过的短袖白棉衬衫，胸口的口袋上别着一支斯巴塔建筑公司作为赠品的塑料圆珠笔。他脸色红润，显得十分英俊。他像不认识似的一直盯着我，过了很久才说："克丽丝，你回来了。"

佐伊立即插话说老师要开会，我上"半天学"。佐伊说她已经告诉过我她顺道来拜访露西。她说："既然鲁西尼不在家，我想我该走了。"

佐伊已经把咖啡杯擦干，把杯子放到枫木碗柜里，摆在母亲平常放杯子的地方。

佐伊说："你不需要告诉你妈我来探过她。"她弯下腰在我前额上轻轻亲了一下，笑得更开心了。佐伊身上那股香水味儿一点都不像在哈尼斯通奶品店那种味儿。我看到她颈窝里挂着小汗珠，真想伸出舌头去舔一舔。佐伊脖子上挂着一条小小的金链，链子上有一个小小的金挂件，像是一只鸽子。"克丽丝，一个惊喜。明天我还会再过来给你妈一个惊喜。克丽丝，不要破坏了这个惊喜哟，好吗？把我今天来这里的事当作我俩之间的秘密，好吗？"

我点头同意。我愿意佐伊－克鲁拉和我之间有这样一个秘密，爹地也是其中之一。

"好吧，猫咪。你爸也得走了。"爹地心虚地俯下身在我前额上亲了一下，有点尴尬地迅速在我的头发上深吻了吻。"知道吗？我正好是去建筑工地的路上，顺便回来换件衬衣。克丽丝，稍后见。"

我有点奇怪，佐伊－克鲁拉和我父亲似乎不安地相互瞟了一眼，不安地相互知照了一番，好像没有顾及我当时的感受。很奇怪，佐伊离开厨房的时候一边把肩包摔过肩，一边轻快地说道："再见，两位。"几乎同时，爹地也立即从同一道门离开了厨房。不到几秒钟，我就听到威利斯吉普驶离车道的声音。佐伊－克鲁拉一定是坐在副驾驶席上和父亲一起离开的。这时，我的眼睛已经转向冰箱，盯上昨晚剩下的木薯布丁了。我早把克鲁拉夫人来拜访的事抛在脑后了。

我也没有去想，在妈咪不在家的时候，爹地把克鲁拉夫人带回家和她单独相处。

我告诉本："克鲁拉夫人来过家里。"我说："去年老师星期三下午开会，我中午回家那会儿。"

"没那事！不可能只上半天学的。"

"你当然没有啊。因为不是你们学校。"

“狗屁。克鲁拉夫人会来家里?”

“她说她是顺道来看妈的，她叫妈‘露西’。可是妈不在家，她就走了。”

本有点疑惑地说：“她为什么会到家里来？妈和克鲁拉夫人又不是朋友。”

当本说到妈和克鲁拉夫人又不是朋友的时候，我感到有点伤感，有点乏味。

“爹地也在家里。同样的时间。”

“不会的。你一定把事情搞混了。”

“不，我不会搞混的。”

“克丽丝塔，佐伊一克鲁拉不会来我们家。放狗屁。”

“不要再说狗屁了。她来过，爹地也在。”

“克丽丝塔，不会在爹地家的。”

“他们坐爹地的吉普一起走的。我只上半天学，回来得早看见他们在家。”

“狗屁。”

“就在。”

本在我的肩膀上狠狠戳了一下说：“一定不会有这事，你说谎。你要是敢把这事告诉别人，看我不把你的细脖子拧下来。”本推开我走出屋子。

一股无名怒火直指我哥，一种纯粹的恨意。他如此粗鲁，如此残忍。拧我的脖子？我永远不会忘记这些话。

过了一会儿，我又想，本也许是对的，最好是想好了再说话。

佐伊一克鲁拉真的来过我家厨房？真的洗过咖啡杯吗？佐伊一克鲁拉真的来过这里，吹过口哨吗？爹地真的走进厨房把头发向后梳吗？他真的弯着左臂微微摇头，右手从后裤袋掏出黑色的梳子吗？爹地的膝盖有点毛病走路有点瘸。或许我的所有记忆都出了毛病？我听不到本德尔老师说话，看不清学校黑板上的粉笔痕。我真的出了毛病？

还有一种可能，那就是佐伊－克鲁拉真的来过，也许学校的半天课不是那一天而是另一天，也许妈咪曾经邀请佐伊－克鲁拉来家里做客，也许鲁西尼－迪尔尼是佐伊－克鲁拉的朋友而爹地不是佐伊－克鲁拉的朋友。

这就意味着，爹地不在家，爹地没有和克鲁拉夫人一起坐黑色威利斯吉普车离开。

总之爹地不在家。不是那个时间。

11

爹地，我最爱你。我原谅你。

那是我的祕密，爹地不会知道。

乡村一线餐馆。我和爹地坐在酒吧间边上的厢座里。爹地把一把零钱掏出来放在黏糊糊的桌子上，有 25 分的、10 分的，还有滚动的 1 分币。

“克丽丝，这是些零钱，去打个电话吧。打给你妈，告诉她你在哪里。让她知道你是安全的。”爹地嘴里露出一丝微笑，“告诉她你和我一起吃晚饭，也请她过来一起吃。我们都愿意她过来一起吃饭，对吧？”

我们愿意吗？我不知道。

爹地向我眨眨眼，我顺从地溜出厢座。我笑了，不明白爹地为什么对我眨眼。

好像母亲真的会来与我们会合，不管我们在哪里，她都会来。嘈杂的乡村一线餐馆在离斯巴塔北部 5 里路的郊区公路上，这里的空气中充满低声笑语，高音摇滚、乡村和西部音乐从音箱里不断传出。酒吧里到处飘着那种我不喜欢的辛辣味儿（啤酒味儿、烟草味儿，还有勉强可以接受的汗臭味儿以及男人的焦虑、烦恼的气氛)，这种气味儿表明这里是父亲的世界。乡村一线里也有一些女人，年轻的女人以及看起来非常年轻的女人。要知道，至少要到 21 岁才能饮酒。她们一起坐在酒吧里欢快地敲着桌子。但是统治这个地方的是男人，是本地的工人、农夫、货车司机。他们把车停在停车场，巨大的引擎没有熄火。为什么？我永远搞不懂，他们不是在毫无必要地烧汽油吗？喷出来的汽车尾气把外边新鲜清凉的空气弄得一塌糊涂。在离晚上还有段时间的黄昏是乡村一线的最热闹的时光。那些不着急回家的男人们，那些像爱迪－迪尔尼一样由于某种原因不回家的男人们，他们绝对是这里欢快的一群人。我穿着人造丝的夹克校服，这种校服是深紫色的，很抢眼，像高雅的丝绸。我下身穿着多次漂洗的牛仔裤，闪亮的齐肩金色马尾巴在脑后飘动。我像一道冒起的火焰从黑暗中耀眼掠过，吸引了男人们的目光。当我们刚走进餐馆的时候，父亲领我走进“家庭”区包厢，这架势意味着我是有父母的监护的。他让我去给母亲打电话，我只能孤身一人从喧嚣的酒吧间挤出去。

我一阵激动。一个受母亲约束的女儿和受禁令约束的爹地在一起。我没有想过为什么爹地要带我来这种地方，也不愿意去想父亲是不是为了在别人面前炫耀爱迪－迪尔尼的女儿仍然仰慕他，忠实于他。

在狭窄走廊的洗手间外边，一个长着猪鬃头发的大块头男人站在电话旁边，对着话筒凶狠地说：“对不起，我不相信。X 你。”对话虽然怒气冲冲但又很暧昧，我猜他是和一个女人通话，肯定是。另一头呢？妻子或者前妻？或者是女朋友？我已经是 15 岁的大姑娘，开始接触我这年龄还不应该了解的事了。暧昧，没有比这更脆弱的情感。

这个壮男笨拙地挂上话筒，转过身一头撞向我，喃喃地说了一声：“嗨，对不起！”他喘出来的气带着柴油味儿，通红的眼睛极其夸张地一眨不眨地盯着我：“德比伊，是你吗？德比伊－汉森。你在找伴，德比伊?”

我说不是。我不是德比伊，也不是在找伴。

“不是?你不是德比伊?去，你太嫩了。你是干什么的，一个小跟屁虫?中学生?宝贝，你来给男朋友打电话吗?不要打了。你说要搭车回家?坐顺风车回家吗?我叫布兰特，和你爹地一样大。宝贝，需要帮忙吗?”

我告诉他我只想打个电话。

“要零钱打电话吗?我有满满一口袋，看到了?”

他摇摇晃晃地冲向我。我警告他离我远点。

“嗨，多的是零钱，看到啦，随便拿。”

他掌心里硬币在闪光。我勉强笑了一下，从这个猪鬃头男人肘下钻过去，就像篮球场上从大女生扬起的肘下钻过去一样，在他发现之前我已经进了女洗手间，大笑着表示我并不害怕，我知道他没有恶意。“走呀！我不要你的东西。”

他的手把在门环上，嗤一声大笑起来。

洗手间的门是锁不上的。我得钻进一间厕所把门扣上。

假如我把门扣上，他可能会把我锁在里边。

仍旧是一个玩笑，好玩的醉鬼玩笑，不会升级为严重事件。透过锁不牢的门，我听到猪鬃头叫我“小甜甜”，继续在说一些我听不懂的话。我用双手捂着嘴说：“我不是一个人来的！我父亲也在这里！他叫爱迪一迪尔尼，他在酒吧间，你最好别过来，要不然……”

我绝望地数数，数到10，数到20 。我为什么要来这里?会发生什么事吗?父亲会因为我打人吗?

这时，我满脑子想的是，父亲把车停在停车场，用手揽着我的肩膀，手指撩着我的马尾头，揽着我进入酒吧间，骄傲地显摆，美丽的女儿有一头金发，一点也不像抛弃他的母亲，一点也不像那个熟知爱迪一迪尔尼的鲁西尼一鲍尔。烟雾缭绕的酒吧间里，啤酒和烈酒的霓虹灯广告发出熠熠光芒，和悬挂在酒吧墙上的立式彩电相映成辉。一进入喧嚣的酒吧间，我们立刻吸引了人们的眼球，成为目视的明星。正在用抹布抹台的酒童（装扮成短腮胡子猫王的白脸家伙）大声嚷嚷起来："天哪！这不是爱迪一迪尔尼吗？"我没有马上反应过来，不知道这是友善的招呼呢，还是话里有话。不过，许多人都走过来握手。他们一样高，一样有型，都是四十上下年龄，简直像兄弟一般。

酒吧间里，爹地和酒童说话的时候，其他人都停下来打量、倾听，都很勉强，敷衍地示意，好像认出了父亲但都不知如何向他打招呼。

爹地高兴得手舞足蹈。他激动地说："这是我的女儿克丽丝塔，可别看她年龄小，她在中学打篮球呢。克丽丝塔，和我的伙计们打个招呼。"

伙计！一个令人感动的称呼。

这不像是爹地的风格。

我像一个给人炫耀的 3 岁小童，顺着爹地的指引微笑着打招呼，嗨，你好。爹地对我的彬彬有礼很满意，我没有让他丢面子。

我估计布兰特已经走了，就小心地推开洗手间的门。他真的走了。我飞快地走到付费电话台，靠着墙尽力遮掩自己，不想让几码以外从洗手间进进出出的男人们注意到我。我把爹地给的 25 分硬币塞进投币口，一边拨号一边祈祷，盼望母亲快来接电话。但是，话筒里传来令人失望的忙音。

"妈，快拿起话筒呀！快，我呀。"

我不知道她拿起话筒我该说些什么。父亲破坏了禁止接近我的法令，我现在是父亲的同谋，辜负了母亲对我的信任，成了自愿与她的敌人走在一起的坏小孩。其实，我这时真的选择了自愿与父亲在一起，而不是站在母亲一边，我爱父亲更甚于爱母亲。

或许都不是，或许这就是我15岁时讲给自己听的一个无可奈何的臆想故事。我爱父亲并不是因为他是个好父亲，是个好人。我还无法评价他是“好”人或是“坏”人。我只能说他是我父亲，我唯一的父亲。

他把我作为炫耀的资本，就那么可怕吗？我为什么不能原谅呢？

其实，爹地并不真的要母亲接受他的邀请来乡村一线吃晚饭，他想吗？他说这话的时候，声音里隐隐有一点受伤的味道。他对我眨眼，像在开玩笑。

“小甜甜，你爹地是在取笑你。别以为我会把你那可恶的老爹放在心上。”

听到线路忙音，我变得激动而又紧张。我挂断电话，等着硬币掉进回收箱。等了一会儿，我又拨动拨号盘，但这一次回答电话的是一个陌生人，一个男人：“喂，谁呀？”我拨错电话了。男洗手间的臭味随门一开一合飘出来，一股强烈的消毒水味儿从门底下渗出来。我憋住呼吸，不想闻到混在一起的啤酒味和尿臭味。男人啊男人，无法摆脱的男人肌体，让我觉得恶魔附体。一个男人从我身边走过，对着我吹口哨，嘴里叫着小甜妞，粗鲁的手指探过来撩弄我的马尾巴。我低头躲闪，差点把头压到脏乎乎的话筒上。我又一次拨号，再一次忙音，电话也在戏弄我？

母亲肯定是在通话，亲戚们老是打电话给她。她一天要打好几次电话给她母亲和她的姐妹们，打电话给在教堂认识的“新朋友们”、牧师和牧师夫人。她和郡家庭事务法庭的官员们通电话，还和一位律师有电话来往。尽管如此，我还是固执地认为母亲不负责任，对我漠不关心，在我想要和她通话的时候占着电话。

我不需要你，恨你。爹地已经来把我从你身边带走了。

如果可以选择，女儿一定会选择爹地。即便你是妈咪，你还是女孩的时候也一定是这样选择的。

我从回收箱里抓起硬币向厢座走去，爹地在喝酒等我呢。

这是一个马蹄形的酒吧，长而弯，到处堆满东西。在这个时间段，酒吧已经人满为患。我挤过餐桌迷阵，穿过人堆。那些笑得肆无忌惮的年轻女人已经结伴离开了，酒吧里只剩下一个年龄大约 30 岁的女人，梳着一头蓬松卷曲的飘发（佐伊梳的就是这种发型，早期电视流行剧目《查理的天使》中出现的那种发型）。一种青春迷人的发型，可这个女人已经不再年轻迷人，她下巴肥厚，嘴唇涂得很重，显得黑黑的。我走过的时候，她忽然抬眼望着我，直勾勾地瞪着我。别的人也抬眼看我。我勉强地笑起来，微笑是我的天性。但是，心里想的是动物为了防止伤害，会退缩一步张牙露齿地咆哮。可恶的松卷毛粘住了我的前额，我扯过马尾巴想捋直它。我一直妒忌学校的一些大女生走路扭动的姿势，一种显摆的姿势，把头抬得高高的而眼睛眯眯的，一副惹不起的样子。可这种姿势不适合我，我缺乏性感的内在勇气。有个男人走过来挡住我的去路，我根本不认识这个人。他长着一把杂乱的山羊胡子，嘴巴上明显一道深深的伤痕。他说："你是迪尔尼的女儿？他干吗带你来这里？他要在这里干什么？禽兽。"

我惊呆了，来不及反应，只好结结巴巴地说："对……对不起……"

我从来也没有见过这个人，山羊胡子竟抓住我的手臂，用醉醺醺的口气追问我父亲干吗来这里？他干吗不回到他不受欢迎的斯巴塔去？我还是结结巴巴地说父亲是来"走访"的。

"走访谁？"

我不知道。

我担心父亲会看到这种情景，想甩掉那人的手。如果父亲看见就可能发生可怕的事，这个山羊胡子挑事可能是针对爹地来的，我不想让爹地卷入争斗。

"你的老头从来没有做过那事？×德尔莱－克鲁拉老婆那事？你知

道那个佐伊吗？你多大了？他干吗把一个像你这么大的小孩带来这里？他会怎样逃脱他做过的事？他干吗会来这里？‘走访’谁？去他的谋杀者，去他的猪。”

那个曾经和父亲握手的白脸酒童也过来挤兑我。山羊胡子的一个朋友说：“去，马克，放过这女孩。她和那事无关。让她走。”

“这狗娘养的杀了德尔莱的老婆，他想逃脱责任。那个叫迪尔尼的就在那个厢座。”

我父亲没有谋杀任何人，没有被捕过，没有被起诉……

满嘴喷墨的马克被推开了。也有人过来推开酒童，像卡通画里的那样一把抓住酒童的衣领，摇他晃他，使劲把他推回去。一阵躁动的声音。一个叫德克的酒童说：“冷静，冷静，别闹了。”这时，那位蓬松飘发、满脸皱褶的猴脸女人站出来说话了：“小甜甜，别听那些浑蛋的话！你父亲有权去他想去的任何浑蛋地方。上帝说的，这是美利坚合众国。”我很感激这位站在我一边的女人。她穿着一身性感的粉色缎面上衣和紧身牛仔裤，脚下踏着一对佐伊在乔托瓜公园乐台上穿过的那种怪异高跟鞋。她嘴里呼出威士忌味，挑逗性地靠过来说：“克鲁拉是那女人的名字？浑蛋佐伊，热狗屎‘佐伊’，谁都知道佐伊是什么人，她勾引各种男人，就会说‘上床吧，我喜欢和你睡’。听到了吧？他妈的这是谁的错呀？”

我逃回爹地厢座里，他还不知道酒吧里发生的骚动。

爹地像一只受伤的狗熊一样正缩着肩膀坐着，他在恢复气力。只有像爱迪－迪尔尼这样的男人才能在美丽的金发女儿失控几分钟里还能如此淡定，只有像爱迪－迪尔尼这样的傻瓜能有这样的神态。他把手肘杵在猩红色的台面上，双拳顶着肥厚的下巴闭目养神，显得十分疲劳。他又为我点了一罐可乐，为他自己点了一份威士忌和一大杯发泡啤酒。他抬起眼以爹地式的微笑看着我跌跌绊绊地回到座位。

我茫然地笑了。别的爹地可能会注意到女儿茫然的微笑意味着什么，可这位刚刚一口吞下半杯酒的爹地不会："听听这首我为你点的歌，知道是什么歌吗？"

我全神贯注地听，很多人朝我们这边看，声音太嘈了，我无法集中精力听歌。

"德丽雅去了，再舞一回！德丽雅去了"

乡村和西部的慢板，深情的男中音，是乔尼—卡西？我认真地听，但听不真切。

真奇怪，父亲低着头想听清歌词，好像这首歌向他传达了一种特殊的意思，好像他最近去过什么地方，而那地方不允许他听到这样的音乐，不允许他像现在这样去幽静的地方坐下来喝杯威士忌，喝杯啤酒，抽根香烟，在公开的场合享受豪华的空间，享受独特的幽静。那会是什么地方呢？

德丽雅，哦，德丽雅

你在何处停留许久？

再舞一回，德丽雅去了。

再舞一回。

我们一直受到别人的注视。我不敢抬头看，但从眼角看到怒气冲冲的山羊胡子和另外一些人在盯着父亲和我（为什么父亲没有感觉？他醉了还是故意不看？）。我产生了一个荒唐的想法，那个穿着光鲜的性感粉色上衣的女人，醉醺醺的，会过来保护我们，她会叫来一批人来支持我父亲。

我明白，在斯巴塔，在整个赫金玛郡，或许在整个阿迪隆达克，德尔莱的名字包含着某种关联，在这些地方谁都知道佐伊—克鲁拉和传统乡村音乐组合震撼黑河乐队。乐队的卡带和光盘在当地很流行，爹地的威利斯吉普的手套箱里就有好几盘，我坐在车里的时候经常要他放出来听。

“先生，这是你点的。”

一个服务生把一碟炸薯条和一瓶黑啤摆在桌子上。爹地从沉醉的音乐中回过神来，把薯条递给我说：“这是我刚刚点的，不是晚饭。待会儿我们去一个特别的地方吃饭。我真饿了。”

他摘下垒球帽，头发有些浓密有些稀疏，显得散乱灰白，贴伏的鬓角有点汗珠。这使我不安，爹地开始像他父亲（迪尔尼爷爷）了。迪尔尼爷爷是那么苍老，迪尔尼和他的兄弟们常常挖苦他，称他老东西、老浑蛋，把所有能说的坏词都加在爷爷头上。一个男人开始掉头发，就会变成另一个模样，就会有了另外一种称呼。但是，我尊敬爹地，我真想凑过去摸摸他憔悴且粗糙的脸，像风干的茄子一般的脸。这张脸明显是室外工作所致。40岁的爱迪－迪尔尼不再是一个把笔挺的白色棉衬衫作为合适工作服穿在身上的男人，不再是妻子夸耀的那个管理层的丈夫和父亲了。

“克丽丝塔，吃点。”

“不，谢谢爹地。我不喜欢吃炸薯条。”

“猫咪，你一定饿了，吃点吧。”

我真的饿了，非常饿。可我不想吃油腻腻的盐味薯条，经过后厨微波炉重新加热后用番茄汁蘸着吃的薯条。母亲说过，那是别人用餐后剩下的，加工后再放进其他顾客的盘里。

爹地把炸薯条推到我的面前。我想，本一定喜欢吃这玩意儿！我只好捡起一两根掰断，假装在吃。

我看到父亲的脚踝有一块青紫的新擦痕，我知道他最近在做伐木工作，在使用电锯。我也知道在斯巴塔建筑公司拉电锯的人曾经给锯伤。我真想把父亲满是疤痕的大手握在我手里，告诉他我爱他，我不会相信那些人说的那些事，那不是真的。

他下巴胡子拉碴，眼神忧郁，看上去心情沉重，一股老气流露无遗。作为一个傲气的男人，爹地不会屈尊于人。周日的夜晚，乡村一线餐馆人头涌动，音箱里传出的歌声在烟雾中飘荡。这是眼前这个男人灵魂的呼唤，在这般灵魂面前你不会有任何优越感。我恍惚看到一个泳者警示性的颤动，他感觉到隐隐有一种黝黑的、细小的、沉默的东西在他脚底下溜过，他无法看透的东西。

音箱里的歌声接近尾声。那深沉的男中音充满男性活力，与歌的主题不相吻合：

"如果，你的女人是恶妇，

让她去，

让她倒，并且

像德莉雅那样逝去。

德莉雅去了，再舞一回！

德莉雅去了。"

爹地嚼着薯条，摇晃着头，十分满足的样子。油腻腻的薯条粗得像他的手指，沾满了番茄酱。无论乔尼一卡西的歌对他意味着什么，都能让他感到强烈的心灵冲击。他喝完了杯中的威士忌，示意再来一杯。他对着瓶子大吞了一口啤酒，眨眨眯着的眼睛，露出一丝特有的爹地微笑。他终于问了自从我回到厢座以后一直没有问的话："嗨，克丽丝塔，你妈都说了些什么？"

妈！我已经很久没有听到从父亲口里吐出"妈"这个字了。我从他的眼神里看到，他真希望母亲能来和我们一起吃饭。他的眼睛里冒着天真的傻气。

12

1983 年 3 月

麻烦在逐渐侵蚀我们的生活，在侵吞我们生活中的所有乐趣，而我们只能慢慢适应，希望每一天都能思考一下所发生的事！一定会有麻烦升级的那一天！

现在回想起来，那是不可逃避的。那时，似乎一切都很偶然。

我不知道爹地是怎样从家里搬出去的，也不知道他和东斯巴塔的弟弟住在一起。有一天，本阴郁地对我说："他搬出去13天，真的离开了，不会再搬回来了。"

佐伊一克鲁拉这个名字在我们家是不能提的。可在斯巴塔，到处都在传佐伊一克鲁拉这个名字，地方电台的音乐播音员在不断地播放"震撼黑河乐队"的歌。佐伊一克鲁拉那特有的，发自喉管、温软和恰到好处的挑逗性嗓音一夜之间满城皆闻。佐伊最有名的歌是《雪地里的足迹》。歌词带有一种阴森森的预感，描述的是一个美丽少妇的神秘死亡：

我在追觅她留在雪地的娇小足迹，

寻到她留在雪地的娇小脚印。

她飘在天堂，与天使乐队一起。

我欲与之在应许之地相逢，

寻到她留在雪地的脚印。

而我的最爱是《天堂的小鸟》，我猜这也是爹地的最爱，因为他每次开车出去最常播放的就是这一首。佐伊一克鲁拉的声音飘荡，值得玩味但也充满忧郁。这声音会使你在深吸一口气的同时禁不住有一点伤感。歌词太有美感了：

都说爱情脆弱易碎，

带着伤翅飞翔难遂。

我失却奔向应许之地的车票，

她飞到我手，天堂的小鸟。

把她放飞或是随她遨旋，

心绪就在你一念之间。

接近她，抓住机会尽你所能，

天堂的小鸟就在我的面前。

在斯巴塔，人们都在寻觅佐伊－克鲁拉在这首歌里留下了“诱人联想”的蛛丝马迹，尤其是姑娘们和女人们都认为佐伊在歌里“道出了谋杀者的名字”，如果你仔细听或者写下歌词，你会猜到字里行间道出那个男人是谁。

沉落的心飘落的叶片，

椋鸟轻轻停在断树间。

都言寻觅停靠福地，

天堂的小鸟就在我的面前。

我坐在我母亲车里，沉浸在空调器喷出的热气当中，耳边传来那个被谋杀的女人的歌声，天堂的小鸟就在你面前。在寒风凛冽的 3 月，这歌声急促得令人窒息。母亲尖叫着关上了收音机。

“是她！那可怕的女人。”

佐伊－克鲁拉为什么是可怕的女人？

就因为佐伊－克鲁拉是荡妇？

是不是可怕的荡妇就得死？

没有人能够理解为什么震撼黑河乐队从来不录制商业唱片，从来没有与纽约市或者洛杉矶的录影机构签订合同，也从来没有在阿迪隆达克地区之外演出过。而今，可怜的女歌手被人谋杀了，风光一时的小小乐队乐手们发现他们和吃了迷幻药片的人联系在一起，和一个在聚光灯下迷人的迷幻药者联系在一起。那位小提琴手，46 岁的最年长者已经躲起来了。除了说他认识“最漂亮的宝贝”佐伊－克鲁拉之外，他拒绝新闻媒介的任何采访。与此同时，那位长发齐肩，扮相如短腮胡子猫王的年轻吉他手出现在本地午后电视《娱乐故事》栏目上，出现在《斯巴塔日报》的《直面喜剧》栏目的页面上。他坦诚相告自从佐伊被人谋杀后他夜不能寐，但愿上帝保佑警方能早日找到凶手。他在谱写一首纪念佐伊的歌曲，希望他和他的乐队能在不久的将来把这首曲子搬上乐台。

我把报纸刊登的文章和有关资料秘密保存在我的记事本里，我将会把这些资料保留终身，这将改变我生活的轨迹。

此前，斯巴塔没有发生过谋杀案，或者说很长时间（9 年）以来整个赫金玛郡都没有过谋杀案件，没有人（新闻媒介就没有）统计过此类案件。塞内加印第安保留地曾经发生过几宗杀人案，但没有定案，没有人被审判，也没有公诸于众。在赫金玛郡从来没有发生过以掐死方式（在受害者家里，在床上，在星期天早晨由受害者自己的儿子发现）的谋杀案。

过去，在斯巴塔的发生过 31 号公路苏诺克车站的抢劫杀人案。再以前的一宗案件是一个无家可归者遭另一个无家可归者用铁锤重击，死在斯巴塔庇护所。两个杀人疑犯在验明正身后不久被警方逮捕。

这一宗则非比寻常，谁是佐伊－克鲁拉谋杀一案最大的嫌疑人呢？

事实是，有疑犯但没有被捕，斯巴塔探员对此婉拒评论。

人们感到恐惧和震惊。我们不得不直接从学校回家。以前，我可以在温暖季节步行或者骑自行车去的地方，现在改由母亲开车送我们去了。这标志着斯巴塔小城生活开始改变，再也不安全，再也没有人可以永远保护我们。

男孩子允许比女孩子有更多的自由。无论是什么人杀了佐伊－克鲁拉，这个人只能是个男人，而这个人不会杀男孩子或另一个男人，他的目标只能是妇女或者女孩子，即便是 11 岁的儿童也知道这个逻辑，这是不争的事实。

女孩子总是被警告远离陌生人，决不能受诱骗乘坐陌生人的车，决不能与陌生人有眼神接触，如果有陌生人接近你，你就跑。

无论是谁杀了佐伊-克鲁拉，一定是认识她的人，而她自愿让此人进入她的寓所，一定是佐伊-克鲁拉的男性伴侣之一。

有人推断是她的分居丈夫德尔莱。

在学校图书馆里，我从词典上寻找“分居”这个词。这是一个外来词汇，发音像“奇怪”一词，但平淡无奇，像圣诞彩蛋里的水晶一样浅淡无色。

分离、分拆、敌视、分解、冷淡、切断、脱离、分居。

就在爹地离家一周之后的晚上，我以一个小孩子的天真做作，大胆地向母亲发问：“爹地是和我们分居吗？”母亲脸上立刻出现强忍悲痛的神色。我不知道我是怎样逃脱脸上被横掴一巴掌的。

很快，我们的生活充满了刺激，变得透不过气，变得不可预测，刺激后面留下的是病态的感觉，如同小时候坐上有轨电车的感觉。你想要这个，吵闹、哀求这个东西，可你不是真的想要。你希望遭遇害怕，希望被惊吓，你希望像电流一样的感觉穿过你的身体，希望在不断加速的惶恐中尖叫，可你并不真的想这样。

你意识到你需要什么的时候已经太迟了。

“克丽丝塔，到我这里来，我有事要告诉你。”

母亲已经对本说了。我听到本大声叫唤着摔门而出，母亲则在他身后像受伤的小鸟一般低声叫唤：

“本杰明！”

我从窗口看到，傍晚的斜阳下，本连夹克也没有穿就躬身跑走，倔强的哥哥步履沉重地踏过没过脚脖子的雪跑进旧库房（这个旧库房离可以停两辆车的车库仅几步之遥。车库是父亲修建来连接屋舍、存放物件的，也作为父亲停放其他车辆的备选）。我看到本跑步喘出来的气变成了白雾。我从来没看过本用这样的方式跑步，像一个受伤的野兽一样地跑。

我从学校回到家就急忙跑到楼上，手里拿着一碗牛奶加葡萄干的五谷粉，这是我的课后点心。平时，我一边做作业一边吃这种可口的麦片，一定快吃，要不很快就变得像面糊，牛奶也会变色，可口的美食就会变成令人作呕的东西。

我小时候最爱吃的是哈尼斯通特的雪糕筒，而今想来却是最令人作呕、最令人恶心的东西。

自从父亲搬离家后，我经常饥肠辘辘，尤其是下午紧张的课后，我会像饥饿的野兽赶紧吃一碗五谷粉。小孩子就是这样，一旦有自己喜欢吃的，就会兴奋不已。除了吃，还有什么更重要的呢？

我指的是不在正餐时间，不用和母亲他们一起吃，是独个儿吃。小时候我就不喜欢用餐时间一本正经地坐着吃饭。我会站在开着的冰箱前面吃，坐在楼梯上吃，在我房间里甚至在洗手间里吃，吃得满口流涎也不会有人看见。

我飞快地坐在房间的小书桌旁（这张书桌是爹地用建筑工地捡来的橡木废料做的，树节刨平了的那种），在母亲叫我之前我得赶紧把麦片塞进嘴里。

首先叫本，然后叫克丽丝塔，这已经成了母亲残忍的逻辑。

我顾不上呛口，赶快吞下大量的麦片和牛奶。

我不知道母亲要对我说什么。本已经知道的，我还不知道。

“克丽丝塔，来这里，我有话和你说。”

母亲站在楼梯下面向我喊话。她的声音如刀锋一般，我已经感觉到了她在咬牙切齿。我真想跑出去躲起来！可我不再是小孩子，已经 11 岁了。

我不能说在这个年龄我已经成熟，或者还没有成熟。我长得比 11 岁小，但自以为已经长大。在回家的校车上，我浑身打战发愣地听到大龄女生悄声议论发生在佐伊－克鲁拉身上的可怕行为。我坐在车上一言不发，好像事不关己，心里却在打鼓。

我下到楼下时，母亲已经回到餐厅，坐在折叠式樱桃木餐桌旁了(这是家里的“传家宝”，总是覆盖着桌布。除非节日，餐厅平日难得使用一回)。那时还没有无绳电话和移动电话，只能借用分线板和分机线缆。为了保证私密，妈把电话以分机形式移到了这里。令我感到吃惊的是餐桌上摆着许多系绳文件夹，里边有财务报告、保险规定、收据和所得税表格，官方字样的散页信件和文件。

“妈，这都是些什么呀？”

“克丽丝塔，坐下。别管这些东西。”

“可……”

“克丽丝塔，擦擦嘴。喝牛奶吧？我说，坐下。”

我恨餐厅的椅子，太特别了，坚硬的坐垫，藤编的靠背，一点都不舒服，一点都不像厨房的旧塑料椅。我们家用餐一贯都在厨房里。母亲和她的家族硬性规定餐厅只在庆祝生日、节日活动等节庆活动的特殊场合使用。凡是无可更改的节庆活动都由母亲和她的亲戚们轮流举办，如平安夜、圣诞日、感恩节、复活日等。

爹地曾经拿桌布做文章嘲笑母亲，说如果不给别人看到，我们要樱桃木做餐桌干吗？母亲说假如有人在餐桌上留下玻璃杯圈痕、污渍和烫痕怎么办，她可不想冒这风险。

自从爹地离家和他的弟弟厄尔一起住，母亲从来没有像现在这么忙碌，她总是在楼上楼下四处走动，总是在打电话。鲍尔家的亲戚们每天都来看她，拉上门待在餐厅里。母亲的几个女性朋友只会板着脸对我笑，只要我不溜，她们就会用下坠的屁股贴着我拥抱。

妈向本和我介绍了一个穿西装打领结的马脸男人说，这是“我的会计师”，另一个是“我的律师纳杰尔先生”。

律师？我不知道这意味着什么。

分居。分开。离婚……

“克丽丝塔，仔细听着。”

母亲故作温柔地抓住我冰凉发颤的双手，但我看得出她心里不踏实。她用平静但不确定的口吻对我说话，一种不正常的语气，一种逼出来的语气，从说话中能听得出抖动。虽然，一个多小时以前我曾经听到她在电话里尖锐的话音，一字一句地说话，不时还爆发出刺耳的笑声，我真想捂住耳朵不去听她说话，心里还冒出幼稚的想法，希望爹地快回来改变这里的一切。所有的一切都在完结之中，爹地会把所有一切恢复原样。本和我都注意到母亲双眼透出焦虑呆滞的神态，可能是最近遵医嘱服用了帮助睡眠和舒缓神经的药物。我避开母亲的眼神，低头盯着自己不由自主攥紧的双手。我们现在好像身处危险之处，在高高的石山上，内心反应使我们绑在一起，都在恐惧之中。我感到恐惧来自母亲，来自她那通红眼眶里呆滞的眼神，她那涂抹唇膏的嘴巴会冒出我不愿意听到的奇丑无比的事情。

母亲令人吃惊地退下了戴在手指上的戒指，一枚“白金”上镶着蛋面切割的小钻石和配有婚礼花式的订婚戒指。她说她没有想过会强迫自己退下这枚戒指，她已经承受了太多的痛苦。我从来没有见过母亲不戴戒指的时候。

一切都过去了。从我的嘴唇冒出一丝苦笑，我会强迫自己记住的。很久以前了，我还是小姑娘的时候爹地领我做的游戏。爹地把我的手藏在他的大手中，假装手不见了，找不到了。

小猫咪的爪子在哪儿？谁看见猫咪的爪子啦？有谁看见一双不见了的爪子啦？

“克丽丝塔，你为什么笑？有什么事这么好笑？”

我立即告诉母亲没有，没有什么好笑的事。

“我很高兴有好笑的事。我很高兴知道。”

当母亲发怒的时候，她假装受到伤害。如果你没有马上道歉，没有反复道歉，她都会生气。

我告诉她没有，没有好笑的事。可是我很惭愧，我笑了，真的笑了。

母亲深深吸了一口气。她怕我溜走，紧紧抓住我冰凉发抖的双手。

“克丽丝塔，听着！你知道你父亲和你厄尔叔叔住在一起，你也知道你父亲和斯巴塔警方探员‘配合’调查。”母亲貌似坚强的声音开始发抖，我不敢抬头看她。“那个女人的死，我说的是克鲁拉夫人，你知道是谁，是什么样的人。那个女人被杀了。”母亲停了一会儿，又吸了一口气，脖子上冒出像躁动的蓝色小虫一样的青筋，“警方，还没有抓到那个杀害她——克鲁拉夫人的人，但他们会抓到的。可是，克丽丝塔，我要告诉你，还有本，你父亲已经‘配合’警方，他已经告诉警方。当然，他先告诉我了，他早就是那个女人的一个‘走得很近的朋友’。他有些时候会到她住的地方拜访。”母亲说得很急，带着火气，就像一个心跳捉摸不定的人，就像跑着的人热气从裤子里冒出来一样。她紧紧抓住我的双手，我则想缩回手。“他，你父亲，开始他告诉警方，不久之前他没有去拜访过她，而他们也不是朋友，他们早就已经不是朋友了，几年前曾经是，但不是最近。他是这样对警方说的，他也告诉我了。但他错了，他说的不是真话，他错了。警方会找出证据来的。他应该知道警方会找出证据来的。警方在问询所有认识那个女人和她的家里人，所有与她共过事的人，所有住在她附近的人，所有克鲁拉家族的人。因此，你父亲对他们撒谎是错的。克丽丝塔，你父亲对警方撒谎，也对我撒谎。他说他害怕。他说他想保护他的家庭。可他的错误是他使警方想到，使警方联想到，与某些事情有关联。”

母亲停了一下，呼吸急促起来。她头发上闪着油光，蓝色小虫在脖子上蠕动。她穿着一件松松垮垮的松紧带针织裤，一件带花边的衬衫，一件开襟羊毛衫，扣子一直扣在脖子上。她的头发有一边是乱蓬蓬的，像是睡觉时头偏向一边，起来却没有对着镜子整理自己的形象。

她目光呆滞的眼眶里噙着泪花。只是泪花，还不足以凝结成泪水流下。

“克丽丝塔！我要告诉你，你父亲那天就在那个女人的家里。我是说那天晚上，你父亲承认了，可他以前否认，‘发过誓’……现在他承认在西弗利街她的‘寓所’里。我之所以要告诉你和本，是因为今晚的电视新闻就要播报这件事，明天的报纸也要披露，每一个人都会知道。克丽丝塔，你父亲想通过我要你知道这件事。他现在他在‘警察局拘留所’无法告诉你。他要我告诉你和本。他感到无地自容，对不起你们。他终于承认他去过那个女人住的地方，有好几次了。可是，他说她遇害那会儿不在那旦。她死得很惨。克丽丝塔，无论是谁都不应该那样，即使是佐伊一克鲁拉那种女人。你父亲说他不知道是谁害了她，也无法知道是谁害了她，但一定不是他。那件事情发生以前几小时他去见过她。他说至少是四五个小时以前。他发誓这一次说的都是真话。他说，有人在他离开克鲁拉夫人寓所之后去过。发生在她身上的事，对她做的事都是在他走后才有的。”母亲停了一下，擦了擦眼睛，“噢，克丽丝塔，你父亲已经发誓了，他没有害那女人。他发过誓了，我相信他……”

在极度迷糊之中，我一直在听母亲结结巴巴又有点急的话。此刻，她就像一个对自己的腿脚失去信心的人，为了防止整个人垮掉而歇斯底里。她的手指紧紧扣住我的手，我不得不掰开她的手指。她紧张地说着，想忍住不哭，还是忍住不笑？她烫热的脸上出现点点红斑，目光呆滞无神，显得无助，惨不忍睹。

她凄凄地说：“噢，我都知道些什么呀？我能知道什么呢？我为什么要告诉女儿我都不知道的事呢？我只知道，他那天晚上没有回来和家人团聚，那天晚上那个女人死了，死在星期天清晨。有人知道我丈夫爱迪－迪尔尼不在家。可他要求我为他圆谎，说他在家，在我们床上。那不是真的，克丽丝塔，那不是真的。我拒绝照他的话对警方说谎，我拒绝为一个通奸者说谎。克丽丝塔，你知道什么是通奸者吗？是一个背叛者，一个背叛对妻子对家庭发过誓的人，这种人不值得信任。为了那个女人，他已经对我说了好几年谎话了。一开始，他谎称他们之间没有任何关系，他只是跟那个女人的丈夫德尔莱有'朋友'关系，可那是一个谎言。他认为对我这样可以侥幸过关，爱迪－迪尔尼是一个逃事老手，从中学时代开始就这样，一生都这样。这一次，他能侥幸逃脱谋杀吗？我们为什么要为他圆谎？就因为我是他的妻子鲁西尼？为什么要为这种男人圆谎，为什么要爱这种男人？克丽丝塔，你和本，你们说为什么？"

为什么？因为他是我父亲，因为我爱他，比我爱你更爱他。

因为他所告诉我的一切我都相信。

3 月初，就在我们上学的时候，爹地回家把属于他的所有物品都带走了。

在那个发狂的大半天里，母亲给本和我分配任务，协助她整理爹地的物件，整理衣服、鞋帽、地下室工作间的手工和电动工具，把这些物件装进硬纸皮箱里，拖出去放在游廊上，这样爹地就可以不进屋了。

"都是垃圾，让他把他的垃圾搬走。这是这个人一生的垃圾，我和这些垃圾毫无关系。"

父亲被母亲整得就像环卫工人一样不用进屋就可以把东西搬走。

我闷闷不乐，但没有哭。我不想哭。

本冷嘲热讽地说："他要去的地方干吗要大功率'电动工具'呢？"我问本爹地要去什么地方？本恨恨地说："下地狱。你真是个蠢蛋，你想他会去哪里？"他的笑声里充满旧仇新恨。

13

4 年之后，父亲责备的话语仍然在我耳边回荡，犹如松散的砾石在撞击软绵绵的东西时发出的声音。

如果你不愿意冒风险，就不要再打篮球了。

14

西弗利街 349 号。佐伊—克鲁拉的尸体在这里被发现。

西弗利街拐角处有一条单行道玛茜街，那里有一座棕色砂石飘窗排屋。屋子前面是还没有一张牌桌宽的露天院落，到处是脚印，到处布满狗屎。虽然，这座排屋离呼隆派克路只有几里地，但我不可能直接走到那里。

到那里要经过许多条回形路。那一年冬春之交，我秘密了解清楚了去那里的线路。

你可以沿着铁轨步行，穿过泥泞的林地和田野到达那里。早春 4 月，各种各样小动物高分贝的凄厉叫声从四面八方灌进耳朵。为了不让路上开车的人看见，你可以避开大路，另辟蹊径，从斯巴塔城市边界线上顺着木板人行桥跨过黑河（这条人行桥紧贴铁路大桥，是为了避让疾行的火车专门架设的。如果火车通过时，你走在人行桥上会感觉到桥在晃动）。

你可以在桥上稍作停留，靠在扶栏上体会晕乎乎、飘飘然的感觉，去俯视湍急清澈见底的流水，眺望河水不停歇地向西北流入巨大的聚集地——安大略湖。你会注意到河流在不断吞噬河岸，使河岸被侵蚀得像古代野兽肋骨化石一般岩层突兀。你会因此感到害怕，一种动物本能的惊怵。或许是步行桥的晃动，或许是清澈河水的湍急，使你产生联想。这是能唤起记忆的地方，能唤起记忆的时间，这会永远保存下来。

父亲认为，飘浮黑水的河流携带乔托瓜与布法罗铁路站场的化肥恶臭流淌，大功率车辆轰鸣刺耳的噪音使空气颤抖，户外工作的人们声嘶力竭，发出的笑声在空气中飘荡，既有愤怒也有无奈。

铁路站场把河边的土地用围栏圈了起来，有几英亩之广。在站场之外是位于丹佛街的旧火车站，已经废置 10 年之久。站场旁边有一座废弃的碎砖建筑，大约有一辆货车那么大，窗户上花哨的镶边用木板钉死了，墙上到处都是涂鸦和污言秽语，充满神秘符号的气息无处不在。在废弃的火车站便道上，满地碎玻璃，空气中飘着屎尿的恶臭，常常有神秘的人群出没于此。他们大都是乞丐、流浪者和衣衫不整、用破毛毯胡乱裹身的无家可归的人。他们或蜷曲在长椅上，或目光呆滞地在便道上游荡，间或还能看到一些二十郎当岁的年轻人（可能是中学男生），浅黑色的皮肤看上去像印第安人。每逢夜幕降临，这些人就聚集在一起买卖毒品，当场吸食“思必得”、“结晶迷思”（甲基苯异丙胺类毒品），追寻迷幻刺激。这些都是本告诉我的。本不屑地称这些人为“瘾君子”、“玩粉者”、“吸毒人渣”。本为自己设计了一个更高目标，要在中学毕业后离开斯巴塔去考工程学院，考兰斯莱雅理工大学。

我和本不同，更愿意去体验废弃火车站的逆世浪漫，去感受清新日光的暴晒，去感受朽木结构的平房废墟，去感受悬索桥底旧河岸社区衰败建筑物的逆世浪漫。佐伊－克鲁拉的儿子亚伦会不会是车站鬼混少年中的一个呢？如果佐伊死后他还继续来车站，从西弗利街的排屋来这里不会超过一里路。

“可怜的孩子！”我母亲说到克鲁拉夫人的儿子时总带着一种强烈的感情，好像发生在他身上的事和他在做的事都是佐伊－克鲁拉的错。

麻烦占据了我们生活的全部。

1983 年 4 月。在发现克鲁拉夫人尸体两个月之后。

下午，阳光明媚，温暖的天气唤醒了我们家附近湿地里的小动物，疯狂的喧嚣此起彼伏。我有一种强烈的渴望，离家出走。我要顺着铁轨，小心翼翼地踩着枕木去远足。我勇敢地跨过人行桥，暗暗希望火车不要在我头顶上呼啸而过，那人行桥会剧烈晃动。我在小城边界线内步下人行桥，进入了紧挨铁路站场的无人区，经过废弃火车站乱七八糟的涂鸦地带和被风吹开的后门（里面会有人吗？反正我没有看见）。我穿过没有铺设沥青路面的丹佛街，到了令人窒息而又激动的西弗利街。这是一个禁地，我在做一件可怕的事情！其实，我眼前的349号排屋很普通。我简直不敢相信这座衰败的房子就是佐伊－克鲁拉被谋杀的地方。眼前这座住宅楼，前院破败肮脏，百叶窗毫无神韵，人行道上撒满广告传单。

10年前，这些排屋是厂区员工的家。西弗利街社区曾经是“不错的”社区，那时还不像斯巴塔城内一些社区那样“破败”，不像河滨的棉织厂、针织厂那样早在我出生前的60年代末就已经倒闭。

西弗利街街区居民的生活令我寒心。玛茜街一所破败的房子正在修整，街上车辆穿梭如织，妈妈们推着婴儿车，男孩们成群结队骑着自行车在街上哇哇乱叫。我想象过，佐伊－克鲁拉被谋杀的房子是一所有如惊悚电影里描述的荒凉偏僻所在。可事实上，349号排屋与其他同一街区的排屋没有什么不同，一样的双层建筑，每一层都有两扇狭小的窗户和狭窄的前阳台，一样狭窄的前院紧挨着破烂不堪的人行道。有些排屋的前院好像有人养护，冬天留下的破砖烂瓦已经清扫干净。349号却不一样，你看到的是被水泡过的腐烂广告传单和布满狗屎的不毛草坪，临街的4扇百叶窗帘被扯得长短不一，像女人的内衣裤，像醉汉的破衣衫。前门上还残留着缀着银光饰物和红色塑料草莓的圣诞节花环。

圣诞节花环！我想，这可能是佐伊－克鲁拉挂上去的，一定是的，这像佐伊的做派（但是为什么在佐伊－克鲁拉的尸体从这门洞运走之后还不取下来呢？我总感到有什么地方不对）。

据说，佐伊－克鲁拉离家后曾经住在一个糟糕的内城社区里。我慢慢地走过排房。西弗利街的这个街区和呼隆派克街的街区完全不同。那里也有破旧的老房子，但活动房屋至少会有水泥板遮盖，报废车辆的车壳会也堆放在院里。

隔壁的347号可能是一家有小孩的家庭，人行道上摆着小孩的玩具和翻侧的儿童三轮车，后院里晒衣绳上挂满洗过的衣服。

炫白的床单随风飘荡。

“嘿，你。”

叫我的是一个脸部棱角分明的12岁左右的肥壮女孩，粗黑的头发，嘴角露出怪笑。友好还是嘲讽？她推着一辆坐着小孩的婴儿车从我身边经过，车轮碰到我的腿了。她说了一声：“对不起！”我退后一步，心想这可是个意外。我不愿意看到女孩对我龇牙咧嘴。

白妞！白猪！狗屎白妞，来这里干什么？

我没有理睬，紧张地继续前行，不希望印第安长相的女孩掉转婴儿车跟在我后面。但我发现有一群骑着自行车的大男孩在街上哇哇乱叫，是在取笑我？或者对我丝毫未加注意……不一会儿，男孩们都不见了。

我装作漫不经心地转身朝佐伊－克鲁拉住过的寓所走去。我在期盼，心扑扑乱跳。在期盼什么呢？没有答案。我以为这所房子是空的，可在一楼的窗户里突然出现一道模糊的身影，好像有人拉开窗帘向外张望。

一只女人的手，露出涂红油的指甲。

我继续急促地走着，开始跑起来。我不信有鬼，那不是佐伊－克鲁拉的鬼魂。我已经不是一个愚蠢的儿童了。但是，我的心在扑扑乱跳，贴在脖子上的头发根根竖立。我毫无目标地沿着西弗利街奔跑，跑过丹佛街，又回头沿着飘着恶臭的铁路站场跑，一直跑到河上人行桥。我跑着，脑子里却不停地想，佐伊－克鲁拉的指甲为什么总是修剪得那么漂亮，总是涂得那么完美？当她在哈尼斯通等候我们时，当她在乐台炽热炫目的灯光下为我们演唱时，尽管斯巴塔夏天的空气闷热潮湿，公园里的气温一直保持华氏 90 度，但佐伊－克鲁拉总能吸引我们的注意力，唤起我们的爱，招来我们的掌声……每一个在场的女孩都希望成为乐台上的佐伊－克鲁拉，摇着，转动她苗条小蛮腰、扭动她肉感的美臀，颤动她令人垂涎的坚挺双峰，飘动她褐色长卷发，闪耀她比鲁西尼－迪尔尼长两倍的红色指甲。

嘻嘻，克丽丝是你哟。

门口一定是你爹地的车。

我能做什么为你们。

本骑自行车来过西弗利街吗？一定来过，在我之前早就来过。我知道的，虽然我没有问过本，即使问了，他也会耸肩敷衍我。狗屁！这是他的口头禅，这一生都改不了的，就像扎在我肋骨间的一根刺。他就会大笑、耸肩和狗屁！本知道他打不过挑衅他的人，但却可以欺负我。

“你，小妞！你找谁？”

窗前那个女人带着稍微嘲弄和责骂，像佐伊的那种腔调，带着诱惑的声音像挂着饵料的鱼钩。那一瞬间，你已经软弱无力，迟疑间那鱼钩已经触到你了。

暮春的又一个下午。一个绵延无期的可怕的一年。就在那年春天，佐伊被谋杀了。我已经好几次秘密地沿着铁轨远行，跨过人行桥来到西弗利街。每一次我都是独来独往，每一次我都感受到那个社区平常百姓对我的冲击。这是一个混合人种居住的社区。我母亲称之为的高加索人混合居住区，这里有很多白皮肤的人，不是我母亲指的那些人。我会感到某种不安，不是因为我和他们的皮肤颜色不同，而是因为西弗利和周边道路上停放着许多卡车和有很多卡车司机。这些司机可能有人会认识我父亲爱迪－迪尔尼。假如他们看到我，认出我，他们有可能会告诉我父亲或我母亲，那个11岁的克丽丝塔－迪尔尼出现在离她家几里外的社区。

那个女人看到我并且叫我。她并不知道我是爱迪－迪尔尼的女儿，她只看到一个陌生人在巷子里走来走去，东张西望。我站在一条没有铺设路面的巷子，西弗里街在349号在这里断头了。

从屋后看去，排屋显得破旧不堪！简陋、摇摇欲坠，后院到处堆满腐烂的木框，黑红羽毛的长尾小鸟（渡鸦、鹩哥）就像狂躁的儿童在泥坑里撩水嬉戏。

“喂，宝贝，过来打声招呼。没有人会吃了你的。”

那个女人像幽灵一般站在佐伊－克鲁拉以前的寓所后门廊，她可能是通过一扇窗户看见我的。

在大人眼里，11岁的我还很小，长得也小，大人对我说话的口气就像对待小孩一样。但是我没有小孩那种心理表现，没有怕得转身就跑。我勉强笑了笑，小声地打了个招呼。那个女人向我挥挥手要我过去。我走了过去。

那个女人长得太怪了！乍看一眼，你会觉得她漂亮迷人。但她既不漂亮也不迷人，浑身上下一股说不清的妖艳妩媚，脸上的厚妆已经显不出人形，那张大而圆的脸长得酷似我母亲的圆脸，但脸上像包裹了一层油布那样发光，又浮又肿，齐肩长发染得像胡萝卜，蓬松凌乱，好像刚刚起床的样子。她臃肿的身上穿着一件花里胡哨的黑色镶边衣服，是睡袍？是“长睡衣”？她外面随随便便地披着一件没有扣上的男式法兰绒衬衫，你可以看到（但又不想看到）衣服上的一束黑色飘带和一坨大而沉的裸露胸脯。那女人的身体像她的脸一样浮肿，甲状腺肥大那种。她嘴唇上精心涂抹的猩红色唇膏使她散发出无法形容的性感味儿，拔描的细眉，玩偶型的特征，统统挤在她一张臃肿的脸上。这样一个女人，这样一个女性，对男人们可能会有某种强烈的吸引力。这个女人就像我认识的大女生一样属于另类女性。

我真想跑开，但我不能！她对我笑得如此真诚，如此充满希冀，如此有诱惑力，我怎能一跑了之呢？

“喂，我叫杰奇。你叫什么名字？”

佐伊－克鲁拉不可思议的声音又一次重现。好像是吧？

有关佐伊－克鲁拉的一份斯巴塔文件中记录过一段文字，即在佐伊－克鲁拉死亡之时，曾经和一个“女性朋友”一起住在西弗利街，佐伊－克鲁拉受害之时那个女人曾经通宵离开，这就使警方有理由相信那个女人是其中见到佐伊活着的最后一个人，女人的名字叫杰奎琳－德鲁卡。我记得这个名字，她被警方确认为“酒吧服务生，失业人士”。

也不知为什么，我对杰奎琳－德鲁卡说了我的名字。

“‘克丽丝塔’，好美丽的名字，不平凡的名字，可不是吗？”

我笑了，不好意思地笑了。

“你是第一个我遇见的‘克丽丝塔’，太好了。”

杰奇说话的样子和她的外表一样，感情充沛，过分夸张。她乱蓬蓬的胡萝卜色头发飘在黑丝带睡袍和法兰绒衬衣外边，在风的搅动下乱成一团。这位佐伊－克鲁拉的女性朋友高兴得像孩子一样拍手。虽然，我很不想走进杰奇－德鲁卡的居室，不知为什么，在她面前我说不出婉拒的话来。

我记得母亲无数次警告我远离陌生人，谨防上当，可我就是对这样的警告无动于衷。

乱七八糟的厨房里五味杂陈。锅里飘出煮苏格兰食物的气味，甜甜的似葡萄酒、似威士忌。杰奇拉拖着像佐伊般的慢腔说我是个“漂亮的女孩”但要“多笑一些”，这样别人才会舒服地与我为伴，而不是“心情沉重”。“什么叫生活？生活就是人们希望活得舒心而不是不快乐。男人，绝大多数男人，所有年龄的男人都这样。别忘了，这个世界是一个男人的世界。假如你让一个男人不舒服，他就会像鬼一样开避（生造的词——译者注）你，哪怕你是一个漂亮女孩，你叫什么名字来着？现如今又肥又老的那个‘利兹－泰勒’，别管你长得像不像她，如果你让一个男人觉得讨厌，使他感到像一坨沉重的东西挂在脖子上那样心情沉重，你就会被人晾在一边。”

杰奇晃动着肉臂，像是憧憬，像是回忆被晾在一边的滋味。

“开避”听起来是个新词，我猜杰奇说的应该是避开。

如果我母亲看到这个厨房的环境如此恶劣，会大吃一惊的。如此狭小，如此狭窄，墙壁丑陋斑驳，碗柜没有门，里边堆着的盘碟、杯具、快速食品盒子、食品罐头一览无遗。厨房地上铺着破烂邋遢的亚麻地毯。沾满食物碎屑的盘子码在洗涮池里，连洗洁液都没放。这是我母亲最为憎恶的懒惰习惯，但这种状况在这里随处可见。还不到温暖天时，蚊蝇却四处嗡嗡乱飞，这里是蚊蝇滋生地。我既高兴又紧张地和她说着话。杰奇清理出一块空地让我坐在桌子边上。她把锅里的巧克力奶重新热了一遍，然后倒进一个画着情人之心的破杯子里和我分享。她递给我的杯沿上有明显的唇膏痕迹。我没有拒绝，不想羞辱这位友善的女人，也不想使她感到难堪，破坏她愉快的心情，只好不露声色地把污渍擦掉。“可恶！我以为已经煮开了。”热巧克力表面飘着一层浮渣，但味道确实好极了。杰奇热情地把饼干盒里走了气的巧克力曲奇倒在破旧起泡的塑料桌面上。我还是觉得饼干味道香甜可口。

“‘克丽丝’，别人这样叫你吗？爱你的人这样叫你吧？克丽丝，我刚才看到你在巷子里。我想你一定是佐伊的朋友。我就知道是的。”

我有点紧张地垂下眼帘，不敢与杰奇闪亮的眼睛对视。

“我说对了吗？自打佐伊在奶品店开始，你就是佐伊的朋友，是吗？我想是的。”

杰奇问我今年多大，上几年级，住在哪里。她嗒嗒嗒地说话，语速好像飞驰的火车，眼睛也和佐伊一般热切地盯着我，盯得我很不好意思。她讲话方式有点暧昧，有点挑逗。杰奇的脖子上和裸露的前臂上有一块像纱一般淡淡的紫斑，她时不时下意识地轻揉。我记得佐伊在奶品店做事时也是这样揉带斑前臂的。佐伊的手臂纤细奶白，生着蚂蚁般的细斑和小痣……

"克丽丝，你想佐伊吗？我猜，她不是你妈的朋友，一定不是。佐伊对待朋友真是没得说。"

杰奇说得吐沫横飞，我接不上口。我好像没有告诉过杰奇我姓什么，但说话间她似乎已经知道我是谁了。过了一会儿，杰奇从椅子上摇晃着站起来到碗柜里摸索，拿出一瓶牙买加朗姆酒，倒了小半杯一口吞下，笑着吐了一口气对我眨眨眼。我凑近了才发现她血红色的唇膏是破碎的，指甲也碎裂不平，一点儿也不像佐伊那样的指甲。

西弗利街上，一辆垃圾车呼啸驶过，屋子一阵颤抖。街上传来男孩子们的叫喊声，社区不断有嘈杂的声音传出，一个不安全的社区。

杰奇越过我的头往外看，但一点也没有改变急促的语速："你今年11啦？还是12？你住在河那边的呼隆路？"

杰奇的话使我很伤心，她对我并不真的感兴趣，只是对我的出现关注而已。她迫切需要的是有人说说话，使自己不孤独。

"叫'克鲁拉夫人'吧？就是那位曾经住在这里，死去的那位——她是我母亲的一位朋友。"突然，我大胆地说了出来，没有多想这些话是怎么说出来的，"是的，就是她。"

"噢，是她？那好。"

"我母亲叫鲁西尼，鲁西尼—迪尔尼。"

"迪尔尼！哈。"

杰奇瞪着大眼望着我，眼中满是惊讶和不信任。就像某人刚刚说出你出乎意料和没有思想准备的话时你会瞪着人家一样。

“你是‘迪尔尼家’的女儿，是吗?”

“我父亲叫爱迪－迪尔尼。”

“对，我认识‘爱迪’。就是他。”

杰奇又倒了一些酒喝下去。我希望她也能给我倒一杯朗姆酒，但她没有。她的眼睛明亮，但脸上污七糟八的涂抹看上去使人很难受。她提起我母亲一个守寡的大姨妈玛丽恩。我似乎没听说有这么一位姨婆，一个失去丈夫永远寡居的女人，一个需要长期照顾和关心的女人。你可能给她抱过两三次，被她亲过无数次，但玛丽恩姨婆心里的伤痕是无法抚平的。你会想推开她，从她身边跑开，对她说不要碰我，我恨你。事实上，没有人会那样冷血，我不可能真的恨玛丽恩姨婆，只是无法满足玛丽恩姨婆可怕的需要而已。此刻，杰奇－德鲁卡呼吸沉重，像是电视节目里在下半夜受了委屈的女人一样把一只手按在胸口上。厨房里弥漫着的怪味并没有遮掩住杰奇身上的香水混着汗水的味儿，她身上的衣服该洗了。我闻到了朗姆酒味，一种甜甜腻腻的香味。杰奇肯定也是爹地的朋友，爹地一定来过我现在所在的房间。

我喝着杰奇混配的带渣热巧克力。几小时后我的嘴会烫得起泡。

“知道吗，佐伊是我的亲密朋友，就像姐妹一样。佐伊和我认识已经——哈，记不清多少年了，她结婚之前我们就认识了。呵呵，那德尔莱－克鲁拉！现在的德尔莱。可你永远不会了解那时的德尔莱，他和佐伊第一次见面时，佐伊只有十五六岁，对他发了疯似的痴迷，德尔莱也一样，对她像发了疯似的。你知道的，这些‘混血’的家伙，据说他们继承了最差的塞内加血统，盲目、疯狂得吓人，和最差的高加索人——‘白人’，就是我们结合。纯白种人也是浑蛋的疯狂一族，你知道的，像纳粹？日耳曼？维京？对吗？他们会立即把你倒着吊下来，以宗教或者别的什么的名义点上一把——火——”杰奇打了个饱嗝，记不得说到哪儿了。她接着回忆道：“那个德尔莱！他那有棱有角的印第安脸真他妈的太好看了，印第安黑发也很性感。你会很惊奇地发现他原来只有四分之一印第安血统，佐伊说的。德尔莱的生父是奥地利人或者是日耳曼人，‘克鲁拉’是某种我忘记了，但我能肯定，德尔莱这边的祖先不是塞内加印第安人。佐伊永远是个大美人，至少对我这个肥猪来说她是个大美人，我的天！佐伊就像是一个——什么来着——仙女——带翅膀的——飞天——你永远不能把这种精灵攥在手里。我是说，你只能抓住它，握紧它，要不它就会从你手里溜掉。有人曾经——现在还是——绝不会想象佐伊是特殊的有斑痣的美人。他们两人都加入了德尔莱的哈维摩托车俱乐部。佐伊比我小一点。他俩勾搭在一起时她还太年轻，可能是德尔莱‘违反’了某个条例——某个‘法律’——好像叫‘托利强奸法案’，意思是强奸未成年人——要‘收监候审’。佐伊坚持说她是自愿的，她急着要结婚，好像是已经怀上了德尔莱的孩子。对她来说，就像基督已经在她心里了——你懂吗？就像别的人一样发现救世主已经深入他们的心，这就是佐伊为什么急着要结婚的原因。她为什么要这么年轻结婚，辍学生子？这么年轻就有了宝贝儿子亚伦。几年前如果你看到他们两个，你会认为是一对姐弟，而不是母子。我的意思是，你决不会想到佐伊有一个这样年龄的儿子，像亚伦这样身材高大的儿子！”杰奇笑着停了一下，又倒了一些朗姆酒，这次是慢慢地喝了。

街上又传来一阵喊声，但这一次杰奇没有在意。“佐伊和杰奇也有不是‘姐妹’的时候。因为有男人们插在我们中间。佐伊曾经离开过德尔莱，你知道——她和爱迪-迪尔尼有某种关系。一旦没有像她想的那样处理好关系——我们之间就会因为男人紧张起来，总是因为某个男人对佐伊感兴趣。是她变化无常，这能怪我吗？一旦她登台唱歌，听众们就喜欢她，要说不喜欢可就太难了。要问是谁引诱佐伊吸毒，那可不是我。中学时代我们就一起喝酒，也不会喝得太厉害。坏家伙们供我们大麻、‘思必得’和‘可卡’，不是‘裂化可卡因’，然后就有了以后的事。

而今中学的小屁孩开始吸，轮不上我们了。我们喝啤酒，喝得烂醉。我们抽大麻，抽得死去活来。如果回到过去，我们也会像无知的‘花季少年’。我那时住在离佐伊半里路的北福柯路，我们一起走路到校车停靠点，再后来我们就一起上了男孩子们的车。佐伊不是那种嘴甜的女孩，但她很狡猾。她从来不说她想知道什么，但总有她的办法知道，她是霍克森家族的，善于打探消息。那些人没有把她带进她想要的生活。在她接近崩溃的时候来到这里和我住在一起，那些家伙没有帮她，用他们挂在嘴边的话说是和她‘撇清关系’。那些嫖客！说他们是基督徒——‘长老会教友’？最坏的扒手还差不多。当然，有些事我是不会做的，我不会破坏我对那些家伙的承诺，可佐伊会，她有一套危险的做事方法。她性感、漂亮，又是有乐队伴奏的乡村和西部音乐歌手，她做的事总会得到人家原谅，不像我们这些不好看，又不性感的人，也没有一副好嗓子，做过的事不会被别人谅解。”杰奇说佐伊时晃着她的肉脸，一副斗犬得意扬扬的样子。而后，她像是遭遇攻击对手一样提高声音继续说道：“佐伊可恶的家人责备我，说是我勾引佐伊吸厉害的毒品如海洛因。我的天哪！真是开玩笑，天杀的伪君子。他们把和我相关的那些事对警方说，在可恶的报纸上引用，说我对佐伊的‘堕落’负有直接责任。放屁！就说她和德尔吧，和我有什么关系呢？至于佐伊辞去奶品店的工作，她自己说是因为工作枯燥无味，牛奶的味儿使她作呕，花一大半时间哄那些讨厌的小屁孩，却连一个钢镚的小费都拿不到。假如店里没有酒类经营许可证，连一个子的小费都别想拿到。像阿迪隆达克这样的地方，工作机会很少。只要出去做脱衣舞娘，佐伊就可以大把大把地赚钱。在摇滚乐团，在切特钢琴吧，佐伊可是很受欢迎的哟，可以赚到比做酒吧服务生多得多的小费。可她想通过唱歌谋生，希望她的乐队获得一个录影合同。在脱衣舞会上，那些家伙在舞娘们的膝下窥视。他们想接近佐伊，给她买酒，请她吃饭，带她去蒙特利尔、大西洋城或维加斯。维加斯是她要和一个刚刚认识的新男友去的地方。当——”杰奇有停了一下，好像嘴里有一股异味，没办法，只好把它咽下去。“事情发生了。听着，佐伊从来不需要我的帮助。我给她介绍过一些男人，我认识的像卡萨巴那样的男人，切特钢琴吧的老板。还有一些在脱衣舞会认识的男人，因为我认识他们，他们也认识我，他们想和佐伊套近乎。这些来参加脱衣舞会的男人，经常在俱乐部里混，有的是钱，他们不是斯巴塔人，不认识德尔莱。他们从来没有听说过‘克鲁拉单车铺’或者‘克鲁拉汽车修理铺’。在斯巴塔特定圈子里，人们不想知道别人的事，也不会在别的地方传。这些男人也许知道佐伊已经结婚，或者曾经结过婚，那又怎么样？她说过她‘分居’了，正准备登记‘离婚’。别人不可能猜到她丈夫是一个危险冲动的人，一个有部分塞内加印第安血统的人，而且他们压根就不想知道。佐伊盼望这次旅行——去维加斯。她不是想要再次结婚，她不想。可是，如果有人想在她歌唱事业上投资或者给她关照，这才是她期盼的。”杰奇哽咽着，压低嗓子用姑娘般的声音说，“佐伊告诉我‘杰奇，我需要有一个改变’，我觉得在另一个地方有另一个世界在等着我。呵呵，我在这里都快闷死了。’”杰奇的脸上慢慢地呈现出一种恐怖的神色。“我真不相信佐伊已经走了。我认识的人当中，没有人比佐伊更鲜活了。而现在我想——”眼泪涌出了杰奇的眼睛。她下意识地清了清受到感情冲击而微微颤动的喉咙，“我认为德尔莱又给佐伊添麻烦了。他仍然爱着她，一直对她疯狂爱着，佐伊也一样。你知道吗？事情有了变化，有人‘插足’了。她已经破了魔咒，同意离婚，可后来又反悔了，她一直借故拖延。德尔莱或德尔莱的朋友在‘跟踪’佐伊，他们向德尔莱透露佐伊的行踪。佐伊告诉我‘杰奇，如果我有什么事，那一定是德尔莱干的。’我报告过警方，可据我所知，警方并没有逮捕他，只是对他进行了质询。这件事有多久了？2月发生的吧？多少星期过去了？可怜的佐伊！我不相信她真的走了，我一直在想着佐伊下楼的样子，就在那儿，那楼梯。她一副没有睡醒的样子，打着哈欠。她穿着整齐，穿着高跟鞋，样子很美，可能某个家伙过几分钟就来接她。我问她打算什么时候回来，而佐伊大笑着说，'杰奇，我心情好的时候想回来了就回来。'克丽丝塔，那天晚上也许是我的错，我出去了，一直到第二天的后半晌才回来。从沃特顿来的一个朋友，一个男人，刚好来看我，要接我去聚会。佐伊被害时我和这个男人在一起，我一直到第二天大概中午时分才回来。那时，这里所有的门都打开了，好像是发生了火警一样，警察也来了。可怜的佐伊，她的尸体——我猜，已经被运去郡停尸房了。事情就是这样！我来到走道，有个膀大腰圆的家伙盯住我问，'你是杰奎琳－德鲁卡吗？'他身上有一股难闻的味，可能是因为他们在检查整个屋子和所有的房间，里面不太干净，我一边猜一边问邻居。这个探员对我说，'杰奎琳－德鲁卡，跟我们走一趟。'我感到恐惧，他们告诉我佐伊被人谋杀了。'这里发生了凶杀案，这是凶杀现场。'没有人会注意我在哭，他们连上楼的机会都不给我，不让我进入自己的房间。我身体本来就不太好，自从手术之后，'全身都有毛病'，血压高，有糖尿病的家族史。而斯巴塔警察局的那帮狗杂种并不同情我，怀疑我对佐伊的悲痛是在演戏。'杰奇，冷静，别那么大声。'他们好像认识我似的，竟然叫我杰奇。他们说我得去和朋友住几天，几天之内不能回家。佐伊的房间本该是警方或者别的什么人去干的可怕工作，可是无论我多么疲惫，多么悲痛，都得自己做这事。而我连楼梯都上不去，我现在睡在楼下的沙发上，没有地方好睡，就像无论什么人曾经到这里把佐伊杀了也不会来伤我一样。有时候，我在想他会不会回来把我也杀了？警方要求我把我所知道的一切告诉他们，所有男人的名字。他们让我辨认照片，一直把我折腾到筋疲力尽为止。我一直在乞求他们，'警官，我可不想死！你不可能全天候地保护我。'我是这样告诉他们的，我告诉他们我知道什么是死者的'警方证人'，他们看我的眼神就好像我是人渣似的。他们说，‘杰奇，如果你不告诉我们你知道的一切，你会被逮捕的。’因为他们在房间里找到一些药物，一些止痛片和一小包可卡。他们说法律规定如果在屋内发现‘控制性药物’，我会被起诉蓄意散发麻醉性药物。有这样一个罪名你就可能被监禁 20 年！我已经要垮掉，他们比我还恶心，与那些每天卖出去几千块钱药品的浑蛋相比，与横跨整个纽约州的买卖相比，这屋里不超过 100 块钱的麻醉药又算什么呢？大案子？再说那是佐伊带进来的，不是我拿来的。他们要我把我朋友的名字都告诉他们，我抖得很厉害，可恶的警察对像我这样的女士，一个既不是妻子也不是母亲的女士没有同情心。他们说，‘杰奇，你是个酗酒者和嗜毒者，你必须到康复中心去。’他们还说出侮辱我的话，‘除非你和我们合作，否则你会像你朋友佐伊那样完蛋。’我告诉他们我对佐伊的私生活并不了解，这是真的。我并不知道那个男人是谁，佐伊对她的新男友寄托很大的期望，但究竟是‘新’朋友还是过去来看过她的某个家伙我一概不知道。如果佐伊和某个家伙分手，他不会从她眼前消失。德尔莱就没有走开，他总是想尽办法要和佐伊复合。克丽丝塔，我告诉你，佐伊有另外一个男朋友，我说得出他的名字。她告诉我说，那个男人已婚，疯狂地追求她，可是他们之间不会有‘将来’，因为那个男人不会离开他的家庭。他可以不要妻子，但不能离开孩子，就是不能。佐伊觉得无望，不想再见到他了，可他老是打电话给佐伊，也常常过来，他们互相喜欢各自的坏习惯。这个男人的名字我得给警方，他们从来也不相信我会不知道那个男人的名字，那个带佐伊去维加斯的男人，那个佐伊寄予很大期望的男人。有一天晚上，佐伊应邀去切特和那里的爵士乐团合作演唱，只有三个人。他们要佐伊演唱《只有双方》，这是佐伊最拿手的一首歌，而这个家伙坐在酒吧听。他说佐伊给他留下很好的印象，真的很感动，他可以在维加斯的一家与他有合约的赌场为她安排一场演唱会。这就是佐伊曾经告诉我的事。她说，‘杰奇，我可能从此不回来了！’她激动地亲我的脸颊，拥抱我，神经质地坐立不安。‘告诉亚伦和妈说再见。我会每隔几个月给他打一次电话。我会成为某个赌场的头牌。我会寄机票给亚伦，让他来和我团聚。’我对佐伊说，我一定会帮她做这件事的。佐伊说，‘杰奇，你也一样，你也来维加斯看我。’好像这件事就要实现了似的，每一个情绪激昂的人都会这么说的。当你情绪高涨，你就会觉得充满希望。而就在那天夜里……我的天哪！”杰奇停了一下，用餐巾纸擦了擦沾满睫毛油的眼睛。她的脸颊上有一道灰黑的痕迹，应该是泪痕。“不知道有什么比这更糟糕的事。想想看，假如我在这里（其实我不在），佐伊就可能不会遇害。又假如我在这里，这个家伙冲着佐伊来，可能把我也杀了。我想把这种可能告诉警方，但他们只是一个劲儿在问我同样的问题，问我知不知道维加斯来的那个男人的名字，没完没了地问。他们还问那个和我在一起的男人。那天晚上我们开车去了奥内达赌场。他喝醉了，在牌桌上输大了，向我借了500块钱当赌资。我希望留下一点不要全输光了。我说过当你情绪高涨的时候，你就会充满希望，事情的结果是他留给我的是假名，他叫自己‘康奈尔－乔治－哈代’，好像是出身古典家庭的人似的。但警方发现那不是他的真名，他们自然认为我在杜撰‘康奈尔－乔治－哈代’这个名字。据说他是在锡拉丘兹的‘投资银行家’，他有时会在周末露面，在万豪酒店的一间大套房过夜。他为人很慷慨，举办派对，提供大量的可卡。我怎么知道‘康奈尔－乔治－哈代’是不是他的真名？一开始我以为他说的是陆军或者是海军的‘上校’，但不是‘上校’（英语的上校发音与‘康奈尔’相近——译者注）。不管怎样，这是一个假名。但我们相处得很愉快，他对我还不错。他不是那种可恶的酒鬼，而是一个有趣的人，喝醉了就伤感，昏昏欲睡。警方向我们下榻的酒店前台服务生确认，看我有没有说真话，结果是我说的都是真话。他们为什么一定要确认和我在一起的那个男人的名字呢？无论如何，他不可能是害佐伊的那个男人，可能吗？我再也忍受不了啦，他们最后放过我了。‘杰奇，我们不会逮捕你。我们是管凶杀的，不管别的。’我那天是怎样回到这里的？我只得在正当午把我认识的那个家伙从梦中叫醒，让他来接我。这些狗杂种不会用车送我回来的。我不知道还有什么地方可去。假如我回家，我母亲就会对我唠叨说，‘如果你心存神灵，耶稣会帮你的。’我很害怕，我也相信我母亲说的是对的，但这种时候我心里还容不下耶稣，别的东西塞得太多了，我也不值得耶稣帮助。这些日子里，我想得最厉害的是佐伊。噢，上帝，我指的是失去佐伊，我最亲密的朋友和姐妹佐伊。这里的墙上还残留着可怜的佐伊的血迹，她的血渗入床里，渗入整一张床单。这张床单还是她向我借的呢。床上还有一个好看的粉红色抱枕。警方说杀人者用枕巾勒死佐伊，用力敲击她的头，敲碎了脑壳，这就是这么多血的原因。探员说，凡是用毛巾杀人的人都会把毛巾当做‘绞刑具’，绞紧后松开，再绞紧。警方说罪犯是用一种类似爪锤的东西敲击脑袋，事后把它带走了，可能扔进河里永远都找不到了。警察问我屋里有没有放把锤子，我告诉他们没有，我想没有，但房子是租的，谁知道在地窖里或者哪个柜子里会不会有呢？如果罪犯把锤子带进来，那就是事先想到要杀她。我害怕极了，谁知道他会不会再回来把我也杀了？警方说这家伙把窗户打开了，让雪吹进卧室，把室内空气变得很冷。他们说佐伊大半个身子都冻僵了，这家伙拿来一些东西盖在佐伊身上，盖在她身上的衣服撒上爽身粉，白色的爽身粉，想起来都令人打战，因为爽身粉是我的。他撒在佐伊身上和佐伊床上的粉让佐伊变成‘白粉团’。墙上沾的血已经冻住了。警方说，地上也到处撒满了爽身粉，她的脚印沾上粉留在地板上，看上去就像是打了‘霜’一样。一开始，他们以为是可卡因，但不是。‘白粉团’闻起来就像是山谷里百合花的味儿（这是佐伊和我共用的爽身粉）。这些粉弄得到处都是，和血混在一起，这又是该我清洁的啦。我不能用吸尘器吸走爽身粉。爽身粉和血混在一起吸尘器吸不进去，也会把吸尘器弄坏的，我不得不用纸巾和海绵去擦抹，我恶心透了，现在我再也不想到楼上去了……连靠近那房间的地方也不去。“他为什么要用爽身粉去做这件事呢?”我问那个老盯着我似乎我身上有一股怪味儿的探员。他是一个爱傻笑和爱取笑别人的人。他叫我‘杰奇’，好像我们是老朋友似的。他的名字叫埃格罗夫。我从来没有听说过‘埃格罗夫’这种名字，猜不出他的民族。我不喜欢这个人，也不信任他。他说，‘他们这些人是什么事都做得出来的。像畜生一样没有逻辑性可言。’他的脸上露出轻蔑的神色。他们也是你的朋友不是?”

哦，可恶的杰奇，你也是一只畜生不是?她突然把肉手搁在我臂上，我只好假装没有注意到。更糟糕的是，佐伊的儿子亚伦是发现佐伊遇害的第一个人。这个伤心的孩子，他长着像他父亲一样的印第安人孤独忧郁的样貌，一张‘郁郁寡欢’迟钝的脸。乍一看，你会觉得这张脸丑陋，惨不忍睹，但再看一眼，你又会觉得另有一番韵味。

“他已经长高了，像个男人了。警方说亚伦到来时是早上 9 点。那天是星期天，孩子们可能会早些起床。他说已经有一段时间没有见到他母亲了，所以他来这里。他还不到开车的年龄，只能走路过来，有二三里路吧。前门没有上锁，他推开门走进去。他说，他马上‘意识到有什么事不对，他闻到一种不好的味道。’他站在楼梯下喊佐伊，没有人回答。他想，如果她真的在，可能是睡着了，因此他直接上楼……亲爱的上帝呀，想想他发现她……想想，如果你是佐伊的儿子，你会怎么样?几小时后，如果是我走进佐伊的房间……她曾经说过她对不起亚伦。佐伊并不是不爱自己的孩子，而是那时还没有准备好做母亲，正如德尔莱还没有做父亲的准备一样。德尔有两个关系十分密切的塞内加印第安堂兄弟，他们曾经有一段时间被关在黑河上游的青少年惩戒所。佐伊对这些毫不知情，德尔没有全告诉佐伊。知道吗?德尔的一个堂兄弟卷入了一宗二级过失杀人案，这种案件如果在保留地外可能被认定二级谋杀。对于保留地的人，警方并不会有一丁半点的狗屁关注，一个印第安醉汉杀了另一个印第安醉汉，仅此而已。如果是他们中的一个把白人踢死，那就不同了，对吧？所以佐伊总是有一种担心，德尔在这件过失杀人案中会不会也陷进去了呢？这件事使她害怕。当一个醉汉有那种背景的时候，你不知道他会把自己带到什么地方。佐伊对我说过，‘如果我一开始先考虑从事职业歌手事业，然后在 30 岁的年龄才有小孩，我的一切都会好起来的。’她又说，‘你还是孩子就有了自己的小孩，你就有了另一种生活方式。知道吗？’我说，‘佐伊，我不明白。’我笑起来，表示她说的没有伤害我的自尊心。我说，‘假如我的孩子活着，我的生活会比现在好一些。’佐伊拽住我亲了一口说，‘杰奇，对不起，我不是故意想说这样的事的。可是，杰奇，谁知道呢？也许你的生活已经令你喘不过气来了。’我听到的是，‘有了孩子也不一定改变你的生活。’

亚伦还是婴儿的时候，黑皮肤，长相有点凶残，头上粗黑的头发像老鼠毛。他哭得可凶了，一哭就满脸紫红，但一点眼泪都没有，只是像牛犊那样干嚎乱踢。你想象得到，假如那孩子有牙齿，他会咬人。佐伊在喂奶的时候，亚伦会不停地吸，拼命撞奶头。你会觉得所有你见过的婴儿都很漂亮，但亚伦不是，他长大一些时，四五岁吧，他的脸已经凑在一起看不到斗鸡眼了。那时我还不太认识佐伊，可我知道亚伦读书有点麻烦，有点‘阅读障碍’，他继承了他父亲的暴脾气和薄脸皮，好像是总受别人虐待似的。佐伊说，‘克鲁拉家的人，不光是德尔的混血亲戚，他们所有的人，整个家系都一个德行。你完全不要在乎他们是怎样糟践你的情感，只要是你说的，哪怕是很普通的一句话，如‘对不起，我希望没有弄脏你新衣服。’他们都会防着你，都会发火，感到受到了伤害，觉得你把他们可恶的心撕裂了，他们反过来要撕碎你的心，惩罚你，以此来达到心理平衡。在 2 月份这种季节看到亚伦－克鲁拉使我感到吃惊。他和我同时在警察局出现。我的天！他长得太高了，长相比他的年龄要大得多，像塞内加人。塞内加姑娘11岁时长得就像18岁，除了奶子长得大，肌肉也比常人壮，像消防栓那样敦实。我得说，亚伦不是那种容易相处的人。我可怜他，给他做饭吃，但他只说了一句‘多谢，我不要’，甚至看都不看我一眼。我有点害怕，觉得这个大男孩恨我，整个克鲁拉家的人都恨我，怪我离家在外才会有佐伊遇害的事，因为佐伊常常坐我的车一起出去。佐伊和德尔分居那段时间，佐伊察觉到那个结过婚的男人想摆脱她，或是她想甩了他。总之，这是佐伊最难过的一段时间，她主动来投奔我，我该怎么办，把她赶走？佐伊可是我的心肝，我决不能不理她呀！”

杰奇－德鲁卡不停地说，焦虑不安，以至几乎把我忘了。她擦了擦污黑的眼睛看着我说：“‘克丽丝塔’——‘克丽丝’，你说你是爱迪－迪尔尼的女儿，对吗？你来这里看我，这说明——”

我说我要走了，真想马上离开这个满脸油彩的女人，把头染成胡萝卜色的女人。她对着我喘粗气，似乎要把房间里稀薄的氧气统统吸光。

“宝贝，不要急着走。等等！”

杰奇步履艰难地站起来，咧着傻猫古菲那样的大嘴，满脸笑容地看着我，好像要俯冲过来亲我，但我像蛇一样躲开了。杰奇穿着的男式花边领衬衣裂开了，硕大无比、布满青筋的乳房像只天外飞来的球那样蹦出来，整个胸部几乎要爆出来了。我不愿意让杰奇拥抱，不愿意去感受发泡的橡胶球。“克丽丝，静静地待着，你是个最善解人意的小孩，你有礼貌，愿意听我说话。克丽丝，今天可能会有人来，随时都会出现，你在这里可以帮上我，你可以告诉他‘杰奇正和波特澳利卡尼来的姐姐在一起。’克丽丝，小宝贝，你能帮我这样说吗？假如他看见你在这里，他就会站在后门不进来。你告诉他你是我的侄女，你母亲就在楼上。克丽丝，你能帮我做这些吗？为了佐伊，求你了。”

杰奇心急如焚的声音使我感到害怕。原来，这整段时间杰奇都在等人，她要我留下来陪她就为了这件事。她嘴里酒气冲天，发烫的皮肤渗着油腻腻的汗珠，乞求的眼神看上去很可怜。我要逃离，逃离杰奇，但与此同时，我产生了紧抱她的冲动，紧抱她发泡橡胶身体的冲动。我一紧张，又开始口吃了，我说我得，得走了，我母亲会挂念我的，她不知道我去了什么地方。我说："多谢你的热巧克力，好吃极了，还有那些曲奇，也很好吃。再见。"我笨拙地冲向房门。令人吃惊的是，杰奇以没有过的敏捷站起来想拥抱我。她说："克丽丝，宝贝，就抱一下，我们已经是朋友了，难道不是吗？肯定是。"在门前，杰奇想尽办法抓住我的前臂，抓住我纤细的上臂，我想躲也来不及了。她的手指和男人的手指一样有力，我不敢甩开，怕给她弄伤，怕我纤细的上臂留下杰奇－德鲁卡的指甲痕。杰奇大声笑着，笑得很伤心，笑得很悲恸。她在我的前额上吻了一下，放我走了。

"克丽丝，答应我，再来看我。再来看你的朋友杰奇－德鲁卡。"

出于怜悯，我说好。

我在小巷子里半跑起来，接着疯跑起来！我穿过黑羽小鸟曾经溅水嬉戏的泥洼，沿着堆满垃圾的小巷，终于来到了醉人的春天空气中，我感到踩在脚下的腐烂垃圾的味儿也是甜的。

"克丽丝塔，毛衣上的污渍是怎么回事？"

我害羞地低下头看，可能是热巧克力的污渍吧！又可能是杰奇－德鲁卡厨房里的油污弄脏的。母亲指着像是鲜花被玷污了的污渍，脸上一片厌恶的表情。

"但愿不是血。你什么地方割破了吗？"

"没有，我——"

"好像是血。克丽丝塔，像你这样的年龄，我信不过你。过来。"

母亲强迫我走到厨房的洗涮池旁边，用一条湿毛巾在我的毛衣上用力擦。我注视着她，发现她头发弯曲的地方，露出头皮的地方已经灰白了，一点都不像杰奇一德鲁卡染黑好看的头发。母亲身上有一股荷兰洗涤液那种刺鼻的味儿，也是一点都不像杰奇一德鲁卡身上的味儿。父亲搬出去的这几个星期以来，我们的生活规律被搅乱了，母亲的脾气反复无常，经常对本和我无端发火，挑我们的瑕疵，对我们厌恶流泪，也常常会出其不意地抱住我们，似乎我们是她的宝贝疙瘩。“也许不是血，已经洗掉了。克丽丝塔，至少你没有伤到自己，这我就放心了。你整个下午都到哪儿去了？”母亲弯下腰抱住我，在我的头上轻轻亲了一下，就在不到一个小时之前杰奇一德鲁卡亲我的那个地方。她夸张的温柔让我不寒而栗。

克丽丝，我们现在是朋友了，对吧？

克丽丝，答应我，你还会再来看我的，来看你的朋友杰奇一德鲁卡。

15

“爱德华一迪尔尼吗？我们需要和你对话。”

这个冷酷的说辞将永远改变我父亲的生活。

在我们中间，没有一个爱他的人会意识到，父亲被毁的生活是这个时代和这个地方整个普通美国男性的生活缩影。除此之外，还有多少不能从外表辨别的成千上万美国男性的生活被毁掉呢？

1983 年 2 月 13 日早晨 7 点 15 分。时间还很早。

地点是令人难以忍受的公开场合：斯巴塔水库街 991 号，斯巴塔建筑公司爱迪一迪尔尼的办公室。

至少，上帝在星期天放过了他。

听到佐伊的死讯时，他就知道自己逃不过厄运，斯巴塔警方一定会来找他的。

在爱迪一迪尔尼听到如此令人震惊和如此残酷的消息的一刹那，他还来不及理清头绪，整个人像醉汉一样呆住了，像有一把大铁锤击在头上，踉踉跄跄地无法站稳脚步。

佐伊死了。什么时候？为什么？

他百思不得其解，反复地念叨，佐伊死了，佐伊——死了！

他无法理解，必须借酒压惊。一瓶，两瓶，以此保持清醒。

他沿着黑河盲目地飞车远去。河边的天气冷得刺骨，但他没有意识到车窗还半开着，寒风击打在他沾满泪水的脸上，他需要冷风来使他领略打击的滋味。

脑袋有一半已经麻木，但另一半还敏捷，爱迪一迪尔尼“卷入”了佐伊一克鲁拉事件。尽管情人都希望保守秘密，但一定会有人知道。

凶杀科的探员提出要找他问话，但不知道准确时间。

假如他早有判断，就应该主动去找警方，让他们相信爱迪一迪尔尼是无辜的，爱迪一迪尔尼对失去佐伊一克鲁拉的震惊和悲痛是发自内心的。

但是，佐伊是一个已婚妇女，而爱迪一迪尔尼是一个已婚男子，家有一对子女。他既同情妻子又感到内疚，他对不起鲁西尼，鲁西尼永远不会原谅迪尔尼，不会原谅丈夫对她的背叛。

爱迪一迪尔尼明白，是他背叛了妻子，背叛了家庭。人们会说他是个通奸的男人，除了佐伊，他和别的女人也有露水关系，虽然有些只是偶然为之，称不上是通奸，也不会给他造成感情负担，但这是事实。人们会知道，鲁西尼会因此公开受辱，因此精神被击垮。

还有他的孩子本和克丽丝塔。

虽然他与佐伊一克鲁拉相爱，但他不想离开鲁西尼，更没有勇气离开孩子们。和佐伊一克鲁拉公开同居，他是一个奸夫，一个酗酒的男人，但在别人眼里他同时也是一个努力、敬业的男人，人们不赞同他的生活态度，却欣赏他对工作的尽心。在灵魂最深处，他是一位好父亲，如同他父亲对他那样把父亲的身份看得很重，认为是神圣不可践踏的责任。想到那个星期天初午时分，他接到佐伊的电话，说她儿子亚伦对他们的事有所察觉，他立刻把电话挂断了。

上帝只是今天把我放过了，那明天呢……

假如星期天在家时警方没有当着妻子和孩子的面把他带走，星期一早上他会主动去见警方。诚然，他不信上帝，在绝望之下，他宁可相信会有神迹出现。在越南饱受折磨的那些日子里，他就曾经有过相似的想法。但是，早在遥远的少年时代，他就已经对遥不可及和不可能出现的圣父有什么信仰了。

对他的升迁、对他的办公室和门上的铭牌，鲁西尼感到无比骄傲。爱德华－迪尔尼，经理。她不时来办公室探望他，一有机会就领着孩子们过来，指着门说，这是爹地的办公室，看，门上是爹地的名字……

爱迪－迪尔尼很快就要失去这份荣耀了。假如他逃过佐伊－克鲁拉的死亡关联，他还会是一个自由人。

“一旦让我知道他真的做过那些事，我永远都不会原谅他。”

母亲有许多谴责父亲的理由。星期天下午 1 点 30 分他已经知道了佐伊的死讯，但他没有告诉母亲就离家而去。

他知道“爱德华－迪尔尼”肯定与这事有关，一定会受到警方的调查。他选择了不辞而别，没有解释，没有说去哪里，也没有说什么时候回来。就这样，我们（母亲、本和我）整整一天都不知道发生了什么。在本地电台和电视还没有播发新闻内容之前，佐伊－克鲁拉被谋杀的消息犹如野火蔓延，迅速在斯巴塔传开了。斯巴塔早已形成的圈子（佐伊和迪尔尼的朋友、亲戚以及他们中学时代的同学们）通过电话把消息一传十，十传百，迅速扩散，他们不是说西弗利街某个女人被杀了，而是佐伊在离家出走后在现在的居所里被谋杀了。

人们带着谴责的口气如是说，佐伊的生活状态注定她会有此遭遇……

星期天午后，有人看到佐伊“分居”的丈夫德尔莱－克鲁拉被带去斯巴塔警察总部接受他妻子死因的质询。星期天晚上，又有人在传德尔莱已经对谋杀“供认不讳”。

但不是承认谋杀，而是承认“伤害”过佐伊。

所有都是坊间传闻，不是新闻媒介的报道，后来被证实都是谣传，只有爱迪－迪尔尼相信。如果如人所传是德尔莱杀了佐伊，佐伊是因他而死的，他会震惊、恼怒和内疚。

德尔莱！这个狗娘养的，他坏就坏在酗酒……

这狗屎害了她，天杀的浑蛋……

他以为杀人能解决问题，进去了吧？……

爱迪－迪尔尼感到沮丧，不得不离家而去。他带着6瓶啤酒上了吉普，妻子以为是某一个住宅工地出了问题，老板打电话来要他去处理，这像是保罗－卡萨诺的作风，只有他会在这种时间以“紧急情况”的名义打电话给爱迪－迪尔尼。如果爱迪星期天不能及时回家吃晚饭，鲁西尼能够理解。

鲁西尼不喜欢这样，但她能够理解。

在建筑行业，经常会有偶发事件，令人焦头烂额。在工程接近完工时，最忙的是电气工程师。管道工、盖顶工、电工，参与工程的人越多，出问题的概率就越高。鲁西尼对丈夫周末不辞而别已经司空见惯。每当丈夫周末接到老板保罗－卡萨诺的电话，鲁西妮十分留意丈夫的情绪和反应，所以对他的行为见惯不怪。星期天晚上之前（即佐伊死亡的星期天早晨之前），爱迪出去了，据称大约半夜回到家，跌跌撞撞地爬上楼倒头就睡。

和谁在一起？不记得了。就是一些男的，在不同的地方。

鲁西尼，回去睡吧。烦透了，我去哪里是我自己的事。

“我怎能原谅他呢？他连告诉我的勇气都没有。佐伊的照片覆盖了整个报纸版面，还有‘男性造访者’……”

我父亲知道的是，佐伊大概是在半夜遇害的。据赫金玛郡医院验尸官的认定，佐伊在星期天凌晨1—4时之间死亡。由于卧室的窗户被人为打开，她的尸体处于半僵状态，所以无法确定准确的死亡时间。爱迪一迪尔尼在精神恍惚和自暴自弃的状态下煎熬，他开着吉普沿着河岸飞驰，不知道往何处去。在通往郊区的布勒塔普公路上，他突然掉头朝阿迪隆达克开去，在绝望的情绪驱动下，开向了一条被碾出一道道结冰车辙的碎石路。他边开车边喝酒，6瓶啤酒很快喝完了。他迫切需要在某个乡村餐馆停下来，在还没有亮灯的黄昏，像山顶洞人那样坐在黑暗中醉酒，默默地打发漫长的风吹雪飘的冬日。

“嘿，迪尔尼！”

在乡村一线餐馆里，一个早在中学时代就认识的酒吧服务生迪克一琼斯过来和爱迪一迪尔尼打招呼。迪克给爱迪倒上一杯酒，爱迪晃着头对着嘴一口把酒吞下去。酒吧间里，人们在低声议论着德尔莱一克鲁拉承认杀了妻子佐伊。在乡村一线的酒吧里，认识和不认识爱迪一迪尔尼的人都在谈论这件事，在他进入酒吧之前可能已经谈论开了。他们都了解他和佐伊的事，至少知道个大概。如果是德尔莱杀了佐伊，应该是因爱迪一迪尔尼而起。“爱迪，听听那些狗屁新闻。”迪克一边说，一边又给这位悲痛的男士倒了一杯吉姆·比姆酒。

他在乡村一线喝，在河滨观景客栈喝，在东斯巴塔地下酒吧喝，但毫无醉意，没有心乱的感觉。他总觉得喝不够，脑子总在打转。不可能发生的事情发生了！去你的，佐伊，这是她的诡计。我不相信这一切，都是狗屁。

就这样，星期天过去了，白日喧梦历历在目。爱迪一迪尔尼似乎觉得自己已经死了，胡子拉碴的下巴紧绷发疼，耳朵里似钟在鸣，衣衫下汗流不止。人在旋转，肺在疼，浑身发胀，如骏马被手打鞭驱，使他几近死亡。于是，他开始跑动，踉踉跄跄地穿过到处积雪的停车场，直奔他的吉普。他气喘如牛，汗涌如血，从鬓角直淌在脸上。佐伊就在车上，就蜷曲在副驾驶席上，身下双脚紧裹长丝袜，温暖蠕动的细脚是爱迪的最爱。他用灵巧的大拇指在佐伊脚底轻轻滑动，哦哦哦，爱迪，别这样，我要疯了，哦哦哦！爱迪！划动脚底就能使她浑身打战，使她浑身发热，莫不是在逗笑？佳人湿软的香舌，佐伊一克鲁拉的香舌在触寻爱人性感的舌尖。吉普车里，幽兰轻喘在他口腔回旋。只是，自从12月分手之后，车厢里就空荡荡的，佐伊不再出现在爱迪一迪尔尼的吉普车里。

漫长的星期天，他整天没有吃饭。不是因为没有胃口，他压根就没有想到吃饭，没有想过鲁西尼在等着他回家和家人共进晚餐。他除了想佐伊，心里已经容不下任何人、任何事。他幻想着，德尔莱会因为打佐伊被捕，就这样，还不算太差的结局。

星期六和星期天，连续两个夜晚，我都被他上楼的脚步声惊醒。是爹地，爹地回家了。爹地我安全了，我可以睡觉了。

孩子对事件的概念是模糊的，靠不住的。孩子可以证明在某个特定时刻发生了某件事情，孩子只是经过某个时间点成为那个时间点的证人。如果是通过适当的方式和适当的成人（他/她）告诉他/她一件事，孩子就会确信无疑。

克丽丝塔，现在你知道在家里发生了一些事，一些秘密的事，决不可以向家庭以外的人说。你明白吗？

我母亲告诫我，把食指按在我的嘴唇上要我不开口。

这是一个令人困惑的时间，如同在暴风中飘落的枯叶，在风中盘旋纷飞，使人心烦意乱，直想捂上耳朵，闭上眼睛，大叫一声飞走吧！

一个令人困惑的时间，而一个孩子的记忆是不可信的，因为没有一个孩子会用日历计时来表达天和日期，没有一个孩子会准确表达年份，没有一个孩子会表达以前和之后这种时间逻辑。孩子只是会随意地说这个，在这个之后，这个结果。一个孩子会想到现在、在这里，这就是现在发生的。

那个星期天的晚上，父亲回家晚了，大约过了11点吧。除了厨房炉台顶上的那盏灯和后走廊的灯还亮着之外，整个屋子都是黑的。走廊的灯是母亲专门为父亲夜归留的，不可思议的是，那天晚上母亲正好没有留灯。她焦虑地躺在床上，但还不至于心神不宁，因为她还没有看到电视上即将播发的“爆炸性新闻”——斯巴塔的一个妇女在星期天凌晨遭人谋杀。鲍尔家的人还没有打电话给她，如果有电话会是什么呢？鲁西尼会了解佐伊一克鲁拉和她之间有某种联系吗？没有人敢这么想，即便我母亲的那些女亲戚们，那些专门以传递八卦新闻为乐事的女亲戚们也不敢这么想，这种想法过于残忍。

他在黑暗中打着趔趄脱衣服，喘着气低声诅咒，像一只受伤的野兽在团团打转，受伤的、危险的野牛和狗熊。他掀开被子跌在床上，跌在他惯睡的一边。爱迪一迪尔尼肯定喝酒了，但还没有醉。鲁西尼简单地问了一句：“你到哪里去了？”他说：“哪都没去，你接着睡吧。”鲁西尼不满地说：“我还没睡呢！”她躺在床上等他回来，而他只会说：“去你的，鲁西尼，谁让你躺在床上等我了？我吩咐过吗？”

太粗鲁，太无情了。他不习惯说道歉话，尤其是酒醉之后，他已经没有内疚的逻辑记忆，他已经醉得手脚不协调了。他竭尽全力脱下沾满泥污的衬衫和薄绒短袜，挣扎着拔掉可憎的靴子，把它们踢在一边。他躺在床上，腋窝和大腿内侧的肌肉开始抽搐，胸口上到处是红蚂蚁游动的感觉，胡子拉碴的下巴发紧发硬，呼吸越来越急。鲁西尼又怯生生地问：“你究竟到哪里去了？是不是工作上出了差错？建筑工地出事故了？

是不是建筑工地上有人伤了，有人死了吗?”

鲁西尼猜想一定是有人死了。

他没有回答。他背对着她躺着，从汗渍斑斑的T恤里突出的簇簇毛发直刺向身边的女人，她第一次感觉到，此刻躺在身边的男性身躯是异类男性。

鲁西尼在痛苦中转辗反侧，在愦懑中担惊受怕，她意识到在他们之间一定会有什么事要发生。她尽可能快地从他过热的身体挪到另外一侧。身边的男人没有多说一句话，不再留意她，不再体谅她对他的担心。这个男人心中已经没有了她的位置，甚至连想都不会想了。

他在斯巴塔建筑有限公司工作已经22年。这是一座在加里森路的单层红木瓦顶的建筑物，后面是开阔的院子，用来堆放木材和砖石。在公司，人们叫他“爱德—迪尔尼”，老板不在或者不接电话的时候，他就是你要找的人。他是一个招人喜欢，值得信任的人。他有自己的办公室，直接通向停车场。早上7点，他打开办公室的门，像科学家一样客观准确地写派工单。最近，他可恶的双手老是抖动。他有一个不好的预感，但他镇定地对自己说，这件事可能没有发生，可能发生在别人身上。但事实是，已经发生了。

一个难熬的夜。已经凌晨3点了，他干脆起来走下楼梯，坐在黑漆漆的厨房里，抽完最后一根骆驼牌香烟，喝完冰箱里最后一罐摩尔森啤酒。他觉得喉咙发紧，哽咽流泪。眼前，佐伊在晃动，在对他似嘲似讽地微笑，呵呵，厨房真的很漂亮，是你专门为你的妻子建的吧？爱迪，亲爱的，我要怎么做你才能为我建一个这么漂亮的厨房呢？告诉我，亲爱的，我一定照做。

他告诉她，大笑着告诉她。在鲁西尼漂亮得不能再漂亮的厨房里，她照做了。

他事先知道鲁西尼不在家，孩子们都在上学。他已经好几次带她来家，想在这个女人面前炫耀他精细的木匠工艺。看看这枫木橱柜，这用红木做尾部压板的高质量油毡瓦。他要她领略他作为丈夫和父亲的一面，他为自己家建造的这间屋舍比德尔莱－克鲁拉为她买的房子要好得太多了。

告诉我，爱迪，你要我怎么做，我会做的。

每一次都是。

这就是佐伊，以她的古典乡村音乐的方式对爱迪如是说。或许她只是说说而已，只想说出那一刻令人无限遐想的事。

我的天！那一日，克丽丝塔突然走了进来。

他们没有想到，克丽丝塔中午就放学回家了。佐伊唱着，吹着口哨在洗涮池边冲洗杯子，他则从楼梯上下来，听到厨房里说话的声音，诧异地看到小女儿可怜巴巴地盯着他说："爹地，我是不是不该在这时候回家？"

爱迪清楚地记得，当时她是这么说的，但不记得自己当时怎样回答她。

在办公室里，他有许多电话要打，要打电话给供货商、客户和在册的员工。每一天都一样。他要好好想一想。

他从办公台下的抽屉里拿出一瓶吉姆·比姆（威士忌）吞了一口，自言自语："只是为了醒醒脑。"

只是觉得要解释一下，对鲁西尼或其他人解释一下。

他要大声说话，大声给自己下达指示，奇怪不？喝醉了？快醉了？还是一直在酒醉中？他还没有从酒醉中醒来，还没有从昨天漫长的醉态醒过来，还没有把该吐的该拉的统统清理干净。

他的脑子里出现了一个问题。

佐伊－克鲁拉死了？已经死了？被人杀了？

佐伊去了，你再也见不到她了。

他不得不去想佐伊的死，但她明明好好地活着，就在他怀里。没有人比佐伊一克鲁拉更加温暖实在，不仅仅是在他的厩房里寻觅，而是活生生地在家里二楼的床上，在他不得不（或者争取）和妻子睡在一起的床上。只要一闭上眼睛，他就感到那个女人如饥似渴的美唇在寻觅，她开怀大笑的时候会露出美白的贝齿，暧昧的情景使他不忍多想。她那痣斑点点的温暖手臂缠绕在他脖子上，如水蛇缠着他，把他放倒在她的身上，笑着热吻，炽热平坦的软腹压着他坚实的肚皮，股沟压着股沟，使他难以自禁。你很想爱爱吗？想吗？你想怎样爱爱？让我好好体会一下。

她忽而愠怒地噘着嘴把他推开，使他慌乱，让他摸不着头脑，不知道她是真心还是取笑。那好，你说！要是不爱我，就回到你那自命不凡的黄脸婆那里去，你这坏蛋。

他笨拙地点上一根烟，拿起电话打给屋梁供应商。已经是第二根烟了，在印着斯巴塔建筑有限公司红字的黑色塑料烟灰缸里，已经有一个烧化的烟蒂。

电影里，当音乐突然发出不协调的噪音时，画面上会出现一个惊恐的男人。现在，他就是这样一个男人。他突然挂断电话，因为他从窗口望到两辆小车（斯巴塔警察局的巡逻车）驶入煤渣堆放场。铁灰色奥斯重型小车，崭新，还来不及打上警车标志。

他迅速地把抽屉锁上，吞了一小口威士忌，但愿不会查出来。

他的手在发抖，有一种倒胃的感觉。他丝毫没有思想准备，想不出该如何对付警方。他不可能在这种时候声明，他不是掐死那个女人的人。究竟是他还是别人（死者的丈夫德尔莱），他们没有说。

佐伊，不要引诱我！别闹得太过了。

刚刚走进办公室外间的接待员米特尔气喘吁吁地拿着两纸杯咖啡，一杯给自己，一杯给爱迪一迪尔尼。她是第一个见到警官的人，还来不及向爱迪通报，可恶的警察已经打开门直接走了进来。

一共进来 4 个人，两个稚嫩的制服警察，两个穿便服的探员。他们派了 4 个人来，一定怕我反抗，做好准备把我击毙！

“你是爱德华－迪尔尼？我需要和你谈谈。”

需要？他要好好体会一下他们的话，不是要求，不是问话。

他坐在办公台前凝视着他们，一个无辜的人应该好好表现一下自己。不要笑，要表现出惊讶的样子，要彬彬有礼但不能屈就。他放好电话，把手平放在台上，他还知道，这个时候不能突然走动。他不认识派来的警察，这使他略微松了一口气。在斯巴塔警察局和赫金玛郡治保处，都有认识他的警官，如果认识的警察过来，那是十分尴尬的事。

“是我，找我有什么事？”

那么短的时间内他们就找上门来，可能是德尔莱没有认罪，早 6 点的新闻并没有德尔莱认罪的报道。

一个年长的探员嘴角略带一点微笑随意地问：“迪尔尼先生，没有想到为什么吗？”

“可能是关于——”

他的声音有点颤抖，欲言又止。脸上因为威士忌的原因既热又红。

胃里的威士忌像一泡干热的黏液，无法消化。为什么自己会在早上 7 点做这种冲动的事呢？不该喝酒的。年长的探员向爱迪介绍了自己和同事“马提诺”和“布里西亚”。他说如果迪尔尼先生愿意和他们到市中心的警察总部走一趟，这会是“一个不错的主意”。他们有几个关于佐伊－克鲁拉凶杀案的问题想问他。爱迪终于等到了，这些话从离耳朵很近的地方轻轻传来，却犹如地动海啸。马提诺探员向他保证，问话不会持续太长时间。几近绝望的爱迪心中冷笑着，过去他对惊惶无措的孩子也是这样承诺的，不会太长，不会太长时间！无耻和赤裸裸的假话。但爱迪－迪尔尼像抓到一根救命稻草一样，安慰自己事情可能不会太严重吧，不会持续太长时间。他颤抖着从办公台后边的转椅上站起来，穿上他随手扔在附近桌子上厚重的羊绒夹克，戴上皮手套。他焦躁地看着两位泰然不动的年轻警员，如果他突然有不明智的举动，如果他突然打开抽屉，如果他把手插在口袋里，他们随时会扑过来制服他。他曾经是一个激情洋溢的年轻人，当过兵，受过训练，也曾经静待行动，处于危险状态时静待行动。他十分冷静地评估目前的局面，只要几十秒钟，这两个年轻人就会抓住他的手臂，把它们猛地扭向身后，迫使他脸朝地趴下，向他大呼小叫："趴在地上！趴在地上！脸朝地，趴下！"

据他事后回忆，当马提诺介绍自己和同事时，并没有主动和他握手。这是一件伤自尊心的事，是一种侮辱！在人们眼里，他是一位讨人喜欢的人，被人信任的人。现在，这些陌生人却冷眼相看，不信任他。他有一种感觉，这些人更愿意相信他是把那个女人谋杀在床的人。突如其来的疼痛使他的脸上抽搐，下巴像被什么叮了一下，可能是几小时前在盥洗室刮胡子时，发抖的手划伤了脸。

他下唇明显的血凝块和微微抖动的手指都被他们看见了，他们会把它作为犯罪迹象记录在案。

米特尔在办公室外间默默地看着。她今年 50 岁，离异，前夫已经死亡，是个忧郁悲伤的寡妇。8 年来她一直与爱迪－迪尔尼相爱。米特尔一头染黑的头发，白色的皮肤和橘红的的嘴唇。为了保持她在爱迪－迪尔尼面前的形象，她总是面带微笑。但此刻，米特尔没有笑，一脸惊愕地看着。在没有任何解释的情况下，爱迪被斯巴塔警察局警官带走了。室外，在潮湿的 2 月早晨透骨的寒风中，刚从斯科特皮卡上走下来的老板保罗－卡萨诺看到了这一幕。他凝视着爱迪－迪尔尼，脸上没有血色。爱迪抬起手向他打了个招呼："保罗，我有点事要走，大概一个小时以后回来。"

正在装载木材的工人们停下来，默默地看着爱迪－迪尔尼被人带上铁灰色没有标志的奥斯，没有尊严，羞辱地坐在车头塑料隔板后面的座位上。

除了没有戴手铐，他就像是狱室的囚徒。

这些人认识爱德—迪尔尼已经多年，其中有些人在爱迪还是木工时就是他的工友，看着他跃升到管理层，但他仍然是他们中的一员，他们对爱德—迪尔尼的喜欢远远超过发给他们工钱的老板保罗—卡萨诺。

他们其中一些人知道爱迪与德尔莱—克鲁拉老婆之间的“关系”，这不是一个秘密。

天哪！爱迪—迪尔尼——他被批捕了？

他杀了那女人佐伊？

一个小时！他会被带去哪里？

他们会把爱迪—迪尔尼列为“受注意的人士”被限制自由 7 小时 40 分钟。

那是在警察总部的第一天。

爱迪—迪尔尼像一个梦游者，既没有完全清醒，也没有完全失意识。他被带进一座简陋的砖石建筑二楼一个没有窗户、光线昏暗的房子。这座建筑位于伊洛奎斯南大街，与赫金玛郡法院和赫金玛郡拘留所相邻。斯巴塔这个区域主要是市政办公区，有一座高层停车建筑，向公众开放的“公共区域”，也是内城平民区。在伊洛奎斯街上的郡政府办公楼之间，当铺、折扣直销店、美发沙龙、救助药房、小饭馆、窗户式售卖比萨店、餐馆式酒吧林立。这些店铺的橱窗上都焊上了难看的铁栅栏，有的橱窗里挂着支票兑现的标识，有的则在门脸上写上赫金玛郡基督之家咨询处。林林总总的店铺中，爱迪—迪尔尼只知道伊洛奎斯酒吧与烧烤店，这是不值勤的警察和法院员工流连的地方，爱迪认识酒吧一个服务生，他曾经是爱迪中学的同学，这个家伙也是从越南回来的，脑子里还留着一块弹片。他向爱迪—迪尔尼打招呼，如向难兄难弟一般打招呼："嘿，迪尔尼，你来啦！最近还好吗？"

"迪尔尼先生，不需要请律师，还没有到那个时候。"

马提诺喜欢这个称呼，继续叫他"迪尔尼先生"。不是很多人叫爱迪为"迪尔尼先生"，他记得上一次叫他"迪尔尼先生"的是他在街上偶然遇到的儿子的一位老师。

他肯定不想请律师，去他的律师。所有迪尔尼家族的人都不信任律师，看不起律师。为佐伊谋杀案请一个律师，无疑是把自己看成是一个罪犯。

在限制行动自由的 7 小时 40 分钟时间里，警方反复向爱迪保证他没有被捕，只是来"问话"，而不是"审问"，这只是一般性"对话"，为了记录准确起见，这次对话会被录音。爱迪无疑了解这些待遇。他会告诉这些警官他知道的一切，不会隐瞒。他发誓他会毫无保留，愿意以任何形式配合，帮助他们完成对佐伊－克鲁拉凶杀案的调查。

这位女士，佐伊－德尔莱夫人是与爱迪－迪尔尼"相熟"的，是这样吗？

"是的，是这样。"

他舔舔嘴唇，皱了一下眉头。他曾经抓伤过脸颊，指甲缝里还残留着刮胡子弄伤的淡淡血渍。他思索着要说些什么探员们还不了解的事呢？他们的策略是只问问题而不回答问题，变换角度反复提问。在没有窗户的房间里，他开始听到自己高昂和沙哑的嗓音，这是一个有罪的人的声音，一个思维混乱的人的声音。世上有一个奇怪的逻辑，被蜘蛛网粘住触须的昆虫越是挣扎就会被困得越紧，爱迪越想洗清罪名却越是受制于人。

这是真理。

他的确不知道谁最有可能杀害佐伊－克鲁拉。有人相信佐伊的丈夫德尔莱最有可能是"伤害"她的人。坊间甚至有谣传说，德尔莱已经承认是他伤害了她。

他们问他是怎样认识克鲁拉家人的，他告诉他们是通过克鲁拉汽车维修铺和克鲁拉摩托车店认识的，在斯巴塔的某些片区，德尔莱一克鲁拉是个名人，假如你要找一个优秀的汽车技师，克鲁拉就是你要找的人，假如你需要一辆特种车辆，克鲁拉还是你要着的人。爱迪以满脸欣赏的神情向探员们描述几年前克鲁拉是如何为他重新装配一辆庞蒂亚克GTO的，“您知道‘山羊’吗？1975款的。”他把一辆1980款的斯汀格莱加上马斯唐和一辆古达交给德尔莱，让德尔莱专门整配成他现还在开的威利斯吉普。太抢眼了！他很清楚什么该说什么不该说，一定不会说出探员一直在耐心等着他说出的名字：佐伊一克鲁拉。太抢眼了！这像是开玩笑（就是开玩笑），他对他们眨巴眼，暗示他们这是开玩笑。然而，对手的冷静使他冒汗，从身上一直往外冒。

但是，汗流不出来。

他没有什么可告诉他们的，只能让他们把话题引向谋杀佐伊一克鲁拉的人。

或许是谋杀者们？又有谁能确认，谋杀者不止一个呢？

谁都知道，佐伊涉嫌吸毒，这样，疑犯可能就不止一个。但是爱迪不想告诉他们这些事，不想让佐伊受到羞辱。

他脱下灯芯绒运动衣。他不争气的前额渗出了汗珠，皮肤火辣辣的，头向肩膀歪斜，整个人像一头受到刺激的公牛。

去，想让我说错话，把自己当做罪犯。

我不能上当！不能，我是无辜的。

随着问题的深入，最后他不得不承认他也认识佐伊。德尔莱是他的朋友，因为佐伊是德尔莱的妻子，这就是为什么他也认识她的原因。他知道克鲁拉夫妇已经“分居”，但爱迪一迪尔尼不是那种爱打听事的人，所以不知道其中细节。他只知道佐伊已经离开德尔莱自己住，佐伊见别的男人，对长期住在斯巴塔感到沮丧，对不能到别的地方发展歌唱事业感到沮丧。

爱迪双手捂着脸，用手指揉了揉眼睛。他应当告诉探员们他受够了，已经把知道的事都已经说出来了。他有一种抹不去的念头，要他们像我自己一样相信我。他们也是人，和我没有什么不同。

他产生了一种奇怪的念头，像一个坐在一条无舵小船上的人，在湍急的河上漂流，不知道会漂向何方，也不想知道漂向何方。他已经不再去想斯巴塔建筑公司的办公室，不再去想他信任的工作伙伴。他已经不再想呼隆派克路的家，家里人都不知道他此刻所处之地，如果知道，那羞辱是难以忍受的。爹地在接受警方的质询？爹地像电视上看到的男人一样在警察局被警察问话？为什么呀？

马提诺在问话，布里西亚在问话。他们极为冷静地问一些最暧昧的问题，很难想象他们会当面从口里吐出这样的话。他们问话的时候出奇地冷静，极有逻辑性，只要捕捉到他脸上一丝愤怒，他们都企图将它放大，重新组织问话方式，把他与佐伊之间有过“暧昧关系”和“性关系”之类的说法重新组织成他与佐伊之间有“某种关系”以及“超出朋友关系”之类。

他们很冷静地问了一遍又一遍。在布里西亚淡墨色眼镜里，马提诺冷静的眼神里，你会发现他们明显知道他在撒谎。可是他们一直在问，他一直在否认。他从喉咙里挤出一句又一句话，不，我对你们说，该死的，没有。

他脸上汗流如注，心怦怦乱跳，胃里尚未消化的吉姆·比姆威士忌像一团浓稠的粘液逐渐凝结成硬石一般。他们再次问到他和佐伊之间是否“涉及”——“性关系”，很长时间还是仅仅去年，这是不是佐伊从丈夫家里搬出去的原因，是佐伊搬出去之后才“发生关系”的？德尔莱一克鲁拉了解爱迪一迪尔尼与他妻子之间“存在性关系”吗？爱迪拼命摇头说，没有！这不是真的。

他们用冷静深沉的眼神打量着他，有如猎手近距离盯着中枪的野牛，中枪的狗熊。爱迪－迪尔尼就像棍棒击伤的野兽倒地的那一刻一样危险，不得不在草地里流血致死。你是胜利者，时间在你一边。

他们反复问他，迪尔尼先生能确认吗？这是爱迪－迪尔尼的陈述吗？你能否确认并且签字？

他说可以，他愿意签字。

他们问，你没有去过西弗利街探访佐伊－克鲁拉？他毫不思索地说，没有。他们问，迪尔尼先生，在上个星期六，即两个晚上之前，你是否见过她，是否开车去那里，是否把车停在街上进去看她，那是什么时间，在里边停留了多长时间，是否与她发生了性关系，是否和她有过争执，是否打过她，是否致她窒息而杀了她，把她的尸体留在床上，此事是否发生过？这就是所发生的一切吗？他几乎崩溃，开始咳嗽，汗流浃背，可怜巴巴的，无法思索，只想冲出房间，离开这个毫无光亮的地方，到可以单独存身的地方去喝一杯舒缓神经，好好睡一觉，他实在太累了。

没有，没有，我没有这样做，从来没有。

去他的，我为什么要请律师？花钱去请一个你根本不信任的律师？我不是那个伤害佐伊的人，我从来不会伤害佐伊。上帝呀，我为什么要伤害佐伊？我没有碰过佐伊，也绝不会害她。我告诉过佐伊，要她去戒毒所，12 月份我就告诉过她，圣诞节前告诉她的。她却一点也不在乎地对我说，爱迪，去你的，如果你不爱我，你就滚，没有你，还会有别的人爱我。这些话真的使我发疯，我这么痴情地为她担心，该死的她却想甩了我。她手上、大腿上明明是注射海洛因的针痕，她却骗我说是猫抓的。我竭尽全力却只抓到过一次，她把海洛因注射到静脉里，差点死过去。她为什么要这样？佐伊美丽的手臂，痣点斑斑，那么的柔软，她美丽的大腿虽然不像别的女人那样肉感，可也纤细结实。我的天哪！她竟然把那狗屎注进脚踝静脉，嘴里还不断地说，来呀，爱迪，很舒服的，来试一试，就一次嘛。她身上留下很难看的疤痕。她曾经和另外一个家伙一齐注射，也许不止一个，这些家伙供应给她需要的所有毒品。有一个来自澳利斯卡尼港的家伙，说她有一次晕死过去超过40分钟，他对着她大声喊，扇她的脸想把她弄醒，把她放进冷水澡盆里。他不想打电话叫救护车，也不会招惹警察。我告诉佐伊，看在上帝的分上，结束这愚蠢的生活方式吧，像你这样美丽的女子，你这样做是为了什么？佐伊说，是啊，爱迪，你是对的，爱迪，我知道你说得对，说什么呢，爱迪，我爱你！佐伊靠过来吻我，温暖软湿的嘴贴着我的嘴，软舌像水蛇一般搅动，亲亲亲，吻我的爱迪，来呀，爱迪，亲我亲我，弄我呀，爱迪。如果你爱我就来弄我，让我忘掉别的事。佐伊的双臂缠绕在我的脖子上，把我压倒，性感的大腿紧紧压在我的腰上，脚踝横架在我的屁股上。我努力保持清醒，但我做不到，我想相信她，但我做不到。这个女人对我撒谎，这个女人像不尊重她丈夫德尔莱那样不尊重我。她笑了，肆无忌惮地大笑，突然喉咙里像是有什么卡住，她缓口气说，爱迪，我答应你，爱迪，我答应你，如果你爱我，我就不再碰该死的针头。

16

“夫人，这是搜查证。我们对这所住宅进行搜查。”

斯巴塔警察局的车不知从什么地方冒出来，像战时坦克那样开进我们家的胡同。他们用力捶打我家前门，爱迪—迪尔尼的妻子鲁西尼脸色苍白，惊恐无措地打开门。

母亲穿着束花衬衫、松紧裤和羊毛袜。她头发蓬乱，睡眼惺忪，昨天晚上又失眠了。她的一边脸上留下靠在粗劣毛纤维沙发上打盹的睡痕。她声音沙哑，结结巴巴地问道：“什——什么事?”

这是发生在父亲刚刚“带去问话”，“带去警察局拘留所”之后的事。

她绝不能原谅把这种耻辱带给家庭的父亲。

这都是此后我们会在电话上听到的话。她的话音从平缓、吃惊到哽咽到愤懑、震怒、无奈和苦恼，这些词在她口里同时冒出，像给陌生人搜身受到侵犯一般。这是她悉心照料的家。斯巴塔警察怎么能这样冲进鲁西尼的家呢？尽管他们对她视而不见，她还是跟在警官后面不断诉说。只有穿便服的高级探员马提诺持有搜查证并授权与爱迪—迪尔尼的妻子对话。她提出抗议：“别动！出去！你们没有权这样做！我要告诉我的——”

但是，这里已经没有丈夫可告诉了。丈夫在母亲的词典里不再存在了。

警官向母亲出示了搜查证，母亲抖抖索索地接过搜查证艰涩地读起来。那位高级探员马提诺向母亲保证，在搜查过程中不会损坏任何东西，也不会不开出收据就从家里带走任何东西，无论带走任何东西，只能是与他们调查的关键“证据”，无关的都会及时归还。母亲听到“证据”这个字眼后变得更加烦躁。她问道：“警官，是什么证据？证明什么的证据?”马提诺略表礼貌地说：“夫人，这是涉及凶杀案的调查，我已经告知您了。”

但是，鲁西尼并没有被告知，她认为没有被告知。她宛如雷鸣之前一样处于可怕的平静状态，她向这个男人提出疑问，要求解释什么是“凶杀案”，这与她有什么关系？她面前这个粗壮的灰发男人除了像电视上的警察那样向她出示闪亮的斯巴塔警察徽章外，没有什么可以证明身份的特征。

鲁西尼当然知道他是什么人。

她用诉求的语气问她丈夫是不是已经被捕了？马提诺说，夫人，没有，还没有。

“还没有？还没有被逮捕？可——”

“夫人，还没有。这就是我授权可以说的。”

“他怎么样啦？他是和你们在一起？在警察局？”

这些消息鲁西尼早已知道。

“那个女人，那个被杀的女人的丈夫，他是不是被捕了？”

没有，德尔莱也没有被逮捕。

警官已经搜查过我父亲停在斯巴塔建筑公司停车场的威利斯吉普，现在是在搜查停在我家车道上车况相当好的铁灰色 1981 款普利茅斯轿车，但爹地留给母亲的车不在搜查之列。他们表情严肃，略带厌恶地彻底搜查了普利茅斯的后座和座位底部以及后备箱，同样彻底地搜查了地下室每一个角落，包括壁炉、热水房以及母亲的洗衣房，从爹地的工具箱里拿走许多工具，警官在寻找“谋杀武器”。在凶杀调查中，没有任何东西比谋杀武器更为关键。在父亲的工具中有不少对他来说是颇为珍贵的，他一贯把这些工具整齐摆放，一件一件挂在墙上或摆在工具箱上面，有各种型号的铁锤，其中有新近购置的 12 寸抓锤。警官把这些铁锤全部拿走，放在他们打上标签的证物箱里。

我母亲是否会扪心自问，其中是不是有他用过的凶杀工具？我是不是应该把它扔掉？哦，上帝，我先前应该怎么做？

我母亲想得太天真了，如果其中一把是他们想要的，那么现在他们已经拿到，想扔掉也扔不掉了。

这次对我们家“从地下室到阁楼，每一个房间”的搜查，发生在工作日早上的搜查（本和我都在上学），母亲要悲愤烦躁好几个小时，好几天，好几个星期。当本和我回到家里，我们立即知道家里出事了，在我们家里发生了令人奇怪的事情。车道上、雪地里到处是车辙印，母亲发疯似的用吸尘器清洁客厅，一点都不管冷冰冰的空气，把好几扇窗户都打开了。本叫道："妈妈，出什么事啦?"母亲眼眶通红，眼睛里噙着泪，好像没有听到本在叫她，直到本从墙上电源插口把插头拔掉，吸尘器立即停了下来，母亲才抬起眼看。她疲惫地把吸尘器的手柄向本甩过去，但是，电线太短了。

过了一会，母亲平静了一些，她对我们说了所发生的事情，说斯巴塔警方在没有通知的情况下来家里"搜查"。他们搜查衣橱、橱柜，搜查储存财务报告的备用间，甚至是洗衣房盖篮、他用瘪了的牙膏管、剃须膏筒、工作裤里成叠的纸巾，把他们认为有关的物证统统装进他们的标签箱里带走。母亲一脸惨笑，本也跟着笑，嘴奇怪地捏吧了一下，好像母亲的话纯粹是为了娱乐我们。他说："狗屁，如果他们发现他那些该死的铁锤，他们怎么知道他有没有洗过呢？我打赌，你可以烧开水用清洁剂或者漂白粉洗掉铁锤上的血渍。他知道怎么做。如果一把铁锤不见了，地下室里还有很多可恶的铁锤，他们怎么能查出哪一把不见了呢?"本笑起来，最近，他的笑声变得粗狂急促，像是某种半死不活的生命经过粉碎机时的惨叫，令人毛骨悚然。

"他们留给我们的时间足够了。我可以把它带走扔到河里，或者我就是那个敲破她头的人呢。听说'她的脑袋敲碎了'，脑浆溅得满地都是。看见没，我也会使用铁锤，任何浑蛋都会。"

我母亲凝视着本。我以为母亲会掴他一巴掌，我看到本已经准备好挨这一巴掌。他挤了挤右眼，脸上带着嘲讽的微笑。可她只是瞪着他，在窗外吹来的寒风中战栗着转身走开。

接下来的时间，母亲都在楼上的卧室里睡觉，一直睡到第二天早上。我们只好自己把冷冰冰的麦片粥搅拌成早点吃下去，然后踩着沉重的脚步走向车道，踏着雪去赶校车，新下的雪几乎覆盖了所有车辙。

本不无恶意地笑道，我们该叫醒她，她可能睡过去了，也许真的死了。

我们像平常那样等校车。呼隆派克路有一条弯道，我们能够在四分之一里之外看到橘红色的校车朝我们开来。这条弯道顺着闪闪发光的河流弯曲，河岸上的冰裂得像参差不齐的牙齿。

不远处有一只鸟在欢叫，鸣唱着流水一般的欢快曲调，令人陶醉，美妙得令我的心碎。透过常青树上的冰挂，我看到一只红雀，披着明亮的红羽毛和黑色的头冠。这是一只雄鸟，一只雌鸟伴随在它身边，披着橄青色羽毛和醒目黑冠，有着一副坚硬的橘色尖喙。我触景生情地说："看哪，'天堂的小鸟'就在这儿。在我们的树上。"本笑着说："不可能。"

17

我想，我应该直截了当地说出来，这是我生命中最重要的时刻，我爱上亚伦一克鲁拉了。

应当让读者们明白有一种并行不悖的方式，一种简洁的、直截了当的表述方式：她爱上那个男孩了。她有了一个很丢脸的想法，她使自己变成了傻瓜，谁也不能够阻止她！可是我要坦白地说出来，有些事不能回避。是的，我爱上了佐伊一克鲁拉的儿子，这是我生平第一次恋爱。

即使他母亲被别人用残忍野蛮的方式杀害之前，即使斯巴塔所有的人都在谈论这件事，居心龌龊的男孩子们在嘲笑这件事，即使亚伦一克鲁拉遇到了麻烦，但我心不变。

是的，他是个问题小孩，他遇到了麻烦。

他是一个在我哥学校上学的印第安长相小孩，头发直而粗短，眼睛乌亮，前额俊俏突出，有大人一般的粗眉，草地网兜球在他年少的脸上留下一道道血痕。亚伦只有 15 岁，上九年级，但已经身高近 1.80 米，体重也达到了 150 磅，巨型身材傲视那些还在玩面包刀和折叠刀的大多数同龄高加索同学。他是一个人人都避之不及的男孩。在楼梯上、在食堂排队时你永远也别想挤赢他，也别想与他对眼而视。亚伦行动时，总是有所防备但也冲动，他会和你遥遥相隔，但他又是难于预测的坏脾气小孩。因为他有一个混血的父亲和一个高加索血统的母亲，所以你不可能清楚地描述亚伦是什么肤色的人，只能说他什么肤色也不是的小孩，也不是来自保留地的一个纯血统的塞内加小孩。

我想，“亚伦”这个美丽而神秘的名字应该是出自圣经（圣经中人物，摩西的兄长，犹太教第一祭司长——译者注），就像“佐伊”这个名字在我听来有特殊的含义一样。我会温柔地把这两个名字大声念出来，“亚伦”、“佐伊”。

有些事是说不清的。

可怜的孩子！他父亲被怀疑杀了他母亲，他又是发现尸体的人。

可怜的孩子！他母亲是一个海洛因成瘾者，一个娼妓，是她某个男朋友杀了她，亚伦发现了尸体。

可怜的克鲁拉混账孩子，他母亲被以残忍的方式杀害，居然没有人因此被捕，亚伦发现了尸体，这孩子该给臭骂一顿。看到这张脸你会很难喜欢他的，还有他这身形……

在学校，亚伦一克鲁拉是一个心不在焉的人，躁动、不耐烦，他的情绪就像阿迪隆达克的天空变化无常。他被安排坐在课室最后一排，斯巴塔公立学校的大多数印第安长相的孩子都偏爱最后一排。他像猎手瞄准猎物一样用冷冷的眼神盯着前面的老师。他很习惯用充满肌肉的大腿顶起课桌，让椅子靠背靠在身后的墙上（座椅是连着课桌的）。他这种做法会刮伤墙壁，使墙壁发出啪啪啪的声音，搅得同学心绪不宁，也会激怒老师。这也许是无意识的，不是故意的。亚伦给人留下的印象不是有完全意识的人，也不是一个故意捣乱的人，只是心不在焉，全部注意力都给牵扯到别的地方。他经常带着一对黑眼眶回到学校，目光涣散。

在课室里，他把双臂交叉托着长着尖硬头发的头呼呼大睡，连老师也懒得去叫醒他。

亚伦－克鲁拉经常旷课。

他回到学校之后总是伤痕累累，脸上、手上到处是新鲜的刮痕，关心他的大人问他发生了什么事，他会耸耸肩喃喃吐出一些话像是打草地网兜球弄伤之类的话。

草地网兜球不是斯巴塔中学的运动项目。这是一种野蛮危险的场地运动项目，只在印第安长相的男孩子中流行，没有白人小孩会愿意和他们玩，怕牙齿被球击落，或者怕脑袋被敲破。

草地网兜球，是一种在印第安保留地流行的曲棍球。亚伦－克鲁拉的班级老师用一种行为密码把这项运动解释为彰显自我，彰显出身。

亚伦－克鲁拉大多数时候都穿一件黑色 T 恤，一条油腻腻、脏兮兮的黑色牛仔裤或工装，他会穿一件洗过的花饰衬衫，虽然洗过但从来不熨，还会穿一件带点的绿色蜥蜴皮马甲，看上去就像是从摩托车手随手扔掉的垃圾里捡来的。他系一条纯铜蛇头带扣皮带，皮带上挂着编织皮穗，手腕上戴着一串成年车手的手链，穿一双鞋头加固的大号工作靴，靴上的油污是在克鲁拉汽车维修铺干活时沾上去的。亚伦在他父亲德尔莱－克鲁拉开的铺子里做工，德尔莱需要儿子帮手，但从来不给他一个技工的全额工钱，据说德尔莱还不起银行贷款，已经快要破产了。

斯巴塔公立学校的老师们有一个共识，就是不要太在意印第安孩子的所作所为，因为他们大都会在年满 16 岁时退学，消失在保留地或者去美国军队当兵又或者去阿提卡（重罪监狱）。因为亚伦－克鲁拉是个混血儿，老师们都不会因为他令人不快的表现和坏脾气而疏远亚伦，尽了很多努力去帮助他。他是一个问题学生，但是抱着乐观态度的年轻老师说，要知道，那个克鲁拉男孩是一个天资聪颖的孩子，只要你对他有耐心，他会赶上来的。

亚伦是一个害羞、没有安全感的孩子。他害怕有人取笑他，因此变得很有攻击性。

自从亚伦的母亲死后，他的生活受到严重干扰，因此校方很少关注他的旷课行为，老师和同学很乐意他后排的课桌空着。在佐伊－克鲁拉死之前，亚伦就已经很少在学校出现，原因很难说明。假如这个身材瘦长的印第安长相男孩以胆怯有礼貌的方式吐出单音节词，是，老师，不，老师，又或者他行为粗顽，一副玩世不恭的样子，如果你是管事的大人，你会怎么对付他？如果亚伦来上学，他的动作似乎与众不同，经常会蹬腿坐在座位上。这给他一个好处，可以俯视比他矮的人，通常是女性老师。认识佐伊的大人们总以为能够从佐伊的孩子身上嗅出佐伊说话的味道，那种友善、拉长音强调的发音。但是，当着亚伦的面最好闭上嘴巴，因为他不会像佐伊那样露出光洁牙床温暖一笑。

在初中和高中阶段，亚伦－克鲁拉不止一次因为在学校操场打架，威胁同学以及“侮辱”管事的大人受到停课处分，但总是被同意延期处分回到班上。即使是那些抱着乐观态度宣称要看到一个“真实”亚伦－克鲁拉的年轻老师们也毫不怀疑，当亚伦 16 岁的时候，会像他的父亲德尔莱当年一样退学。在纽约州，16 岁的年龄已经不是法律规定要上学的年龄了。

“一个失败者。”

在本酸溜溜的话语中，他完全没有为亚伦－克鲁拉感到遗憾的意思。

自从父亲搬出去之后，自从麻烦如洪水猛兽卷着浊水残物冲进我们的生活以来，本总是带着恼怒和讥讽的口气说话。本不是一个好强的孩子，他在父亲面前总是羞怯怯的，时时渴望受到爹地的注意，总是渴望得到爹地的爱，但总是羞于像爹地的小娇女一样靠在爹地身上。一夜之间，本似乎要把自己从仰慕父亲的印象中抽身出来，摆脱父亲那种发怒倨傲的脸，摆脱父亲皱起前额、眯起毒蛇般的眼睛。

我想，母亲开始担心本了。自从斯巴塔警方搜查我家之后，又加上我和母亲常常听到本嘴里蹦出如敲碎她的脑壳之类难听的话，敲出她的脑浆！他知道怎样使用铁锤，每一个白痴都会。

我知道本说的只是玩笑话！

2 月底 3 月初。这些天来，在呼隆派克路的家里，只有母亲、本和我。我们每天放学回家都处于恐惧之中。我们等待着爱德华－迪尔尼在一起凶杀案中被捕的新闻，等待着爱德华－迪尔尼洗清凶杀案的嫌疑的新闻，等待我们走进家门的时候，母亲从后屋向我们大声喊道，爹地快回来了！都结束了。

学校和校车上流传着一个谣言，说有人在学校体育馆的男储物间里看到亚伦－克鲁拉出现在本面前向他挑衅。亚伦－克鲁拉身高 1.80 米，面对身高只有 1.70 米的本－迪尔尼，就像一个大人俯视一个小孩一样。有好几个同学（其中一个是鲍尔家的亲戚，曾经两次离开学校的表姐，一个受到我哥保护的人）分别不怀好意地对我说起，那个叫克鲁拉的男孩在没有任何解释，也没有任何警告的情况下，就把本逼到一排储物柜边上。本企图把他推开，挥起拳头打过去，但亚伦－克鲁拉只轻轻一挡，一巴掌打在本的脸上（是用巴掌而不是用拳头），把本的鼻子打得鲜血直流，在场的男孩们都害怕亚伦－克鲁拉，远远地看着，没有人敢把这件事报告给体育馆的教练，本自己也没说。

“我摔跤了，在冰上摔倒了。脸碰到地上鼻子流血了。没事的。”

那天晚上，本就这样对母亲解释脸上破相的事。本和我估计有可能是这件事传到母亲耳朵里，一是电话，二是带着“使命”来城里拜访母亲的鲍尔家的亲戚们以及来和母亲谈论案情的律师。

还有一件事也传到了我耳朵里，亚伦－克鲁拉尾随本到了河上的人行天桥，威胁要把他推下河。当他看到本流眼泪时大笑不止。

我注意到本紧张烦躁，看到他的烂牙，看到他青瘀的脸，但我害怕激怒哥哥，不敢问他。但我还是要问，亚伦一克鲁拉是不是真的跟踪他、威胁他。本说不是，没有的事，“狗屁”。

我必须装出相信的样子，但本说的不是真话，绝对不是真话。“克丽丝塔，别对妈说。知道吗？妈如果知道，她第一件事就是打电话给学校，向校长投诉，那我就会惹来更大的麻烦。更糟糕的是妈可能会打电话向警方投诉。闭上你的臭嘴。”

我问本，亚伦一克鲁拉伤害他是不是因为他认为是爹地害了他母亲？本激动地说：“克丽丝塔，你疯了？你怎么会说出这样的话来？那是狗屁。”我问为什么，本一把把我推开说：“你应当为克鲁拉感到遗憾，他是一个失败者。他那醉鬼老头杀了他母亲，一个吸毒的荡妇，还有什么比这更惨的事吗？”屋子里只有我俩，母亲开车去了杂货铺和药铺。

本歪着嘴说吸毒的荡妇，他也开始恨佐伊一克鲁拉。

我们不是永远都爱佐伊吗？

在哈尼斯通奶品店，我们不是总要等佐伊来招呼我们吗？

你如此喜欢的一个人，如此爱的一个人，怎么就突然恨起来了呢？可能是后来，就在不久之前，你认为恨是什么？可怕、伤人的恨？因为恨就要杀人？

我 13 岁，上八年级了。我已经与年长的同学为伍一起挤校车了。我开始听到诸如荡妇、勾引者、妓女一类的词，也开始明白这些词的意思，这些丑陋的词是用来专指女人的。

我开始听到“玩花招”这个词。这个词带着一种逗人的意思，你可以想象各种花招，如玩牌花招、魔术花招，教狗用后腿跳跃的花招，用花招挑起别人的嫉妒和欣赏。

用来挑起掌声，挑起认可的口哨声。

就像在乔托瓜公园的乐台上一样，佐伊一克鲁拉穿着亮闪闪的演出服展示她娇小的身材，像水银泻地一般朝听众鞠躬，听众们崇拜她，弄乱她头上发皱的紫金头发，飞快地打着手势，嘴里满口胡言。这些都是花招。

她深深地鞠躬，然后直起身来，面对着吹口哨的听众，她笑得十分灿烂，你会觉得此时她的心都快烧起来了。这些也是花招。

我哥说过佐伊在玩花招，也许是校车上别的大男生说的。你很难想象那些男生残忍大笑的样子，我只好假装听不到。他们甚至叫我的名字：克丽丝——塔！——塔塔克丽丝丝丝——塔！我假装听不到。

说佐伊一克鲁拉玩花招真是太残忍。佐伊已经死了，被葬在霍威尔路的路德教坟场。我们没有去参加葬礼，可我知道我认识的一个女同学去了。绝大多数人都为她和克鲁拉家感到惋惜，但也不一定都是这样，至少有人不是这么想。

(如本，如我母亲，如绝大多数鲍尔家族的人。)

我也开始知道“通奸”这个词。

我通过查词典知道只有大人才会实施通奸（英语中“通奸”一词由成人加上后缀而成——译者注)。

“克丽丝塔，可能有人已经告诉过你，你父亲是一个奸夫。你父亲背弃了结婚誓言，背叛了我们所有的人。无论他和那个女人有过什么关系，我都为那个女人感到惋惜，因为他也背叛了那个女人。”

我在等着母亲的补充“但他没有杀她”。

虽然她没有说出来。爹地搬去澳斯卡尼港之后不久，本就开始放学后去做兼职工作。本在上班的时候，通常只有母亲和我在厨房里准备晚饭，一般都是6点准时开饭，吃饭的人也只有妈、本和我。晚餐时间是我们最沉闷的时刻。妈少有地靠在我身上，把嘴唇贴在我的头顶上头发发亮的地方，像是在为我祝福。母亲的嘴唇像在嚼什么东西，干涩、爆裂。

“亚伦。”

我秘密地呼唤他的名字。我从来不敢当着别人的面说出这个美丽而神秘的名字。

这一年秋季，我在斯巴塔初中上学。和这所稍微破旧的红砖建筑相邻的是斯巴塔高中。我有时会偶然看到远处的亚伦－克鲁拉。他是斯巴塔高中二年级学生，他留了一级。本现在快到 16 岁，与亚伦差不多同年，但比亚伦高一年级。我想，亚伦比自己年龄小的人还低一班，简直是一种侮辱（每一年都有三四个印第安小孩留级，男孩女孩都有。他们在课室后排串在一起，在学校食堂也紧紧抱团。虽然明令禁止，但是这些孩子在等班车回保留地的时候会在学校后头聚在一起抽香烟）。亚伦－克鲁拉知不知道我，本－迪尔尼的妹妹已经出了校门？他会像恨本那样恨我吗？

我敢尾随亚伦－克鲁拉吗？我不敢。

因为某种原因，这种事还是发生了。克丽丝塔－迪尔尼出现在亚伦－克鲁拉放学后偶然去的钱伯斯街 7－11 便利店里。我假装奉母亲之命去买东西，皱着眉头在读陈列在冰柜里的牛奶盒标着的过期时间。亚伦－克鲁拉打开一罐可乐，大口吃着手中用保鲜纸包着的软乎乎的东西。7－11 便利店里有一种狂欢的氛围，高中的学生们挤在过道上大呼小叫，互相调情，交换色情画片。羞怯的金发女孩克丽丝塔决定放弃买牛奶的计划，趁人不备悄悄地从前门溜出去了。

他看到我了。他知道我是谁。

那些个下午，我没有坐校车而是走路回家，目的是为了避开坐在一起的朋友，因为她们说，克丽丝塔，你傻呀？她们猜出我特别留意一个男同学，比我大的男孩子。

那些可怕的年月，我的快乐仅仅是他看到我了！他知道我是谁。

亚伦一克鲁拉有时候会在去奎利路的碎石道上骑自行车。火车站前面的沥青路上常常会有放学后来这里游荡的大男孩和一些女孩子，他们聚在一起大声笑，兴奋地笑。他们喝罐装啤酒，百无聊赖地踢草坪，抽烟或者“嗑药”。

我知道那种“药”叫做大麻，甜且辛辣，男孩子的衣服上和大女孩的头发上沾满碎末。

亚伦和他们一起抽烟，喝酒，但他从来不会和他们待上很久，他必须回家到他父亲的汽车修理铺干活。

在斯巴塔高中，大麻很普通，大麻烟也很常见。他们吸大麻，为的是“泡芙”，飘飘然的感觉。

我并不觉得这不好。“泡芙”就像氦气球升上屋顶，升上树冠，在那里没有人能伤害你。

本对高中那些吸毒的同学嗤之以鼻，看不起嗑药和喝酒的人。

本从来不与那些同学为伍，不和那些带啤酒来学校，在储物柜前喝酒，在洗手间吸食大麻的同学在一起。这些人会因为行为不端被开除。他也鄙视一切弱者。今年他希望成为班上学习最好的学生。开春之前，随着父亲的离去，麻烦一直在困扰着我们的生活。本想集中精力学习，但他的如意算盘破灭了，期末考试中没有考出好成绩。他因此责怪父亲，发誓不会原谅他。他发誓绝不要成为一个可恶的木匠，像爱迪一迪尔尼那样的木匠，不要成为一个打造衣柜的人，成为一个可恶的手工工人，一个可恶的修房建屋的人。本参加了机械绘图的资格考试和大学入学考试。他不再和他的老朋友们到处游荡，不是因为他们嗑药，而是因为他们不想参加大学入学考试，本再也没有结交新的朋友。他一放学就到立尔得杂货铺做兼职。他给老师留下很好的印象，也使斯巴塔高中的校长和指导老师感动。他让他们打消了对他的好奇心和怜悯，或许还有不觉意的鄙视之心，迪尔尼这个名字像一只恶心的蛆虫使他浑身不自在。

已经是高中的最后一年了，本谋划着毕业以后的出路，他不考虑去考赫金玛社区学院（假如要上“大学”，大多数同学会考虑上社区学院）。他想离开斯巴塔，到特洛伊去考林赛拉尔理工大学，如果不考林赛拉尔，就去考纽约州立大学坎通分校，那所大学的技术学院很不错。

在那里，迪尔尼这个名字不会使人像闻到怪味一样有挥之不去的不愉快联想。

我很伤心，有时候也很生气，大多数时候会感到手足无措，怎么会这样呢？我一直把老哥当成朋友，他也喜欢我，“和我站在一边”，而现在他要走了。

“本，你是不是生我的气？你为什么要生我的气？”这句话问得不恰当，这样的问题只能使哥哥感到难堪，惹恼他。高中阶段的本在家的时间越来越少，他除了在杂货铺兼职，也做一些其他兼职工作，尽可能地少和孤独的妹妹以及母亲碰面，尽量多存一些钱以便逃离斯巴塔。

有些时候，我会做一些奇怪的梦。在梦中，我把我哥本与亚伦－克鲁拉混在一起，让我头都大了，让我的头都要爆炸。在热烈持续的梦中经常出现一种幻象，本来应该是本，我看到的却是亚伦－克鲁拉，似乎冥冥中故意让我无法把持自己，把亚伦－克鲁拉而不是把本当成是自己的哥哥。

神秘的力量在左右我的梦！这种梦境一直让我吃惊，我怎能屈服于这种幻象呢？在睡梦中，没有可逃之处，没有可藏身之处，如果梦境不是安乐之所，就再也没有安乐之所了。

放学后，假如我瞥见亚伦－克鲁拉，就会跟在他后面，如果在 7－11 便利店他注视着我，嘲笑我，皱起眉头，板起脸孔，我就会飞快地把眼睛转向一边，脸上立即通红一片。

他看到我了！也许看到我了，我是一个害羞的女孩子，给人的印象是这样。如果亚伦—克鲁拉在意我，他会发现丝绸一般的淡金色头发和布娃娃般长相的女孩是一个“漂亮”的女孩子，一个“好”女孩。但是，他很快就不再注意我，我既释怀又惆怅。我对自己说，他不知道我是谁的女儿，他只认识本，不认识我。

他真的不知道我是谁吗？

如果德尔莱—克鲁拉没有因为“处于极度的恼怒”杀了他的妻子，那只有爱迪—迪尔尼因为同样的原因将她谋杀。当然，也不排除有别的“利益冲突者”、“嫌犯”和“逃脱者”。但是，如同在体育项目中选边一般，最值得怀疑的还是德尔莱—克鲁拉和爱迪—迪尔尼，这关系到对家庭的忠诚，还有对邻居和朋友的忠诚。德尔莱—克鲁拉和爱迪—迪尔尼都有一个很广的朋友和熟人圈子，有同学（他们几乎同在50年代后期进入斯巴塔高中）和工友，他们在赫金玛郡都有一个很大的家族，德尔莱甚至还有塞内加印第安亲戚（不过，据说他早就脱离了这些亲戚，可能是因为高加索妻子佐伊的原因使他们产生了隔阂）。由于缺乏与德尔莱和迪尔尼相关的谋杀“铁证”，斯巴塔警方更倾向于怀疑爱迪—迪尔尼，因为他在他们开始调查的阶段与他们“为敌”，对他们撒谎，爱迪—迪尔尼一直否认他是佐伊—克鲁拉的情人，否认曾经去西弗利街探访过她……证据表明，德尔莱—克鲁拉很配合警方，又或许德尔莱—克鲁拉有一两个在斯巴塔警察局的朋友为他说话，同情一个受到老婆虐待的男人，一个被老婆看成狗屁不如的男人。德尔莱14岁的儿子亚伦也通过正式声明向警方发誓，在佐伊—克鲁拉遇害当晚，他父亲和他“整个晚上”都在一起，并向警方提供了一个他父亲不在现场的证据。与此同时，在那最关键的几个小时里，却没有人可以为我父亲提供不在现场的证据。

当看到亚伦—克鲁拉的时候，我敢肯定他在撒谎。可惜，我无法找出他的不实之处。

我为什么要为他撒谎？我所能告诉警方的是，当时我睡着了，我不知道的事就不能说。我不知道他是什么时候回家的。有时，他很晚才回家。他回来时我已经睡着了。

所以我不能这么说……

本和我永远不会知道母亲所说的是否是真话，说我们的父亲曾要求她为他“说谎”，要她告诉警方那天晚上他在午夜时分已经回到家，而佐伊－克鲁拉被杀是几个小时以后的事。本自己也说他已经睡着了，“像妈一样，我也不能这么说。”我无论如何都会记得，任何时候我都愿意告诉警方，对警方发誓，我认为爹地至少在半夜就已经回到家了，但没有人认真对待我的话。

看一眼爱迪－迪尔尼的女儿，你就会发现这个小姑娘是如何竭尽全力为她的爹地圆谎的。这个姑娘所说的一切都是为了她的爹地，你不能依赖这个姑娘的证词，即便是爱迪－迪尔尼的辩护律师也怀疑这个“不在现场的证人”的可靠性。

爱迪－迪尔尼声称，那天晚上大部分时间他都是一个人独处，他对那段时间没有准确的“记忆”。他开着吉普朝郊区驶去，可能是与佐伊的不快影响了他的心情，他毫无意识，在停车场睡过去了，或者是在路边停下来打了个盹，估计有半个小时或者 40 分钟，引擎还在开着，当时有没有人看到他说不准。那天黄昏，他去过乡村一线餐馆，去过伊洛科，去过河滨树林酒店的酒吧独自喝酒，当时处于极度沮丧和极度焦虑的状态。那里有认识他的人（一些男人，还有一个女人或者是几个女人)。在赫金玛郡，每逢周末晚上爱迪－迪尔尼都会到一些餐馆去，他喜欢餐馆酒吧和认识的男男女女一起饮酒作乐。令人怀疑的是，爱迪无法准确地提供他们的名字，酒吧服务生也不能准确回忆什么时候看到过他进来。

一开始，他就对他们说谎，像傻瓜那样说谎。在警方来到他办公室之前，他几乎病态地大口吞威士忌，这使他接近醉酒状态。据此，你就可以想象他可能说出任何事，也可以逃避任何事，如果他清醒得像冰冷的石头，他有可能会明白得多一些，因为爱迪－迪尔尼不是愚蠢的人。当然，他的所作所为只有一个目的，就是“保护”他的家庭。鲁西尼感到尴尬和羞愧，如果和盘托出，那他的确对探员们说谎。他这种方式无疑是把自己推向与他们为敌的位置，与所在辖区最高长官即斯巴塔警察局长为敌的位置。

德尔莱也许没有撒谎。他的说辞和他儿子的说辞吻合，父子俩整个晚上都在一起，在奎利路的家里（几个月前，佐伊－克鲁拉就是从这里搬出去的）。

你说什么呢？我只是想要到一个可以呼吸的地方去，请不要阻拦我，请不要跟踪我，不到一定时候我不会回来。

如果你相信德尔莱－克鲁拉和他儿子亚伦的话，你会相信这就是佐伊告诉他们的话。

就在斯巴塔警方的探员们向父亲问话之后几天，他最终还是请了一位律师，还不算太迟。而后，父亲根据律师的建议修正了证词，是的，他与佐伊好几年前就有“关系”了。是的，他到过佐伊－克鲁拉在西弗利街的寓所去“探访”她好几次。是的，2 月 11 号晚上他“和她有过性接触”。

那天晚上！就在佐伊临死前的那天晚上，但肯定不会超过 11 点。

可能是 9 点，也可能是 10 点，但不会太晚。她不希望他留下来过夜，他也没有留下来过夜。

所有这些都会在《斯巴塔日报》大而显眼的头条新闻中抖露出来，所有这些都会令鲁西尼－迪尔尼感到恶心，觉得受了羞辱。令人寒心的是，她对没有为她丈夫圆谎感到心安理得。过了一段时间，报纸在头版分别刊登了佐伊－克鲁拉迷人的照片和乌赭红头发的爱迪－迪尔尼的照片。

克鲁拉凶杀案疑犯供认与死者有特殊关系

迪尔尼供述“是夜我与佐伊共处一室”

每一次，亚伦－克鲁拉与我在一起的时候都会回忆起这些事情。

18

亚伦－克鲁拉丑陋的山地车。

这是一辆大而笨拙难看的山地车，灰色无光，车架像用钢管拼接在一起，车胎也像硬凑上去的，灰黑生锈的镀铬把手放得很低，看起来像愤怒的公牛犄角。自行车前轮位置嵌着一个金属铭牌，你要费尽眼力才辨认出上边的字：苏文恩飞人。车链护盖已经脱落（或是被取下来了?)。我鼓起勇气过去摸了一下，发现黑胶车座坚硬如石，心想有谁能坐在这样的车座上呢?

我斗胆握了握两个手刹，手刹上的黑胶已经薄得不行，横杠大约有我的半胸高。这辆车应当比我的自行车大两倍。

没有人会看到我在斯巴塔高中的后院，看到我站在亚伦－克鲁拉斜靠在墙上破旧不堪的自行车旁边（大多数学生都把车整齐地摆在学校后边的自行车排架里，小心地把车锁上。只有那些旧得不能再旧，破得不能再破的车会不加锁靠在墙上。没有人去偷这种车，也不敢去偷）。我好几次在课间溜出来，穿过连廊走进高中最后面的地方，亚伦－克鲁拉和另一些人的自行车就摆放在那里。我一眼就能认出亚伦混在许多闪亮自行车中的灰色破车。到了那里，我一门心思就是用手摸一下冰凉、锈点斑斑的镀铬车把手，用手指敲一下硬硬的胶车座……

“亚伦－克鲁拉。”

他可以在父亲的修车场里开机动车，但是还不到可以把车开上马路的年龄，还得等几年。除了极度寒冷的冬季，亚伦都会骑自行车上学，他家离学校大概有3里路远。他头戴车手头盔，身穿皮夹克，有时也会光着头或反戴垒球帽，但从来不戴防护头盔。他沿着双车道的州立公路进入斯巴塔市的沥青街道，穿过胡同，骑上人行道，横过废弃的希尔斯商场不平整且满地玻璃渣子的停车场。亚伦踏着斑驳的旧“苏文恩飞人”尽情飞驰，他对周边一切毫无兴趣，一副冷酷随意的样子。亚伦和斯巴塔大多数车手的不同之处，是他俯身伏在车把上，以大人们或者自残者惯有的弓背姿势向前冲。

亚伦－克鲁拉骑着难看的灰色自行车风一般穿过交通繁忙的联合街，标志性的脸上像泥塑一样毫无表情，风驰电掣的动作令人紧张不已！

有一次，我坐在母亲车上，当车拐进沃尔格林超市停车场时，母亲看到骑着自行车的亚伦－克鲁拉，她恍惚从梦中惊醒一样问我：“那是谁？”我说，那个骑车的男孩是本上高中时的同学。我特别强调我们都不认识。我真希望母亲认不出是亚伦，因为母亲经常会令我们意想不到，她知道的比我们认为的多。这次母亲只是问：“本班上的？他们一般大吗？不可能吧，那是个大人哪。”

听母亲说那是个大人的口气，你会觉得她是在说一个怪物。

随后在停车场里，母亲补充了我可以想象得出的一句话：“那个男孩子像个印第安人，过那种生活的人长得很快。克丽丝塔，你该明白，本也一样，离他们远点。”我已经习惯了鲁西尼一本正经、生硬中稍带责备的母爱口气。

我笑了，她则严厉地看着我。

“妈，我只是想，制造麻烦的爹地进去了，你还这么记恨他。这和任何印第安长相的人没有关系吧？”

“好啦，克丽丝塔！够了，管住你那巧嘴。”

“妈，我只是这么想，怎么说爹都是进去了。他就是人们说的‘高加索’——”

“是啊。如果他是那个女人的丈夫克鲁拉那样的混血儿，那就更可怕了。”

母亲涨红着脸，砰的一声关上车门，急匆匆地跑进沃尔格林，她要赶在药房关门之前买到处方药。

这就是母亲的逻辑，这就是高加索人的逻辑。我真想笑话她！这就是斯巴塔的氛围，我们无可选择，只能在这种空气中呼和吸。

又有一次，我坐在母亲的铁灰色普利茅斯轿车里（这辆车是父亲搬离之前留给母亲的）。我们刚刚从呼隆派克路拐出来，沿着河边的弗兰特街到达乍得大道繁忙的十字路口（这是一个仓库区，五月花搬运车场就在这个区域），我忽然瞥见一辆自行车从乍得大道飞速冲到我们右边。这里的交通灯正好转红，机动车都在等候，我来不及看清骑车的男孩子是谁（可能是亚伦－克鲁拉?）。他好像不打算停下来等候交通灯变化，继续全速冲过交叉路口（至少他是在加速）。他戴着手套的手紧紧抓着车把，肌腱结实的双腿飞快地踩转车蹬，自行车紧贴着我们的车。我来不及提醒母亲，就看见亚伦弓着身体飞速进入我们的车道，毫不理会我们的存在，太可怕了！母亲走神了，她像嗡嗡叫的蜜蜂，一刻也没有停止思索。似乎有预感，我觉得鲁西尼将行衰运，可怜的妈妈！母亲继续向前。她是个一根筋的人，死盯着交叉路口的交通灯，丝毫不留意自行车手的存在。突然，在离车前挡泥板一两码的地方，那个心不在焉的男孩车手超过她了，母亲一脚踩紧刹车，使我们都大吃一惊地尖叫起来。母亲以惯有的姿势向前倾，皱起眉头、咬着嘴唇紧紧抓着方向盘，好像害怕方向盘会从她手里飞出去。这个男孩就是亚伦－克鲁拉，他身穿皮夹克，反戴垒球帽，一副桀骜不驯、倔强的架势。

“天哪！这自行车是从哪里钻出来的——”

鲁西尼曾经在我们家附近出过好几起事故。母亲的车开始出现神秘的锯齿状刮碰和擦痕，不止一次因为交通违章拿到罚单，这些罚单常常被错放在厨房抽屉的纸皮袋里。

这常使她感到懊恼。这几个月来，我们所有的人——本、母亲和我都变得笨拙不协调，犹如得过不明神经性疾病的人常常把东西掉在地上，让东西碰到头上，擦伤自己，割伤自己或者烧伤自己。大多数时候我们的遭遇滑稽好笑。我们会倒转圣诞彩盒，把一盒纤细的麦粒撒得满地都是，也会算错距离在楼梯上上下下。在汽车上，母亲变得格外小心，也格外焦躁。她为了“舒缓精神”吃药，为了“帮助睡眠”吃药，但这些措施都不足以帮助她恢复视力、思维能力和行动能力。她开始出现发抖的征兆，在交通繁忙的街道上抖动着脚猛然刹车，常常使后面的车措手不及，使劲按喇叭。如果是以前，她一定会埋怨我不提醒她：“克丽丝塔！如果我撞到那个人，如果我撞到，撞死——呸，上帝保佑！”而今，她只是懊恼地默默无语。

幸运的是，鲁西尼并不知道她只差一点点就撞上去的那个车手是佐伊－克鲁拉的儿子。

我的心在痛苦地怦怦乱跳，不是因为我们的车几乎撞上亚伦－克鲁拉，而是假如亚伦转头发现了我，我真会羞得无地自容。

我强作镇定地说：“妈，没事了，你没有碰到他。”

我为母亲感到遗憾，她变得越来越难于去爱。

“可是，克丽丝塔，如果我碰到了呢！我们的生活中出了太多错了……”

“妈，这不是你的错，是他的错。”

“克丽丝塔，这没有什么不同。”母亲苦笑着用纸巾擦了擦眼睛接着说，“无论‘对’还是‘错’，当麻烦来找你的时候，每个人都要受到惩罚。”

1983 年 11 月。

我父亲爱德华－迪尔尼住在布法罗，在一家“建筑行业”找到一份工作，母亲则在一家信托商店做事，开始在走“离婚程序”。她常常激动，心里也常常充满希望，但也常常感到不安、沮丧和压抑。我再不是一个无知的小女孩，我已经快 12 岁了，是一个略带狡黠的大姑娘了。在过去 9 个月里，我的综合思维能力就像能够分辨苦巧克力和黑尔库啤酒一样，对大人世界思维错位的认知已经提高了很多，嘲讽别人的能力也大有长进。母亲仍然爱着父亲，这对我来说不是什么秘密。虽然父亲把母亲伤得这么厉害，但母亲一如既往地爱着父亲，这就是鲁西尼的命运。

“不，你错了，妈妈恨他。”本自以为是地说。

在家里，母亲和本站在同一阵营。虽然我比本更多时候在家，也比本更会讨母亲喜欢，但母亲仍然爱本多一些。

“她想要别人认为她恨他，想要他认为她恨他。其实不是这样的。”

“她就是。”

“只有这样她才不会感到太受伤。她已经和他离婚了。”

“去你的，克丽丝塔，那是你有问题。”

在公共场合，我指的是在屋外，在不带本和我的时候，在和别人相处的时候，或者在和鲍尔家的亲戚一起的时候，母亲大都刻意保持尊严。

在公共场合，鲁西尼不是那种胆怯地避开别人眼神的女人。她的脸上不再有某种光线下被别人误以为是年轻女人的脸，身材也是如此，敦实，动作迟缓。她肉感但不胖，但也不是年轻女人的身段。姑娘时代的鲁西尼格外漂亮、性感。老照片里的鲁西尼－鲍尔配上英俊的未婚夫爱迪－迪尔尼，简直天造地设，令人羡慕。可惜，一切都过去了。

在斯巴塔希尔斯商场，你可以隐约听到一些不失友好的悄言碎语，“看见那个女人了吧？那就是鲁西尼－迪尔尼。她丈夫是爱迪－迪尔尼，谋杀西弗利街女人的那个男人，他和那个女人有一腿。有人说他杀了那个女人。看那个可怜的妻子，爱迪一迪尔尼的妻子在勇敢面对事实呢。”

19

“那个女人，难道她没有一点廉耻之心吗？”

母亲的语调有如张开的手一般平缓，但你还是能够体会到其中的恼怒和愤慨的味道。

母亲在看《斯巴塔日报》的一则新闻。这则新闻没有登载在头版，而是在内页的专栏新闻，标题是：

斯巴塔妇女被发现严重打伤

图瓦加街居民被送医治疗

附上的一张照片上是一个还算美貌的女子，厚实的下巴，不自信的娃娃脸，细细的描眉，方中带弯的嘴巴。她不就是杰奇一德鲁卡吗？

我知道，我不能在母亲面前表现出太感兴趣的样子，我不想引起母亲的怀疑。报纸在描述1985年3月2日清早发生的事件经过。几天前的早上，杰奎琳一德鲁卡女士，39岁，东斯巴塔图瓦加街32号的住户，在市政路与31号公路交叉路口被发现处于半昏迷状态。事发地点距切特钢琴酒廊四分之一里，该女子是切特钢琴酒廊的鸡尾酒服务生。

斯巴塔警方是在切特脱衣舞酒廊附近例行巡查时发现她的。警方召来救护车把她送去斯巴塔总医院，德鲁卡女士被诊断为脸部和头部击伤，有几条肋骨断裂，手腕关节扭伤，血流呈高浓度状态，需留院治疗。她的病情被列为“稳定”。

杰奎琳一德鲁卡对警方称述，她没有看清楚是一个还是几个攻击者，也不明了引起攻击的原因，她无法回忆事发当时的情景。她记得是在午夜两点之后不久，她“与朋友结伴”离开切特钢琴酒廊，但对离开酒廊之后的遭遇，在快速行驶的救护车上从危急状态中醒来之后，其间所发生的一切已经完全记不起来。文章结尾写道：

德鲁卡女士是西弗利街的前住户，1983 年 2 月佐伊—克鲁拉女士与德鲁卡女士曾在该处共同租用一套寓所，其间发生了佐伊—克鲁拉被谋杀案件。克鲁拉谋杀案中无人被捕。据警方表述“案件尚在侦破之中”。

母亲快手合上报纸，顺手扔在靠在后门的座椅上。她习惯把一些扁平的东西（如每天要扔到垃圾桶的报纸、杂志、广告传单和垃圾邮件）放在这把椅子上。令人费解的是，她对这种不堪入目的小事件好像出乎寻常地愤怒和不满，“竟有这种女人！竟有这么些女人，‘酒吧女郎’，‘脱衣舞娘’，你想她们会不会接受教训呢？愿上帝拯救她们！”

我想不是上帝，而是你想去帮助她们，对吗，妈妈？

我说：“妈，她真的很可怜，你一定为她们感到遗憾吧？‘酒吧女郎’是她能找到的最好工作呀。”

“为她感到遗憾？为这些人？”

母亲瞪着我，似乎想掴我一巴掌。她眼睛里噙着愤怒的泪水，受到羞辱的泪水。

她说的是她们。我走出去时还在想，不光是杰奇—德鲁卡激怒了我母亲，还有另一些人。

20

“那个失败者。你听到了吗？”

本噌的一声推门进来，男孩子的尖嗓子充满了兴奋的语气。

这是一个工作日的黄昏，快 6 点了。本放学后搭上邻居放工回家的车回来。现在，晚餐不准时了，一般会在快 7 点的时候开饭，这要看母亲是不是在忙别的事。我有一件事羞于启齿，不愿意和学校的朋友们说，也不愿意告诉那些堂姐堂妹们。自从爹地离开以后，许多从前的习惯随之而去。那些年来，我几乎都是和母亲一起准备晚餐，而今都结束了。我们不像以前那样坐下来一起吃，也不像以前那样吃正餐，往往分开吃，吃冰箱里的剩菜或者（坎贝尔牌）罐头汤。我则是躲在楼上的房间里吃燕麦粥，一边吃一边做作业。

一家 4 口一起坐在餐桌前就餐的时候没有了，全结束了。

克丽丝塔，你长大了！你不需要靠他们。

我很少听到本会用这种语气说话，我想偷偷地听他到底有什么新闻。

在学校我听到有人在传，亚伦－克鲁拉被斯巴塔高中“永远开除”了。

我没有像那些好事的同学那样挤在课室窗口看斯巴塔警方的警车一辆接一辆开上校道。他们中不乏兴奋的人、幸灾乐祸的人和感到惊讶的人。他们在传，有一个同学不听从便衣警察的传唤，在戴上手铐时激烈“反抗”，然后被强行押上其中一辆警车的后厢。

我想亚伦是被激怒了。他那臭脾气，一定是用重拳快速挥出去之后被打伤，他出于自然反应去打人。

我一阵伤感，为亚伦和我自己感到遗憾，我可能再也见不到亚伦－克鲁拉了。

“像他醉鬼老爹一样会杀人的。他是一个危险的家伙。他把法罗里诺打倒在地。神经病。”

本说话时满脸期待，满脸得瑟。本坚信是亚伦的父亲杀了佐伊，而他撒谎说那天晚上德尔莱和他一直在家是为了保护他父亲。

我问他为什么对亚伦一点同情心都没有，毕竟亚伦的母亲被人杀了。

“为什么？”本用嘲弄的神情看着我，似乎我是一个幼稚弱智的儿童，“蠢猪，因为他为他父亲说谎。你为什么会这样想？”

“本，你怎么知道他撒谎呢？你怎么这样肯定？”

“因为我没有为爹这样做，妈没有为爹这样做。”

本已经很久没有说过“爹”这个词了。他可能意识到了这一点，感到不好意思。我不好说什么，就转脸往外看。本的脸上出现淡淡的潮红，像给蚊子叮了一样用手去挠脸。

“本，那是一种怪逻辑。”我很不爽快，“其实是反逻辑。”

学数学的时候，我们学过“逻辑”一词，即数学定理的推论逻辑，逻辑中还有一种叫归纳推理。然而，大多数定律似乎不适用于生活，人们并不会总是相互信任。

“克丽丝塔，知道为什么吗？我恨他们所有的人，盼望克鲁拉家的人都死掉。”

克鲁拉家的人。本说的时候就好像说了一个脏字。

我不想听，跑到楼上躲进自己的房间。凡是遇到不开心的事，我经常会跑进自己的房间。我的房间虽然小，但很舒服，我可以在爹地专门设计的斜顶天窗上俯视库房边上疯长的草丛，那是我的地盘，我躲藏的地方。

我不想思索本的话，假如本说的是真的，亚伦说谎是为了保护他父亲，那么，本的判断就比我的逻辑性强。

那天晚上，我打了几个电话给班上的女同学，问她们知不知道那天高中有一个男生被捕，被警方带走的新闻？我不知道那个男孩的名字。我不敢告诉她们我知道那个男孩的名字，不想让她们猜出我爱上亚伦—克鲁拉的秘密。

我也不敢冒这个险，让母亲和本听到我在电话上提出如此问题。

我听到本在楼下告诉母亲这个惊人的新闻。他已经多次重复这个新闻了。他的话音和她的话音高高低低，一会儿兴高采烈，一会儿咬牙切齿。我把自己摔在床上，把手捂在耳朵上。我不愿意听到他们恨得如此一致，我妒忌他们。

他们终于找到了可以共同分享的事情。

21

我再也没有去过西弗利街 349 号，再也没有见到过杰奇一德鲁卡，留下的只是记忆。我怀念在斯巴塔成长的那些年，常常会想起我成长中的软弱，成长中的孤独。我怀念那个女人拥抱我时温暖肉感的双臂，弹跳的海绵般大乳房，她未经冲洗、飘发着陈腐香味的身体，虽然觉得恶心，在记忆中却似乎少了厌恶，多了愉快的感觉。我怀念她的嘴唇贴在我头上，如同亲吻猫狗那种震撼，这是一个血肉之躯面对另一个血肉之躯的亲吻，纯粹天性使然，这曾经使我不知所措，极不情愿。她那成年人潜在的强迫心理却似孩子般的诉求表现无遗。克丽丝，我们现在已经是朋友了，对吗？

答应我，一定要再回来看我。

当然，我再没有回去过。而且，杰奇一德鲁卡好像不久就搬离西弗利街了。搬到杂乱的东斯巴塔一个叫图瓦加的社区和另外一些人住在一起。

我仍然向往佐伊死去的那所破败的排屋，一个曾经引起我好奇的地方，也是一个禁区，一个永远不能对家里人说出来的地方，曾经与父亲有关系、欲爱还拒的地方。是啊，他曾经在受害者死前几个小时去那里探访她，曾经为此撒过谎，坚持认为自己无辜。他现在不会再撒谎了。

我对那座排屋的好奇心不久就消失得一干二净。随着天气转暖，我可以骑自行车去奎利路了。那里有佐伊曾经住过的房子，现在亚伦和他父亲德尔莱还住在那里，这使我有了去那里的动力。亚伦就住在这里！他活着，但他对我一点了解都没有。

“爱”是一个多么神秘的字眼啊。你爱上了一个人，那个人却一无所知。也许，我最大的幸福就在于突如其来的渴望，爱上一个人，另一个人却无视你的存在。

许多年过去了，只要我闭上眼睛，有一种情景仍然栩栩如生。我骑着自行车踏上漫长的旅程，沿着呼隆派克路一路前行，来到铺满碎石的铁路。这条铁路建在比头还高的地方，我不得不在陡峭的泥路上推着自行车走上铁轨，顺着凹凸不平的矿渣路一直骑到四分之一里外的河边，爬到河上的人行桥。这座桥最近明显有被暴风雨损毁的痕迹，桥上新近竖起一块警示牌，上面写着：人行桥关闭修整，行人危险，责任自负。桥下是水流湍急的黑河，从阿迪隆达克山脉起，无数小溪和小河汇集成高涨的大河，向西流入宽阔的安大略湖。过去，当爹地有率家旅行的兴趣时，曾经带我们作过一日游，他带我们来到一处叫墨西哥湾的开阔沙滩（好奇怪的名字！本和我都觉得好笑）。这里非常靠近一个叫德克萨斯人的小型居住点。我站在河边，却无法了解这条波光闪闪但又变化无常的蜿蜒河流源自何方，正如我无从想象我的生命从何处开始一样。开始意味着时间和起点，在此之前，一件事物，一个生命并不存在，是这样吗？

就像我对亚伦－克鲁拉的感情，我说不出来从什么时候开始的。

从理智上我明白，我那时也一定明白，我对亚伦的感情仅仅因为佐伊－克鲁拉和我的父亲，由于这些人的神秘关联。犹如一条蟒蛇紧紧地缠绕着我，我无法解释自己用情至深与执着究竟是为了什么。

我小心翼翼地骑着自行车跨过人行桥。人们可能会走着过桥，不会在这样的桥上骑自行车过去，但没有一个大人可能因此呵斥我。我尽量不往下看，尽量不被闪闪发光的河水分心。在凹凸不平和松动的枕木之间，可怕的昏眩感觉在心中油然而起，我明显有逃过去的感觉，直到安全通过。我笨拙地走下另一条陡峭的泥路，来到乔纳瓜与布法罗铁路站场旁边的市政路，经过到处涂鸦的火车站和站前街来到乍得大道，上了大约一里开外的两车道州立公路。公路上，一辆辆拖挂车贴身驶过，我能感受到汽车喷出来的热气。这些车有时也朝我按喇叭，在这么危险的公路上对着一个孤身骑车的女孩子按响如此刺耳的喇叭。这些车辆往往不会严格遵守每小时50迈的限速，把车开到至少70迈以上。开车的大人生气地呵斥我，小妞，快从这里滚开，这不是你该来的地方。

我离开公路进入工业区。这里有仓库、小型工厂、亚特兰斯小型公共汽车站以及赫金玛郡动物疾病控制站，爹地曾经带着在呼隆派克路发现的一条流浪狗来过这里。离斯巴塔疾控站不远是沥青铺成的奎利路，路上，重型垃圾车整天来往于离居民区一里以外的垃圾填埋场。那里到处是用木板和沥青粉刷墙面的小屋或灰色的移动房屋，房子上插着美国国旗。克鲁拉汽车和摩托车维修铺就在这些房子中间。

维修铺有两个连在一起的车库。在几乎寸草不生的开阔院子里摆满了待售的二手摩托车和二手汽车。停车场后面长长的碎石车道上是克鲁拉家的房子，一个经过改造的老式农舍（这种房子在赫金玛郡很普遍），浅红色的粉刷墙面，淡绿色的窗棂。佐伊－克鲁拉粉刷过的鲜艳颜色已经风光不再。佐伊－克鲁拉曾经住在这样的屋子里？简直不可思议。这位曾经在哈尼斯通奶品店做过事、脸上带着麻点微笑的女子就住在这种地方。在我的记忆中，她至少在我家厨房出现过一次，她热情似火地叫我克丽丝，对我微笑，要我保证不对我母亲说她来过，她自己会对我母亲说的。不可思议的还有，在乔纳瓜公园乐台上广受欢迎的女歌手，一位妻子，一位母亲竟住在奎利路这样一个社区，母亲称之为贫穷白种人的社区，这里甚至比有色人种和印第安人居住区还糟糕。

佐伊曾经活着，但现在死了。

比一般的死还惨，被谋杀致死。

佐伊曾经是最活跃的歌手，她与震撼黑河乐队的演唱在乔纳瓜公园夏夜经久不能令人忘怀。乐台上的佐伊－克鲁拉与在奶品店的佐伊完全不同，迷人、性感，宛如电视上的女歌手那样低声吟唱《今夜你不寂寞》、《步上木梯登上屋顶》、《雪地里的足印》和《天堂的小鸟》。飞蛾在光晕下盘旋绕头，佐伊在忘我地演唱，完全忽视了令人生厌的飞蛾。她常常身着闪闪发亮的超短裙，有时也穿腿部开叉的长裙，双腿裹在浅色丝袜或者针织黑花袜子里。她穿着高跟鞋登台，但也会（我不能想象）直接用纯丝袜裹脚或者赤脚登台。这都是很久很久以前的事了，我忘不了那炎热的斯巴塔夏日之夜。

是啊，佐伊曾经踢掉鞋子，松开发带约束的长发，任由头发在脸上飘拂，神采奕奕地接受台下交相响起的口哨和喝彩。

佐伊在谢幕，她抬起手挡住刺眼的灯光，笑得那么灿烂，她感谢听众们："你们是我见过的最好的听众，我爱你们——"

灯灭了，快得有点可怕，像沉沉的布幕迅速降下。

那女人。

谁呀？哪个女人？

你知道是哪个女人。

德尔－克鲁拉的老婆？什么？

你俩之间不会有什么事吧？

指什么？鲁西尼，举例说。

我问你俩之间是不是有什么事？

基于——什么？

基于你，还有她。

关于你们之间所有的一切，你和德尔。

我认识德尔莱－克鲁拉，但他不认识我。

鲁西尼，真是的，我们甚至没有打过交道。

那只是微不足道的事，去你的。

在回家的路上。爹地在开车，妈咪坐在副驾驶席上，本和我坐在后排座位上昏昏欲睡。

我一边想着那些事，一边踩着自行车通过车道来到克鲁拉的家门口。这是一个薄雾乍起的夏天，晴朗天空上，炽热的阳光洒满大地。我14岁了，长得细长、苗条干瘦，远远看过来我要比实际年龄小得多。这时，佐伊已经死了，被谋杀死的。3年又4个月，凶手一直没有被确认。

克鲁拉汽车与摩托车维修铺其实是一个车库。那里摆放着待修的各种机动车如校车、皮卡、小型卡车、拖拉机以及摩托车。车库就像摆在一边的大箱子，里边内容可丰富了，既有机动车、工具和设备，也有大声播放的摇滚乐和穿着满身油污外套的技工。这些人说话声音很大，笑声高而刺耳。我把自行车小心地停在车库对面，不想让在车库的人（包括工人和顾客）注意到我。亚伦－克鲁拉可能是这些技工中最年轻的一个，他也许会瞥见我的。

奎利路经常有一些骑自行车的人，大多数是男孩子，很少会看见女孩子在这里骑自行车，尤其是单独一个女孩子更不多见。我穿着一条牛仔裤和一件套衫，浅金色的马尾巴在我背后摆动。我好像见到一个男孩子从我身边经过。对面车库里似乎有人对着我的背在吹口哨，他们喊道，嘿，对面的小妞！嘿，宝贝！我心里直打鼓，是不是激动的心在跳？但我没有向周围看，我知道不可能是亚伦－克鲁拉在我背后叫我，他不是那种在背后叫女孩子的人，也不可能是他父亲德尔莱。这里每天都有不少闲逛的男孩子。随着时间的过去，亚伦已经不那么注意我了。亚伦曾经在众人中以敏锐的眼光把我认出来。这次，他不一定有那么好的眼神吧？看到我的脸就立即认出我？那个女孩子是爱迪－迪尔尼的女儿吗？

22

我没有看到是谁伤害我，不知道他们的名字。

这是我的声明，我的证词。我无法说出针对我发生过的事，也无法知道我当时想做什么，或者因为别的什么事我跟这些人走。我至今无法理解，我当时为什么要在放学以后坐着破车和这些人走而不是去参加学校组织的年鉴编辑会议？我的指导老师芬达在会场等我，对我没有参加会议一定很失望。

我希望他在另外一个地方，在火车站。

那里是放学以后某些人闲逛的地方，他们中不少人已经不再上学。一些二十郎当岁的男孩子在那里卖大麻和吸大麻。亚伦一克鲁拉也混迹其中。本轻蔑地称呼这些人为吸毒者、嗜毒者和失败者，但是这些人自得其乐，不去理会个中危害。克丽丝，想和我们一起参加派对吗？想吸一点吗？甜心儿，知道你想泡芙，来呀，我知道门路。

我跟他们走了。这可能是个错误，我的一生都可能是个错误。可我怎会知道呢？除非我去冒那个风险。

我转过身来，亚伦并不在那里。

……没有看到伤害我的人，一个都没有看到。也没有看到他们的脸，不知道他们的名字。

我不知道什么时候卷进去，从什么地方开始出错，为什么出错？应该是在你事先知道这是疯狂举动的时候，这是草率的行为的时候，这些女孩子不是你朋友的时候。你为什么来这里？可是，没有为什么。

火车站车库像在地下室一样潮湿寒冷。我咳嗽、难受、作呕。无论他们给我什么，他们都会说，来呀，克丽丝！甜心儿，你需要泡芙。我回家的时候，毛衣前面沾满了像酸泥一样的呕吐物。见鬼，这女孩是谁？天哪，她还是个孩子，她快不行了，磕过头了。是谁想废了她？反正不是我。

有一个女孩子抓住我的手臂用指甲掐我。我不知道她的名字，也看不清她的脸。我可能在哭，她的男朋友过来安慰我，嘿，宝贝，快醒来！宝贝妞，张开你的眼睛，你没事的。

这个女孩揪住我的头发，像扯木偶那样想叫醒我，其他人都在笑。

我们挤成一团，产生了很大的热量。然而，车库里仍旧很冷，很潮湿，就像我家远离加热间的地下室还没有完工时一样潮湿。到处是嗡嗡的嘈杂声，我不记得是怎样强忍晕眩，呕吐出像变质的牛奶那样酸酸的液状凝块。我那些所谓的朋友个个都讨厌我，我记得其中有一个叫伯纳迪的女孩，对我生气地说，克丽丝，去你的，你呕在我靴子上了，你是故意的。男孩子们都在笑，笑得像干吼的野兽，小妞和小妞打架真是有趣，那个还是孩子的小妞是不是他们带来给男孩子的礼物？

妈的，她才几岁呀，看上去就是个孩子。

她和我们一样大，和我们同班。

我原以为这些浑身发烫、目光呆滞的女孩子是我的朋友。她们看到我仍然在痛苦之中，就过来撕开我的上衣，按住我的脖子，把我拖到满地屎尿的角落（尿池里的臭尿已经爆满往外流了），逼我呕吐。我不知道为什么她们把这当成乐事，她们狂笑着如同野火在房间里扩散，如同鬼火从一个跳向另一个折磨我的人。这时又来了一个叫邓肯的。他要这些人向他引见这个小屁妞、小丫头、小屁孩。他会给他们大麻作为奖赏。他们笑着朝我的膝盖上吐痰，让我知道这样做是为我好，真的吗？他们说我漂亮，要我跟着他们。

我麻木的手指“关节”痛得像火烧一样，并且迅速传到其他关节。我一个“朋友”按住我的头，一股焦灼的烟味灌进我嘴里，呛入肺里，我已经给呛糊涂了，眼前迅速出现母亲的幻影，她凝视着我，满脸惊骇厌恶的神情，你不再是我女儿。泪水从我的眼里流出来，我已经喘不过气来，但却在大笑。带我来的那些人，那些我的同学们，米拉和伯纳迪迪把我推开，尖叫地笑着说，天哪，妞，你还在吐呀！是呀，我一直在吐，吐得一塌糊涂，嘴里一股酸味，身上那件淡黄色绣着玫瑰花蕊的漂亮毛衣已经沾满了秽物，像变质牛奶的深黄色污渍，衣服已经污秽不堪，湿漉漉的、臭味熏天，衣服里面的棉乳罩也被撕破了。

我感到有一只手指在戳我，摸我但还没伸进毛衣里边。

本来对小屁妞存有温情的人像河里卷起的寒风突然变了。一股难闻的味儿，一股邪恶的味儿像热火从他们身上发出，冰刺般的眼睛充满了邪恶趣味。邓肯－梅兹是一个 20 岁的家伙，早就离开了斯巴塔高中。他脖子粗硬，头发凌乱，下巴长着尖硬的山羊胡子，一副邪恶山羊、恶棍山羊的尊容，他应该是他们的老大。邓肯－梅兹是亚伦－克鲁拉的朋友，我曾经在街上看到过他们两个，他可能在克鲁拉汽车修理铺做事，我骑车经过车库时见过他。看到邓肯，我联想到亚伦，他一定会来的，我的生命会因此变化，会变得美丽无比。

克丽丝塔是斯巴塔初中的高年级学生，二年级生，和米拉－罗彻、伯纳迪迪－黑德威格同级。克丽丝塔只有 15 岁，属于未成年，邓肯、杰克和这些 20 岁的家伙应当对此权衡再三。邓肯欣赏克丽丝塔的头发，一头没有经过漂染的淡金色头发，丝缎一般的金发。邓肯把克丽丝塔的头发绕在拳头上，弄得她直喊疼。紧接着，他把她的头压在自己的大腿里，把这当做有趣的事展示给他的朋友们，让他们看着克丽丝塔惊恐地叫唤，这就是他们一成不变的乐子。阴险邪恶的邓肯－梅兹使劲拽起克丽丝塔的头，强迫她像舞者一般把头压到她脚趾。小丫头，这种姿势更加有趣。克丽丝塔还没有完全被大麻弄迷糊，她知道有什么地方不对，那些把伤害别人当做快乐是不对的，但她不愿意乞求这些人！忽然间，有人出来干预了。他对邓肯说，放过她吧，她太小了。搞小丫头会让你吃官司。邓肯说，这丫头片子已经没有意识了，她真幸运，醒过来时脑子不会坏。可能是有人烧了一把火，旧站场里弥漫着一股烂报纸、烂木头和烂树叶的酸臭味儿。废弃的火车站场仍然寒冷潮湿，仍旧可以看到摆着的售票柜台，翻倒的旅客座椅，座椅已经腐烂，一股屎尿味儿。有些无家可归者在冷天间或会躺在破椅子上或猫在椅子下面用报纸裹着身体在硬地板上睡觉。我蜷缩着身体凑向没有热气只有烧垃圾臭味儿的火堆旁边。这里像一个家庭，大家在分享邓肯带来的大麻。大麻所给予的抽搐和快感如火一般热烈，我的嘴随着热气抖动，我的头，我的脑壳，我的心脏开始飞奔。随之而来的是一阵突然的快乐和温暖的冲击波，一种发疯似的舒服感觉，这种感觉就像爹地在他的小女儿阴沉着脸时把她逗笑那种的感觉。我瞬间急促尖叫的笑声开始平缓下来，开始窒息。他们把我带来这里就是要我窒息。我的脑壳里塞满了太多的东西，我的脑浆如同气球即将爆炸，在脑壳里膨胀。小妞，你要的就是这个，要不你干吗来这里？妈的，小傻瓜，要不你为什么要来这里？

也不知道为什么，朦胧中佐伊－克鲁拉好像在问我。她踮起脚尖斜靠在柜台上问克丽丝，我能做什么为你？我也很想知道佐伊是不是在这里，不知道她是不是来过这里，假如她也给别人带来过，她是怎么知道这个地方的，她什么时候知道在这里别人会对她做些什么？她去了什么地方，从哪里回来？她什么时候知道她会死？他是什么时候拿起铁锤击她的，是什么时候像敲西瓜那样敲碎她的脑袋，把她扔到床上的？他一定非常生气才把佐伊扔到床上，他觉得非这样做不可。他一定处于一种暴怒发狂的状态才会把毛巾缠在她脖子上，紧紧地缠住，使她双脚乱踢直到慢慢伸直双脚，停止呼吸，停止挣扎。都过去了，已经 3 年半，还没有人知道什么原因酿成这个悲剧，又是什么人造成这个悲剧，所有的事情都没有得到解决。我没有一刻，没有一天会忘记我是谁的女儿。作为有着倔强个性的 15 岁女孩子，我义无反顾，就是爱他，从来也不会不爱他，从来也不会不相信他。

那天晌午第五节课的时候，我在自习室里看几何课本，咬着下唇，心里像无底洞一样空落落的。一个我平常很少交往的女同学米拉－罗彻走过来。她比我年龄大，一副成年女人的身材，老气横秋。她笑眯眯地靠过来悄悄地对我说，嘿，克丽丝塔，想和我们去参加派对吗？今晚去好吗？坐在我后边的伯纳迪迪－黑德威格也凑了过来，她呼吸急促地在我的脖子后说，克丽丝，有个很酷的男孩子想会会你。米拉也说，对，他想会你！他亲口对我说的。过后在女洗手间里，米拉和伯纳迪迪一前一后夹着我，搞得我满脸通红，既高兴又迷惑，这两个年龄比我大的女同学为何如此关心我？米拉说我性感，连鬼都羡慕，尤其是那一头金发羡煞人了。伯纳迪迪凑过来捋着我的头发，似乎要亲我。刹那间，我觉得快乐极了。我认为这是接近亚伦－克鲁拉的好机会，因为这两个姑娘是和亚伦－克鲁拉说得上话的人。我想，这两个女孩子想成为我的朋友，成为我特殊的朋友，我在斯巴塔已经没有朋友了。这两个女孩子和我同班，我可以信任她们，我已经很久没有相信过别人，也很难再相信别人。从上一次去同学家里过夜到现在已经有一段时日了。在麻烦降临，改变我们的生活之后，本和我都十分讨厌别人的怜悯。本和我都认为，只局限于某个朋友是错的。如果我对某个朋友承认我想念我父亲，如果我告诉她爹地住在哪里（在布法罗），他现在做什么（“和以前的工作一样”，也不完全一样），如果我说由于没有理由，没有根据，没有“证据”，他从来都没有被逮捕过。斯巴塔警方永远也不会有证据，所以绝不会逮捕他，可是人们还是坚持说他杀了佐伊－克鲁拉。我从来没有戒心，经常会在朋友面前哭，朋友会安慰我，我会因此说得更多，会告诉她我母亲很伤心，我哥本很伤心，我们都很愤怒。电视上、报纸上总是刊播爱德华－迪尔尼的消息，这太不不公平了，那都不是事实。我自以为值得信任的女同学会假装同情我，假装站在我一边说，克丽丝塔，就好像家里死了人一样，你们一定过得很艰难。我母亲很同情你们，她说她简直不能想象你母亲是怎样熬过来的，如果他杀了那个女人，他反过来也伤害了你母亲，对吗？

但我想，米拉和伯纳迪迪不是那样的人。

她们要和我去坐车，就我们仨。

邓肯用拳头绕我的头发说要带我出去。他是一个极容易讨女孩子喜欢的男人，女孩子也愿意和他出去，不用担心，也不用强迫。可邓肯不喜欢顺从的女孩子，那样太乏味了。他会沙哑着声音大声说太没意思了！邓肯总是改变地点、变换人选。他对我发火，或假装发火，假装很生气地呵斥，像严厉的爹地那样呵斥我。他拽住我的头发推我，使我像一条系着短皮带的小狗在他后面跌跌绊绊地走。我想笑，我知道邓肯一梅兹是个玩笑专家，他从别人的笑声中得到骄纵的快感。如果我也像别人那样笑的话，是不是太残酷了？如果我在笑而不是惊慌地哭着求他放过我，会不会伤了他？如果我因为头皮发疼而尖叫，那可能只是一种偶然，而不是邓肯故意的，邓肯只是在开玩笑。

站场外边在下着雨。乔纳瓜和布法罗火车站货车车皮上漏出来的化肥发出甜腐的气味。邓肯想把我托进车皮。来呀，宝贝，配合着点！一二三，都是这么个套路。尽管我在惊恐地狂笑，脑子似乎已经不听使唤。惊恐中，我觉得好像有个人站出来说话了，一个陌生人。这个人抓住邓肯的手臂气愤地说，梅兹，放开这女孩子，滚你妈的蛋。突然，这两个人打起来了，互相咒骂。邓肯打着趔趄高声说放开她，他把我抓得更紧，推向另一个人，嘴里满口脏话，克鲁拉，我×你！我看清楚了，那个男孩子是亚伦一克鲁拉。亚伦十分恼火，他应该一直在远处观察邓肯和我。开始，他并不想插手，但是不知道为什么他卷进来了，他无可选择。

当邓肯拽我时，我失去了平衡摔在地上。我实在太累，精疲力竭了，我想睡觉，想在这潮湿的地板上睡过去。这时，亚伦把我拉起来说，起来，姑娘，起来，你不能在这里睡觉——

不远处，邓肯对着我们满口胡话。亚伦没睬他，只是对我说："好了，靠在我肩上，保持清醒。别睡！"

我很想睡，蜷曲成一条无眼、无耳、几无心跳的白蛆躺在地上，骨子里犹有空灵，塞满了睡意。亚伦在不断地摇我，抓我的肩膀，拍我的脸，喊我醒来。我的眼睛忽然张开了。

我的嘴在流血，上唇破了，可能是被亚伦拍的，也可能是邓肯打的。从嘴里流出来的呕吐物滴在衣服上，丝软的金发混着呕吐物粘在脸上。亚伦不断对我说，别睡，不要闭上眼睛，睡着了你会中毒的。他半拉半扯地拽着醉猫一般的我跌跌撞撞地走到街上，手臂紧紧地抱着我的腰走着。身后，邓肯一梅兹像疯狗似的大呼小叫。

亚伦没有理睬他。一边走一边催促我，快点，姑娘，你能走的，就快到了。

街边停着一辆没有熄火的车。亚伦把我扶到副驾驶席上。我的腿已经不听使唤，好像还掉了一只鞋子，头垂在脖子上好像要掉下来。我很想睡，想疯了！一阵晕眩，胃在捣腾，中毒了吧？羞死了！这种丑事竟然发生在我身上，我不是那种女孩子。呕吐物顺着喉咙涌出来，我无法自控。亚伦从口袋里掏出一团纸给我擦嘴。他皱着眉头，诧异地看着我，我的老天，姑娘，你看你……

我知道我已经安全，我知道亚伦认识我。这些年来，亚伦一直知道我是谁。

据说，混血儿都长得很快。

母亲和她的亲戚们都这么说，斯巴塔的高加索人也这么说，不仅仅是以不满和厌恶的口吻说，话中还带一种警觉和惊奇。

在我眼里，亚伦不是我哥本那种型款的男孩子。他还不到 18 岁吧？但他的举止已经十足大人范儿，高大，魁梧有力。在他似乎一直运气不好，做什么都不顺，但他无可选择。

他注定要黏上克丽丝塔－迪尔尼，无可选择。

他把我带到离火车站不远的一座红砖排屋。屋檐上滴着雨，屋里飘出阵阵炸马铃薯的油香味儿。他紧紧抱着我的腰，扶着我向屋里走去。我滑了一跤，几乎要倒在地上。亚伦用拳头一边砸门一边大声喊道："开门，是我，亚伦！"有人过来开了门。亚伦轻轻扶着我经过一个满脸惊诧的中年妇女（这是他的亲戚，但我不认识她），穿过一条像道具屋那样用篷布遮着的走廊，进入一间狭窄的盥洗室。假如他直接把我送回家，母亲看到我这个狼狈样，一定会皱起眉头打电话报警。

假如警察看到我这个样子，亚伦一定会被抓起来。

我腿发软，站不稳，几乎无力拧开水龙头。亚伦低声骂着，在说脏话，但还是帮我把头按在水龙头下用冷水冲。水浇在我滚烫的脸上，使我不由得咳嗽起来，人忽然清醒了。

亚伦问我今年多大，我对他说了。他听到后摇摇头，半是厌恶半是可怜地说："去，这不行。"

亚伦和他姑妈站在一起问我。他姑妈好像刚从陡直的楼梯上跑下来，紧张得气喘兮兮。她用一把脏梳子给我梳头，用指甲给我挑出头发上的脏东西。她的指甲修得很怪，染成橘红色，平平的但已经开裂。她挑掉我头发上的碎渣碎块，还不知道这些都是呕吐物。她惊讶地低声叫着："哦，哦，垃圾。"

"怎么啦？"

亚伦拿着一罐新开的啤酒走回来。我透过粘在一起的眉毛，看到他犹如一个溺水者张口吸气一般，在大口大口地往嘴里灌啤酒，他太渴了。那时，我就觉得我爱上他了，深深地爱上他了。

克鲁拉家的男孩子亚伦，我很久以来一直尾随的梦中情人，现在终于看到了他那张粗糙的脸盘，黑硬的胡子和厚实的下巴。他额头上和双颊上到处是疤痕，可能是打草地网兜球留下的吧？又或许是打架留下的？他左眼眉上难看得像鱼钩似的疤痕显得尤其突出。在这种环境下看到他，我好像认不出他来，我害怕他，但不由自主地想，我爱他，固执地爱。我红红的眼里闪现的爱意被亚伦注意到了，他盯着我，但又很快转过头去。

他又一次嘟嘟哝哝地低语，在说脏话。

亚伦的姑妈维亚拉问亚伦为什么把我带来这里："她的脑子都给毒坏了，这么小的一个孩子。"亚伦说他无可选择。维亚拉问亚伦认不认得我。一开始，亚伦没有回答，然后毫无笑意地说："猜猜。"

"猜猜？我为什么要'猜'？"

"她姓'迪尔尼'。"

"姓什么？"

"迪尔尼。"

维亚拉站在洗手盆我这一边，抬起头盯着洗手盆上斑驳镜子里的亚伦，他站在我们身后的门道上懒洋洋地喝着啤酒。

"'迪尔尼'——？你说的是——他？"

"还有谁？有几个姓'迪尔尼'的？"

亚伦耸耸肩。镜子里，维亚拉不安地继续提醒我身上还留着一些脏东西。我现在比以往任何时候都清醒，姑妈和侄儿，长得像极了，不仅仅是脸形和黝黑的皮肤，还有她绷紧下巴欲言欲止的样子，有些话她不想说出来。

我希望从这个女人身上得到安慰，希望从她的暖和的身体上得到安慰，靠在她带着污渍、紧包着乳房的法兰绒衬衫上，去享受母亲般的温暖，去享受她盯着我好像不知所措的样子。她也许和我母亲年纪差不多大，眼角长着细细的鱼尾纹，脸颊一边长着不显眼的酒窝。无论如何，维亚拉是一个好看的女人，在街上是能够吸引男人眼球的女人。

她轻轻地推了我一把。

“爱迪一迪尔尼的女儿，我的天!”

我没有回答，脸上绯红一片。我的头发遮住了眼睛，假装没有听明白她的话。我还在“泡芙”，还在“中毒”中。我可以假装不明白许多事。

维亚拉勉强露出笑脸，迟疑不决地说：“我觉得那不是你的错，真的。你只是个小姑娘，只是他的女儿。不管他是不是凶手，孩子没错。”

我想抗议，我父亲可不是凶手！但我把话吞下去了。

突然，我感觉头晕，像波浪般来了又去，这可不是好事。维亚拉抓住我的手臂，扶我坐在铺着绒毛套的便池座盖上。维亚拉一克鲁拉和鲁西尼一鲍尔至少有一点是相同的，就是在便池座盖上都铺上绒毛套。

在楼下洗手间里，母亲套的是黄颜色盖套，楼上则是用浅玫瑰色的。

我窃笑着想，母亲一定不喜欢坐在这个盖上。

头又有点疼了，我想躺下来蜷曲在小小盥洗室的亚麻地毯上睡觉。

像小白虫一样蜷曲，那种你一不留神就会踩在脚底下的小白虫。

“宝贝，不要睡。你不能睡，宝贝，你的毒性还没有过去。最好别这样，不，不要——”维亚拉轻轻地晃着我的肩膀要我保持清醒。我无力的手指摸索着搭上她的手，用尽吃奶的力气紧紧抓住她，我这么大力使她吃了一惊。我不记得过去什么时候用过这么大力去攥一个大人的手。“好了，宝贝，我抓住你了。你没事了。你会没事的。”

我听到亚伦在背后说话，声音如此之近，我几乎忘了他就在我后面：“是不是能带她回家了？她是不是够清醒了？”维亚拉说：“真讨厌，亚伦，你带她来的时候就要想到这些。”亚伦说：“这里是我知道最近的地方。维，你也这样做过。”维亚拉又说：“如果你想到她还中毒未醒，你为什么不直接把她送到医院去？”亚伦说：“她呼吸正常，而且可以自己走路。”维亚拉说：“那你现在可以带她走了，赶快脱手。”亚伦说：“我不是害怕我还在可恶的在保释期吗？”维亚拉说：“你的保释期？那我的呢？亚伦，你浑蛋，你这孩子不用脑想事。”

亚伦挨了一顿骂，不吱声了。这是一个家庭中常有的事。姑妈的声音里虽然愤怒，但是一种亲昵的声音，是对侄儿的安抚和信任。我觉得真有趣，这两个陌生人在说我的时候好像他们与我有什么关系似的。如果，我药物过量，那就有关了。很奇怪，他们在谈论我的时候一直把我当小孩，还不用为自己的行为负责的小孩。维亚拉问我有没有受到伤害，我知道她委婉地用伤害代替了强奸。亚伦说他敢肯定没有，如果有，会有“迹象”的。“看来是她把自己弄湿了，可怜的孩子。”维亚拉一边说一边用湿毛巾擦我的衣服。亚伦板着脸孔笑着说：“我希望湿的不是血，我才不管她湿不湿呢。”

他们一齐笑起来，姑妈和侄儿一齐笑起来，克鲁拉家的人一齐笑起来了。维亚拉用湿毛巾拍我的脸，尖声呵斥道：“宝贝，我告诉你，别睡着了。”她对亚伦说：“如果她昏死在这里，就死在这地板上，你可恶的保释就会有好戏看了，聪明的狗屎先生。”亚伦说：“去你的，姑妈。她现在就快死了，她要死了。”

我像小孩子那样撇撇嘴松了一口气，我不会死的！

维亚拉看到我稳稳地坐在盖子上不会再摔倒，就出去了。我听到在另一个房间有人拨电话，亚伦的姑妈不会在拨紧急电话吧？

没有其他人了，只剩下亚伦和我，与以前的独处好像有点不一样。

我们彼此认识了，互相承认我们已经认识。

“你，你是‘克丽丝塔’——对吗？我放学后好像——见到过你。”

他指的是“你跟踪过我，想知道为什么？”

这根本不是一个问题，他自己知道答案。

我只能保持沉默，因为亚伦知道答案。

“你那狗屁哥哥——‘本’，他都知道要躲我。”

亚伦居然这样恶狠狠地说话，他眼眉上的丑陋鱼钩伤疤看上去像蜡一样苍白。

我哥本，我的“白种人”哥哥本与亚伦相比显得简直太稚嫩，本没有胡子，他的声音是那种脆脆的童声，而亚伦的下巴胡子拉碴，他的声音低沉带着嘲讽，他的大手和我哥的手相比更像我父亲的。他们之间结仇会使本吃大亏，我想对他说，本可从来没有伤过你哟！

亚伦站在门道上冷冷地望着我。在小小盥洗室的空气里，我闻到了亚伦呼吸中那股苦苦的啤酒味儿。他已经脱掉夹克，换上了一件绣着冒牌震撼黑河乐队丁香花标识的黑色 T 恤。他的肩膀很宽，双臂上肌肉毕现，前臂布满了可笑的神秘刺青，黝黑的皮肤闪现出紫色的磷光。

我认为他的刺青是新近刺上去的。原因很简单，他被学校开除了。

据说，他的父亲德尔莱也有刺青。我母亲的亲戚们提起此人都会用厌恶愤慨的口气。他们认为佐伊的丈夫不仅仅是混血儿那么简单，他是一个疯狂的魔鬼、杀人犯。

许多斯巴塔人公开说，至少是那些同情我父亲的人（其中有一个终身监禁在阿提卡的罪犯和摩托车手）说，像德尔莱那样病态的堕落男人用铁锤敲击她的老婆，把她掐死一点也不奇怪。

亚伦好像知道我有这种想法，他突然残酷地说：“克丽丝塔，你知道，你很臭。克丽丝塔，你满身都是呕吐的臭味。你最好闭嘴。”

亚伦的声音里充满恨意！他的脸突然变了，变得像毒蛇的三角脸。

过了一会儿，亚伦在我背后凑过来，把我压到硬硬的洗手盆边上，他从窗台上拿过一只粉红色的塑料杯（应该是他姑妈的杯子，里面装着她的牙刷，杯口上还有牙膏的残迹），在水龙头接了一杯冷水。当亚伦把杯子塞到我嘴边的时候，我并没有恶心地把头扭开，只是像一个充满渴望的孩子自愿接受突如其来的惩罚。我乖乖地用杯子里的水漱了口，然后把水倒进盆里。

我的口在流血，血混着唾沫和不冷不热的水。

我闭上眼睛，把头斜靠在水盆上，很想倒在肮脏的亚麻地毯上睡过去。亚伦又摇着我说："浑蛋，不要睡。"

我的嘴唇微微在动，声音弱得让浑身是味的男孩听不到。我想说，就让我睡一会儿，我会自己回家的。

"克丽丝塔，睁开你的眼睛，睁开。"

我就睡在你怀里吧，然后自己回家。

亚伦压低声音不让他姑妈听到："你爸老是纠缠我妈，是吗？那个叫'迪尔尼'的，我看到过他俩在一起，好多次了。是'爱迪－迪尔尼'，无论如何，我认定就是他。"

由于紧张，亚伦说话不太连贯，可是我能完全听明白他的话。

"你也想给我找麻烦是不是？你为什么要跟踪我？看着我说！'我就在这里了，跟我来，来呀。'"

亚伦紧紧地压着我，像笨拙的摔角手紧紧地抱住我。我已经感觉到他沉重的上身，他的大腿，他的身体内部有如剧烈震动的引擎，发出强烈的性欲热波。虽然我只看到过我哥本小时候的裸体，但我了解男孩子的身体，知道男孩子们的身体。我知道那是亚伦的阴茎压着我的屁股，压得紧紧的。他急促地喘气，有力的大手环扣在我的喉咙上说："他就是这样做的？像我现在这样？这样？"我无力地挣扎，不能把他甩开。他的大手指紧紧地扣住我的脖子，大男孩的身体压着我哼哼叫唤。他的身体在我背后压着，压着我的屁股，我的骨盆，把我尖尖的小骨盆叉骨压在水盆的瓷边上。哦！哦！哦！我一动也不敢动。假如我继续挣扎，亚伦可能会把我的喉咙扣得更紧。我的本能告诉我该放弃反抗，该去安抚一下恨我、伤我的人。我知道，如果我不反抗，他就会可怜我，我必须让他爱我，这样他才不会伤害我。

这是我这一生在如此近距离了解到的事理，这一切要归于主。

因为主只有在这种时候才对我们说话，一切皆由本能。

或许我就要死去，或许这些就是死的征兆。当你不能呼吸但呼吸的愿望又如此强烈，你就会出现呼吸的幻觉，你会开始幻想，只要你保持静止不动，只要你不去反抗攻击者，事情一定会好转的。你一定不能让攻击者感到你在反抗，否则他就会变本加厉。由于大脑缺氧，或者由于扣在我喉咙上的手扣得更紧，我开始感到晕眩。亚伦不是我哥，他想的就是伤害我，从伤害中获得快感。我无法反抗，反抗只能激起更进一步的怒火。这是一种性冲动，一旦激起就不能停止。

我对性知识知道得很少，但我知道，冲动一旦开始，它就犹如溪水流入急速的小支流，聚集成大水流，加速冲下山坡，变成洪水，引起感情爆发。

交媾是一种小小的死亡体验，是一种沉溺。你害怕交媾，但你又盼望交媾。这个时刻，你无可选择，只能冲向它，犹如一个人冲向悬崖，掉进深渊直至沉溺。

“他就是这么做的，呃？像这样——？”

我明白他指的是我父亲，指我父亲把手环绕在佐伊的脖子上，掐她，玷污她。这就是亚伦所指的。

那个女人还在另一间房子打电话。这不能说她对侄儿带回来的未成年少女所做的事熟视无睹，因为她完全不知道里边所发生的事，因为我没有叫出声来。不过，即使我叫出声来，亚伦也会用手捂住我的嘴。如果我挣扎，他就会伤害我，他现在正在亢奋之中。

时间很短，大概就过了两分钟吧！透过斑驳的镜子，我能看到在另一个房间的维亚拉姑妈背对着着我们一直在打电话．维亚拉姑妈已经完全忘了离她 15 码的盥洗室里还有我们的存在。

亚伦的喉咙里发出压抑的叫声，喘息停止了，他闹腾的身体僵住了，冲动过去了。

“天哪……”

错乱中，他在把我推开。他已经兴奋过了，用完我了，然后把我像穿过的一件脏衣服那样推开。

他喘过气来后对我说：“嘿，姑娘，你还好好的，没有人伤过你。看着我。“

我不敢看他。他的手指戳着我的脸，好像要掀开我脸上的面具。

我头脑发晕，不能清楚地想事。他抓过的肩膀、背部，还有我身体的大部分都在发痛。

我试图恢复呼吸，试图正常地呼吸，吸收空气。我喉咙上的脉搏在突突跳动。

“妈的，我说过没有人伤过你。大胆呼吸呀。”

我一边呼吸一边说，我在呼吸呀。

我摇摇晃晃地站了起来。我没有抽泣，也没有因为痛而退缩。我想在这个因为愤怒而满脸通红，因为愤怒而眼睛冷峻如霜的男孩子面前证明我在呼吸，在正常地呼吸。

没有人伤过我，没有。

不是邓肯一梅兹，不是亚伦一克鲁拉。如果我的身体因他们的粗手所伤，如果我的喉咙因他们坚硬的手指掐红，在第二天早上留下血瘀，我会穿上高领毛衣掩饰，没有人会看到，没有人会知道。假如母亲发现明显的血瘀，假如母亲要我脱下衣服查验攻击者，留在我手臂上、大腿部和肋骨上的伤痕，假如母亲因此尖叫，我会像杰奇一德鲁卡告诉警方那样告诉母亲，我没有看见那个人，没有看见是谁伤我，不知道他的名字。

他送我回家了。那天晚上，亚伦一克鲁拉竟敢把我送到呼隆派克路的家门口。

路上，我们很少说话。已经很晚，几乎到了午夜时分。临行前，亚伦的姑妈给我冲了一杯速溶咖啡。她冷冷地说，喝点咖啡可以帮助提神。你打算怎样对你妈说这件事？你可以说任何人，但不要提到亚伦，也不要提到我。

我答应她，我不会说的。

我喝第一口的时候，觉得这浓热的黑咖啡有点呛，但是我还是把这个女人给我的咖啡统统喝光了。

随后，我用这女人的杯子盛水把口里的呕吐残渣漱干净。

在死的边沿，你只能选择顺从。你要学会高兴、强忍痛、愉快地顺从，不要想别的。

你没有死，这是好事，又活回来了。姑娘，他们曾经把你的身体扔下，扔在火车车皮上，就在河堤下面的车皮上。是亚伦救了你的命，你不要再给他找麻烦了。姑娘，听到我说的话了吗？

我听到了，我感谢她。看着她的脸，看着他的脸．我知道他们多么希望我尽快消失，就当这个晚上什么也没有发生过。

亚伦送我回家，他不需要问我住在哪里。所有克鲁拉家的人都知道爱迪一迪尔尼住在哪里。

亚伦一克鲁拉一定知道。就像我骑自行车经过奎利路亚伦家和他父亲的汽车修理铺一样，说不定亚伦也曾经骑车路过呼隆派克路我的家。

一路上，我们都保持沉默。现在我算是清醒了。我记起来了，维亚拉姑妈粗糙的手拿着一条粗糙的毛巾帮我擦脸，让我感觉到皮肤像给砂纸打磨一样，我最后一粒呕吐物残渣也是她给挑干净的。我要问的任何一个问题都显得很愚蠢，就像在卡通片里坐在飘动的气球上说的话一样愚蠢。

我问过亚伦那是什么东西——“那移……移动的东西是什么？”问他的时候，我突然紧张起来。我努力克服眼疼，集中精神盯着在亚伦的黄色车头灯照射下的道路。道路从我眼角迅速往后退。路的左边有一道闪光的液状物体，如融化的铅块，如水银一般闪闪发光，在阴影下我不能完全看清，也不能分辨出来。亚伦说那是一条河。

“河……河流?”

“是河，你就住在河边。”

我盯着这道隐约流动像是融化中的物体。虽然我一直住在河边的呼隆派克路，但我好像从来没有见过这种景象。

亚伦可能看到了我害怕的神情，转过头去不忍心看到这种情景。

过了一会儿，他问我：“你没事的，睡一会儿就好了。你没事的，你现在的感觉不会很久。”

我想是的。我会听他的。在我家车道尽头，亚伦把车停了下来。他小心谨慎地打量着车道的距离，皱着眉头有点迟疑了：“你能走过去吗?我就不过去了。”

我激动地回答他，我能。

“如果我开过去，我要花很长时间掉头，你妈会看见我是谁。”

我告诉他我自己能走。我告诉他我会找到很好的理由来搪塞我母亲，让她相信我这么晚才回家的原因是什么，为什么没有事先打电话给她。我不会告诉她我去过哪里，和谁在一起。

23

亲爱的亚伦：

感谢你救了我的命。

克丽丝塔一迪尔尼

1985，4，17

但事情不是这样的，真的不是。这有点夸张。

我不相信邓肯一梅兹会杀我。我逐渐意识到，最有可能的是，而且更加合理的理解是，邓肯和我开玩笑，他是有意想伤我，也许想强奸我，但我不认为他会杀我，我也不认为我吸食的大麻会置我于死地。

邓肯曾经把我扔到车反上，但我还是离开了。如果我在深夜还没有回到家，母亲至少会打电话报警。无论我处于什么状态，昏迷，神志不清，呻吟，低语或者在早晨哭着求救，铁路工人也会发现我的。

在接下来的几天里，我越想越觉得事情的发展还会更好一些。那些女孩子中，如米拉，如伯纳迪迪，可能会觉得对不起我，担心我，那天晚上她们会打电话给 911，会匿名报告说在货车站里发现一个女孩子，她似乎嗑药过量，可能是给人打了。这样，警察和救护车就会去找我。

我敢肯定，他们会找到我，我不会死的。

邓肯和她的朋友们不会让我死的。

亲爱的亚伦：

谢谢。

你的朋友：克丽丝塔－迪尔尼

1985，4，17

但是，这封信不能寄出去。如此简洁明了，听起来自己都觉得愚蠢，浑身不舒服。这不是我想表达的意思。

如同在寂静的环境中敲响让人听到的钟声，在寂静之外就只有嘈杂的声音。这就是为什么我要对亚伦－克鲁拉诉说的缘由，如同刀劈硬石，用最直截了当的语言表达。

但是我无法写出来，我没有那种能力，从一个女学生的手里写出来不适当。

我把这些小纸条撕碎后扔了。我能想象亚伦收到信后撕开信封的情景，他会拧着眉毛打开作业本上撕下一页纸写的信。这会是亚伦生平收到的第一封“信”。这封信会让他尴尬，脸红耳赤。

如果那天是他父亲把信带给他，德尔莱会取笑他的。

有女孩子写信给你了？他娘的是……？

亲爱的亚伦：

我想，当我还是个小姑娘的时候，我爱你的妈妈。你不要恨我。“佐伊”是一个我爱的名字，“佐伊”对我来说是一首音乐，就像“佐伊”在乐台上唱的歌，让你微笑，让你哭，但笑的时候多一些。当你妈妈在哈尼斯通牛奶店工作的时候，每一次她都叫我克丽丝。我就是一个像爱我妈妈一样爱别人妈妈的女孩子，一个把别人的妈妈当做自己妈妈的小女孩，即使她不一定清楚地知道这小女孩是谁。但是，我爱你。

克丽丝塔—迪尔尼

1985，5，23

太荒谬了，令人害羞。

假如亚伦收到这封信，他一定会把它撕烂。亚伦会像闻到一股臭味一样把糙皮大脸拧成一团。

亲爱的亚伦：

我必须再试一次，可我不知道说什么好。我永远不会忘记你对我的友善。那天晚上，你和你的姑妈悉心照顾我。那天晚上，你对我做的事，我指的是性接触的事，我想，你害羞了，所以 我现在唯一做的事是想你——亚伦。想着你那天晚上捏着我的手按在我的喉咙上，差点让我喘不过气来，眼睛直冒金星。性欲是那样的强烈，性欲是那么的甜蜜。你说，这就是他掐我妈的脖子时所做的。可是，亚伦，你认为我父亲是那个掐死你妈妈的人，我说事情不是那样的。亚伦，你错了，我知道事情不是那样的。

克丽丝塔

1985，6，12

这一封和其他信我都会撕成碎片。诚然，我从来也没有寄过任何一封信给亚伦－克鲁拉，即使是在我感情最脆弱和失恋的时候也没有。可是一直到今天我都记得他家的邮寄地址：奎利路 1138 号。

自从那一天起，我再没有骑车经过克鲁拉汽车维修铺，也再没有在奎利路骑过车。

1985 年 4 月那个晚上以后 17 年间，我再也没有和亚伦－克鲁拉说过话。

24

篮球场上人声鼎沸，咆哮、奉承，我宛如锋利的刀面切入。有人喊道："嘿，宝贝，你的手热得发烫！"

到处是震耳欲聋的口哨声，嘲笑的嘘嘘声。我像蛇一般扭动，双手从一个凶悍的大个女生手中抢过球，紧紧地抓在手里。这个女生来自塞内加印第安保留地，名叫艾琳妮－格里格斯，她恶狠狠地盯着我，用肘顶在我的肘上把我撞倒在地——砰！裁判的哨音响了。双方队员好像看一出滑稽剧，都在笑我。是谁把克丽丝塔－迪尔尼撂倒的？在这场比赛中，我三四次从对方控卫臂下钻过，冲出去拿球，带球迅速瞄准篮筐，这是我的拿手好戏。我有机会投篮，我要抢在大个女生如琪琪、多罗丝或羊角辫子艾琳妮－格里格斯前面，在她们把我撞倒在地之前，在离篮筐最远的地方投射得分。

裁判是我们的教练，我们都叫她利特索斯老师。那些年长的女生和她关系特棒，直接叫她玛丽莲。

"克丽丝塔，你受伤了。你总是不顾左右。"

利特索斯老师总爱护着我，但她不赞成我这样拼命。我为什么不去和十年级的同级同学打球，而一定要和这些大龄女生打呢？在她们当中我年龄最小，也最矮，老是被犯规。我最难受的是被撞倒后爬起来，满脸通红，一脸尴尬。我虽然老是滑倒，可我总希望能迅速回到场内。

爹地说过，我需要更具攻击性。他说我不够狠，不能把握更多机会。

克丽丝，你如果不想受伤，就要全神贯注。

我笑啦，我获得了两次罚球机会。我用斯巴塔中学专有的T恤擦擦滚烫的脸，站在罚球线上。第一次罚丢了，但第二次球进了，队友们都为我喝彩："克丽丝，你的手热得发烫。"

尽管有人取笑，我要她们看看，我怕的不是受伤，怕的是不全神贯注。

自从爹地来看我打球，骂我不够狠，自从爹地发现我的弱点，要我调整战术，我在打球的时候就一味向前冲，努力向前冲。如果我不够快，如果我不能善用技巧，每一次都会被撞得肚皮发疼，都会因为不顾一切发生危险。在我的想象中，爹地和一帮来欣赏女朋友打球的大男生站在体育馆门前。这些人都喜欢斜靠在门上而不是坐在光亮的看台上看球。爹地说过，他这一周会来斯巴塔，会住在天天客栈。他会不期而至，突然出现在体育馆，会看到我比以前攻击性更强的。我在用全力或者几乎用尽全力稳住自己，去对付那些大骨架女生，给她留下难以磨灭的印象。

对方后卫把球误传给我，我差点没抓稳。不！抓住它了！我转身斜插过去，带着球迅速跑向前场，我的速度让对方控卫呆若木鸡，她没有看住我，让我一直往前冲地到篮下，跳起来灌篮。

哨声，喝彩声，克丽丝－迪尔尼太棒了，只有专注防我的羊角辫子艾琳妮对着我吐口水，在我背后暗中用肘顶我，使我在5分钟内两次摔得趴在地上。利特索斯老师又吹响了哨子。这一次她愤怒了，她站到我跟前问："克丽丝塔，你还行吗?"我告诉她我没事。虽然头发涨，双耳嗡嗡作响，但我站起来了。一群女生围过来注视着我。很长时间里，我都不敢肯定自己是不是没事，因为我的右脑直接撞在硬木地板上，右脚踝疼得像给老虎钳夹住一样，被艾琳妮用肘狠戳的脊背疼得伸不直。我的天，我的眼眉裂开了，鲜血直滴在地板上。

利特索斯老师说："走吧，克丽丝，我们扶你去卫生所。"我拒绝了，我想继续打，还欠我两个罚球呢，我一定要把球罚进。恍惚中，我觉得体育馆的墙斜了，高高的天花板上耀眼的白炽灯在抖动。恍惚中，爹地在看着我，为他的克丽丝骄傲，他女儿不是一个轻言放弃的人。眼泪从我的眼里哗哗流出，爹地来带我走，我太孤独了。

这是我最后一次和那些女生打篮球，也是我最后一次在斯巴塔中学打篮球。

我打电话给天天客栈前台，要求与一个叫"爱德华－迪尔尼"的客人通话。前台的女职员告诉我登记本上没有这样的名字。

我说不对，那个人是我的父亲，他说过会住在那里的。

前台的女职员又看了一遍登记本（或者假装在看），然后回答我说："没有，没有一个叫'爱德华－迪尔尼'的人在我这里登记入宿。"

"可能用另一个名字吧？他可能用另一个名字登记。"

"小姐，我爱莫能助。"

"我得和他通话，很急。他的……"

我父亲，他是我父亲。

帮我找到父亲。

我懊恼地挂上电话。父亲答应过我他会在斯巴塔住几天的。今天是星期四，我们之间有过约定，我不相信父亲会不跟我打招呼就离开斯巴塔。

我解释不清楚为什么如此绝望。到目前为止，他脱离我们的生活已经几年了。我太想他了。有谁能帮我找到爹地？

我想告诉爹地，我撞倒在篮球场的地板上，眼眉划破了，右脸留下了一道血痕。诚然，有人会帮我缝线，诚然，这疤痕也不会像亚伦脸上难看的鱼钩疤那样。疼痛的右脚踝使我踮着脚走路，显得有点拐。更可怕的是，我在楼梯上绊倒了。这是父亲造成的，他要对此负责任。

然而，当母亲注意到我的伤情询问我的时候，我只告诉她是打篮球弄的。

她说："篮球？我就说过这样粗野的运动不适合女孩子玩。"

"只要你拼命，任何运动都是粗野的。"

我耸耸肩回答她，这是父亲惯有的说法。

母亲听到我用父亲的口气说话，狠力吸了一口气，想对我开骂，但忍住了。她说，她在准备一项声明："克丽丝塔，如果那个男人还想见你，如果他出现在禁止出现的地方，你不要跟他走。克丽丝塔，不要跟他走。"我一句话也不说，但也不敢接触母亲的眼睛。

她对我说，她已经打电话给学校，给校长和副校长，还给她中学时代的朋友也就是我的监护老师打了电话。她说："我已经提醒过他们，也提出了警告。他们了解法院禁令，如果我女儿在学校范围内遭到她父亲非法绑架，他们要负法律责任。"

会这样吗？我不敢肯定是不是正确理解了她的话，勉强地笑了笑。

"就是这样！他们要负法律责任，他会给逮起来，你听明白吗？"

我什么也没说。

母亲的皮肤上像是起了一层白霜，眼睛下细细的褶痕恰似眼泪形成的小沟。

是啊，他伤害了你，背叛了你。我知道你很受伤，但我不在意，我是父亲的女儿。

"克丽丝塔，你在听吗？"

"在听。"

母亲有个习惯，只要是害怕或者在威胁人的时候，总会像岔了气似的断断续续地说话。她总想用她那双比我自己的手还熟悉的手掐我。她总是用手指捏我，戳我，抱我，就像我小时候一样。但是，她现在不这样了。

我还太小，不能理解作为一个母亲的心情，爱是要接触的，作为一个母亲，她应该有这种权利。否则，她会感到失落，感到不知所措。

“……克丽丝塔，要知道我信任你。由于你父亲，我们这个家庭经受了太多的事了。你必须明白，你父亲是……不是……一个情绪稳定的人。当然，在某些人眼里……他‘很吸引人’，但他太伤人了，而且……”

她的嘴在动，说出来的话像小虫和蚊子那样听不清楚。她不停地绞着双手，使我感到恐惧。我开始在无意识地模仿，像在拧干衣服那样拍手，绞手。我不能对她产生同情心。为此，我拼命去想她别的夜晚对我说过的那些使我生气的话，克丽丝塔，别让我讨厌你！欺骗人会使你变成像你父亲一样的背叛者……

“……你会不会？答应我……”

“好，妈，我答应你。”

“知道吗，事情已经结束。无论他怎么对你说，无论他求你做什么，都不要答应他。事情已经结束，不会有更多的事了。”

我必须警告他，告诉他不要靠近学校范围之内的地方，但我没有办法联系到他。

我在等待，星期四过去了，星期五也过去了，他还是没有出现。我又有了新的担心，可能他已经离开斯巴塔，可能他已经不辞而别。

这个周末，我在精神恍惚中度过。我知道父亲永远不会踏进被她赶出去的屋子，因为他知道母亲会打电话报警，把他逮走。爹地为了制止她，就有可能会伤她，但他还没有绝情到这种地步。

本说：“你看到他了？他究竟想怎样？”

我说没有见到他。

“你撒谎，我听到妈和你说的话了。他到底想要干什么？想回来？去他的。”

我一句话都不说。我想，星期一是最关键的一天，他会来学校找我，这是除家之外能找到我最符合逻辑的地方。

星期一没有篮球练习，放学后同学们冒着寒风冲出校门去乘车。门外，许多校车喷着尾气开走了。我没有理由在这个时候留在后门徘徊，让校车喷着尾气在刺骨寒风中等候是一件不道德的事。我在孤零零地等待。人们挤拥着从我身边跑过，没有人留意我，没有人在不耐烦或好奇地看我。我属于这里，和这些陌生人毫无瓜葛，我甚至把本也看成陌生人，我信不过他。我在想爹地，爹地也在想我。我迫切地想见到他，向他承诺，爹地，我会不顾一切，我不会放弃！

那辆本来要送我回家的校车载着别的同学开走了。我傻傻地留在那里等着，在学校后门不安、焦急地等着，很想找个空课室做作业。我站在门边，一头靠在门框上。一小时之后，末班车来了，我要和剩下的人一起坐车回家了。

第二天，在熙熙攘攘如蜜蜂嗡嗡的蜂巢一般的走廊上，我昏昏如做梦一般走着，尽量避开人群，总有一些男生故意往女生身上靠，尤其喜欢去碰那些落单的女生，如形单影只的克丽丝塔一迪尔尼。我得躲过他们，假装没有看到他们。我甚至躲开一直喜欢我的老师，这些老师看到我忧郁的样子会同情地对我微笑，他们一定会联想起我的父亲。

他们会说，可怜的克丽丝塔，她父亲关在阿提卡。是吧……

我一直在想，本怎么能忍受这些非议，如果本知道他们在说什么，本的愤怒一定十倍于我。

我像其他吸毒的女孩一样躲在一楼的女洗手间里。我没有去上我最喜欢的英语课。可以想象，老师会扫一眼我的空课桌说，今天克丽丝塔为什么旷课？克丽丝塔没有过旷课的记录呀。我无法忍受在学校给别人看见我脸上的一道道疤痕，只得在不同的洗手间里躲来躲去。我恨那些冷血的心，恨那些心怀鬼胎的原始冲动。当我躺在床上的时候，我总忍不住把双手搁在喉咙上，轻柔地、缓缓地，然后逐渐加重，像亚伦－克鲁拉那样把双手绕在脖子上。我熟练地揉擦，直到脉搏加快，直到在微弱的灯光下视力模糊，直到血流加速，直到肿胀的动脉扑扑直跳。每个人的身体都有自己的活力，这是思维所不能控制的。这就是他所做的？像现在这样的感觉？我闻到了亚伦－克鲁拉的体味，炽热的欲望。我因为渴望感到晕眩。

自从那天晚上以后，已经一年多了，我再没有见过亚伦！我只能理解为，这是亚伦对作为爱迪－迪尔尼女儿的惩罚，对他再不想见到的人的惩罚。

我不能不相信，只有爹地还在爱着我，还会来找我。爹地对我的爱不像亚伦，爹地的爱是纯粹的，他只想保护我。我敢肯定，爹地不会把我丢在斯巴塔不管。

我努力回忆，爹地是不是真的答应过，这次来斯巴塔的时候会再来看我？我应该听到他说过，他一定说过！他会不会用手指按在我喉咙上，渐渐掐紧。亚伦认为是爹地掐死了他母亲，可我知道亚伦想错了。

那些日子，我一直在等着父亲归来。

等他来带我走，来保护我，来爱我。

过后，我才了解到，在这些日子里，爱德华－迪尔尼从天天客栈的房间里给同一个号码打了无数次电话，要求和斯巴塔警方的马提诺和布里西亚探员以及警察局长斯纳吉尔通话，他还要求和赫金玛郡一个名叫德卡的地区检察官通话，要求和《斯巴塔日报》的总编辑以及与他的“案件”无关的几个郡法官通话……我父亲一直在要求斯巴塔警方公开佐伊－克鲁拉谋杀案中所有“保密性”、“机密性”的相关文件以及有关事宜的文件。在电话无望之后，他又想到办公室找这些人分别对话，但都遭到拒绝。他第二天又试了一次，还是被拒绝，爱德华－迪尔尼作为一个目击证人投诉无门。在处于“极度精神崩溃”的状态下，他星期五上午来到斯巴塔日报社，要求和报纸编辑对话，这实际上已经不是一个新的要求了。父亲一直要求报纸重新审视并且撤销自 1983 年 2 月以来刊登在报纸头版以及其他版面有关爱德华－迪尔尼作为佐伊－克鲁拉谋杀案“首要嫌犯”的许多文章。现在，他又有了一个新的想法，要求报纸对他进行一次作为“无辜者”的采访，因为他曾经受到过警方逮捕的指控，但警方从来没有逮捕他，没有正式起诉他，也没有为他洗脱嫌疑。他的生活，作为一个丈夫、父亲和公民的生活已经被摧毁。他失去了家庭，失去了工作，也失去了房产。这就是公正吗？为什么正义要抛弃他？他是不是要成为一个百万富翁去高价聘请律师才能洗清罪名？官方是不是存在暗箱操作？是不是探员、警察局长和地方检察官在包庇什么人？是不是收受了贿赂？会不会有一个警察受贿的网络存在？赫金玛郡的办案官员是不是也涉及其中？斯巴塔日报社会不会也涉及其中？

由于反复的要求都得不到回应，父亲只好驱车来到斯巴塔电视台 WWSP 电视栏目要求获得一个“直播”时间，一个怕得发抖的办公室人员把他轰了出去。之后，他又驱车来到斯巴塔市中心的一个律师事务所。他从电话黄页上找到一个叫谢尔的律师，坚持要和他对话，希望他有兴趣接受他的委托，以“诽谤”和“污蔑”，“诽谤性质”和“失去工作”对斯巴塔警方、地方检察官、斯巴塔日报社以及纽约州其他凡是诽谤过他的报纸提起诉讼。但是，他的激动和好斗行为缺乏金钱的支持，对谢尔没有吸引力，谢尔拒绝接受他的委托。

爱德华－迪尔尼甚至提出“视情况而定”的条件，愿意签订一个诉讼协议，如果官司打赢了，他愿意把给他带来的超过百分之九十的赔偿(他估计可能会在“百万美元”以上）悉数给谢尔。但是，谢尔还是婉言谢绝。

谢尔也不会向他推荐其他律师。

事后，谢尔说："我的天，这个可怜的浑蛋！就像掉进水里的老鼠那样看着我。看来他在溺死之前都不打算停手。"

爱德华－迪尔尼就这样不停地见了一个又一个人，他似乎没有把这些人之间可能的秘密结盟联系起来。有些人假装同情，但对他的悲惨遭遇毫无同情之心。他们互相串通，互相取笑他。

这些人曾经指责他谋杀，要他认罪，对他根本没有犯过的罪行同声谴责。但是，这些人现在放弃了这种愚蠢的看法，没有一个人敢肯定，敢严肃地认定是他杀了佐伊－克鲁拉，也不能证明是德尔莱－克鲁拉杀了佐伊。所有这些都已经过去，被遗忘了。现在，这些人都在取笑爱德华－迪尔尼是个呆鸟，他在打一个"疯子的官司"，他是一个让人瞧不起的疯子。

就像是一群野兽，同伴受伤了，在垂死挣扎，其他野兽从它身边走开，把它逐出群体，让它孤零零地死去，直到这群野兽疯狂地扑向它，血淋淋地撕破它的喉咙。

这就是狂野的嚎叫，狂野的生命体，狼群的逻辑。

野兽的肌肤在流血，美丽的生命体在雪中腾跳，摇晃着躯干倒在地上。

星期四下午黄昏，爹地终于来到学校。我一直没有放弃等候。当我看到他开着紫铜色的凯迪斯威尔出现的时候，还是吃了一惊。这次是真的！真的是爹地！

那一整天他都在喝酒。现在是 4 点 40 分，他从上午开始就一直在喝酒，既喝威士忌，也喝啤酒。他已经连续几天没有睡觉，他下定决心了。

"克丽丝塔，我的心肝！快上车"

我飞快地扑向崭新的凯迪斯威尔，看到我的同学在注视我，妒忌我。

“她有父亲。他来接她了。好漂亮的古典车哟。”

爹地斜靠过来用力抱住我，我激动地笑，几乎喘不过气来。他身上一股威士忌味儿。我喜欢爹地的威士忌味儿，喜欢爹地胡子拉碴的脸颊。

“猫咪，我知道你会在这里的。对不起，我来晚了。我有事要做，现在做完了。我知道你是一个不会让我失望的人。”

我们离开了停车场。自从上一次看到他之后，父亲有了一些新的变化。他仍然穿着那件羊皮夹克，但衣服上沾满了灰尘，甚至有些破旧。他灰中带红的头发显得散乱，整个人好像刚从梦中醒来，还来不及梳头。他的双眼潮湿，充满血丝，但又炯炯有神。爱迪－迪尔尼极易发怒，但又和善。我在历史课中学过“废奴主义”领袖约翰－布朗的事迹。有人说他是一个“嗜血的疯子”，但他为了一生追求的原则不惜牺牲自己的生命，最后落得个处于绞刑，成为一个为在美国结束奴隶制度的烈士。我觉得课本上约翰－布朗的照片很像父亲。

“克丽丝塔，从现在起只有我俩。我需要我的姑娘和我在一起。

“可是你明白吗？如果跟了我，你就不能回到她身边，你就不能回到他们任何一个人身边，只和我在一起。”

我想都不想就幸福地说，明白！

“她永远也要不回你了。你母亲永远也见不到你了。”

我说我知道。爹地，这也是我想要的。

在天天客栈，他给我看了他的枪。

他从一件棉 T 恤中平静地取出包裹着的一个帆布袋，说袋里有一把枪。沾满尘灰的帆布袋上绣着神秘的徽章和饰品，可能是原本属于某一个人的。他把布袋小心地放在床上拉开，像顽童一般用牙齿咬开拉链，冷峻的脸上半是羞涩，半是得意。

一把枪，一把手枪！我曾经近距离看过很多次来福枪，22 口径的来福枪和儿童的玩具枪（本就有一把，是父亲在他 12 岁时买给他的）。我爷爷也有一把短枪，年轻时用来打野鸡，本和我都被警告不要碰它。

我只在电影和电视里见过左轮手枪。

枪口很短，很丑，闪着暗光，父亲颤抖的手刚好能把它握住。

父亲用双手把枪握紧，像电视上的警察一样通过抽屉上的镜子欣赏自己拧着双眉沿着枪管瞄准的姿势。

“我的心肝，这是我们的秘密，知道吗？”

一开始，我惊奇得反应不过来，傻笑起来。当我站在篮球场上开始迷糊的时候常常这样傻笑，特别是有意无意地飞过来的球撞在我这个小女生惹人嘲笑的高加索脸上时，特别是鼻子流血时我就是这样傻笑的。

“克丽丝塔，宝贝，你不要这么紧张。枪是我一个朋友借给我防身用的，用来防卫武装敌人的。明白吗？宝贝。”

爹地给我讲这把枪的用法。我不耐烦，我抗拒，不想听他的话。他向我展示枪的用法，而我在想，枪的保险锁上了吗？——“如果不是被迫无奈，如自我防卫，保护我的家庭和保护你的时候，我永远不会‘使用致命武器’。例如，如果他们破门而入，想把你从我身边抢走。”

我困惑，我无法理解爹地的话。

“破门而入？在这里？”

“假如他们跟踪我们，就会知道爱德华－迪尔尼在这间房子里。”

虽然我的心在皮包骨的牢笼里怦怦直跳，但父亲的话对我毫无作用，我只在回忆佐伊用撩人的低喉唱出来的歌词，天堂的小鸟，天堂的小鸟在我面前。这歌声透过我的心扉引诱我，我的心变成了一只小鸟，无拘无束地张开翅膀准备飞离。

爹地握着枪把房间关紧，锁上，把门链也小心翼翼地插上，敏捷地把窗上的板帘拉上。这扇窗户能够透视白天几乎没有车辆停靠的沥青停车场。

父亲还想把布帘拉上，但是拉环给他弄断了。

“宝贝，我只是为了防备万一。如果他们没有跟踪我或者你，没有人会知道我在这房子里和你在一起。你母亲恨我，要他们把我推上法庭，克鲁拉家有人仍然责怪我而不去责怪德尔莱，他们都知道是这个人……愿上帝把这些病态的负罪灵魂打进地狱。”

我的嘴干得冒火，连口水都无法吞下。爹地的话很有哲理感，他认定我会认同他的。

我很想说，爹地你为什么会有一把枪？爹地，请你把枪拿开！但我把话吞住了。就像是不理会幼儿颠三倒四的儿语一样，爹地不会理我的话，一点也不会理会我。

我感觉有点头晕，很想立刻坐下来，但我不敢坐在床上，床上摆放着爹地所有的家当。他把绣着私人标识的帆布袋打开放在床上了。床上还放着一个牛皮纸袋，露出一个发亮的长颈瓶子，是威士忌？还摆着一个积满灰尘的纸箱，里面装着文件夹。我也不敢在电视柜附近唯一的椅子上坐下来，因为椅子上堆满了爹地沾满尘土的衣服（一股汗味儿的内衣和拳手穿的短裤，可能是要送洗的)。

他身上的气味在整个房间弥漫，我今后很长时间都会记住这股味儿，这股盐味儿，这股汗味儿，这股腐朽的味儿，一个绝望男人的味儿。

爹地似乎能够读出我的心事，他嬉笑着说：“克丽丝塔，宝贝！给你的老爹笑一下，呃？像你刚上车时那样笑一下。看见了吗？这把枪是高质量的史密斯维森，38 口径。它只用来防身，不会伤到克丽丝。你只要知道我们在这里很安全就行。我用它来防止他们跟踪我们，防止他们破门而入。”

在来天天客栈的路上，父亲不时在瞄着仪表盘上方的后视镜和两侧的反射镜。那时我还以为是后面的车要挤过来，只见他猛然打了几次方向盘，唰的一声冲过交通灯即将由黄变成红的十字路口。现在我明白了，他是要确定没有人跟踪我们。

我们在房间安全了。

我们为什么要在这里，有什么东西会潜入这里？

“克丽丝塔，渴了吧？来一罐可乐？门口有台自动售货机，我去拿一罐给你，你就待在这里。”

我立刻回答道，不要，爹地，不用。

如果他打开门出去，就可能有危险。我脑子里像有一条不知所措的蠕虫一般使我心绪不宁。我想冲出门去呼救，如果这样，爹地就会从此不信任我，不再爱我。

“真不要？我自己想喝呢。你真的不想要点什么？”

父亲手中仍然握着左轮，但没有瞄准任何目标，还不到那个时候吧？严格地说，我不认为这是一把枪，一件武器，只是一件物品而已。

这家客栈是一座两层的拉毛水泥建筑，一眼就可以看出这座建筑物简陋破败。门前高悬的灯牌上写着天天客栈，有空房，这更显出它的简陋和破败。我们所在的房间在一楼尽头。我们的英语老师在给我们上英语课时讲过罗伯特－弗罗斯特的诗，他的诗使我惊奇，也有点害怕，说的是凡事天意使然。房间门外是一行常青的灌木篱笆，快枯萎了。在篱笆不远的地方堆着一堆臭味熏天的垃圾。房间本身就很压抑，床铺整理得很草率，草率得惹人生气，就像是父亲刚刚起床时那样乱糟糟的。床单随随便便用力对角盖在床上，充满汗臭的枕头也掉在地上了。在我家，母亲坚持每天整理床铺，本按母亲的训练每天一起床就整理床铺，就像要刷牙、洗脸和梳头一样。可是爹地不一样，在这里也不一样。

房间里到处摆着爹地的文件夹、法律文件、报纸。桌子旁边有一只四玫瑰牌的空酒瓶和喝了三分之二的 6 支装皮尔斯纳啤酒。在家的时候，地下室是爹地的领地，绝大多数空间都不许我们乱走乱动。被爹地叫做“工具凳”的长条桌子上摆满了数不清的木工工具和“电动”工具(其中一些总是井井有条地挂在钩子上)。爹地是一个严肃的人，虽然，他总是到处逗乐寻开心，和他的男性朋友们喝酒，但对待工作和对待他的工具却一丝不苟，从不马虎。

可是在这个房间里，在天天客栈可怕的房间里，一切犹如暴风扫过，爹地的东西到处飘散，整个房间充满无处散发的霉味儿。

后来我才了解到，几天以前，父亲是用“约翰－喀什”的名字登记入宿的。从前台职员模糊的证词中可以看出，她当时没有仔细查看父亲出示的身份证。他为什么要用“约翰－喀什”的名字登记呢？我很快就猜到了，这是“乔尼－卡西”的谐音。

想来都好笑，但这不是开心的笑。我要和爹地分享这个秘密，我不会告诉任何人的。

我也不会透露父亲在最后两个小时里对我说的任何一个字。在最后两个小时里，父亲对我讲述了他在美国陆军的经历，在潘德尔顿堡的新兵营的训练生活，在越南“毛骨悚然和恐怖”的5个月。他说，在越南的那段日子，最恐怖的是陷入黑乎乎软泥里的感觉，整个人就像从里到外被吞噬，就像炸弹在脚底下而不是在空气中爆炸。回忆往事，他只想笑。一切都那么简单，跌倒，失去知觉，绝望，就这么简单。他因此大彻大悟，死是一件多么容易的事。但他醒过来了，醒过来继续他的生活。他在医院的病床上痛得语无伦次地醒过来。在剩下的日子里，他得带着伤痛走路。这就是父亲的回忆，最艰难的一段记忆。他还对我说，退伍之后，他带着病腿，带着头疼，带着令人无法摆脱的耳鸣回到家乡。22岁那个夏天，他来到千岛从事建筑工作，目睹了“财富”的增长，财富的“真实的增长”。他和伙伴们为从纽约搬来的百万富翁们建造“乡间别墅”。港湾岛上的绝大多数物业都是夏日行宫，那可不是一般的小房间，最大的建筑有 15－22 套房间，有最好的厨房，最好的洗浴间和最好的壁炉以及各式各样的电器设备。建造行宫所用的建筑材料都是质量最好的木材（红木和雪松）。行宫外有 30 尺长的船坞，水面上停泊着许许多多游艇，所有的游艇都刷上炫目的白色，其中一些巨大的游艇非雇人操作不可。爹地从来没有见过那么大、那么高质量的帆船。水面上，高级快艇甚至连独木舟都一应俱全。独木舟！要花无数金钱建造的独木舟！爹地说，那个夏天他真是“大开眼界”。“这是一种他妈的什么生活呀？我到什么年纪才能过上这种生活呀？”爹地说，“我当兵之后，我以为自己明白了一些事理，看到有人被打破脑袋时会想到你自己掉在水里淹死那种感觉。但那都不是个事儿，那只是电影噱头，喜剧故事的噱头，那不是一个真实的世界。克丽丝，在真实的世界里，拥有财富的人也一并拥有你。这不是你在书上可以学到的，也不是在平日阳光下可以看到的。那时我只有 22 岁，屁事不懂，不明白这些是怎样得来的，在 40 尺长巨大的‘基督之手’游艇上，人们就像一只甲壳虫在甲板上蠕动。克丽丝，你明白我说的话吗？”他斜瞄了我一眼，接着喝了一口酒，又随便擦擦嘴，“你得明白，这种事对人的伤害是可怕的，就像轮毂顶在你屁股下一样，所有这一切都不属于你，无论你怎样努力，把你可怜的屁股都累没了，把你的每一滴血都榨干了，你也不会拥有这一切，明白吗？像我这样一个家伙，再拼命也不可能有这一天。我算是看透了，这是比死还要难受的事。正因为这样，你得活着。你可以放弃别的东西，但你得活着。那时候，我还只是个少不更事的青年，但我知道事情总有玩完的一天。我自己的父亲，父亲的父亲，还有在建筑行业的伙伴们都曾经‘收入颇丰’。我从来没有宏图大志。你母亲曾经要我和她的兄弟们一起‘投资’，说我可以自己来搞建筑生意。可是，她连第一件事要做什么都不知道就赶我去做。克丽丝，在生活中我可以帮助你获得一种知识，至少你可以了解一些事情，那些就是活生生的实例。”

爹地笑着停了一下，用床单轻柔地擦着左轮。他有点走神了。

“我曾经想过在某个夜晚回到千岛，在我建造过房子的每一个角落都点上一把火。我做过这样的梦，但醒来之后自己都觉得好笑。你可不要这样做哟。”

爹地重重地坐在床上，把床弄得嘎吱作响。他在流汗，把皮夹克脱下来随便扔在一边。我吃惊地看到，父亲穿的是一件廉价外套，连里子都没有，比我想象的要低档得多。爹地的脸上，焦灼和兴奋交织，油光和汗水相混，但他一点都没有意识到不舒服。他轻柔、苛刻地擦着枪，似乎能够把这无生命的丑陋玩意儿变出戏法来。我记得在爷爷农场里的时候，爷爷从来不准我们碰他的枪。爷爷现在老了，不再去狩猎了，开始反对狩猎但拒绝说明原因。这件事得从爷爷家里几年前的一次“枪击事故”说起。据说，本和我都不认识的一位堂兄因为这次事故死在爷爷农场的某个地方。所以，母亲警告我们不要向爷爷问起有关堂兄的事，也不要提田野狩猎。她警告我们不要接近爷爷农场后屋保管旧枪的柜子。现在，我也面对着枪，面对着父亲的枪。我要乞求母亲谅解，父亲是不会伤害我的，他爱我。我似乎看到母亲责备的表情，我要反抗，告诉她爹地不会伤害他自己，也不会伤害我，我和爹地在一起。

“嘿，克丽丝塔，你真的不要来一罐解渴吗?”爹地有点古怪地斜瞄着我，半醉中带着强迫的神情，“我们要在这房间待上一段时间呢。”

我木木地摇摇头说，不要。我不想听到父亲这话。

“克丽丝塔，今晚我们要决定一件事，你母亲和我之间的事。她现在仍然是我的‘妻子’，我还是她的‘丈夫’，这是不会改变的。因为涉及你，所以今晚你会在这里，也是因为，妈的，你知道你老爹爱你。”

爹地倒了一杯波旁威士忌喝下去。他坐下来很长时间了。他掂了掂手中的枪，一边沉思一边凝视着我。

我的喉咙干得冒烟，但我想说，爹地，我也爱你。

爹地眼里现出慈祥的神情，我想这就是爱的力量，但这种神情令人感到害怕，因为它表现得如此强烈。他说他有证据要拿给我看，拿给母亲看。他收集了多长时间了？几年？假如他可以选择，他要把他的案件公之于世。“克丽丝塔，你知道吗？是他们要把我逼上绝路的，我认为他们使我变成了一个更加完善的人，更加坚强的人，我的灵魂就像钢铁！”

乱糟糟的床上到处铺满了手写的纸张、笔记本，文件夹里塞满了剪报和信件的复印件，有手写的，也有用打字机打的（他的打字技术不敢恭维，处处是修改的痕迹）。爹地说，他把这些材料都寄到斯巴塔警察局去了，也寄到州警察局和联邦警察总部去了，当然，也寄给地方电视台、国家电视网、斯巴塔日报社，布法罗、奥尔伯尼的报纸以及纽约时报和时代周刊。

他说，他能找到所有法官的名字。他给赫金玛郡、纽约州和联邦法院的法官都写了诉状，给美国司法部长和在华盛顿特区的美利坚合众国最高法院每一位法官都写了诉状。

爹地看到我震惊和痛苦的表情之后，立即安慰我说：“嘿，宝贝，我肯定知道，大多数狗娘养的家伙不会去读普通民众——来自一个‘公民’的信件的。可是他们有秘书，对吧？一定会有人打开信件，有人去读信件，必须的。否则，如果信件里有‘威胁’怎么办？他们必须了解，他们也想知道。我给他们的所有信件里都没有威胁之词。克丽丝塔，相信爹地，我不是一个傻瓜，我甚至不会暗示威胁，我只阐明案件事实，以‘法律’和‘权利’赋予的方式写信，直陈事实，不含‘威胁’。我希望有人能做个记录，有人去关注。我想那……那有可能……”

他的声音开始颤抖。我扮了一个笑脸来安慰父亲，但笑得很勉强。我想认真听父亲说的每一句话，我认为最关键的话，他给我灌输的知识都有一个理由。我也用颤抖的声音对父亲说，你做了这么多事，收集了这么多证据，真是太好了。我希望能够帮上忙，我能够帮他。

“可怕而又讽刺的是，如果他们逮捕我呢？如果他们‘审判’我呢？会不会像有人说的，一个公民拥有‘受审’的权利，拥有‘洗清罪名’的权利？如果他们真这么做，他们首先得认定我‘无罪’。”在父亲急促的声音里，“讽刺”这个词听起来很奇怪，这个词在迪尔尼家里是不会说出口的，现在爹地却以声明的方式说出来。他停下来喝了一口酒，又习惯性地擦擦嘴。最近几年来，父亲变化很大。这个曾经在公众场合迷倒众多女性的男人不再是一个英姿勃勃的俏男子。他下巴粗黑的络腮胡子参差不齐。这个曾经像儿童冒险电影里的海盗一样欢快地吹胡子瞪眼睛吓唬我们的爹地，这个你喜欢看到的络腮胡子男人，这个你喜欢对着他眨眼睛，取笑他的爹地，不再英俊潇洒了。爹地接着说：“我愿意做第二次侦查测试，用‘测谎器’。他们说第一次测谎‘不具备准确性’，去他的，‘不具备准确性’是什么意思？是不能证明我在说谎，对吗？可是我的狗屁律师反对我再做第二次测试，说这不明智，我的血压升高导会致精神状态不佳。他认为如果什么地方出错的话，会导致‘自陷法网’的结果。我听了他的话，不再去做测试了。我陷入了迷茫，不知道前面的路该怎么走。但现在回想起来，我好像犯了个错误，也许是很多错误，但为时已晚。我本应该自费去一家私人机构做一次测谎，可我付不起费用，而且那些狗娘养的也不会认可，这种测谎结果不会为法院‘采信’。他们现在甚至不再向我问话，我指的是斯巴塔警方和检察官。去他的检察官，好像我已经消失。他们从来没有找到罪犯，他们从来就没有用正确的途径去找过，而德尔莱也有自己的烂运气对付法官。这些浑蛋家伙不知道该干什么，该死的是，他们认为这只是他们的工作而已。结果只能是你花光了钱，然后他们把你晾在一边，只剩下你自己孤零零一个狗屁不是。警察为什么从来不去抓德尔莱？他才是那个杀了她的人，佐伊总是说，‘如果我有什么事，那一定是德尔莱干的。’事情就像是注定要发生的那样无可避免。当你兴奋的时候——佐伊总是那么兴奋——你不会意识到你要摔倒，这是佐伊的错，佐伊犯的错误之一。她以为自己知道要发生什么事，可她从来不会真的相信事情会发生。其实我们也一样。”爹地起来擦了擦下巴。突然，他像有什么东西插进脑袋一般冒出一个想法。他说：“德尔莱也许不是那个作案的人。我想起来了。还有另外一些人去探访过佐伊，那些给佐伊钱的男人。我得和可怜的浑蛋德尔莱谈谈了，就我和他两个人，以前我们从来没有坐下来好好谈过。德尔莱可能会告诉我那天晚上发生的事。你认为呢?”

爹地笑了。他说话不连贯，像一个酒醉的滑雪者冲下陡坡一样，思维跳跃性很大。他开始不耐烦地把文件收拢进文件夹，手颤抖着，有些发黄的剪报掉在地上。我弯下腰捡起来，把它们整整齐齐地送到爹地发抖的手里。

爹地的指关节满是皱褶，有些瘀伤，可能是碰过什么东西，碰过什么人。

“宝贝，谢谢。你是个好孩子。我太累了。”

他颤抖的手握着枪，一把沉重丑陋、光泽暗淡的枪。枪从爹地的手里滑开，跌落在床上。爹地终于松弛下来了。我想，我现在可以把枪拿走，他能让我把枪拿走吗？我还不可以动，我离枪的位置大概不到18寸，触手可及，但我还不敢动（过后，我一直在回忆不敢动的那一刻，不敢去抓住枪的那一刻）。如果我抓住抢，我会用它来干什么呢？我会用它指着父亲吗？我不能拿它指向父亲，也不能用一双颤抖的手举着枪往后退，然后瞄准一脸惊愕的父亲，决不能。

他晃悠悠地站起来，没有看我，身上冒出一股野兽的气味，我的鼻尖接触到一种难闻恶心的味儿。很久以前，当父亲还和我们住在一起的时候，由于长时间在夏日阳光下工作，下班回家衣服总是湿漉漉的，会有现在这种气味，母亲会躲开他，但不是粗暴地，也不是嫌弃地躲开，当然也会嘲笑他。“鲁西尼，对不起。”见到这种情况，本和我都会知趣地躲开，不想成为尴尬的见证者。爹地的脸上会出现一种对女性过分挑剔的天然反感。在那种时候，他会拍拍自己摊开的双手，一脸无奈。

当然，父亲没有因此粗暴地对过母亲，从来也没有，我可以证明。

当我被“约谈”而不是“质询”的时候，我可以发誓，只能是与母亲“约谈”的时候，有家庭法庭官员在场的时候，我可以发誓。

父亲又说了一次，我的确太累了。我既吃惊又懊悔，希望他赶快躺下来睡一觉，这样我就可以跑出去呼救。

桌子上摆着的闹钟如同衰竭的心脏发出强有力的滴答声。

下午 6 点 56 分。

母亲一定在等我回家，焦急地等着我回家。如果她知道在我的心底里，我爱我的父亲胜过于爱她，她一定会很生气，很受伤。无论如何，这是不能改变的，原谅我吧！

如果父亲需要帮助，我一定会跑过去。

客栈外边传来嘈杂的声音，我听到有人在关汽车门。高速公路上传来一成不变的汽车轰鸣声，但没有人靠近天天客栈 23 号房，没有人到登记为“约翰－喀什”的房间来问我们需不需要服务。

我可能无意识间突然做了一个动作，用双手指尖擦了擦眼睛，爹地抬起头，眼睛里充满警惕和不安的神色。我看到他拿起枪。

“什么声音？是有人在外边吗？是谁？”

“没有。只是有人在停车。”

爹地困难地睁开醉眼，步履蹒跚地走到窗前，眼睛里闪着危险的亮光。他舔舔嘴唇，用手指戳开窗户板帘，从缝隙中往外瞟了一眼。不管是谁在外边，结果都会不妙。他回过头对着我，络腮胡子微微颤动。

“克丽丝塔，你知道我爱你。宝贝，你知道。”

是的，我知道。但我总觉得这很像是临终嘱咐。

“克丽丝塔，你永远是我的心肝宝贝，我在天堂的小鸟。”

我俩都记得，当我还是一个小小孩的时候，爹地很习惯把我托在手心像抛枕头一样把我抛向天空，在我惊叫着即将着地的时候再把我轻轻接住，爹地会安全地接住我，从来不会让我遇到危险。如果我害怕得尖叫起来，害怕得哭起来，爹地会不高兴。

“克丽丝塔，你是不是该打个电话给你妈，到时间了。告诉她，你和我在一起，让她和我说话，不要在电话上说，过来面对面说。我要当面告诉她‘爹地不会伤害你。’”爹地的笑脸僵住了。他笑得很勉强，像壮实男人弯腰后再站起来怕弄伤脊背那样古怪。

我不无担心地说：“怕我还来不及解释，妈妈就把电话挂了。”

我紧张地说：“你最好把枪拿开，我害怕。”

爹地皱起眉头。他是那种不希望别人指手画脚的人，从来都是。

只是，当他有求于你的时候，不会把这个特点表现出来。但你不要想错了，不要把爹地的爱误以为是对你的尊重，孩子要的是爱而不是尊重，别忘了这个区别。

“她不会挂断电话的，特别是这个时候她一定不会挂断电话。”

“那好吧。可是，你知道妈妈会怎样？”

“去他的‘妈妈’！‘妈妈’都对你做了些什么？我是你的爹地，爱你的爹地，懂吗？”

“我懂。可是爹地，那把枪使我……”

我想说害怕，但不敢大声说出来，声音里充满负罪感。

爹地用责备的眼光看着我说：“克丽丝塔，你一定要知道我是不会伤害你的。很快就结束了，就一次心跳这么短的时间。我不会让您痛苦。宝贝，生活大多数时候可能是痛苦的，圣经上说的，‘在太阳底下一切都是虚幻。’虚幻，狗屎。”他因为偶然说了一句有智慧的话得意地笑起来。他用枪指指床头桌子上的电话机说：“克丽丝塔，你母亲在等你的电话呢。你母亲是一个聪明的女人，一个精明的女人，她知道她的‘前夫’在斯巴塔。假如她了解这些，她就会明白我为什么会在这里，这是我最后一次求她，这也是我们全家最后一次见面。我想她应该知道，应该明白。我想把从我身边错误地夺走的家庭重新要回来，想把从我这里错误地夺走的生活重新要回来。一切取决于你母亲，这是她的责任。她不是自称基督徒吗？她跪拜，祈祷，无论她向谁祈祷，上帝，她的圣父，或者是上帝的儿子，救世主，他们一定会给她出主意的，对不对？‘尽你的责任，一直到死，无论生病还是健康。’鲁西尼，最好照你丈夫的要求去做，他是你丈夫！当我在家里签字把所有的财产都归她的时候，我说了，‘鲁西尼，我之所以愿意签字，是要你以你的信用作担保，有一天让我回来。’你母亲没有对我说不行。在我们之间应该相互理解，她应该说行才是，因为我敢肯定我的罪名一定会洗刷干净。我没有害那个女人，没有害任何人，我不会那样做，你们这些小孩也永远不要这样做！这就是我对她的信任，对你母亲的信任。她知道的事都是真的，我曾经是一个‘奸夫’，是真的。除此没有别的事。”父亲停下来，好像要特别强调别的事，一种难于用语言表达的行为，一个无可挽回的行为——谋杀——他对此已经筋疲力尽。

门外，有更多的车门在砰然关上，天天客栈已经进入了黄昏和夜晚营业时间。家庭住客、夫妻住客纷纷入住。我们隔壁就入住了一对喝醉酒的夫妇。

爹地没有理会他们，他的注意力全在枪上、电话上，这使我感到十分紧张。

“克丽丝塔，打电话给你母亲，向她说明这里的情况，告诉她是你自己主动来我这里的，你在这里很安全。告诉她如果她承担起自己没有完成的责任，如果她今晚来看我，你会安然无恙，我们全家都会安然无恙。如果她作为一个母亲那样爱你，开上车来这里，就这么简单。我告诉你怎么说。你叫她‘妈妈’，告诉妈妈，如果她过来，代替你留在这里，爹地就会让你离开。克丽丝塔，你知道吗？婚姻契约是最基本的条件。那誓言是——‘做自己该做的事，直到死亡。’鲁西尼来，克丽丝塔就能离开。你要答应我，不把我们之间的事告诉任何人，好吗？一个不能有任何干扰的承诺，能做到吗？我需要的是和你母亲有面对面的时间。我想，我们能找出解决问题的办法来。我会把这些文件给她看，她应该了解。克丽丝塔，爹地永远不会害你，也不会害你哥哥，绝不会，这是一个承诺。可是，鲁西尼今晚必须来看我。告诉她。“

我注视着他，他说得合情合理。他撇着嘴露出懊恼的微笑，自认为已经表达得非常清楚，说出了不能不说的话。

“可是，爹地，如果妈妈知道你在这里，和我在一起，我害怕她会把电话挂断，甚至连听都不想听。”

爹地脸上唰地通红。他说：“不会的，其实她很想和我说话。”

是吗？我不认为这样。我想说是，但心里害怕得打战。爹地有枪在手，虽然没有真的瞄准我，可是以这种方式拿着枪，只要有一点动静他就会把枪指着我的胸膛。爹地一定是在和克丽丝开玩笑吧？如果换一个场合，爹地也许会笑，会眨巴眼，一个做爹地的人应该是一个有趣的人！我认定爹地是在开玩笑，是在逗我乐。

“克丽丝，你知道电话号码，拨号吧。”

我拿起了粘着别人手汗的塑料话筒，木讷地拨了家里的电话号码，但听到的只是令人失望的忙音，爹地说：“宝贝，你要先拨‘9’接通客栈的外线，然后再拨我们家的号码。”爹地笑了，我又拨了一次。这一次我拨了‘9’，然后加上家里的号码。我在默默地祈祷，妈妈一定要在听到第一声响铃就拿起话筒，她应该一直在焦急地守着电话。妈妈在焦急地等着我。

“妈？这是……”

母亲听到我的声音后，第一时间就厉声对我说："克丽丝塔，他是和你在一起吗？"我说是的。母亲说："他在喝酒吗？"我说是的。母亲说："你感到他危险吗？"我迟疑了，我不能说是，我不能背叛爹地。母亲接着说："你们在什么地方？"我又迟疑了。爹地已经凑过来了，眼睛闪着激动、可怕的目光，那把丑陋的左轮手枪指在地板上。我能察觉到他皮肤上灼人的热气。突然，我冒出一个可怕的想法，必须把手枪从他手里夺过来，这是我最后的机会，我必须向他大叫一声，让他吃惊，让他感到恐惧，然后拿起枪迅速跑出门口。可是，门不仅锁着，还用门链扣着，时间不允许我迅速开门，安全无恙地冲出去。用不了几秒钟，这个男人，这个体形硕大、浑身是汗的绝望男人就会扑过来抓住我，对竟敢违抗他，蔑视他权威的女儿大发雷霆，我会因此受到惩罚，受到伤害。我很明白这一点。我几乎瘫痪，无望地站在电话这一头，听到那一头传来母亲不断提高的声音，生气、焦虑和害怕的声音。她问我，你在哪里，他把你带到什么地方去了？爹地失去了耐心，直接把话筒从我手里夺过去。

"鲁西尼吗？鲁西尼，我们在斯巴塔，过来和我们团聚。所有事情很快就能了结。"爹地后退一步，晃着握在左手的左轮枪，抬起胳膊把枪口对准自己的嘴。他笑着轻声轻气地说话，话音里充满诱惑和渴望。

我听到母亲不断提高的声音，但听不到她在说什么。爹地平静地说："鲁西尼，事情不像你说的那样。她是和我在一起，她确实是想留在这里。鲁西尼，这就是事情的真相。你过来吧，来和我们团聚，我们可以消除所有误会。"我又听到了母亲的声音，但还是不知道她在说什么。爹地耐心地听着，好一阵子都没有插话。终于，他又开口了："鲁西尼，你知道天天客栈吗？在高速公路旁边。对，你一定知道。过了假日酒店和马克酒店，你知道交通环岛吗？对，天天客栈，有明亮的标记，我想是黄色的标记，刚过米尔路，对，不会错过的。鲁西尼，我在

23 号房，23 号。鲁西尼，我会在这里等你，直接走过来，不需要敲门，我会望着的。鲁西尼，克丽丝塔和我在这里休息，在等你。我们需要再有一次家庭聚会。鲁西尼，就你和克丽丝塔，迟一点再打电话给本。鲁西尼，你知道，你了解我的心情，我一直都在等着这一天。鲁西尼，克丽丝希望留在这里。她没有受到伤害，也不会受到伤害，没有人能够这么做，我保证。你也不会受到伤害，绝对不会。鲁西尼，过来吧，你一个人过来，马上。我们就在这里把所有的事摊开来谈。告诉你，如果克丽丝塔感到不高兴，如果你还关心克丽丝塔，只要你踏进这个门，我就可以让她离开。我说的是克丽丝塔可以走到外边去，可以在车上等候。如果事情解决了，我们再打电话给本，把他接来，全家去比萨店吃东西。这主意不错吧？孩子们都喜欢吃比萨饼。鲁西尼，我们一家还从来没有在一起真正交流过。我一直都是从你那里揣摩一些事，我们之间有一些误会。你和别人一起反对我，心硬得也太快了点吧？现在我们可以修补一下关系，还来得及。鲁西尼，你会发现我变了，亲爱的，上车吧，开出加里森路，朝莫哈克路开，从莫哈克路直接上 31 号公路。鲁西尼，这段路大约要开 15 分钟。你得马上走，不要给任何人打电话。马上上车，直接来这里。你知道我多么爱你。鲁西尼，你是我的妻子，记得吗——‘做我们该做的事，直到死亡。’鲁西尼，我不是轻易做出决定的，你知道这是一个正确的决定，时间还长着呢。”

爹地在听着，爹地在吼叫，爹地在插话：“不，鲁西尼，就现在。”

爹地把电话挂上了。

当事情结束的时间到来的时候，来得也太迅猛了。

诚然，你可以预测，但是你预测不到。

进入我生活的麻烦应该有一个结局，生活同样也会有一个结局。

毫无疑问，母亲打电话报警了。你不能指望鲁西尼会服从我父亲的要求，只身来天天客栈 23 号房见他，也不能指望她会来这里代替我，换取我的离开。我母亲害怕极了，已经接近歇斯底里，她拨通了911电话，结结巴巴地把她了解的事，把所有关于我父亲的一切报告给警方，他在31号公路的天天客栈“劫持了我的女儿”。她说，爱德华－迪尔尼“涉嫌”1983年那桩佐伊－克鲁拉的谋杀案，但从来没有被逮捕。她说，曾经是我丈夫的爱德华－迪尔尼在“多次威胁我的生命，威胁我孩子的生命……”6分钟后，赫金玛郡执法官员陆续到达天天客栈，斯巴塔警方的警车也陆续到达，一共有12辆警车，再加上一辆救护车。不久之后，一辆载着本地电视台摄像记者的旅行车也来了。门外警铃四起，警灯闪烁，一个陌生的声音通过扩音喇叭命令爱德华－迪尔尼打开房门，举起手走到外边来，如果有武器，把武器放下，马上执行命令。

这时，我就像一只害怕得行将瘫痪的动物，蜷缩在弥漫着芥子味儿的房间角落一动不动。我挤在墙壁和衣柜之间，一边趴着一边喘气。我对自己说，假如妈妈介入，假如她在这里，她会和他说话，他们让她进来和他说话，事情就会有转机。我对自己说，他们不会伤他，也不会伤我，事情会好转的。爹地看着可怜兮兮的我，但没有责备我，也没有对我发火。他握着枪心不在焉地在房间里踱步，一边走一边自言自语，呼吸渐渐沉重了，脸上闪现出亢奋的神情。停车场上，闪烁的警灯映在他长满犹如海盗脸上粗黑的络腮胡子上，照在他目光涣散的眼睛上。

“猫咪，我爱你！记住，我爱你！”

扩音喇叭里震耳欲聋的声音传到房间里。一个愤怒高喊的男性声音反复命令：“爱德华－迪尔尼，放下武器，解锁开门，释放你的女儿，举起双手让警察看见，慢慢地走出房门，保证不会有人向你开枪。”喇叭里反复喊道：“爱德华－迪尔尼，我们不会向你开枪。”爹地可能在笑。是的，我听到爹地的笑声，或是哽咽的声音。爹地撇着嘴，宛如带笑的络腮胡子海盗，满面涨红，一脸迷茫。直射房门上炫目的强聚光灯渗入破烂污浊的窗户板帘上，射在他斗士般的眼睛上。

爹地使劲扯下窗帘遮挡，不让陌生人看到我们。在爹地生命抗争的最后时刻，他一言不发，好像忘了我的存在，他没有对我说一句话，他的灵魂已经一片空白，他那钢铁般的灵魂已经容不下任何东西。我不怪他把我忘了，他也忘了竭尽全力想争取过来的妻子，忘了每下愈况的家庭，忘了自己穷途末路的生命。这是他的秘密，死是那么的容易，死要比生容易得多。

爹地按照警方的指令，平静地走到门前，用手指扭开门锁，解开门链。我还处在近乎瘫痪和恐惧的状态，还蜷缩在角落里。房间里飘浮着古怪的气味，到处是一团团的灰尘。我透过窗户上弯曲的窗户隔帘，看到外边耀眼炫目的灯光直接瞄准我们，一道强烈炫目的白氙灯光，荧光白的，白得使你误以为是清纯的星光，照亮和呈献给它所触摸到的万物，让你沐浴在清纯的星光下湮灭、寂灭、使灵魂出窍。父亲已经把门撞开，弥漫着芥子味的房间就要暴露在陌生人视线之中。我看见父亲板直着肩膀低下头，把脸转向室外，我不知道他是不是在笑，我永远也看不到爹地的脸了。他必须把爱德华－迪尔尼非法拥有的 38 口径史密斯维森左轮手枪交出去。我看见爹地迈着沉稳的步伐走进炫目的灯光，以讥讽的姿势举起枪像是要射击。这就是他此生最后的史密斯维森手枪姿势。

25

《斯巴塔日报》上出现了两寸大字的通栏标题，像是向公众炫耀：

83 年克鲁拉凶杀案嫌犯

前斯巴塔居民迪尔尼

在汽车旅馆交火中被警方击毙

在报纸和其他媒体上，第一次出现我父亲的全名：爱德华－詹姆斯－迪尔尼，生于 1942 年，卒于 1987 年。爱德华－詹姆斯－迪尔尼出生于纽约州斯巴塔市。通过这种说法可以合适地解释为他是死在斯巴塔的。你应该了解到，虽然他从来没有因为那起凶杀案的罪名被逮捕，但他作为那起凶杀案的“首要嫌犯”，即使爱德华－迪尔尼死了也还是一个嫌犯。

《斯巴塔日报》和其他媒体都虚假地报道称，我父亲是在与警方“交火”中毙命的。在电视和街头小报上，到处是渲染离奇犯罪剧中的“交火”情节。但是事实与渲染完全不同。那是一场屠杀，在那场“交火”中，我父亲没有发射过一颗子弹。他枪里装上了子弹，保险却没有打开。很显然，我父亲不想开枪，这个事实没有报道。我是一直到几个月以后才了解到这个事实。

爹地希望死去，但不希望被杀。他没想过要伤害我，我相信他，我知道这是实情。

已经查明，有 8 个警官在几秒钟时间里同时向爱德华－迪尔尼开枪，每一个警官都成功命中目标。根据赫金玛郡的政策，每一个警官面对目标时必须发射至少两颗子弹。因此，有 18 颗子弹击中我父亲的头颅和前胸，有些子弹是在他倒地之前击中的，有些是在倒地之后击中的。在他倒在地上垂死挣扎的时候，枪弹的威力使他反身趴在地上，身体朝门外扑倒，斯密斯维森左轮直接从他手里飞了出去。

我没有亲眼看见，对此毫无印象。诚然，我是爱德华－迪尔尼的女儿，被他绑架在房间里作为“人质”，警方把我这个爱德华－迪尔尼 15 岁的女儿“解救”出那个房间。但是，我没有看到父亲死去，记不起曾经发生过震耳欲聋的枪战之外的任何事情。

第二部

26

1983年2月11日

这是一个漫天飞雪的星期天早上，亚伦—克鲁拉慢慢地推开西弗利街249号的大门。圣诞节已经过去这么长时间，门上至今还挂着圣诞节花环，红色的人造天鹅绒丝带缠绕着金银色装饰亮片的红草莓圣诞花环。他觉得有些什么地方不对劲，他母亲的一生都不对劲（他认为不应该是因为他）。作为德尔莱—克鲁拉的老婆，母亲吃住不愁，也衣食无忧，但又有谁能够责怪她呢？他从街道往上看，沿着斑驳的排屋后头四处张望。他偷偷溜进屋里，只见楼上楼下，窗帘全都拉开来了。大雪漫天，屋子的前门也没有锁上。亚伦—克鲁拉认为，这可不是一个好兆头。

没有人在？客厅里一片狼藉，犹如开完派对之后来不及收拾的样子。日光下，还有一盏灯亮着，勾画出诱人的阴影。亚伦真不希望碰到那个叫杰奇的女人，那个佐伊称为女性朋友的女人。亚伦以前没见过。据说，杰奇有一张发亮的脸，一头褐色的染发，一对束缚在尼龙胸衣里臃肿得令人恶心的大乳房。亚伦想，这个叫做杰奇的女人会舔着嘴唇盯着他，似乎要看穿他内心深处，他一定是有什么坏念头，一个猥琐性感的少年无遮无掩的坏想法。按她朋友佐伊的年龄，似乎不应该有这么一个身材高大的孩子。这孩子至少有 6 尺高，头发粗短不平，脸上疤痕累累，眼睛冷酷无情。他的长相就好像是上帝对佐伊的惩罚。

亚伦认为所有的女人都长得比他母亲老，比如杰奇－德鲁卡和学校的女老师，比如打完草地网兜球后偶尔碰到一个家伙的母亲。亚伦又希望见到那个叫杰奇的女人，想偷窥她衣服里赤裸的身体。这个女性使他想入非非，使他好奇，使他惊讶，也使他毛骨悚然。在他想象中，造物主居然捏出这么一副像是套在牙膏管里挤出的身材。他禁不住轻蔑地笑了，这身材实在不敢恭维。他一刻也不想停留，赶快离开这叫德卢卡的女人吧。这女人让他邪念顿生，让他像手枪走火一样，禁不住裤子里要喷出打散的蛋白，让他把裤子弄得一团糟。

好在杰奇不在，屋里电视也没有打开。

上一次他来这里的时候，前门没有锁上，但里边有人，他听到有人说话。这一次，屋里居然极其安静，安静得使人发瘆。

“嘿，妈？是我呀。”

如果佐伊在，她会笑着用双手捂着耳朵，说你别像牛犊一样吼叫。可是这一次，佐伊不在，亚伦没有听到母亲的嗔怪。

亚伦很恼火，也很生气。最近他总是恼火和生气。他真不希望屋里出现令他不安的事。

母亲有一段时间没有打电话给他了。当她刚搬出去那会儿，她给亚伦打过电话，答应过要经常给他打电话，他放学回家也会接到她的电话。虽然亚伦对母亲的作为很生气，也骂过她，但总的来说关系还不错。她打电话，和他说话。虽然亚伦会说，妈，我不睬你，随即把电话挂断，但他们之间的关系还过得去，彼此心照不宣。这一次，他已经两个星期没有听到佐伊的声音了，多久？好像也有一个月没有见到过她了吧！圣诞节快到了，这是他不愿意去想的讨厌日子，新年也到了，一个更加令人心情低落的日子。一到这几天，他会借酒消愁，借毒麻醉，喝得昏昏沉沉，吸得迷迷糊糊。佐伊曾经打电话来说为他准备了圣诞礼物，已经包好，还来不及寄出去，要他过来拿。怎么能让一个14岁的孩子顶着大雪，骑着自行车去拿呢？让亚伦骑那辆破旧的思维恩去拿？在滑得像镜子一般的街道上骑自行车过去拿？德尔莱肯定不会开车送他去的。

德尔莱会说，不去，不去西弗利街那座排屋。你想都别想他会去那里，他不敢肯定自己能控制住脾气做出什么事来。

你那荡妇母亲，垃圾婊子母亲，你自己去，去看看那母猪在做什么。

最近，德尔莱的手抖得厉害，像马抖动皮肤驱赶苍蝇一样发抖。他把沉重的手按在亚伦肩膀上，要他别去。亚伦缩回肩膀，甩开德尔莱的手。这一甩，就像是一巴掌掴在老爹的脸上。

你不相信我说她是个婊子，呃？因为你不懂婊子是干什么的。

他大声喊道："妈？"这小牛犊在大声呼唤妈妈。

他听过牛犊子吼叫的声音，就是他现在的声音！

他想她会一边下楼一边大声叫他，天哪，亚伦，是你呀，亚伦来了。等一下，我马上下来。宝贝，如果渴了，去冰箱拿饮料，好吗？不要上来，这里乱七八糟的。

听到这话，亚伦心里一颤，顿生厌恶。一定是楼上有别的人在。

他见过母亲和一个男人在一起，只看到过一次，也可能不止一次。或许没有真的看见过，因为很快他就扭转头往别处看了。因为隔了一段距离，可能看到的不是佐伊，而是另一个长得像她的金发女人。他曾经远远听到德尔莱在电话里的声音，也听到过德尔莱的亲戚们对她有抱怨之词。可能是一些狗屁传说，亚伦怎么会明白这些呢？他们说白人都是这种德行，别信任他们，别高看他们，往他们脚下撒泡尿就对了。德尔莱是纯种的塞内加人后裔，而亚伦不是，他的血统不纯，而他是佐伊和德尔莱的混血儿，也许长相像印第安人，但不是纯种的。

狗屁理论。

亚伦向厨房探探头，没人在。有几张塑料椅子好像给人踢倒在地上。瓶瓶罐罐，碗碗碟碟都还泡在池子里，就好像派对结束后来不及收拾，就好像潮起潮伏的大海，在潮水退去之后海滩上留下你根本不想走过去看的垃圾。桌子底下还残存着一股垃圾臭味儿，和佐伊留下的香水味儿混在一起。

太安静了，佐伊不习惯安静。

奎利路的家远离市中心，离郊区只有几里路，不适合佐伊居住。佐伊总是把收音机开得很大声，总是自唱自娱，总是不停地练唱震撼黑河乐队的歌曲。在房间里四处响起的声音听起来悦耳动听，但也令人烦躁。这就是佐伊的双重生活，其中一重是居所以外的生活，在欣赏她的陌生人眼里的生活，这是她所渴望的生活，是德尔莱和亚伦不能给她的生活，也是他们反对的生活。我们给你的还不够吗？德尔莱和亚伦没有问过这个问题，他们找不到适当的词汇去问这个问题。但是，有一点给亚伦留下了很好的回忆，大多数时候是很好的回忆。当他从受人鄙视的学校回家之后，打完草地网兜球带着浑身伤痛和满脸血瘀回到家之后，听到佐伊在厨房的歌声，这确实是一种享受。

亚伦对自己草地网兜球表现极为看重，因为比他年长的男孩子们都尊敬他。但是，他不允许佐伊碰他带进厨房的球杆。知道为什么吗？按风俗，女人不能接触草地网兜球球杆，哪怕是母亲。

佐伊问，这是什么混账印第安迷信啊？

亚伦只能耸耸肩。佐伊会笑着嗔怪，这是对我的侮辱，是不是怕我玷污了那可恶的东西呀？亚伦只能傻笑着说，妈，这是一种风俗。草地网兜——

佐伊抬起手佯作去碰球杆，亚伦只好把球杆高高举过头，涨红着脸大笑不止。佐伊说，好啦，机灵鬼，去吃饭吧，真机灵。

他不得不这样。晚饭就他和母亲吃。

他站在楼梯上，用尽牛犊力气大喊：“嘿，妈，你在楼上吗？”

27

1990 年 3 月

那个女人转过脸对着他。她转过脸时碰到他了。她看着他的脸尖叫起来。他不喜欢尖叫，讨厌被人对着尖叫。他伸出长得像野兽般又粗又笨的双手捂着她的嘴，要她停止尖叫。但是，她变本加厉，恐怖无比的叫声几乎刺穿他的耳朵，他必须让她安静下来。就在此时，他醒了，身边没有女人，那个女人消失了，他听到的只是刺耳的电话铃声，就在他昏昏沉沉的脑袋旁边尖声响着的电话铃声。他穿着拳手短裤和 T 恤趴在肮脏的床垫上，眼看就要摔下来。他猛地扭转背去摸索可恶的电话机，一不小心把它碰倒在地上。他伸过手抓住话筒，只听到一个女人狂乱的声音在耳边响起，亚伦！你浑蛋，还不赶快接电话！德尔莱出事了，马上来接他回去。

亚伦仍然处在酒醉昏迷状态，他挣扎着爬起来，但耽误了很长时间。昏昏沉沉的头像遭到锤击一般疼痛，嘴巴好像吐过一样酸涩，肮脏的猴爪子犹如动物本能紧紧抓住肮脏的地毯。和他在一起的女人消失了。其实，他真的曾经和一个鲜活的女人睡在一起，赤身裸体地纠缠在一起，可是现在不见了。荧光钟上显示的时间是早上 4 点 20 分。窗外还在飘着大雪，不到中午都不会有亮光反射进来，屋里还像海底一样漆黑一团。他曾经看过一个描绘深海的电视纪录片。海底没有光亮，奇形怪状的鱼类在深海中像幽灵穿游，人类的肉眼根本无法看到周围的一切，海生物也彼此看不见。没有人能够了解为什么会有这类生物存在，也没有人了解它们为什么会生活在那里。可事情就是这样，你既然来到世上，你就必须习惯身边的一切。亚伦擦擦半开的眼睛，看着半开的卧室门，洗手间里有一道灯光，有一股淋浴的蒸汽味儿飘进他的鼻腔，可是那女人已经走了。

“天哪！”门框上和床边墙上到处是涂抹的血迹。

他似乎想起来了，可能是他无意间弄伤了那个女人的鼻子留下来的血迹，也可能是自己的鼻血，或者是那个女人眼眉上的旧伤所致？亚伦一头雾水。

话筒里传来的紧张霸道的女性声音越来越清楚了：“亚伦！你在吗？你醒了吗？浑蛋，我是维亚拉！告诉你德尔莱受伤了，伤得很重。他倒在我家门口车道上晕过去了，可能有人把他的头打破了。如果你不来接你可恶的老头去医院急救，你这浑蛋就欠他一条命。亚伦，赶快跷屁股起来。否则我要打 911 了。我不想让可恶的德尔莱死在我家门口。”

亚伦语无伦次地告诉姑妈不要打 911，不要去求救，老头不喜欢这样做，“维，告诉我他在哪里，我这就过去接他。”

“他在哪里？难道你没有听到我的话？他在这里！在我家门口！他没有权利来这里！你们所有的人，你和他，还有你那可恨的母亲都没有权利来我家，你们所有的人都给我们惹麻烦！给我们家族惹麻烦！上一次你在我这里泡妞，害得德尔莱半夜来找你。而这一次我不让他进来，不让他上楼，他吐了我一身酒。亚伦，他就在车道上，在我家门口，可能是他的一个摩托车车友，也可能是他的警察朋友把他扔到雪地里。你知道，他交的那些乱七八糟的朋友一定知道我是他妹妹。我已经睡了，听到有人按汽车喇叭，有人在喊。我从窗口看到一个人躺在车道上。德尔莱不知在哪个餐馆灌了黄汤不能开车，把车落在那里，所以有人就把他扔给我。上帝呀！”维亚拉停下来深深吸了一口气，然后哽咽着恼怒地说，“你知不知道你父亲有脑损伤？你知不知道他已经半瘫？你知不知道他肝中毒？我问过他，他承认是。他必须戒酒，到医院去除毒。我们半个家族的人都劝他去，送他去，我们要去探望他的时候他却出现在这里，吓死我了。我只是他妹妹，不是他妈妈，也不是他老婆，更不是他儿子！你才是他儿子，对不对？亚伦，快来把他带回你们家。要不我就打 911。要不要让警察带急救车和你一起来？”

亚伦说他就来了，穿好衣服就来。他已经站起来，人也相对清醒了，刹那间完全清醒。他告诉姑妈不要叫可恶的警察或者救护车，否则德尔莱会急得跳脚的，他会说，如果他们“强迫”他，他就会像那次在沃特顿荣军医院一样别想出来，那等于杀了他。

他姑妈把电话挂了。亚伦扔下话筒任由它在落在地上。他终于弄明白自己在什么地方了，一个既熟悉又陌生的地方。他从洗手间透出的灯光下看到身后有条东西在晃动，一条蛇？屋子里有蛇？冬天会有蛇吗？可能不是一条花蛇那么简单，可能是一条粗黑带花斑的蛇。亚伦看不清楚，酒精使脑子变得糊里糊涂，吸毒后的迷幻终于恶果显现，酒醉外加药物过量使他神志不清。更糟糕的是，亚伦不是睡在自己的卧室里，而是在一楼后屋地板肮脏的床垫上。地板上的亚麻地毯上乱乱的全是衣服、鞋子、污浊的毛巾、烟头和一堆蚊蝇尸体。还有一条蛇？如果在夏天，后门忘记关上，门帘破损处和空隙处可能会让蛇从地下室爬上来钻到一楼。可眼前这条蛇毫无生命迹象，是睡过去了？亚伦小心翼翼地走过去用光脚挑挑它。哎，原来是一条发辫，一条大约 19 寸长亮油油的假发辫。

假发辫！一条好看的浅黑假发辫，可能是和那个女人的头发缠绕在一起的假发辫，光亮性感。亚伦首先想到的是她的假发辫。

你为什么不相信女人，哪怕是年轻女孩？因为不知道这些浑球脑子里想什么？因为不知道她们的感情是真是假？因为不知道她们会怎样糊弄你？你不喜欢糊弄的。

亚伦开车来到他姑妈住的多克街。维亚拉还来不及忘记那天晚上他把迪尔尼的女儿带来这里那件事，现在又出现德尔莱这档子事。深夜里，亚伦在斯巴塔空无一人的街道上悬着一颗恐惧的心开车。他一边深深地吸气，一边在想，上帝，不要让我父亲死，不要这样死，他应该死得有尊严一些。汽车在冰面上吱吱作响，他的脑子不停地打转，假如在我到之前死了，那是谁的过错？亚伦爱父亲，但是坦白地说，他忍这个可憎的老头已经很长时间，从佐伊离开家并且说过几个月她还会回来那时候开始。佐伊承诺说，搬出去几个月就是想透一口气，但德尔莱不相信她说的话。

自从新年以来，亚伦已经三次半夜醒来开车出去把德尔莱带回家了。看到德尔莱－克鲁拉烂醉如泥像婴儿一般无助的样子，亚伦既震惊又害臊。一些和他同龄的男孩子家里也有像德尔莱一样的父亲，有什么法子呢？是他们供你吃喝，你虽然已经忍受够了，你仍然不能就这样走开，他们也不会就此死去，他们就这样长时间熬着。亚伦烦透了。他想对德尔莱像对佐伊一样留下儿时美好的记忆，而不是像现在。可这对吗？

这是一个不平凡的夜晚，冷极了，风从山里吹来，从河里吹来。他把浑身汗臭的衣服搭在背上，光着脚穿上靴子，然后出门开车。离多克街一个街区附近是一家灭了灯拉上卷闸的商店，再过去不远就是维亚拉居住的红砖排屋，她在排屋二楼租了一套房子。车道上好像有一捆旧衣服，有个人一动也不动地蜷缩在雪中，被人在雪中朝排屋拖了好几码路，正如维亚拉在电话中说的，有人想把他拖进屋但最终因为拖不动放弃了，她拿了一张毛毯盖在他身上。这个人的脸大部分给遮住了，那形象看上去令人不安和恶心，好像一具尸体躺在雪地里。

亚伦大声喊道：“爸！醒醒！”

他小心翼翼地把毛毯从父亲脸上拿开。如果这时候亚伦有什么想法的话，那就是这不是他！

老头的脸像是给人乱踢过的足球一样青肿带伤。亚伦记得，德尔莱黝黑的头发上系着卡曼奇战士束发带，据说是为了驱赶高加索人带来的心魔。现在束着的头发已经逐渐变灰，从冠顶开始脱落，又乱又脏，下巴的络腮胡子硬得像野兽的毛刺。他今年只有 48 岁（或者 49 岁？亚伦搞不清楚到底多少岁），但看上去至少比实际年龄大 10 岁不止，可能还要大些。他松弛紧闭的眼睛下有瘀伤，嘴巴像死鱼一样咧开。亚伦在博物馆见过一种塞内加印第安人古旧的死亡面具，面具上斑斑突突，空洞的眼眶，口张成“O”形，面具顶上有猫头鹰羽毛头饰。德尔莱现在就像是陈列在布满灰尘的博物馆里印第安死亡面具，孩子们常常嘲弄的印第安面具。印第安小孩头上绑的小束带是最招人嘲笑的，最令人嬉笑嘲讽的。

德尔莱给人打过、踢过。亚伦明白，德尔莱不只是喝醉后摔倒在地那么简单，一定是浑身都有伤。

排屋门前传来女性的声音。亚伦的姑妈裹着一件大衣一边进屋一边叫住他：“快把他带走！我受不了啦！他在糟践自己，不要把我连累了。”

但是，当维亚拉看到亚伦费尽力气扶起德尔莱时，她又停下脚过来帮他。他俩竭尽全力托着德尔莱沉重的身躯，想把他抬起来。德尔莱已经稍微清醒了一些，自己挣扎着站起来。“爸，你不能在这里睡，知道吗？是我和维亚拉，快醒来。”

维亚拉捧起一把雪往他脸上拍，想帮助他清醒过来。亚伦一手抱住德尔莱的腰扶他起来。我的天，这老头又重了，重得像一袋土豆。他没有亚伦高，但至少比亚伦重 30 磅。德尔莱嘴里嘟嘟哝哝地好像在发泄不满，好像不认识亚伦，狠力推开帮他的亚伦。亚伦求他说：“爸，别闹了，我要在警察到来之前把你带回家。”

德尔莱最近带亚伦出去喝过伏特加，这次应该就是在那个地方喝得烂醉如泥回不了家吧？

亚伦在维亚拉的帮助下，扶着德尔莱走向旅行车，把他推进前排座位。德尔莱趴在座位上呻吟，诅咒。维亚拉笑得声嘶力竭，接着又哭得泪流满面，我受够了。德尔莱是她的大哥，一个她尊敬的男子，在她一生最关键的时刻是德尔莱在关照她，在她第一任丈夫犯了疯病要杀她的时候（他后来被关到普兹达姆精神病院并死在那里），是德尔莱救了她。德尔莱还帮过她好几次。可现在事情反过来了，这不是维亚拉所能应付的。

在克鲁拉家族里，他们都公开说德尔莱会在她之后一头撞进地狱。

这个她指的是佐伊，她已经进地狱了。

维亚拉说："明天你就带他去沃特顿荣军医院。医院有他的病历，必须收他。你让他去戒酒。如果再有像这次一样的晚上，德尔莱就死定了。"

亚伦说好的，他会带他去的，看明天早上的情况再定。

维亚拉厉声说："我说带他去，强迫他去。管它明天早上会怎么样。"

亚伦说好，他害怕姑妈生气。当一个女人生气时如果你不防备，她会在你脸上给一爪子。他想到佐伊被杀已经 7 年，整整 7 年，仍然没有被克鲁拉家族原谅，无论在他们生活中发生什么事情，都归咎于始作俑者佐伊。德尔莱会在她之后撞进地狱的。

亚伦小心谨慎地驾驶着旅行车朝奎利路开去。喝醉酒的老头现在能像鱼那样动了，他在吐，在挣扎。在极端天气下的醉鬼就像服用安非他命过量的人一样岌岌可危。亚伦自己的肾上腺素也一度蹿高，现在开始慢慢降下来了。他的头开始隐隐作痛，头颅里的动脉静脉像绞在一起，绷得紧紧的要炸开似的。他害怕极了。

前面，斯巴塔警方巡逻车正在拐进邮政街，亚伦见状放慢了速度，他不想引起执法官的注意。早些时候他喝过酒，但此刻他十分清醒，如果警察拦住他，让他下来做酒精测试，可能会检测到他血液里含有酒精，会被检控“不当驾驶”，从而被吊销驾驶执照，没有驾照该怎么活呀？

下班后，他曾经和朋友们去地下酒吧喝过酒，其中有两个是德尔莱维修铺已经成家的伙计，下班后不愿意回家，就和他一起去了。和他一起喝酒的还有一个女孩子，比他大几岁，名叫雪莉妮，她给亚伦一些速度丸，要他和她一起玩泡芙，对于一个已经21岁的年轻人，吸毒还是一件很特别很新鲜的事，她要引他上路。现在，他有点头重脚轻。雪莉妮扎着一条发辫，晃起来就像一条马尾巴，对着他的脸嘘嘘喷粗气。在地下酒吧后面的停车场里，他们俩互相摸捏，相互纠缠，接着他就把她领回家了，他认为德尔莱不会在家，事后，亚伦已经记不清他俩之间究竟做过什么事。

除了她留下的那条油亮的假发辫在嘲讽他。

更糟糕的可能是他得罪了她，不知什么原因侮辱了她，因此向警方报告了他的行踪，让警察来盯他，检查他的驾驶证、车牌号。醉鬼德尔莱就瘫在亚伦驾驶位后面，他会因此被叫停车，要他出示驾照和行驶证，检查电脑记录，看电脑系统里有没有他的违章记录。亚伦曾经有过不良少年记录，在学校打架、“冒犯”和轻度攻击行为。依据纽约州法律，少年犯罪记录都应当被封存，但是他的名字仍然存在斯巴塔警方的数据库里。很显然，德尔莱—克鲁拉肯定也在电脑系统里，也曾因为饮酒过度、不当驾驶和抗拒逮捕，1987年曾经暂停驾驶6个月。

但是，克鲁拉这个名字最能引发警察关注的是与佐伊的关联。

“爸，醒醒，我们快到家了。”

德尔莱开始在座位上骂起来。在车厢有限的空间里，他身上浓烈的酒气呛得他自己和亚伦都不舒服，吐得全身都是。他问亚伦朝什么地方开，又问为什么不是他在开车，这可是他的旅行车！亚伦说：“爸，我刚刚是在维亚拉那里把你带回来的。你朋友把你扔在车道上，如果不是维亚拉醒过来发现你，你已经冻死了。”

亚伦又说：“爸，你知道吗？我在带你回家。你需要好好睡上一觉。”

德尔莱现在最需要的是好好睡一觉。

亚伦觉得照顾父亲就像照顾婴儿一样。太荒谬了，本来应该是父亲照料孩子的。

亚伦不由得生起气来，佐伊以特殊的方式抛弃了他。本来，母亲无论如何都会爱自己的孩子，永远会原谅孩子，直到有一天孩子长大成人。也许亚伦对她来说太大了一点，这是亚伦的错吗？我爱你，宝贝，也爱你父亲，我现在只是要过我自己的生活，找个能呼吸的地方过自己的生活。

这是一个残酷的玩笑。她被人掐死，呼吸也从此停止了。

清晨 4 点 30 分，亚伦开车进入通向住家的车道，通向这个他有生以来一直居住的家。

这是一座老式的农舍，佐伊曾经把它粉刷成可爱的桃红色。但是随着岁月的流逝和天气的蹂躏，现在只剩下脏兮兮的水泥外表。自从 7 年前佐伊离去，木窗栅栏已经松动、脱落，甚至腐烂。窗下的花槽里，亚伦曾经帮佐伊种过一些鲜艳的天竺葵，随着佐伊的离去，花槽已经烂掉。德尔莱和亚伦会偶然像过客一样龟缩在屋子里，亚伦偶尔会瞟上一眼，谁也不曾关注过屋子的状况。如果佐伊看到屋子逐渐破损，她一定会十分伤心。

噢，宝贝，怎么会这样呢？我从来也没有想过你们竟是会这样过日子。

她仍然一直在和他说话，比他对她说的要多，他现在还能够感到她柔软的手握住他的手腕。他几近绝望地转过身，充满渴望地呼喊：妈妈，您在哪里呀？

“……永远不要接触她，不要联系你母亲。”

“好，爸爸，好。”

“亚伦，你知道为什么吗？”

“知道。”

亚伦一边低声咒骂，一边设法把德尔莱弄出旅行车，把他扶进屋子。没有了维亚拉的帮助，要把老头弄进去还真不容易，他醉得太厉害，无力配合亚伦。进屋之后，亚伦把德尔莱扶进后屋。他现在神智清醒，可以自己上楼了。亚伦把德尔莱放在地板肮脏的床垫上（几个小时以前，亚伦曾经把那个戴假发辫女人雪莉妮带到这里厮混），脱掉德尔莱脚上的靴子和臭烘烘的袜子，帮他脱去满是呕吐物的羊皮夹克。德尔莱乖乖地举起双臂，抬起双腿配合亚伦。他似乎在羞愧地嘟哝：“……爱她。你不会相信，但我确实爱她。像你这么一个小孩，你不会懂这种事的。我爱你母亲……”

“爸，我懂，当然懂。”

亚伦蹲下来松开父亲的裤子。这是一条劣质货，让亚伦无地自容的劣质货，他不敢直面老爹。

亚伦从洗手间拿来一条湿毛巾，胡乱给德尔莱擦了擦带瘀伤的脸。德尔莱比表面看到的要伤得严重，手和脸上血迹斑斑，但体内的伤一定比表面要严重。不管怎么说，流血不是严重的伤害，严重的伤害是看不见的。在打草地网兜球的时候，受伤流血是最平常不过的事。亚伦一直认为，打球的人可以有多处伤口流血，但你仍然会打球，这是为荣誉而战，亚伦就是这样坚持下来的。来自塞内加保留地的有些朋友放弃了，选择了参军，参军也是一种出路，但亚伦不会做这种选择，他会一直留在斯巴塔，帮助父亲维持维修业务，并且在将来有一天替他洗刷恶名。亚伦从来没有在别人面前提过他肩负的使命，当然也不会向德尔莱提起。

亚伦仔细检查了父亲的手关节，看着看着笑了起来。老头的手瘦得筋络裸露，这绝不是那天夜里打架时候狠狠揍人家一拳的手。那天晚上很可能是德尔莱挑起事端和别人打架。“爸，你今晚和谁在一起？我只是想知道。”

德尔莱好像没有听到，他从亚伦手中抓过洗脸巾，把它贴在眼上轻轻地呻吟起来。

过了一会儿，他说：“……相信我，你相信我吗？说你母亲的事呢，呃？”

“爸，我当然相信你。”

“亚伦，你从来也不会对你自己的父亲说心里话，会吗？”

亚伦苦涩地笑了，这已经不是他们之间的新话题了：“爸，我要向你‘说’什么？我可从来不懂得你所说的‘说’哟。”

亚伦想，现在最好离开这里，让父亲在睡梦中把一切都忘记。父亲最需要的是睡觉。等他中午醒来的时候把所有这些话题都忘记，当然，亚伦也一定要忘记的。

28

佐伊被人谋杀的那个夜晚。他一定会记得那天晚上。

其实，亚伦自己那天晚上就不在家。

他知道的时候已经太迟了。

自从佐伊搬出去之后，亚伦父子俩的生活也随之改变。放学之后(在亚伦成为年度捣蛋者被开除之前)，他到父亲维修铺工作，听德尔莱传授维修技术。如果德尔莱不在，就由他的得力助手米特奇－克林普教他。他和米特奇一起开拖车，协助他做事。下午 6 点维修铺关门之后，亚伦大多出去和朋友们鬼混，一直到很晚才回家。他知道德尔莱大多数晚上和他一样不会在家。

转入回家的车道时，他看到楼下的房间里亮着一盏灯。亚伦的心里扑扑直跳，难道是佐伊回来了？大概是自己早上离开的时候忘了关灯吧？

1983 年 2 月 11 日，亚伦被突发事件卷进去了。

那天晚上，亚伦和保留地认识的一帮家伙在北普斯特路瞎逛。那里有一个没有名字的交叉路社区，亚伦朋友的哥哥在 7－11 便利店给这帮家伙买了 6 包香烟。有一个年龄大一点的家伙开车来斯巴塔，去火车站见一个分装大麻的道友。亚伦是这伙人中最年轻、最无心机但又是最有活力的一个，只要有任何不可思议的蠢事发生，他就一定会自愿加入。他们打算在希尔斯商场后门潜入汽车作案，出来时每个家伙会用购物袋带出一些儿童玩具和女人用的垃圾如毛巾、内裤和袜子之类，恶作剧地抛来抛去。车主们一般都会有意识地把一切贵重的东西锁在后备箱里，顽童们没有胆量打破车窗，不值得冒这个险。在一帮中学女生的注视下，他们吵吵嚷嚷地走进辛纳－马克斯（电影公司）。辛纳－马克斯的经理已经注意到这帮家伙，他通知保安把他们赶出去。孩子们，这是私人物业，不是公众场地。有一个家伙故意把垃圾桶踢翻，打烂玻璃。只见一个圆脸保安追上来，一直追到靠近灯光球场的地方。亚伦和他的朋友们像撒欢的狗一样成群结队地跑，一边跑一边起哄。他们的脚在冰碴子上乱踢，保安则在他们后面恶狠狠地叫唤，你们这帮磕毒的浑蛋，下一次把你们都抓起来，滚，快滚回你们该待的可恶的保留地去。

他们一起放声大笑。但是，他们很快像泄了气的轮胎一样累了。亚伦想回讨厌的家了。

过了晚上 11 点，亚伦回到了家。佐伊离开之后，没有人再会关心亚伦在外边混到什么时候，也没有人再会注意到亚伦是否逃课，是否压根就没有在学校出现过。如果他还有东西吃的话，那就是狗粮一般的食物，从冰箱里找到的剩饭、外卖的中餐、比萨饼、三明治之类。德尔莱存在冰箱的只有啤酒。

那天夜晚德尔莱不在家。亚伦到家时德尔莱还没有回来。亚伦一边看电视，一边从冰箱里拿出一罐啤酒。他趴在沙发上吃完了一块三明治。那天晚上，德尔莱说他出去办点事，亚伦才不相信他的鬼话。问都不用问，他一定是去和女人鬼混。德尔莱没有说出那个女人的名字，因为她还有丈夫，绝不会因为婚外情曝光失去对孩子的监护权。亚伦不知道女人的名字，但是他猜到那个女人住在星湖而不是斯巴塔。他这样猜是有道理的，因为德尔莱要开 40 里以上才能到达那里。亚伦相信父亲发的誓言，说那天晚上他不在斯巴塔，他不会在任何离西弗利街更近的地方，他那天晚上没有见过佐伊。

亚伦看到他父亲带血丝的眼睛，他相信父亲的话是真诚的。我没有对妻子佐伊做过任何身体伤害。亚伦，我直至今日仍然爱着佐伊，你相信我吗？

当然，亚伦相信父亲。

警方问亚伦，星期六晚上和星期天清晨德尔莱在什么地方？亚伦说：“我爸和我一起待在家里。我们都在家里。”

面对着警官的威胁，孩子绷紧脸，眼睛却在逃避。亚伦有一身褐色的皮肤。虽然他有一位金发的高加索母亲，但他暗红色的皮肤是典型的土著美国人的皮肤。

“整个晚上？那天晚上一直到星期天凌晨你都在你父亲身边？亚伦，这就是你告诉我们的吗？”

是的，这正是亚伦告诉他们的。

那个年纪大一点叫马提诺的探员说话中带点讥讽，又带点同情，似乎暗示亚伦在撒谎，为保护他的父亲撒谎。是这样吗？

亚伦涨红着脸，半天没说一句话。但是，他不会落入彀中，他坚持说没有，他没有撒谎，他父亲和他一直在家，整个晚上都在一起。

“在同一个房间？在同一张床上？整个晚上？”

马提诺冷笑着问他。亚伦依旧没有入彀，只是僵硬地坐着，显得很不耐烦。他没有撒谎，想都没想过这是在撒谎。如果德尔莱对他发誓说他没有伤害佐伊，那天晚上没有到过西弗利街 349 号，那就是真话，亚伦相信他。

儿子，你知道我不会对你撒谎，我对你说的绝对是真话。

讯问在继续。亚伦用几乎听不到的声音断断续续地告诉探员们，那个星期六晚上对我父亲来说不是什么特别的晚上，对他自己也一样。有时候德尔莱整晚外出，一周有两三天德尔莱会到别的地方去，亚伦不知道他去哪里。但是 2 月 19 号那个晚上德尔莱待在家里，可能是得了流感，早早就上床睡了，亚伦则一直在看电视。亚伦说，他可以发誓，如果需要的话他也可以在法庭上发誓。

第二天早上他离家出去的时候父亲还在睡觉。因为母亲告诉他给他准备了圣诞节礼物，要他过去拿。他母亲说可能最近要外出一段时间，所以他决定顺便到他母亲和另一个女性朋友合住的寓所去一趟。亚伦想母亲可能是要做一次“飞机旅行”，参加一个俱乐部的“试唱”。亚伦说，我真的不知道详细情况。佐伊在谈论个人计划时有所保留，保留了神秘细节，这是佐伊的行事风格。

佐伊说这次旅行对她很重要，想在旅行之前再见见他。

亚伦被问及自从佐伊搬出奎利路之后，他多长时间和她见一次面？亚伦耸耸肩说不太经常。

“不太经常？孩子，在那天早上之前你什么时候见过你母亲？”

孩子，这称呼听得他牙都发酸了，他真想对着他们啐一口痰。

他说，不太经常，但佐伊会打电话来和他说话。

“她说她为你准备了‘圣诞节礼物’？这‘圣诞节礼物’在哪里？”

亚伦耸耸肩。到目前为止他还没有想到过圣诞节礼物这档子事。

“你母亲没有提过谁带她去‘飞机旅行’？去哪里？”

亚伦摇摇头说，不知道，她没有提过。

“你有没有‘预感’到有什么事要发生，所以你才去看她？”

亚伦又摇摇头说不知道，他没有想过。

“预感”这个词对亚伦来说是个新词，但他明白它的意思。

这天早上是一个阳光明媚的冬日早晨，他醒得很早，他和奎利路的邻居坐上一辆车来到斯巴塔大教堂。

“你父亲仍然在家？在床上？在睡觉？”

亚伦耸耸肩，应该是这样。

两位探员互相交换了相同的怀疑眼神。亚伦明白他们怀疑他在撒谎，但他不会上当，不会以不合作的态度回答他们。

那位年轻一点的探员布里西亚说：“亚伦，你能确定你所说的一切都是真话，你没有为保护你父亲撒谎，对吗？你希望我们相信你，是吗？”

那位探员话音刚落，亚伦差点冲口而出，相信个屁。亚伦觉得口里有一股酸涩难受的味儿，而且越来越冲。

亚伦还是耸耸肩，但这一次他笑了。是的，我可以确定。

通过这几周的调查，斯巴塔警方的探员们不得不宣布他们没有找到与德尔莱一克鲁拉谋杀妻子有任何关联的物理证据，在行凶现场发现的散印在简陋排屋的无数个人指纹中，证明没有任何一枚与德尔莱一克鲁拉的指纹吻合。

邻居中的目击证人声称在那天晚上没有见到过德尔莱一克鲁拉在西弗利街 349 号周边出现。他们报告说，曾经看到有一两个人在周边出现过，其中包括坐在闪亮的奥斯车里的爱迪－迪尔尼。

爱迪－迪尔尼这个名字在佐伊－克鲁拉谋杀案中经常会出现。

爱迪－迪尔尼是佐伊－克鲁拉的情人，有人曾经看到他出现在西弗利街的那个地址。

爱迪－迪尔尼，一个有妻儿子女的已婚男子，以急性子和酗酒而闻名。

……

推开房门，亚伦发现里面不太对劲。很快，亚伦看到了躺在床上的物体，一个半裸的女性尸体倾侧在破床外边，一条血淋淋的手臂横在地上，好像在摸索什么。

亚伦爆发出一声凄厉的哭喊，那是受伤野兽的哀鸣，嘶声裂肺的喊叫。

他哭喊的不是佐伊而是妈妈。

多少次了，他在哭喊妈妈，妈妈，妈妈。这种情形在他以后生活中还会出现无数次。

每当亚伦回想起他第一次经历的这种恐怖时刻，好像有一种东西直冲向他，冲向他的脸，像蝙蝠一样的黑影要吞噬他，使他眼前一片漆黑。他腿软打战地跪在地上，整个人跪在地上，双腿抖抖索索。

一股酸热的液体从喉咙涌出，从嘴里喷出。

死亡意味着什么？如果你是一块肉，你会变腐，这就是死之所指。

他坚信自己闻到了她的尸臭味。

尽管屋里流动着透骨寒的空气，他坚信闻到了她身上发出的气味。

媒体没有公开报道亚伦以后几分钟里的所作所为。

他没有像其他人应有的反应那样跑出房间，也没有跑下楼去尖声呼救。他没有时间考虑会不会处在危险之中，没有想到谋杀者（或者谋杀者们）会不会仍然留在屋子里。

他挣扎着跑向母亲。母亲满身瘀伤，血淋林地躺在破床边沿。他用尽力气把母亲扶回床上，把她已经僵硬的手臂从地上抬起来，设法把弯曲的手臂拉直，找来东西把裸露的身体盖住。浸满血的床单冻住了，窗户被风吹开。他闻到房间里有一股尿臭味和屎臭味。亚伦感到羞辱，为他母亲的赤身裸体感到羞辱，为赤裸的大腿上屎尿痕迹感到羞耻。佐伊原本是一位美丽的女人，在乐台上穿着闪闪发亮的演出服光彩夺目。可是现在她被掐喉而死的残缺尸体不再美丽，散发的气味也不是诱人的香气。

一定是有人把窗户推开了一半，让风雪灌进来。亚伦跌跌撞撞地走到窗前，用尽力气把窗帘拽紧。

为什么？为什么要费尽力气去干这种事？

亚伦，你疯了吗？你是怎么想的？

佐伊的房间和她的床一样破败不堪，而且还在继续破损。这里发生过纷乱的争斗，到处都是碰倒的东西。亚伦跨过一对高跟鞋，看到一只撕烂的灯罩和一只破碎的瓷灯台。地上散落着女人的内衣和丝袜，一件里里外外都沾满尘土的毛衣，一个被撕破、薄如蝉翼的肉色乳罩。窗外，2 月刺目的阳光预示着一场大雪即将来临。在阳光照射下，沾满污垢的墙纸血迹斑斑，如同一刻都不能消停的孩童在墙上乱泼的红色颜料，显得格外刺眼。佐伊的脖子上紧紧地缠着一条带血的毛巾，头颅被敲破，头皮在渗血。梳妆台上的物件（其中有一只蓝色圆片装饰带假金链的女式手袋和一盒女用化妆用品）掉在地上，散落一地。亚伦看见一盒铃兰味的爽身粉撒在地上，想都没想就立即蹲下捧起爽身粉撒在母亲的身上和床上。沾在地上和墙上的爽身粉与鲜血粘在一起。亚伦拿起更多床单盖在母亲身体上，用一堆床单遮住她伤痕累累的身体。他把能够找到的东西，把能够抓到手的东西，把剩下的爽身粉统统拿来放在母亲的身体上。

这样就好得多了，好多了。

房间闻起来已经有铃兰香味了。他累了，踉踉跄跄地走出破旧的房间。他没想过房间到处都是他的指纹，也没想过屋子里是否还有人藏在某一个角落。曾经抿着双唇对他发笑的杰奇－德鲁卡是不是在另一间房？也被人谋杀了？他已经完全把杰奇－德鲁卡忘了。他没有停下来去别的房间望一下，也没有到就近的洗手间去望一下。他像从梦魇中挣脱但仍旧没有完全清醒。迷茫中，他却以极不寻常的镇静走下楼梯。他的手上有一股味儿，一股血与爽身粉混合的味儿，而今都化作了铃兰的香味儿，瘆人的甜味儿。亚伦的手上沾着血，用手摸过的下巴粘着爽身粉与血的混合物。他快要晕倒在楼梯上，但还是踉踉跄跄地走出屋子，走到清新寒冷的空气里。他的双腿累得无法站立，已经再无气力支撑身体。他一屁股坐在门前的斜坡上，但仍然出奇地镇定，有一种满足的感觉，一种完成使命的感觉，所有能够为佐伊做的事情都做完了。他再无力气走动，再无力气呼救。在门外肮脏的水泥斜坡上，他看到门上的圣诞花环歪了，可能是自己来时碰歪的吧？他虽然瞪着双眼，但显得平静，这一切掩盖不了悲伤，掩盖不了想睡的疲态，他等着他们来找到他。

几个街区以外，多克街上圣帕特里克教堂钟声在响起，1983 年 2 月的那个星期天上午 11 点，亚伦－克鲁拉的生活从此与过去告别。

亚伦不知道自己在门前的斜坡上坐了多长时间。他们以后会问他干吗不去求救？他不知道。10 分钟？15 分钟？半个小时？在模糊不清的记忆中，他可能想等待德尔莱来接他回家，可能想等待佐伊来接他回家。他没有意识到气温已经下降到华氏 10 度以下。他冻得浑身发抖，身上的皮外套和裤子上到处是血腥味儿，混杂着爽身粉和血的味儿。他一直坐在那里。最后，终于有邻居注意到一个外表孤独的孩子像流浪狗一样坐在门前斜坡上，裸露着头，没有戴手套，双腿蜷缩在胸前。他曾经推开床前的窗户，曾经把爽身粉撒在她身上。后来警察问他，亚伦，你为什么要这样做？亚伦只是简单地说，妈妈喜欢好闻的味道，妈妈不喜欢离开的时候身上有怪味。

这是真的。每一个人都这样说起佐伊－克鲁拉。佐伊从来不会在离屋之前打扮不尽如己意，佐伊喜欢外观好看，清爽。如果佐伊知道自己被陌生人发现赤身裸体躺在床上，被屎尿污体，会深感羞耻，这羞耻在她死后紧随。亚伦说，假如我还能帮着做点什么，可能就是这些了。

29

1977 年劳动节

在公园炫目的灯光下，佐伊身着闪亮的红色长裙，脚下蹬着高跟鞋，如此美丽，撩得人目不转睛，目不转睛地凝视着她。是的，这就是佐伊，这就是妈咪。听众中出现了一位与之有特殊联系的陌生人，他满怀崇拜的心情来聆听佐伊最负盛名的歌曲《天堂的小鸟》。佐伊用快速明亮的风格演唱这首歌，与亚伦儿时听到的风格迥然不同。儿时，佐伊把这首歌作为摇篮曲唱给亚伦听，这是妈咪专门为他量身定制，专门为他演唱的。佐伊把亚伦轻轻地放在床上，俯下身脸贴着亚伦的脸亲吻他的鼻尖，轻声细语地问道，谁是我的天堂小鸟？谁是我的天堂小鸟？是你！你就是我的天堂小鸟。现在，亚伦 8 岁了，这是一个躁动不安的年龄，一个叛逆的年龄。他对佐伊变换形式的新潮献唱很反感，这首歌是为他量身定制的，不能为外人所听。看到妈咪对着陌生的听众微笑献媚，看到妈咪穿着他从来没有见过的闪亮长裙在乐台上乳沟毕现，绷紧的衣服勾画出她纤细的腰身和美臀，整个人如水灵动。他看不下去了。

我朝上看，我一回头，

在路轨上百里远走。

哎哟哟，我知我所在，

天堂的小鸟就在我面前。

亚伦明白，作为一位有乐队伴唱的歌手，佐伊必须做一位歌手应该做的事，穿特制的演出服站在乐台上对着麦克风，像电视上的歌手那样微笑演唱，去接受听众的喝彩和鼓掌。亚伦虽然明白，但是觉得很受伤。看着台上迷人的金发女郎，亚伦觉得这不是妈咪，不应该是在聚光灯下由所谓的震撼黑河乐队伴奏下演唱的妈咪。爹地对这个乐队很反感，常常向妈咪抱怨说他不喜欢乐队那些家伙，那个白发小提琴手，猫王长相的吉他手，也不喜欢抱着一把像提琴一样乐器的大胖子，他在胡乱弹奏出低音巴斯般的声音，听起来像我们家屋后呱呱乱叫的青蛙。

然而，爹地欣赏妈咪的演唱，为妈咪感到骄傲，亚伦也一样。

亚伦和他的父亲坐在乐台前面的第一排座位上，得向后仰着头才能看清台上的演出。第一排座位是专门为乐队的特别家庭成员和特殊嘉宾保留的，坐在靠近乐台的位置上是一种特权。震耳欲聋的音乐犹如波浪一般冲耳而来。佐伊还有一些深受听众喜爱的歌，如《伟大的洛基山脉》、《你是我的阳光》、《雪地上的足迹》等等。你可以感受到佐伊是那么激动，那么迫切地期待听众们的爱，期待听到喝彩和鼓掌。亚伦眯起眼睛到处望去，密密麻麻的人群，所有陌生的脸孔都盯着乐台上的佐伊。亚伦数了数，一共有 32 排座位，每一排有 25 个坐席，那就是说，有 800 个人在听演唱。除此之外，还有站着听的人，在草地上坐在毯子上听的人，在公园野餐的人以及来户外烧烤的人，林林总总有 700 人之多。震撼黑河乐队是第三个或是第四个安排在劳动节演唱会演唱的乐队，而且是拥趸最多的乐队。亚伦知道，他应该为母亲感到骄傲，希望为母亲感到骄傲。他不愿意去想妈咪背叛了他。他明白这种想法不对，这是孩子想事的方式，他现在长大了，该为有这样的母亲感到幸福。但是，眼前的妈咪很陌生，像带着面具的陌生人，像百货商店的服装模特儿，不是鲜活的人。他被眼前的一切弄晕了，不知什么地方出了错。在这样的地方听《天堂的小鸟》，听妈咪改变唱法的嗓音，这不是摇篮曲，不是为他定制的摇篮曲。

亚伦叉开双腿坐在折叠椅上，膝盖上放着一罐开盖的啤酒。父亲坐在他旁边，时而瞪大双眼盯着台上的佐伊，时而眯起眼睛凝神聆听。他不像其他听众那样在高潮迭起时鼓噪，他只在歌曲尾声抬手鼓掌，持续不断地举手喝彩，以期引起佐伊的注意。如果佐伊真在意的话，他会玩命鼓掌。他真诚地为她感到骄傲，感到幸福。

确实如此。

台下喝彩声、口哨声和呼喊声四处不断。这些声音大都来自男人和男孩子，他们脸上的表情使这爷俩感到厌恶。亚伦虽然只有 8 岁，但是他也明白其中之味。

你别告诉我你没有那样展示身段，你的动作还有你的嘴形。你以为我看不见吗？

这就是爹地，专门拣妈咪不爱听的话说。

亚伦和妈咪一样，也不愿意听到这些话。

音乐会后举行了招待会。亚伦以为爹地会带他去参加招待会。万万没想到，德尔莱拾腿就走，亚伦只好跟在后面离开。可能德尔莱悄声说过走吧，也许什么都没说。亚伦无法选择，只好从激动的陌生人堆中挤出去。他激动，但也焦急，感到了佐伊的背叛，宛如烈日在脸上灼烤。

在临近停车场的地方，亚伦贸然说了一句话："是你让妈咪去唱的，你没有制止她。"

走在前面的德尔莱没有听到他的话。

"爹地，你为什么让她去唱？你为什么不阻止她呢？"

正在开车门的德尔莱听到他的话了。德尔莱似乎只想过，但没有打算说出来。他冷笑着说："阻止她？阻止她什么？这是你母亲高兴做的事，她天生一副好嗓子。她希望和乐队合作，总盼着有这么一个机会。"

现在你可以体会到他为什么冷笑了吧？德尔莱是第一个离开音乐会的人，开车离开时甚至忘了打开车头灯，幸亏有人闪灯提醒他。

亚伦说："我们为什么不留下来陪妈咪？她怎样回家呀？"德尔莱笑着说："别担心。只要她想，妈咪总是可以找到车坐的。"

在烦人的公园里，亚伦给蚊子咬得够呛，回到家里却没丝毫睡意。没有妈咪抱着睡觉，他觉得凄凉，感到愤怒。他很激动，一闭上眼睛，眼前全是乐台上的佐伊，听到她的歌声和男乐手抱着的超大提琴里发出低音巴斯的牛蛙吼声。他感到愤怒，因为佐伊把光和热从他睡的床上吸走，从她离开的房间吸走。他觉得气温陡然下降，佐伊的缺位带来寒意，空无一人的房间冰冷，使人难于入睡。

30

1978 年 5 月

"妈？嘿，妈——"

亚伦明明知道她不在，却在屋里四处喊叫。厨房里静极了，没有收音机，没有哼唱，没有歌声。每天早上，佐伊会来到亚伦房间敲门，进来又摇又拽又拉，催促亚伦起床，如果还不起来，她就会叫他瞌睡虫、懒骨头。在亚伦挣扎起床的时候，佐伊会把被子从他身上掀开，使他觉得凉飕飕的，心跳变慢，慢得像海底最深处困在淤泥里的生物。但是现在，没有人叫他起床。这个早上静极了，没有人会关注亚伦是否按时醒来赶校车，是否已经起床。

寂静中传来德尔莱咳嗽的声音。他在说话，只要是她想做的事就没有人能够阻拦她，她想做她要做的事。亚伦天生一副大骨架，一对忧郁的眼睛，一头毫无光泽的黑发在刀削般的额头上方密密竖立。他像受伤的野兽握紧拳头对自己的双眼猛击，母亲的离去使他焦躁恼怒。佐伊做了一件非常错误的决定，使父亲很生气。亚伦必须站在父亲一边，这样父亲才不会把怒气转移到他身上。

亚伦知道父亲曾经好几次跟踪佐伊，跟在她后面，拽住她的肩膀又摇又晃，没人会注意到亚伦知道这件事，如果父亲知道了会不高兴的。德尔莱像鬼节张口咬人的南瓜面具那样咧开满口黄牙对亚伦说，他没有打过妈咪，从来也没在她面前挥过拳头。

反过来，妈咪披头散发地扇他耳光，不惜损坏指甲掐他。你这野蛮的浑蛋，竟敢打一个女人，你比我重两倍，你这算什么？

假如亚伦从藏身的地方冲出来拦他，父亲会转过身抓他，抡起双拳捶他的头，击他的腰，打他的屁股。

妈咪走了，维亚拉姑妈却来了，来为他父子俩做饭。维亚拉是德尔莱的妹妹，她一贯向着佐伊。她对亚伦的父亲说，你得学会放开一点，你知道唱歌这事对佐伊有多重要吗？人人都说佐伊有一副甜嗓子。德尔莱却阴沉地说，我老婆有的是好看的屁股，有谁在意她可恶的嗓音？

维亚拉笑着说好你的头，德尔莱明白她要说什么。

一天晚上，德尔莱出去了，家里只留下维亚拉姑妈和亚伦吃饭，吃维亚拉做的奶酪通心粉。在吃饭看电视时，维亚拉告诉他一个秘密，佐伊和震撼黑河乐队的朋友们一起开车去了纽约市，准备参加一家唱片录制公司的“试唱”节目。假如“试唱”节目成功的话，亚伦不久就能在电视上看到佐伊，听她在收音机里演唱。他们有可能应邀去纳斯维尔参加大奥尔交响乐团的演唱会，成为多多莉－巴顿、乔尼－卡西和朱妮－卡特的朋友，人们会买他们的唱片，使他们成为富翁，搬出斯巴塔到其他城市去，如纳斯维尔、纽约，搬去比斯巴塔更好的地段，搬到富人们在河上拥有自己的船坞和游艇的山景区去。

亚伦听到这些话很诧异，德尔莱从来没有告诉过他这些事。维亚拉一边喝着德尔莱的罐装啤酒，一边说着，眼睛里充满憧憬。她向亚伦描绘去送佐伊的情景，深情地祝她好运。虽然她不完全赞同佐伊所做的事，但她明白佐伊需要这么做。她和乐友们一起乘坐一辆奶黄色的雪弗莱旅行车离开斯巴塔，车两边标着震撼黑河乐队的紫色字样，车厢里装着他们的乐器（吉他、定音鼓）和音响设备。他们自称是“爵士音乐演奏会”行家，可以在任何场合（婚礼、家庭聚会、夏日音乐会、乐台）演出。震撼黑河乐队由三个乐手和一位女性歌手组成，他们都各自有自己的全职工作，有自己的家庭。虽然他们从事“爵士音乐演奏”已经近5年，但在赫金玛郡之外没有人知道他们的存在。佐伊说，我们都不年轻了！

佐伊在奎利路的家里有一台旧的竖式钢琴，她还是姑娘时花了40块钱从一位邻居老人那里买来的二手货。佐伊曾经想过去参加钢琴辅导课，但是不知为什么没有去成。她只是用钢琴来定音，用两个手指按着琴键练习从收音机或从唱片中听到的歌。佐伊很有耐心，也很有天赋，她用这种方式学到很多歌曲。当亚伦听到佐伊在钢琴上定好调时，他会走过来认真听。佐伊的弹唱时而停顿时而流畅，就像是特殊的密码等着亚伦去破译。

当亚伦用他笨拙的手指甚至用拳头敲击琴键的时候，琴弦发出刺耳的抖动，发出痛苦的声音，亚伦会沮丧地用拇指从左到右飞快地滑动，然后又从右到左再来一遍，弹出可怕的噪音的同时把手指划破流血。

佐伊还有另一个想法——写歌。她想写“爱情民谣”，为震撼黑河乐队录制歌曲。每一次写出来的歌，一开始听起来都极具原创性，但到了最高潮的时候却变味了。

“我的脑子里摆脱不了音乐家的旋律！”

在纽约市，佐伊每天晚上6点会按时打电话回家。她先和德尔莱说话，然后和亚伦说话。德尔莱每每只粗暴、不高兴地对付几句，然后把话筒甩给亚伦。母亲在电话里的声音听起来很陌生，亚伦却感到很温暖很惬意，就像是妈妈靠在床上在他耳边吹气，逗他醒来。

佐伊开头三通电话谈得很激动。她告诉亚伦，他们在纽约过得可好了，纽约是一个十分迷人的城市，下一次再来她一定要带全家一起来。可是到了第四通电话的时候（这是她在纽约的最后一个晚上），她流着眼泪说，已经等不及要回家，她太想他们了。

亚伦在电话上听到母亲哭，觉得很奇怪，他也禁不住要哭起来，只是父亲把电话从他手中抢过去了。

“佐伊吗？快滚回家来。再不回来我就要去把你拽回来。”

佐伊回来后，情绪明显低落，也胆怯了许多。也许是震撼黑河乐队不该那么急着赶去纽约，花 1650 块钱去帝国音乐录制公司安排的“试唱录制”。

“那个‘工作室’太恐怖了！在 43 街一座老鼠出没的旧大厦第 20 层。这座大厦离时代广场只有几个街区，你一定会以为在这个地段的大厦是合法经营的公司吧？你一定会这么想的。可是当我们按规定交完费用后，才发现还有各种‘额外费用’，就是‘隐性支出’。要签的合同让人看不明白，我们只好闭着眼睛签字。我们怎么会知道是那样一个鬼地方呢？大厦门前的人行道上到处是吸毒者和流浪汉，也就是纽约人说的‘无家可归者’，你得跨过这些人堆才能进入大厦。那个叫‘戈兹切先生’的人自称是‘公司首席执行官’，把一张现金支票从我们手里拿走，然后叫一个‘音效工程师’领我们去一间所谓的‘录音工作室’。我们花了至少 6 个小时，但只制作了很短的一盘实唱录音，我指的是实实在在的录音，很小的一盘。我有点不好意思地问他们就是这个了？花了这么多钱，我们所得到的就是这盘小小的塑料片录下的震撼黑河乐队的歌唱录音？我们在家早就有了这些歌曲的磁带盒卡带呀！戈兹切先生说要再等一两天看看我们的‘试唱’是否合适进入下一阶段的制作，让我们等他回话。等待这段时间，我们住在 47 街的豪生酒店。酒店的洗手间到处是蟑螂，门外整夜噪声不断，警车、救护车、救火车的尖叫声，甚至鞭炮声和枪声，简直是你所能听到的关于纽约市最糟糕的故事。你以为我说得太夸张吧？上帝呀，我不得不在睡觉前检查一下会不会有虱子，我感到这些恶心的东西就在我身上爬。白天，我们去游览，去帝国大厦和洛克菲勒中心。我们没想到这些地方如此壮观。晚上我们去看演出如《霹雳娇娃》。这些活动都很不错，但是开销太大，比斯巴塔人能想象的要大得多。我在哈尼斯通奶品店工作积蓄下来的钱几乎都花光了。我很伤心，很心疼……一天过去了，又是一天，又是一个上午，我们还是没有听到戈兹切先生的回话。他说过会把我们的‘试唱录音’送给代理商、音乐公司、电台主持人以及一些电视人看看反映如何。但是他没有再联系我们，我们打电话给他时，接线生却让我们等候。人在绝望的时候不怕失去什么，我决定亲自去见戈兹切先生，他肯定会在所谓的‘录音工作室’。果然，在‘录音工作室’里有另外一个小组在试唱，好像中学生模样的孩子，他们在模仿米克－杰佳。戈兹切先生盯着我，假装没认出来，说现在没空和我说话。我说你最好为我抽点时间出来，否则我就去报警。戈兹切先生像看傻子一样冲着我的脸笑起来。

“他看上去比第一次见他的时候要苍老，油头粉面，一股威士忌酒气喷口而出，可现在还不到中午吃饭时间。他把我领到他办公室时紧紧地握着我的手，好像我们之间关系很不一般。他的办公室狭窄压抑，人在里边几乎要碰到一堵空墙。我对他说，戈兹切先生，我知道有各种业余音乐爱好者盼望被发现，你就直接告诉我，震撼黑河乐队有没有机会？我有没有机会？戈兹切先生开腔了，亲爱的佐伊，当然有，这是在美国，成功机会总是有的。他突然停下来，给了我一个悲壮的笑脸。他在抽屉里胡乱摸了摸，抽出一张光面的大幅美国道路地图，像教师爷那样把地图铺在办公桌上，他戴上双聚焦眼镜，用铅笔点着道路图的东西南北方位，多毛的鼻腔里喷着粗气用忧郁的口气说，佐伊，你是一位可爱体面的年轻女性，我知道你有一颗‘雄心’，可以成为一个传奇演唱家，可是我想让你评估一下自己，亲爱的，你值得我这样做。看到这些城镇和城市了吗？任何一个州的任何一个地方至少有一个非常漂亮的姑娘，天生一副好嗓子，一副‘有潜质’的嗓子，她希望为自己打造一个在‘娱乐界’的前程，希望出名和富有，让她的家庭为她骄傲，让她中学的青涩同学妒忌。她希望有一天走在街上，陌生人都会围过来索要她的亲笔签名，索要她的照片。所有美国的边远州，所有城市、城镇，甚至小小交叉路口的定居点，总有一天会变成鬼城，在接下来的几个世纪内积满灰尘，已经离开的人或许会记得或留下印记。这些地方只是地图上的一个点。明白了吗？佐伊，极具悲剧性的是，有太多的你，太多的‘佐伊－克鲁拉’，没有足够的地方可以容下你。像许多海洋生物一样，都很饥饿，但食物永远不够，所以这些海洋生物本身就必须成为食物。所有别的‘佐伊’加上‘明星’都不顾一切想走上真正的艺术家道路，她们的名字你也许知道，你可能会有机会。但事情往往不尽如人意，佐伊，你明白吗？所以你不会有机会的。”

佐伊在说这些故事的时候，极力模仿戈兹切先生磁性的嗓音，把声音压低。佐伊真是想以此来吸引听众吗？然而，故事结尾的时候，佐伊禁不住流下了眼泪，她用指尖轻轻地刮了刮眼睛。

亚伦觉得他应该笑。妈咪希望他笑吗？每一次妈咪向不同的人复述这个故事的时候，都会添油加醋，使故事变得更具戏剧性。然而，亚伦看到妈咪在流泪。

他是多么痛恨纽约市那个告诉佐伊如此残酷事实的男人啊！

他恨所有让美丽的母亲流泪的人，他恨所有像饥饿的鱼儿那样被吞食的人，这种人如此之多，如此之多人被吞食。

“我不得不承认他说得很对。他是对的，在时代广场，在这欲望的旋涡里，我是这么说的吗？哦，应该叫‘中心’。这一点他说得很明白，在这中心里到处是饥饿的人，可也到处充满希望。我们在回斯巴塔的路上想起来，他的名字叫‘戈兹切’意思是‘各自切’，听起来就是‘我，各自切，吸血鬼！’这也许是戏谑，也许不是。他那时也许没有戏谑的意思，至少和我在一起时他说得很真诚，我认为他说的是掏心窝的话，至少就我俩在一起的时候，可能对别的人说得不一样。他是喝了些酒但没有醉，他很亲切地叫我佐伊，问我要不要也喝点，就两个人喝，我们可以为震撼黑河干一杯，震撼黑河，他是这么称呼我们乐队的。他不是在开玩笑，我说我就不喝了，他说那好吧，佐伊，然后在我的脸颊上亲了一口，说一路顺风。我坐电梯下了楼走出那个地方，走到43街，一路走一路流泪，也一路笑。有太多的佐伊一克鲁拉了，而这些人都如此饥饿。”

亚伦怯生生地说：“妈，我真的喜欢听你唱歌！”

“好啊！有你这样我就够了。”

佐伊笑着靠过来亲亚伦，但有点失去平衡，没有吻到他的鼻尖。亚伦觉得她身上有一股甜酸味儿，会不会是从纽约市带回来的？

31

1980年4月

亚伦11岁，但留级了，和10岁大的同学一起在哈珀维尔小学上五年级。他从同学眼里看到，也从老师眼里看到，似乎他是做错了什么事才留级的。从此，做错事的想法在他脑子里生了根。

亚伦一克鲁尔开始有了异乎寻常的思维。

在加里森路的垃圾填埋场，他叉开双腿跨在自行车上。他看见他们了。在空气潮湿的4月，他显得格外孤独，大多数时间都孤独一人。他知道自己心中的结。在皮卡上的女人是他母亲。尽管视线被雾气遮挡，他的心像狂兽那样扑扑乱跳。他知道那个女人就是佐伊，满头浓密的金发用红色丝结束在脑后的佐伊。他认识那个丝结，他熟悉她那像小鸟啄洞时发出的咯咯笑声。有个男人在压低声音说话。

亚伦不止一次在哈尼斯通见过这个男人，他不知道这个人的名字，但看见这个男人带着与自己年龄相仿的男孩子和一个比他年龄小的女孩子去哈尼斯通。他看见过这个男人一直在等佐伊过来招呼他下订单。佐伊不在眼前的时候，他会主动退到排队的后面，一直等到佐伊出现在面前。佐伊看到他就满眼放光，像大猫抖毛一样高兴得浑身发颤。她会用手肘撑着身体，靠在高高的柜台抿着嘴唇悄声地问道，嘿，今天想要点什么？

亚伦闭上眼睛翻动记忆，是爱迪。

爱一迪，今天想要点什么？

典型的佐伊嗓音，充满诱惑软绵绵的嗓音。当亚伦即将进入梦乡和渐渐醒来的时候，佐伊就是这样靠在床上，在他耳朵上轻轻说话。

这个男人是爱迪，一个高加索人，身上不带一丁点黑色的血统。

他是一个英俊的男子，身穿 T 恤和卡其裤，头戴垒球帽。他把帽沿低低地压在前额上，充满肌肉的手臂上长满灰白的汗毛，一副悠然自得的样子。他不是那种有耐心排队的人，但等候佐伊一克鲁拉招呼就不同了。

爱一迪，你站在那里，精神焕发。

佐伊，你也一样。

垃圾填埋场是亚伦经常来的地方，通常是一个人来，有时也会和朋友们一起来。在到处垃圾的地方聚满了觅食的鸟儿，即使你在路边也能听得到鸟儿叽叽喳喳的叫声，像在争抢什么。这些鸟中有乌鸦、海鸥和土耳其秃鹫。土耳其秃鹫是保护动物，人们通常叫它食腐动物。大龄男孩子们会骑自行车来这里用 22 气枪砰鸟。亚伦喜欢用“砰”这个词来形容打鸟，“砰”指的是恐怖，是伤害，用可怕的射杀去残害生物。砰的声音在卡通片里就有。假如有一天亚伦有枪的话，他也会去“砰”

鸟的。

德尔莱有一杆枪，叫做猎鹿枪的玩意儿。德尔莱很少擦枪，也不给枪上油。上一次他把枪拿出来检验，发现枪膛都生锈了。他恼火地说幸亏发现了，否则这可恶的玩意儿会在我手里炸开。

亚伦躲在一个包装箱后面，不敢深呼吸，腐烂垃圾的味儿太重了。他刚到来时没有注意到那辆深绿色的皮卡，过了一会儿才注意到车停在栅栏外边。那个地方长满小树、蓟花和灌木丛，树丛下是一条市政路。他听得到他们说话的声音但不能破译他们的话。亚伦透过一棵矮树看到车上的人，男的戴着垒球帽，女的头发上束着红色发结。他听到有人在笑，一个高分贝的女人笑声，这笑声太熟悉了，一种给红蚂蚁在皮肤上咬的感觉。

这是一个孤独的下午，亚伦骑车去了加里森路。那天上午，他在维修铺车库四处转悠，希望父亲能让他做点什么，但是德尔莱视而不见，然后就带着一个年轻的技工开着拖车出去了，这是亚伦最不想看到的情景。

佐伊出去采购了。每个星期六下午佐伊都会出去。过去是带着亚伦开车出去，只是为了兜风。可是这种时光不再有了。

亲爱的，你是个大孩子了，去和你的朋友们一起玩吧！

今天跟妈咪出去你会很无聊，会给妈咪惹麻烦，肯定会的！

亚伦扭动腰腿俯伏前进，像丑陋的爬行动物一般偷偷地接近皮卡。在哈珀维尔小学，没有一个男孩子能够和亚伦相比，像亚伦－克鲁拉这种身形，本应该在初中甚至高中才有，也只有来自塞内加保留地的男孩子可能与之匹敌。他的黑眼睛和暗红色的皮肤加上硕大的身材，在上体育课时每个同学都小心防他。老师用嘶哑的声音问亚伦，你对那些男同学都说了些什么？有没有威胁说要伤害他们？

老师的话使亚伦感到惊讶，不知道怎样反驳。

坐在这里，坐在这张桌子，别乱动！不准转头！

离开别的孩子。你比他们年龄大，你也比他们身材高大，懂吗？

那个男人紧挨着金发女子，她则顺从地躺下，躺在皮卡车窗边的副驾驶席上，男人俯身压下去，大懒猫乖乖地张开双臂搂住男人的脖子，紧紧地贴着他的双腿。是爱迪，戴着垒球帽的爱迪，看到这种情景，亚伦禁不住恶从胆边生。

克鲁尔知道他们在干什么。克鲁尔知道操×是什么，指什么，年龄大一点的男孩子曾经告诉过他，这是人们能做的最肮脏的事。在维修铺的车库里，技工们经常挂在嘴上的话就是操，操×。德尔莱在怒火爆发的时候也会说操。生气的时候不一定要说操，这只是说话的一种方式，连女人有时候也会这样说，佐伊也说。但是，如果亚伦说这话，佐伊就会骂他。

看我的嘴！这可是淑女的礼物哟。

这是佐伊开玩笑说的话，她不是淑女。有什么好笑的。

克鲁尔 11 岁时就知道操和操×的意思，他很反感。克鲁尔不明白女人为什么甘愿被男人操。

不管爱迪是谁，他开的是亚伦羡慕的深绿色雪弗莱皮卡，新型号，车况极好。亚伦想，他应该在父亲维修铺的车库里见过这辆车，可能在加油站见过，自己也许还给爱迪的车加过油呢！

德尔莱不喜欢佐伊跟这个男人在一起。

克鲁尔也不喜欢。

亚伦趴的地方，红蚂蚁开始攻击他。蚂蚁爬进他长满粗硬腋毛的胳肢窝和裤筒，他只得报复性地拼命抓挠。

克鲁尔很了解亚伦，但亚伦完全不知道克鲁尔的来历。克鲁尔是年龄大一些的同学专门用来称呼他的，表明他们喜欢他。亚伦则是佐伊在他还没出生的时候专门为他挑选的名字，佐伊告诉他，这个名字出自圣经。

佐伊说，据她所知，亚伦这个名字在斯巴塔不会重名。因此他很特别，这个名字会一直陪伴他一生。

他问她，我为什么特别？

妈咪说，因为你是我的。

妈咪笑了，妈咪吻他的鼻子。妈咪太好了，如果你希望相信任何事，妈咪会让你相信的。

因为你是我的，也是爹地的。这就是为什么你是一个特别的孩子。

克鲁尔开始明白事理了。但克鲁尔有点愤愤不平，因为没有阅读技巧和社会品行成绩，他留级了，留在五年级。羞愧，恼怒，他再也不会信任任何一个狗屁老师，永远不会。

当他翻开书阅读的时候，单词在眼睛里搅成一锅粥，他对数字也一塌糊涂。他恨书上的铅字，也恨黑板上的板书。他干脆闭上眼睛，他恨学习上的一切。

如果老师叫亚伦站到黑板前面接过老师递过来的粉笔，如果亚伦把综合计算数字写在黑板上，克鲁尔会安慰自己说操，赶快出去，出去，走出这个可憎的课室。男子汉，就这么决定了。

亚伦一直盯着停在栅栏旁边的雪弗莱皮卡。可是看不到车厢里的人，鲜艳的红色发结不见了，笑声也消失了。亚伦刚才骑车来到这里，他误以为皮卡是空的，被闲置在这里的。

你会以为开车的人可能在垃圾填埋场某个地方或者在树林附近拿着一杆来福枪在打猎。

克鲁尔听到有些家伙在嬉笑，口中念念有词：砰！砰！砰砰！有人递给他一杆枪。

32

那些年，克鲁尔长大了。

克鲁尔，铿锵如其名。

克鲁尔，坚硬密重如其名。

在家里，父亲平常叫他孩子，但如果要教训他的时候就叫他亚—伦。亚伦有许多惹恼德尔莱的做法，却没有一个使德尔莱高兴的方法。总的来说，父子俩相处得还不错。亚伦在父亲维修铺的车库做钟点工，没有报酬。德尔来说，孩子，食宿全包就是我给你的薪酬。德尔莱有时会把亚伦叫到一边说话，这就是他们自己说的特殊方法，私人方法。德尔莱会擦擦他油腻的大手，把手指戳在亚伦头上说，孩子，不错，你这次真牛，干得真牛。

一如草地网兜球运动。虽然亚伦生活在斯巴塔，而那些年长的男孩子们不是，虽然亚伦有一个白人母亲，那些男孩子的母亲们蔑视白人(亚伦是怎么知道的？总之他知道)，但那些孩子们看到亚伦打了一个好球，一样会递给亚伦一个眼神，点头认可，给他一个 OK。草地网兜球是一项要花钱买药治伤的运动，是一项犹如打仗一样激烈的运动。草地网兜球不是每个人都可以玩的，女孩子就禁止参加，即便是有如肌肉型男的印第安女孩子也在禁止之列。运动员们自豪地戴上头盔，流血带伤，膝盖、脚踝，浑身疼痛。如果女性们拿起球杆，那是对运动员的侮辱，更不用说在球场上挥杆奔跑。亚伦很早就听过赫金玛保留地草地网兜球运动员的传说。在传言中，这批保留地的运动员们被选中作为加拿大曲棍球职业队的队员被带去加拿大。加拿大方面提供他们打球和生活所需的一切费用，前提是放弃他们的美国国籍加入加拿大国籍。他们同意了。

现在，亚伦已经长大，上高中了。父亲希望他能在克鲁拉汽车维修部有更长的工作时间。这就意味着他没有时间打球，也没有时间完成学业了。亚伦把老师布置的家庭作业锁在体育馆储物柜或者搁在家里的书桌里。佐伊首先反对。她说，孩子年纪还太小，小小年纪就在车库像个油猴那样工作像什么话。他还是个孩子，要让他在学校多学点知识，拿一张文凭，将来好去社区学院深造。德尔莱说他自己就没有拿过高中文凭，更不用说去过社区学院学习了。佐伊说，你说得很对，正因为这样，我们的儿子才不能被打造成另一个你。

德尔莱笑了，你在想什么呀，这个“打造”应该说得是你吧？

佐伊担心亚伦会在车库受伤。如果一辆已经托起的汽车或摩托车滑下来会不会砸到他的腿，会不会压到他？在斯巴塔地区，克鲁拉维修铺的车库不是装备最好的。维修铺的确发生过事故，技工们偶尔也会受伤，德尔莱本人就因为事故把左手的一只手指压断了，至今不能灵活动弹，他左脚的一只脚趾也被压扁，留下灰指甲变得像屋顶一样既尖又厚。他对这些事故一笑了之，说他至少不会像在越南的伙伴们那样截肢。使佐伊更加烦心的是，当她的少年儿子回到家后，像一个中年男子，宽大的肩膀上穿着沾满油泥的外衣，满身机油和汽油味儿、汗味儿。佐伊坚持要亚伦坐下来吃饭之前把手和前臂用硼砂洗刷干净。她用自己的修甲刀挑干净亚伦破碎指甲里的油泥，用自己的小指甲剪给亚伦剪指甲，甚至给他修破损的指甲。亚伦的脸上、英气飒飒的眼眉和头发上沾满油污，看上去就像印第安战士的彩绘脸谱。因此，德尔莱带他去把头发剪成海军陆战队员的平头。德尔莱嘲笑佐伊对亚伦的关心。他说，狗屁，亚伦和我在一起很好。

这是真的，大多数时候，亚伦与德尔莱相处得还不错。

有一位既懂汽车又懂摩托车的父亲还真的不错。

一位拥有一辆哈雷－戴维森摩托车的父亲值得骄傲。他有时会和他的车友们出去显摆。

有传言说，德尔莱一克鲁拉曾经加入过阿迪隆达克地狱天使的帮派组织。假如有人问到佐伊，她会耸耸肩躲躲闪闪地说，你问德尔好了，他臂上有刺青。

刺青，刺青图案。

事情可能是这样的，多年以前曾经有个车手帮会，由于出了些事，亚伦的父亲在波兹丹监狱待过。问亚伦可能更清楚，他小的时候就知道这件事。如果你父亲想告诉你一些事，他会告诉的，但你必须把牢你的嘴巴。令德尔莱生气的是，有人居然想从佐伊口里打听有关他的事情。

小时候，亚伦曾经偶尔应邀和德尔莱一起去作哈雷一戴维森兜风之旅。亚伦跨进德尔莱后面旗舰般的坐席，犹如梦幻，幸福地揽着德尔莱的腰身，这是一种除了乘摩托车之外无以伦比的奇妙时刻，与父亲的身体接触如此之紧。虽然德尔莱的腰身已经开始松弛发胖，但爹地仍然浑身肌肉。亚伦从来没有奢望与德尔莱有如此紧密的身体接触，这种接触今后不会再有了，更不用想再有如此亲密的情形。这种梦幻般的幸福感觉让亚伦回味无穷。他有太多不幸福的遭际，例如在学校的境遇。每当躺在床上汗水披身，辗转无眠的时候，他会过电影一样一遍又一遍回忆乘车兜风的情景。

佐伊不高兴了。她说你至少要给他戴上防撞头盔，父子俩都要！德尔莱嘲讽地说，亲爱的，别那么神经兮兮的，孩子和我在一起很安全，我们不会撞上什么的。

其实，父子俩都戴上了哈雷一戴维森车上专用的防撞头盔。德尔莱认为，戴防撞头盔是必须的。车在风驰电掣的时候，7 尺高的玉米秆子在风中摇曳，不断在你身上撞击，你会像可怜的动物挨鞭击一样难受。他们跑在结实的水泥（沥青）路上，沿着奎利路上到邮政路，再到河滨路。如果要出去较长时间，他们会在邮政路餐馆稍作停留。德尔莱把头盔套在亚伦头上的时候，他会乖乖地低下头。此时，他就是一个战斗机飞行员，一个宇航员，在将军的带领下去完成使命，完成一个可能有去无回的使命。

孩子，挺住，一开始可能会有些颠簸。

当亚伦抱紧他的时候，德尔莱难得一见地如打雷一般轰油，让哈雷一戴维森在能见度很高的乡村公路上提速到每小时70迈。超过70迈，75迈，摩托车开始颤动，不安地抖动。德尔莱不想冒险，不是因为孩子在车上，以前有过太多的随意，狗娘养的，从来没有人及时提醒过他，可是他现在已经年届四十，已经学会谨慎行事。即便在半醉状态，德尔莱也为自己作为一个车手的本能骄傲，在经过坑洼地带时他会轻踩刹车通过，即使以缓慢的速度行驶，他也从来不会在松弛的碎石路上打滑，他目睹过在青天白日下出现过的事故，其中有重创甚至死亡的事故。

亚伦在飞驰的哈雷一戴维森上紧紧地揽实德尔莱的下腰。他紧张得口干舌燥，眼前非常熟悉的乡村美景开始变得模糊，整个人像在水中漂浮。过往的车辆时而以惊人的速度在他们身边飞驰而过，时而刹住，像提线木偶一般摇晃不定。头顶上，片片碎云在渗出的晶亮阳光下如蒸汽，似火焰。此刻，亚伦沉浸在无比幸福之中，再没有比这更幸福的时刻了。

在以后的日子里，德尔莱就很少骑哈雷一戴维森出去。他打算把这可恶的玩意儿转手，因为他背部出现麻烦了——“颈椎变形”。他开始变老，不能再冒险了。

但是，德尔莱仍然是一个高大壮实的男人，保持着如斧凿刀劈的印第安特征，粗黑的头发犹如美洲野牛的鬃毛。佐伊曾经半嗔半恼地说，我那么年轻就和车手丈夫结婚，“那时年少少知，我也不知道自己是怎么搞的。”那时，德尔莱在夏日炽热的阳光下头上束着发带，一副过时嬉皮士模样。他喝啤酒，有时还在克鲁拉汽车维修铺吸食大麻。80年代初期经济不景气，而克鲁拉汽车维修铺就是在那种背景下开张的。佐伊意识到，这个在斯巴塔地区新开张，设备还不错的汽车维修铺有可能要亏本经营。当你看到德尔莱的时候，首先映入眼帘的是充满肌肉的肩膀和满身油光闪亮、好看黑毛下的刺青，右臂上刺着卷扬的美国国旗，旗上嵌着一条蛇，左臂上刺着金眼的美国秃鹰，他宽厚的脊背皮肉浅白，也布满动物鬃发一样的黑毛，上面刺着一个恐怖的龇牙黑骷髅头，骷髅头的眼眶里喷射出一团火焰，在这个神秘的骷髅头下有一串神秘的字母：AHA61。

是阿迪隆达克山谷天使1961？

这只是亚伦的猜想，德尔莱不会告诉他这个秘密。

在他隆起的右脚踝上刺着一颗猩红色的心，心上嵌着黑花体字佐伊。

德尔莱在与亚伦展开男子汉之间对话的时候，坦陈他对刺青的另外一个想法，主要针对美国国旗和美国秃鹰。

“看到了吗？你的皮肤已经给了别的物体，不是你的了。已经无法还原，就像弹子球或者其他什么东西掉进底袋，回不来了。孩子，你只有活生生地把皮剥掉才能复原，多难受呀！不值得这么做。”

因为你特别，因为你是我的。

狗屁，他从来都不是。母亲用她惯常的动作拨弄他的头发，拍他，挑他，他只好向后退缩。佐伊说话时喜欢摸他，甚至不说话时也喜欢这样。

他现在叫克鲁尔，不再信她了。

回想起来，她对他说了太多的屁话，就因为她是他的母亲，就因为她爱他。

克鲁尔明白，这样的爱软弱无力，你天生就有爱，但爱会使你软弱，就像骨髓癌使你浑身无力一样。在学校里，亚伦害羞难为情，有阅读障碍，讨厌老师点名，害怕在回答错误时出现口吃，害怕同学取笑他。别人认为他阴郁，“不配合”，老师很难和他相处，一直对他心存芥蒂。可是他已经不是个孩子了，亚伦 13 岁了，应该叫他克鲁尔。他开始长高，增重和积聚肌肉，长大成为克鲁尔了。

他现在上八年级，开始喜欢看到同学见到他就退缩的样子。有些同学在他过来的时候会迅速地把视线移开，装作没有看到他（但是他们只是欲看还休，特别是女同学）。克鲁尔不需要去撞他们，也不需要把他们挤到楼梯的护栏上或者储物柜上去挑起他们的恐惧。

他们对他开始是害怕，进而是尊重，克鲁尔长大了。

克鲁尔颇受年龄大一些的家伙们的尊敬，他们有些来自保留地，有些住在离奎利路不远的斯巴塔北部郊区，也有一些是他的邻居，这些人都是像他一样的男孩子，他们的父亲都是像德尔莱－克鲁拉那样的男子汉，采石工、建筑工、货车司机、焊接工、工厂工人和技术工人。这些男孩子和克鲁尔一起分享香烟、大麻烟、啤酒甚至威士忌（你可以想象，这些都只能是哥哥或者堂兄带你去 7－11 便利店和环岛啤酒与酒精饮料店，由他们掏钱买给你才能享受到的，要不你只能从家里偷出来）。在课间休息的时候，他们有时会厚颜无耻地在学校男厕所和走廊上，从口袋里掏出还带着体温的罐装啤酒，迅速、肆无忌惮地往嘴里灌，往往会因此呛进鼻腔。他们一边喝一边喷着鼻子大笑，像狗吠一样肆无忌惮地大笑，他们的举动明显是要吸引别人的注意，也是要警告别人，恫吓别人，并且在别人面前炫耀自己。他们这种行径已经足够引起学校的注意，已经够条件开除出学校，足够永久把他们送回家，彻底和学校再见。他们抽烟，从小学开始抽，他们中的一些人（当然决不会是克鲁尔）不断有些鬼点子，像结晶安非他命这样的毒品他们买不起，就去买便宜的塑料瓶装胶水，把胶水藏在纸皮袋里凑在鼻子上吸。胶水味儿冲入鼻腔，使人出现病态的晕眩进而使人产生“泡芙”的感觉，一种致命的“泡芙”，据说会把脑子弄坏。他们和别的男孩子打架，向给老师打小报告的“好”孩子们寻隙。他们精力过剩，像一群流浪狗毫无目标地到到处瞎逛，在公园长凳上洒漆，打烂窗户，给轮胎放气，无所不为。克鲁尔很少和这些狼人帮混在一起，他得去他父亲的店里帮忙干活。这些家伙一开口就骂骂咧咧，爆粗口，满口脏话，用这些脏话辱骂别人，甚至去伤害女孩子、妇女们和文弱的男生。如果你也是个男的，你可能也会说这种语言，克鲁尔就会，好像天生就会。这些家伙一天到晚说这些不堪入耳的语言，做伤天害理的事情。他们在垃圾填埋场射杀保护鸟类，扑杀松鼠、地鼬、浣熊、流浪狗以及小猫，会说“砰”他妈的好玩极了。克鲁尔有个叫李察一斯耐克的朋友，住在离奎利路大约 1 里路的地方。李察今年 15 岁，是学校“待决”班的学生，也就是等着满 16 岁就要退学的班。他比克鲁尔高，比克鲁尔强壮，也比克鲁尔狡猾。他有一杆雷明顿气手枪，可以发射 BB 弹丸，它的威力足可以射杀一些小动物，把人整残弄瞎。假如李察对你瞄准，他一定会瞄准你的眼睛。他瞄准你就是要看你躲闪，看你用手挡住脸的样子，如果你是他的朋友，他不会伤你。有一天，这帮家伙骑自行车来到垃圾填埋场，李察向他们演示他的瞄射本领。他的瞄准对象是在圾堆里跳来窜去的乌鸦、渡鸦和老鼠。李察把枪递给克鲁尔，教他怎样使用，怎样打开保险，怎样举枪、屏住呼吸瞄准目标勾动扳机……就在克鲁尔按指示在 39 码外瞄准乌鸦勾动扳机的时候，一件意外的事情发生了，枪口神秘地堵住了，重重地砸在他右手指关节上，克鲁尔痛得像只击中的猫哭叫起来，李察见状嗷嗷大笑。克鲁尔脸色发白，手上火辣辣的青一块紫一块，肿得不成样子。他恨不得立即骑上自行车跑回家去。

晚上吃饭的时候，佐伊看到克鲁尔肿起来的手，问他到底是怎么回事，克鲁尔立即把手藏在一边，哭丧着脸坐在佐伊对面不让母亲碰他，决不让。

33

1981 年 8 月

6 年了，佐伊一直拿最低时薪，那个满脸苦瓜相的老阿黛尔－哈尼斯通待她像一条狗，永远不会对着她笑，永远妒忌她广受顾客尤其是男顾客的喜爱。佐伊受不了啦，她提出辞职。在夏天最忙的一个星期天下午，佐伊辞职了。阿黛尔看到佐伊站着不动，她骨嶙嶙的脊背像是给刺戳了一下，脸上挤出一丝假笑对佐伊说，佐伊，请把柜台擦一下，黏糊糊的怪瘆人的！用新海绵擦，不要用旧的脏海绵擦，谢谢。佐伊毫无反应，一句话也不说。过了一会儿，佐伊把令人讨厌的发套从头发上扯下来揉成一团扔进垃圾箱。

“夫人，不用我做了吧！”

“你说什么？”

“我说，夫人，我不干了，我辞职。”

长时间的忍耐终于爆发！几个月，几年，佐伊把不满藏在甜蜜的佐伊微笑里，她需要额外的钱去帮助发展自己的音乐事业，德尔莱拒绝资助，认为她所说的音乐前程是儿戏。但这是佐伊很久以来的梦，从姑娘时代就开始的梦。音乐事业是她可以为自己挣钱的前程。为了挣到一点钱去支持她的梦想，她把骄傲的心收到肚子里，忍声吞气地接受下贱的哈尼斯通夫人的刁难。这个变态的老太婆一会儿说她给顾客太多的冰激凌，说冰激凌上的果仁太多，一会儿又说圣代冰激凌上喷的奶油太厚。最忍无可忍的是，哈尼斯通夫人说她是个边走边笑的女妖，意思是指她很享受，很欣赏男性顾客肆无忌惮的调情。

如此种种使她如芒在身，所以辞职。

“佐伊，你说什么？你说什么？”一脸惊愕的老妇人的猪蒙眼紧盯着佐伊，犹如一条温顺、舔脸黏身的宠物狗一样紧盯着佐伊。顾客们开始也很吃惊，接着都笑了，觉得很好笑。“佐伊，你不能就这样辞职！不要这样！佐伊，别傻了，把发套戴回头上，你不能做到一半就……”

“夫人，我说我要辞职。再找个人来戴你的老佣人狗屁玩意儿吧，夫人。佐伊受够了。”

“夫人，老佣人狗屁玩意儿，佐伊受够了。”如此精妙的话从佐伊—克鲁拉甜甜的姑娘歌手嘴里说出来，这到不了太阳下山就会在斯巴塔本地成为经典。

看到佐伊—克鲁拉像步下乐台的演员那样走出奶品店，看到她甩掉发套，脱下围裙随手搁在柜台上，一种群发的流言就像阴沟里的浊流一般很快传开了。人们说，其实佐伊过去几个月来一直表现异常，不仅是在哈尼斯通，在别的地方也一样。有人说佐伊贪污，把该摇铃入账的小费私吞了，或直接在没人看见的时候偷钱，如此这般。这些传言通常先在一个小圈子里传开。传说有人看见佐伊溜出去和她丈夫以外的男人偷情。会是谁呢？那乡村乐队的吉他手？太年轻了，但有人看到过他俩在一起。那个老提琴手？他确实在乐台上用暧昧的眼神瞟她，这会使老乐手的家庭陷入难堪。在哈尼斯通奶品店里周末佐伊来上班的时候，至少有半打甚至一打以上的男人围着佐伊团团转。可以肯定的是，他们在等着佐伊而不是别的服务生来招呼他们。佐伊爽快尖锐的笑声就像一粒快速丸或者摇头丸（安非他命类毒品）。这类毒品在斯巴塔的女人和姑娘中间视为减肥珍品。高中的啦啦队员们，医院的护士们，家庭妇女们，甚至老太太们都对这些毒品趋之若鹜。快速丸是中年劳动阶层妇女中最流行的毒品，她们希望通过吸食快速丸来保持迷人的身材和活力。

这类毒品会让她们女人味十足，保持热辣辣的性感。

最说不出口的传言与德尔莱有关。是他威逼佐伊辞职，因为他妒忌和讨厌佐伊在哈尼斯通与男人们调笑，更重要的原因是德尔莱讨厌佐伊和乡村乐队一起唱歌。德尔莱曾经是一个浪子，摩托车手，也是一个爱打老婆的人。人们都知道他身上有四分之一或者一半印第安血统，他的脸和头发有典型的塞内加人特征，这是他喝了点酒就发疯和动不动就发火的根源。佐伊有时候要戴黑眼镜出门是因为德尔莱把她的眼睛揍黑了，佐伊之所以手上戴着许多丁零当啷的小手镯就是因为德尔莱打得她手腕流血，佐伊的嗓子深沉就因为德尔莱掐她。德尔莱醉鬼名声是广为人知的，他还是个吸毒者，一个时刻要老婆就范的大男子主义者。

你问我为什么要辞职？我已经做好转型的准备，这就是为什么。

去你的，别这样瞪着我。我应该有自己的幸福，至少应该有这样的机会，这就是为什么。

美国宪法上写着："追求幸福！"

"人人生而平等"，这也应该包括女人！

我们都不再年轻，这是事实，我们都不再年轻。

如果是我自己愿意与顾客笑脸相对，又有小费，我何乐而不为呢？

我将来会有自己的机会的，我知道。

我不是个迷信的人，不是个信教的人，可我相信自己的机会。

你必须相信自己的命运，这一点不能动摇。

在切特俱乐部，我会比脱衣舞娘有更多的追随者，会有更多钱，打扮得更漂亮。东主已经答应我可以在星期五晚上唱，机会会有的。

你丈夫对你在脱衣舞俱乐部做事有何反应？你问他去。

你问他为什么，为什么他老婆会在脱衣舞俱乐部？问他，看看德尔莱会怎样说？

……

他 12 岁了，身高 5 尺 6 寸半，重达 117 磅，浑身肌肉，脸形俊俏，看上去比 12 岁的年龄要大，也显得老成一些。

他不愿意谈起他母亲，也不愿意谈起父母之间到底发生了什么事，只知道他们之间吵过架。爹地搬出房间，拿上他所有的衣服和鞋子到外边的旧库房睡觉。

他知道这一天肯定要到来。那天，德尔莱不在家，她带着行李踏上两边标着震撼黑河字样的奶黄色旅行车走了。

自从垃圾填埋场那次偶然发现，他知道那个开雪佛兰皮卡的男人叫爱迪－迪尔尼。

他也许什么时候还见过佐伊和爱迪－迪尔尼在一起，不过不记得什么时候，真的不记得，但他肯定在父亲的维修铺见过迪尔尼，见过他在那里加油。

有一次，他骑着灰色自行车来到哈尼斯通奶品店，没有目的，他做许多事情都不会有明确目的。有一次，他捡到一只从树上鸟窝里掉下来的骨瘦如柴的雏鸟，它的妈妈大知更鸟在他头顶上扑打翅膀凄厉地尖叫。他想，是把雏鸟用手撕了呢？还是爬到木材堆上把它放回巢里？他拿不定主意。就在他打算把雏鸟放回巢里的时候，亲鸟凄厉地叫着向他头顶俯冲下来，危险极了。有一次，他无厘头地把一只小乌龟踢出道路，踢下堤岸，龟壳是不是在石头上摔烂了？他才不理呢。

他希望有一把李察－斯耐克那样的气手枪，但最好是 22 口径的气步枪。

到了哈尼斯通奶品店后，他把自行车靠在门外的墙上，掀开门帘进店。门帘是为了不让店里的奶香味儿、巧克力香味儿以及保留着儿时甜蜜记忆的烤甜饼香味儿外溢。虽然佐伊在奶品店做事好几年了，但在自我封闭环境下成长的亚伦没有进来过。当他看见自己年轻的母亲穿着白色工作服站在柜台后面，自豪之感油然而生。母亲这么漂亮，笑眯眯的像姑娘一样迷人。他看到人们尤其男人都围着她转。她见到亚伦进来，立即向他眨眨眼笑起来喊道，嗨，宝贝，你来啦！过来呀。可是现在，佐伊不在哈尼斯通了，亚伦－克鲁拉已经没有任何理由在孟夏炎热的天气下再进进出出。柜台后面有一个猫脸女孩惊奇地望着他，别的人也在望着他。在离以前佐伊常站柜台还有一半路的时候，一个老妇人用浓浓的鼻音向他尖叫道："亚伦－克鲁拉！走开，你不能来这里。"

哈尼斯通夫人抖动着紫唇站在冰冻陈列柜旁边。克鲁尔咧开嘴笑了，不是男孩子不自然的笑，不是亚伦－克鲁拉不自然的笑，他愤怒地张开大嘴，露出白森森的牙齿。阿黛尔－哈尼斯通认识佐伊－克鲁拉已经有 15 年，也许更长一些，所以当亚伦还是小孩子时就认识他。现在站在她面前的这个少年不像是亚伦－克鲁拉，不像是一个小孩子，更像是个半大男人，一个猜不出年龄的大男人。他比她高大，上身穿着一件沾满尘土的黑色 T 恤，下身套着一条油腻腻的工作裤，手腕戴着一条黑色皮腕带（乍一看你会以为戴着一块腕表，其实就是一条皮腕带），看上去更像一个摩托车手。他的眼睛深陷在浓浓的眉毛下，流露出男孩子嘲讽的眼神，使老太太感到紧张。有点歇斯底里的哈尼斯通夫人后来声称，她瞥见亚伦－克鲁拉裤袋里有像是刀柄的物件，可能是一把刀子，也可能是一把铁锤。很明显，这孩子是来寻仇的，来实施抢劫或者恐吓。于是，白发老太尖叫起来："拦住他！拦住这个贼！快打电话报警！"听到这话，克鲁尔着实吃了一惊，他自己都没有想过进来干什么，只是天真地想来母亲曾经工作过的店里看看。老太太瞟了一眼她又恨又怕的男孩，看到他往后退缩，就大胆地向前走了一步，从柜台后面抓了一件大概是烤盘之类的东西转身朝男孩挥去，烤盘里撒出的棕色烤焦砸在他头上，有人乘机拽住了克鲁尔的衣服。"救命！抓住这贼！抓住这砸东西的家伙！他是佐伊－克鲁拉的儿子！她指使他来这里捣乱！快叫警察！"

这个时间段店里的顾客不多，有些在排队，有些围着锻铁桌子坐着，大都是带着小孩来的母亲们，谁也没有看到哈尼斯通在以后作证时宣称的那个男孩子口袋里有武器，更不用说手中也有武器了。但她们当时还是随着喊叫有所警觉。就在白发苍苍的哈尼斯通夫人对着男孩子的头砸烤盘，要把他赶出大门的时候，那男孩子突然发火了，他挥起拳头盲目地砸向老妇人的屁股，使她踉踉跄跄几乎扑倒在地。他接着弯下腰准备再打第二拳，这一次他想用阴鸷的勾拳。但是，他突然觉得该见好就收，最好马上离开这个鬼地方，骑上自行车溜之大吉，因为他看到在哈尼斯通的妇女们吓得像惊弓之鸟一样叫声四起。

从来没有干过！我从来没有说过要杀她！

我没有想过要揍她，是那个老母猪先打我的。

从来就没有刀，没有人看见我带了刀！

……她说我母亲的坏话，我想这就是原因。

警方按照逮捕书的地址开着两辆巡逻车驶进颠簸肮脏的车道，来到奎利路 1138 号玉米地中间的这座粉红色的农舍找他。他们像对待一个身藏武器的危险人物那样，像对付成年人一般拔出手枪向前一步瞄准男孩。当警察对着克鲁尔吼叫的时候，他还天真地想反抗，但 3 个前来逮捕的警官立即把他按倒在地上（厨房的油地毯上，像电视广告上闪光的油地毯，佐伊在家时的一些痕迹还来不及擦干净）。克鲁尔的裤袋被翻出来检查是否藏有武器，手腕被警察熟练地用手铐反扣在身后，疼得他哇哇直叫。两名涨红着脸的年轻警察拽住他的双脚，紧抓住他的上臂强迫他走出大门，把他推进第一辆巡逻车。克鲁尔这时已经疼得几乎昏过去。德尔莱不在家，也不在克鲁拉汽车维修铺。警察问佐伊在哪里，亚伦结结巴巴地说不知道。

他发誓不哭，打死也不哭。

在斯巴塔警察局，亚伦被记录为涉嫌人身攻击、企图抢劫、威胁人身及财产安全，检举人是阿黛尔—哈尼斯通，逮捕文书上的名字是亚伦—克鲁拉。

被警方逮捕的时候，亚伦 12 岁零 11 个月，正在哈珀维尔小学上学，一个六年级留级生。

几小时后，佐伊在家接到警察局电话要她去警察局报到。到达警察局后，她双手发抖，也很生气。经过了几个小时与逮捕亚伦的警察以及赫金玛郡少年犯罪法庭的代表沟通，警方同意亚伦由佐伊带回去监视行动。亚伦满脸涨红，真的像犯了罪的样子。他口齿不清地复述了当天事情发生的经过。他说，他去哈尼斯通奶品店没有什么目的，只是骑自行车经过，然后就进去了，他发誓没有企图抢劫，也没想到要“破坏”或者“威胁”任何人，那个老太婆一见到他就像疯子一样尖叫起来，其实他并没有做任何故意惹她的事。

他可能打了她，用拳头打她，因为她拿像是平底锅那样的东西砸他的脸和肩膀，他不得不要抡拳逼她后退。他发誓，打她是自卫，只打了一下，不重。

后晌时分，佐伊开车带亚伦回家。她在一家卖酒的店铺停下来买了6罐啤酒，在停车场开罐喝起来，她要平复一下紧张的心情。“我知道你们这些小孩都会喝酒，你真浑。”他想第一时间向母亲解释他为什么会去哈尼斯通，佐伊也一直在问，这是一个很关键的问题。她说，你不是傻子，也不是蠢蛋，你该知道，哈尼斯通不欢迎你去，不用解释，你的解释没有任何意义，亚伦自己也认为是这样，他只好不说了。佐伊接着说：“亚伦，你为什么要这样做，是为了我吗？知道吗？这样做不值得。这样做既没有意义也不对。如果你想接近哈尼斯通，想‘破坏’，想‘放火’，那就更不对了。不是因为哈尼斯通不值得你这样做，而是因为你会被人抓住，一定会被人抓住的。去他们的，我们要帮你摆脱指控，摆脱儿戏般的指控，那老母猪拿不出任何证据来指控你。让她试试！让他们所有的人都试试，看她会怎样侮辱我，恶毒地说我的坏话，我绝不会再理睬他们。知道吗？在斯巴塔我照样过我自己的生活。总有一天，我会笑话这些猪的。宝贝，你也一样，等着吧。”

亚伦并不理解这些信心满满的话是什么意思。佐伊喝干第一罐啤酒，接着又开了一罐，迫不及待地喝起来。亚伦从来没有看过女人喝酒，更不用说看到过母亲喝酒。他也喝开了，但只是细细地酌，他有点恶心，感到晕眩，因为有一个年轻的警官用膝盖在他腰上杵了一下，在挣扎过程中他被警察踢打，被警察在脸上扇了许多次。他错就错在下意识地像惊恐的动物一样想挣脱他们，这只是刹那间做的蠢事，他们把他脸朝下、双臂反扭按在地上，其中一个警察还用膝盖顶着他的后腰，用整个大人的重量压在他的尾椎骨上，至少有 3 个警察（重量相当于好斗的德尔莱一克鲁拉）在边上高喊，安静地躺着！浑蛋，安静地躺着别动！小浑蛋！浑蛋，你想威胁老太婆？这里可没有老太婆！他难以呼吸，又无法解释。他所有的力气都用在对付目前的状况，他的手腕、双臂、肋骨、脊背、大腿、肚皮以及右脸都在被拖在地上的时候擦伤。他被他们拖到车道上挣扎着想站起来，但又被他们踢倒在地上拖出去。迷迷糊糊中，亚伦对自己喃喃地说，一定不要哭，如果我哭，德尔莱会讨厌我，如果我哭，佐伊不会为我自豪，自己也会看不起自己。他从巡逻车的窗口往外看着车开出车道。这情景他在电视上看过，就像开玩笑一样，现在轮到自己了。

他的朋友们好几天都静默无语，好几个星期都在吃惊地互相打听。你听说了没？亚伦被捕了！他们苦笑连连，还是找点开心的事说吧。

佐伊摸着亚伦瘀伤不多的另一边头吃惊地说：“怎么啦？你在笑，很好笑吗？”

亚伦立即不笑了，不好笑，妈。

“像你爹，他也有过少年犯罪记录。”

佐伊拿过啤酒罐的冰凉手指把亚伦前额上湿漉漉的头发梳拢回去，她轻轻地梳拢着，就像是在开车经过时看到路边受伤的动物在轻轻地舔毛皮一样。佐伊说：“我看得出来，你真像你父亲。德尔莱有好的地方，有很多好的地方，他和别人相处得不错，那就是他为人好的地方，他是那种为人随和的男人。你长得太快了，快得我不敢想，不敢猜，简直不是我看着长大的孩子，怪不得警察不相信你还是个孩子，如果我不是你的老妈，我也不会相信。但是宝贝，你要知道，我不希望你管我的事。你管了只会坏我的事，也会害了你自己。你要相信我，我会在心里深深地爱着你，永远爱着你，哪怕事情暂时会有变化。你得让我走，你和他都一样得让我走。”

他！佐伊指的是德尔莱。

让我走。亚伦暂时还无法领悟这句话的意思。

佐伊捧起亚伦的脸，用带着啤酒味儿的湿嘴亲吻他的鼻子。亚伦不自然地笑着想躲开。他们一起带点野性地笑了起来。是什么事使他们发笑？为什么人们在这种情形下还能发笑？他是由于那个歇斯底里的邪恶老太婆投诉才被逮捕的，罪名是严重的成人犯罪，他得被带回法庭听宣，如果幸运的话，家庭法庭的法官会让他在郊区的青少年拘留所服刑几个月后保释。那天晚上，如果父亲回家后听到这个消息一定会打烂他屁股，佐伊也无法护着他。克鲁尔很想像他的朋友一样马上被送去拘留所，他不想尝到老头打烂屁股的滋味，但他已经在劫难逃。

佐伊抹干因为笑得太多而流眼泪的脸说：“当你去找她的时候，我真希望看看那个老鸡婆的脸是什么样子的，至少将来会让阿黛尔想起些什么来。”

“妈，我不是‘去找她’的，我不喜欢你这样说。”

“好啦。当时你带了刀子吗？像他们说的那样。”

“妈，我没有。我真的不喜欢你这样说。”

“希望他们没有找到刀子。”

佐伊用鸡尾酒服务生那种长着两寸长的猩红指甲的手指打着火，开车离开了。

34

你们得让我走，我要搬到别的地方去。

你，还有他。

自从佐伊被谋杀之后，父子俩还继续住在奎利路的农舍里。但是，这里已经不再是以前父亲和儿子等着妻子和母亲来维系家庭关系的那种状态，现在只是简单名义上的“父亲”和名义上的“儿子”凑合在一起。虽然，德尔莱和亚伦都无法解释这种状况，凑合在一起只是天性使然。有很多时候，他们无法证明两者之间一个是“父亲”，一个是“儿子”，因为他们两个各自整天整夜出去，常常见不上一面，即使见面也会像梦游人一样互相之间不说话，或者就像鬼魂一样各自守着自己诅咒的空间。自从 1982 年初冬佐伊搬出去以及被谋杀之前大概两个月，这间屋子开始变得混乱不堪。德尔莱自我嘲讽地说，我们下地狱了。

佐伊曾经把农舍的外墙刷成粉红色。可是现在佐伊不在了，粉红色的外墙也像灯光渐渐暗去一样慢慢失去颜色，绿色的窗棂开始腐烂，屋顶也开始漏水。离佐伊（在一里开外的另一间屋子）实际死亡还有一段时间之前，这间屋子的地毯上开始出现赤足泥印，盘盘碟碟在洗涮池里堆积成山（当然，亚伦会大约一周一次用要倒掉的热水“洗刀叉”）。到处都是各种碎屑，到处都是老鼠大小的结团灰尘，墙上布满了肮脏的手印，窗户常常忘记关上，雨水无拘无束地穿过窗户栅栏飘进，家具上、墙上、地上污渍斑斑，地上大型甲壳虫的尸体都变成了壳。当下水道堵塞漫水的时候（这种事常常发生），德尔莱会厌烦地站在远处朝下水道倒溶解剂，亚伦也学着朝地上洒清洁剂，然后把早已污黑的海绵地拖蘸上热水发疯似的在地上乱捅一气。他会很快失去兴致，才不管拖干净了没有呢。

她说过，宝贝，我肯定会回来的，只是回来接你走，过一段时间我一定会回来的。

她死了，亚伦要很长时间才能接受这个事实，佐伊再也不会回来了。这几个月来，父子俩都像地下室残留的水渍一样，分享着一个未经验证的幻想，是的，佐伊就要回来，佐伊就快回来了。你会在厨房里听到她唱歌，哼歌，像以前一样，她用欢快的嗓子给他们提神。可是，事实是，佐伊不会回到奎利路，再也回不来了。

德尔莱的妹妹维亚拉每隔一周或者10天过来一次。维亚拉和佐伊相处得很好，但维亚拉不赞成佐伊以唱歌为业，更不赞成她搬出去住。和他住在一起肯定很烦，但他毕竟是你的丈夫，还有亚伦呢，他还是个孩子呀。

维亚拉姑妈吹着口哨用佐伊用过的电动吸尘器在屋里每一间房子打扫卫生，亚伦听到口哨声不由得神经紧张起来，这口哨似乎在提醒亚伦妈妈还在。亚伦在楼梯半道上盯着身体壮硕的姑妈，她穿着斗篷外套和一件男装绣花衬衫。当维亚拉看到亚伦的时候，就皱起眉头问他为什么不下来搭把手，这屋里有太多的活要干了。亚伦说："没人叫你干，你不需要这么干呀。"

"你说什么呢？活'需要'有人做。你看看这猪圈，就让它这样下去吗？"

亚伦红着脸、低下头从姑妈身边走开。他一边走一边嘟嘟哝哝地说些维亚拉听不见的话。维亚拉知道他肯定在说，去你的，维亚拉。

她苦笑着，亚伦就是这么一个孩子。

这一次，维亚拉还是没有在德尔莱面前告亚伦的状。在克鲁拉家族里，维亚拉不是一个喜欢挑事的人，这一家人麻烦实在太多了，尤其不想在这爷俩都不知道的情况下挑起事端，因为这样做会使他们悲痛有加。

亚伦真的为父亲撒了谎，据说这是克鲁拉家族的传统做法。那个星期六晚上即佐伊被杀那天晚上，德尔莱不可能在家。亚伦向警方作了一个声明，并且是经过宣誓的声明，证明德尔莱在家。

就此，维亚拉告诉亚伦：“亚伦，这是我们之间特殊的约定。”可是亚伦并不知道她的我们指的是谁。

女人的心思谁也无法猜透，大人的心思谁也无法琢磨。他们说出来的话里都有一些孩子们听不懂的，但是他们要所有的孩子们都相信他们的话。

这个特殊的约定指的是克鲁拉家族应该拧成一股绳，不能因为发生了佐伊的事导致家庭分裂，哪怕是德尔莱真的杀了佐伊，这只是德尔莱自己的事。亚伦猜想这就是特殊预定的意思。其他克鲁拉家族的亲戚们也曾经用焦急的眼神暗示过亚伦，尽可能让他明白他们警告性的期许。

让这孩子撒谎去保护德尔莱，暗示他你要爱父亲。

亚伦对这些暗示不感兴趣。那天早上当亚伦进入那个房间看到母亲的尸体之后，看到母亲半闭的眼睛像炸开的葡萄一样瞪着他，他禁不住激动地臆想，如果母亲也能像一只开膛破肚以后还能照样活下来的猪多好呀。

在学校上科学课的时候，他和同学们都上过“进化论”，他通不过考试和测验，因此拿不到学分，却记住了任何事物都是在变化中的，没有事物是一成不变的。

离开了佐伊，亚伦和他父亲之间就少了很多联系。亚伦早上起来，自己在厨房做即食早餐，把麦片扔进碗里，把变质的牛奶和麦片混在一起。他站在洗涮池旁边边吃边朝沾满雨水污渍的窗户外边注视 50 码开外的玉米地。德尔莱则视而不见地穿过厨房门或者只是喃喃地打声招呼。德尔莱更喜欢到加里森路的星光烤肉店去吃早餐。那里的女招待都认识他，喜欢他，也理解他的情绪。他在家受老婆虐待，特别是他老婆离开和别的男人淫乱。来吃早餐的德尔莱会对女招待们笑，和她们开玩笑，临走还会给她们留下可观的小费。看得出来，这个可怜的男人心中受到伤害，他在想尽办法疗伤！

如果德尔莱站在夕阳西斜的客厅里看电视，他会心不在焉地坐下来，手握遥控器不断地变换频道，但任何情节都只能吸引他几分钟的注意力，亚伦会悄悄地从他身后走过，跑上楼去把房门关上。

嗨，你知道我从来没有伤过她，对吧？我爱她。

亚伦，你知道的，对吗？亚伦！

来和我一起看电视，就一会儿，嗨，亚伦，你在吗？

父亲和儿子能够聚在一起的地方是汽车维修铺。在这里，德尔莱发号施令，给技工们发指示。德尔莱通过电话下零件订单，和客户们对话，处理投诉，做估算，结算费用，管理信用卡，签发支票和数钞票。他是这里唯一付账和签发工资支票的人，亚伦觉得德尔莱很满意自己所做的事。员工们都喜欢德尔莱，尊重德尔莱，如果他有空干活的话，他本人就是一个熟练技工。在亚伦的记忆中，在克鲁拉维修铺最幸福的事是德尔莱把他领到他的私人办公室里聊天。这个办公室和喧闹的车库隔开，噪音进不来。办公室摆着一张佐伊在一次“破产拍卖”会上给德尔莱买的老式可转动台面的办公台和一张旋转椅，那时佐伊还爱着德尔莱。办公室里摆着存放员工档案和机动车目录的柜架，墙上贴着广告、招贴画，挂着一本维加斯各种舞台上身穿暴露内衣的美女挂历，亚伦不敢多看，只要看一眼，他大腿里就会马上出现难堪的躁动。要是心情不错，如果该死的电话铃没有响起，如果来投诉的人没有进来，德尔莱会让亚伦待在办公台边，花上一段时间给亚伦画一张图表，告诉他在一台机动车上该做的事。“懂了吗？就像这样。”德尔莱给他演示引擎内在逻辑关系，如变速箱、活塞杆、机油管和制动器之间如何协调工作之类很能引起亚伦的兴趣。这是德尔莱以这种方式和亚伦说话的唯一机会，他向亚伦描述什么该做，最关键的是该做什么，要严肃对待和尊重所做的事，而不是什么人去做事。

“孩子，你知道吗？一个好的技工有一半是天生的，你生下来就有这种天赋。可是另一半是你得去学习，我可以教你。”

35

1983 年 4 月

可能是复活节之后的那个星期，奎利路屋外车道上来了一辆陌生的轿车，一辆不很新的浅绿色轿车，一看就知道是廉价的紧凑型福特福睿斯。一个女人从车里出来，像一个慢吞吞地从甲壳里爬出来的软体动物，那个女人叫德鲁卡。

克鲁尔不敢相信自己的眼睛，是她？

(自从佐伊死后，他更多地称呼自己为克鲁尔，尤其是孤独一人在想事的时候，但这是一种危险的躁动，犹如百虫攻心，直奔着他呼唤我是克鲁尔。)

那个叫德鲁克的女人，那个叫“杰奎琳”，又叫作“杰奇”的女人，不请自来敲他们家的门。这个女人和佐伊在死亡那段时间曾一起住在西弗利街那座排屋里。亚伦与这个女人只有一面之缘。当地媒体形容她说话像个奶气未脱的小姑娘。她说，在可怜的佐伊身边有这么多男人，要在其中找到一个杀她的人还真不容易。

其中有一些人极有可能，但我从来不知道这些人的名字，我猜佐伊也不一定知道。

这个可怕的女人德鲁卡，所有听她说话的人都认为她是一个娼妓、荡妇、嗜毒者，对佐伊的死应该负有责任。正是这个女人把佐伊招来住在一起，帮她找到脱衣舞会的工作，把她介绍给各种男人，这些男人为佐伊提供毒性很强的毒品如海洛因之类。德尔莱说，佐伊以前偶然吸食一些兴奋剂之类的毒品，目的是为了减肥，但从来没有玩过静脉注射一类的毒品。德尔莱为什么会被警方列入谋杀疑犯名单呢？据说是因为杰奇－德鲁卡告诉过斯巴塔警方，假如有人对佐伊不利的话，德尔莱逃不脱责任。

知道吗？佐伊十分害怕丈夫，他常常揍她。她说，更可怕的是，他说过如果佐伊执意要离开他，他什么事都做得出来。不仅佐伊说过，她儿子也说过。

没有，我没有在那里见过他，我说的是我们住的地方，从来没有。不过我经常出去，那天晚上我就出去了。

这个叫德鲁卡的女人对《斯巴塔日报》，对本地电视台如是说，不止一次而是多次这么说。这种指责被视为“证人证词”广泛采用，报纸和电视台作为“新闻”加以报道。

那些日子里，克鲁拉汽车维修铺的生意直线下滑。打那时起，来寻求服务的人慢慢减少了，特别是喜欢光顾维修铺的妇女们不来了，甚至加油生意也趋于停滞。德尔莱指责斯巴塔警方和媒体添乱，“让人们认为我是谋杀者，谋杀自己老婆的人。”

克鲁尔从厨房转身出去，他不想让这个叫德鲁卡的女人见到他。

她可能先去过维修铺找德尔莱，但德尔莱不在。几个星期以来，她一直希望见到德尔莱，想通过电话和德尔莱说话，但德尔莱刻意避开。在克鲁拉汽车维修铺里，德尔莱的助手拿着一张皱巴巴的纸条给他传递信息，上面写着清（此处为错别字——译者注）给杰奇－德鲁卡打电话，紧急！德尔莱见纸就撕，讨厌。有一次，亚伦在家里拿起正在响铃的电话，听到话筒里传来是德尔－莱吗？喂——喂的声音，他立即挂断电话，他似乎知道是谁在打这个电话。

现在，她竟敢找上门来。她穿着露趾的胶鞋，手臂上挽着两只购物袋走上斜坡来到门前。德鲁卡是一个肉墩子，她艰难地提脚快步，似乎怕手中的宝物掉下来。亚伦透过薄薄的窗帘盯着她，这是克鲁尔必须做的。他看着这个女人停下来喘气，迎着寒冷的 4 月阳光向他走来，光鲜的脸上好像用破布擦过一般，像一个奶气未脱的小女孩，说话声调极高。“喂，喂——喂，有人在家吗？是亚伦吗？”

亚伦来不及躲开，被她发现了。

开门的不是克鲁尔而是德鲁卡自己。她蹒跚着走过来看着亚伦，要和他来个熊抱。她涂抹着浓黑睫毛油的双眼噙着泪花，像佐伊死后悲伤尚未过去，现在是她和亚伦一起悲伤的时候了。

“亚伦，为什么呀？哦，亲爱的，我给你和你爸打，打了很多次电话，给你和你爸德尔一勒（此处为发音错误——译者注），可你们从来不——”

德鲁卡比克鲁尔矮 1 寸有多，却比他要重不止 20 磅，而大部分肉都长在上半身和屁股上。当她靠近克鲁尔时，一股爽身粉香味飘过来，使克鲁尔眉头大皱。她未经邀请自己走进客厅（唉，闻到这爽身粉香味，克鲁尔腿都软了）。现在还不到天暖的时候，德鲁卡却没有穿大衣，也没有穿外套，只穿着一条色彩斑斓的化纤松紧裤和一件闪亮如漆的黑色 V 领的套头衫，更凸显出她宛如附近山峰的巨乳。她脚下穿着露趾塑面胶鞋，使她多肉的小光脚和染色脚趾暴露无遗。在她 V 领衣服里，沉沉的双峰乳沟上挂着一条嵌着小小金十字架挂件的金项链。尽管身上肥肉过多，杰奇－德鲁卡还勉强称得上迷人，浑身散发出诱人遐想的气息。她酱紫色的头发亮闪闪的像在头颅上竖起一根根轻佻的铜丝。她的眼眉用紫红色的画笔挑出时髦的小三角，嘴唇猩红湿润，极像是流血的伤口。她的瞳孔放大带黑，应该是一直在吸毒造成的，是安眠酮？克鲁尔知道有许多人在用这种威力极大的镇静剂，在斯巴塔高中的同学中就有人使用。

“亚伦，一个悲痛的使命！我一直在拖延，耽搁了很长时间！一直想把佐伊的遗物带来这里，佐伊漂亮的衣服。如果我是佐伊，我希望家里人拥有这些衣服，比如她的小侄女、小外甥女这些人，如果她们的身材适合这些‘小巧’的尺寸，那就好了。我肯定不行。可是德尔勒总是不在家，也不接电话。我希望不是因为我，我的意思是他不待见我。”

德鲁卡气喘气急地说，生怕德尔莱就在附近听到她的话，招来无情的责骂。

克鲁尔近乎无声地告诉她，你可以把东西留在这里然后离开。但是，德鲁卡似乎没有听到，她挪动着身体走近男孩，眼睛直勾勾地盯着他。

“亚伦，你知道吗？你好像变了，长大了。亚伦，我在报纸上见过你的照片，呵呵，你的眼睛可不像小孩子的眼睛！那对眼睛看见过……”

克鲁尔后退了一步，没有吭声。

“亚伦，你知道吗？我搬家了，‘搬家’懂吗？我现在住在别的地方，我在寻找自己的机会。那些狗娘养的‘斯巴塔警方’，那些赫金玛郡执法官员不断地责问我，威胁要‘拘留’我，司法太黑了。我从来不会与任何事情有关系！可，可，我——我等待宽恕。”

宽恕！克鲁尔又后退一步，他弄不明白要宽恕什么？他还没有完全从这个女人身上爽身粉香汗的气味中清醒过来。

克鲁尔希望父亲赶快回来，只有德尔莱能够搞定这个不理他人感受的女人，把她轰出门去。如果她不走的话，德尔莱就会在她的后腰上轻轻推一把，赶她出去。

“亚伦，假如那天晚上我和佐伊在一起，我也可能被——杀了，也许我可以救她。那天晚上我和一个男人出去本身就错了，我认识那个男人就更错了。亚伦呀，我在等待救赎。”

克鲁尔胆怯地从杰奇－德鲁卡身边再退一步，杰奇－德鲁卡则摇摇晃晃地又靠前一步，含泪的眼睛像催眠师一样盯住他。克鲁尔弄不清这个肥婆究竟有多大年龄，像他母亲一样大，还是大一些？她是不是要像斯巴塔的女孩子们一样不断地折磨我？那些女孩子可是在安全的公众场合和他们的朋友一起戏弄我的哟。这个女人似乎要把克鲁尔当成自己的盟友。她奶声奶气又十分真诚地说："亚伦，你父亲德尔勒说过许多伤人的话，我当然明白，我想弄明白人类的硬心肠，我原谅他，因为我最亲近、最亲爱的朋友佐伊出了事，上帝宽恕我这样说话，只有上帝知道我为什么要被宽恕。我每天都在祈祷，每天都有领悟，佐伊有时也和我说话，亚伦！不是呢喃，而是对我的灵魂说悄悄话。她现在变多了，她能够'看见两边的世界'。她要我告诉你，她爱你。她现在的变化不意味着她不再爱你，亚伦，她会继续爱你的。"

听到这些话，克鲁尔无言而对。他笨拙的男孩手指不知所措地握了又松开，满手是汗。

"有一次，佐伊喝酒时突然对我说，'杰奇，我的心情很坏，我不是一个好母亲。'佐伊大笑一声接着又说，'我爱婴儿，我把我儿子当成婴儿，可婴儿是要长大的。'还有一次，就是那件可怕的事情发生前不久，佐伊可能喝高了，她轻飘飘地说，'杰奇，我才不管在我身上发生什么事呢，我不管。'佐伊是这么说的！我说，'你不会指什么吧？'佐伊说，'我说了吗？'她只是笑，在这种状况下，她脑子里一定有什么疯狂的想法才这样说。她说要坐飞机去维加斯，早就计划好的，'这是一场双骰赌博，生活就是一颗骰子。'"

克鲁尔已经被这个女人逼到角落，头都要炸开了。他想对这女人说他不想和她谈佐伊的事情。

"哭出来就好了，亲爱的！你还是个孩子，像你这样的孩子长得太快了。你身上有德尔－勒的血统，塞内加人的血统。我知道的，我太知道了。我曾经和你们的人订婚。你哭出来吧，憋着不好。不仅女人需要爱，男人，男孩子也需要爱。如果你拒绝爱，那你就有病了。"杰奇一德鲁卡的嘴巴像一张鱼嘴开开合合，不停地说话。她盯着克鲁尔的下半身，盯着他的腿，盯着他的大腿根，盯着大腿根上硬鼓鼓的东西。“你和我，亚伦。虽然，我的年龄可以做你的母亲，可我想我们都正当年。佐伊会在她现在住的地方祝福我的。我从来没有过自己的孩子，遇见你这是最好的迹象。愿佐伊宽恕我。”

克鲁尔绷紧喉咙说：“我不想和你谈妈妈的事。你如果想留下带来的东西，你……”

“哟，是佐伊的钢琴吗？”

佐伊的立式钢琴摆在客厅的角落里（在拍卖会上或者是家庭车库摊位上买的）。自从佐伊搬出去之后，德尔莱和克鲁尔肯定不会去摸琴，所以琴键都已经发黄，积满了厚厚的灰尘，亚伦甚至避开它，不想看到它。杰奇－德鲁卡快步走到钢琴面前，戏剧性地按了几个键，琴键发出的刺耳声音刺激了克鲁尔的神经。他狠狠地咬紧嘴唇，几乎要把嘴皮咬破。“佐伊就喜欢钢琴！她好像去年曾经请人给她安排上课时间，应该是在切特。我们的老板卡萨巴答应替她付学费，可是佐伊没睬他。在切特，如果遇到比较淡的夜晚，佐伊会坐在钢琴前弹上几首梦幻曲，用美妙的歌喉唱歌。佐伊很能唱！那个害佐伊的人，不管是谁，他是利用了佐伊渴望唱歌的特点做了一件残忍的事。我是这样认为的。”

克鲁尔在认真想，她不认为德尔莱是杀人者之一？

他想认真体味一下这句话的意思，她知道谁是杀人者。

看到克鲁尔脸上的表情既痛苦又诧异，杰奇－德鲁卡说：“亲爱的，我最好把这些东西拿到楼上去挂起来，佐伊希望我这样做，这样皱褶就会少一些，你也可以叫些堂妹们来挑选。如果你有身材性感的女朋友，也可以叫来挑一些她想要的衣服。”

克鲁尔连连摆手。在这个家族里，谁会要佐伊的东西呀！说到他的女朋友，这种想法更是令他作呕。

德鲁克好像曾经来过一样，果断地推开克鲁尔，直接朝楼梯走去。她好像知道该怎样找对地方。

克鲁尔无法选择，只好跟着这个固执的女人上楼。他希望德尔莱回来后不必向他解释杰奇曾经来这里这件事。爸，她不听我的，她粗鲁地推开我过去，我拦不住她。

自从那一次在哈尼斯通克，克鲁尔没管住自己揍了老太婆一屁股之后，他用不了多久就明白下一次该如何对付女人。

他被指控二级攻击罪，由于一位年轻妇女的上诉，家庭法庭的法官撤销了其他指控如企图武装抢劫、企图破坏私人财产以及威胁身体伤害。这个案件是在家庭法庭非对外公开的法官议事室审理的。法官是一位中年女性，她脸上毫无表情，用急促的口气询问年轻的被告和同样脸上毫无表情的父母。最后她宣布判决，判他到阿尔贡奎恩青年拘留所服刑 6 个月。稍作停顿，她又补充道，缓期执行。佐伊听到判决后眼里禁不住涌出了感激的眼泪，谢谢尊敬的法官大人！我们打心里感谢您。

为了参加法庭听证，德尔莱和佐伊特意身穿去教堂祈祷的正式服装。德尔莱穿的是灯芯绒上衣配领带，他蓬乱的头发暂时梳得平平整整的。佐伊穿的是一件深蓝色连衣裙，胸前扣得中规中矩，头发也梳平并且在脑后盘成假髻。法官告诉他们，在亚伦 6 个月假释期间，父母中要有一位每周带他去赫金玛郡青年保释官办公室报到，如果没有法定理由缺席一次报到，他的保释会被取消并且送去拘留所服完剩余刑期。克鲁尔没有缺席过一次报到。但是，就在 6 个月行将届满的时候，佐伊搬出去了，德尔莱每次都很恼火，很不情愿地带着克鲁尔去保释办公室报到。

妈的，好在你没有杀死老太婆。如果那样，你就要送到波兹丹去，要我开车去真他妈的太远了。

在楼梯上，克鲁尔贪婪地盯着那个女人的屁股，那个女人屁股上套着色彩斑斓的松紧裤。双股之间的裂沟隐隐可见，他感到大腿里一阵难以抑制的骚动，这种情况过去也有过。我的天，这是曾经看到被碾死的动物如浣熊、小鹿时的病态反应，看到那些动物一动不动地躺在路边皮肉分离的反应。

德鲁卡如热情似火的女运动员一样，气喘吁吁地站在楼梯上说："我想有些东西会令你感到惊奇的！你来看，佐伊的连衣裙真是迷死人，很经典的！圣诞节那个周末她和一个朋友又去了一趟纽约市，这个男人给她买了许多漂亮得要命的衣服。可是在斯巴塔这个鬼地方除了在脱衣舞会上，谁敢穿呀？简直是'暴殄天物'。佐伊说总有一天人是会变的，做一个女人有些事是一定要做的。"

克鲁尔敢肯定德鲁卡以前一定没有来过这间屋子，但是她毫不迟疑地走进楼道尽头的一间卧室，进门就从购物袋里掏出衣服抖落在床上。她带来一件细纹黑丝连衣裙，中间好像有一道裂缝（细看还真的是），一件红莓色的天鹅绒紧身服，开口很深的V领上嵌着许多小小的珍珠，一件闪闪发亮的金色连衣裙，如果穿在女人身上会像用手套紧紧套在身上一样，一件古铜色带褶的连衣裙，腋下有明显的汗渍。此外还有一些高跟鞋、珠宝首饰、一只紫色奶罩以及与之配搭的一条网格女裤。看到这些东西，克鲁尔感到脸上火辣辣的。

德鲁卡拿起那件黑丝袍凑在鼻子上嗅了嗅，一句话都不说就把它递给还没有从爽身香味中缓过神来的克鲁尔，他连忙推开她的手。

"亚伦，你怎么啦？我这是悲哀的使命，难道你不应该尊重已经死去的人吗？"

此刻，德鲁卡规矩多了。她是想花些时间把黑丝袍铺在床上用手捋直袍上的皱纹。克鲁尔看到她浑浊的眼睛里有一种吸过毒品的暗光。这张床原本是父母亲的卧榻，德尔莱早就不睡这张床，搬到别的房间去睡了。这张床上草草地盖着一条已经失去光泽的缎面床罩，床罩上明显有天花上滴下来的水痕。床罩下是没有任何铺盖的床垫，维亚拉几个月前把床垫垫布抽走了。自从佐伊死后，如果德尔莱回家睡觉，他就睡在楼下的沙发上，刻意回避这间卧室。他要维亚拉把属于佐伊的一切都打包送到慈善会去，但维亚拉没有照他说的去做。每当克鲁尔进入这个房间都会手足无措，疲倦、焦躁，总想哭，总想一个人倒在地上好好地哭一场。他翻遍了佐伊的梳妆柜抽屉，想找到一些佐伊留下来的东西，但收获不大，除了一些零散的纽扣和一管几近用完的唇膏之外什么都没有。有一次，克鲁尔从另一个房间的箱子里发现一沓老照片，他对这些照片本来没有兴趣，但还是看了其中一张。照片上，德尔莱－克鲁拉坐在他的哈雷戴维森车上。克鲁尔还从来没有见过德尔莱英姿勃勃的样子，他头披长发，眼戴墨镜，嘴上叼着一根香烟，臂弯里搂着一位金发女郎，一定是佐伊。佐伊一副高中生模样，应该是很久以前的形象了，那时克鲁尔还没有来到这个世界上。那时，佐伊娇小妩媚，一脸火辣的笑容，身上穿着束腰的超短短裤，光腿赤脚。

可恨啊，他本不想留意，现在留意这些已经太迟了。

“亲爱的，能不能过来帮我一下？”

德鲁卡像责怪自己本来就很熟的孩子一样嗔怪克鲁尔，恩威并施。她有点做作地把佐伊的连衣裙挂在衣柜里。她说：“我认为佐伊喜欢这样，这样她就可以在这里得到安息，用不着着急，也不会孤独。她是一个漂浮不定的人，记得她上一次跟我说过，‘杰奇，假如我不回来了，你可要来维加斯探我哟，带亚伦一起来。我可能会在凯撒宫租一套套间。’

“你知道吗？她一直惦记着你。我现在相信灵魂永在，佐伊一直在悄悄对我说话。亚伦，你不要不高兴，相信我，这是真的。她说，‘我们本要彼此相爱，爱是一切。’”

克鲁尔想，这不是圣经上说的吗？但听起来又不像是圣经上的话。

克鲁尔心情糟透了，真想拔腿离开房间，但他的腿不听使唤，想走可就是不能，没有办法不去看那个女人的血盆大口。

德鲁卡压低嗓子说："亚伦，我想你是——爽身粉……"

克鲁尔一愣，不知道德鲁卡在说什么，爽身粉指的是什么？

他渐渐明白了，她指的是爽身粉对他造成的印象冲击。

"亚伦，那是一个可爱的姿势，'纯洁的身体'。"

几个月前，探员们曾经对他提起过一些信息，指他在发现母亲的尸体时惊恐的样子。侦探们说会为他保密，不会向社会公开，可是不知为什么给德鲁卡知道了。

那时候，他还叫亚伦而不是克鲁尔，他爬上那座排屋的二楼闻到一股尸臭味儿，房间里等着他的是他过去没有看到过的……

"可怜的亚伦，你是爱佐伊的。"

杰奇－德鲁卡显得十分亲热，她想过去拥抱克鲁尔，但克鲁尔怒目圆睁地避开了。他有点恐惧，别碰我！离我远点！如果这个女人想碰他，他真受不了。

他 15 岁了，上个星期的生日，但没有人提起。德尔莱不会记得他生日这回事，他连自己的生日都不感兴趣，他甚至连儿子的确实年龄也不记得。德尔莱是一个玩世不恭的人，他不会记得美利坚合众国的总统是谁，也不耐烦去知道纽约州的州长是谁，管他呢，有别人知道就行，他为什么要知道？佐伊就不会忘记儿子的生日，可是佐伊不在了。

"你为什么这样生气？你害怕了？"

德鲁卡温柔地笑了。她在戏弄他，把他逼到床边，他无计可施，只好重重地坐在床上躲她，避她，生怕碰到她。德鲁卡开裂不平整的黑指甲突然唤起了克鲁尔鲜活的记忆，在发现满身尸臭的佐伊血淋淋地躺在床上的时候，她平生视为骄傲的指甲也破碎不堪，似乎为了求生和谋杀者奋力打斗过。

“‘保持纯洁’有点夸张，但至少可以减少可怜女人的羞耻感。亚伦，我很理解你妈。”

克鲁尔真想问她，你是怎么知道的？是谁告诉你的？

“亚伦，这是秘密。我真的知道。我没有必要告诉你所有的事，你只要知道‘杰奇一德鲁卡是你的朋友’就行。在佐伊那里，我可以替你盯着一些事，有太多腌臜的秘密了。亚伦，这是我们之间美丽的秘密，我们一起保密好吗？”

德鲁卡从色彩斑斓的松紧裤口袋里摸出3粒甲壳虫大小的药丸子放在手心上，递给克鲁尔，他拼命摇头说不要，不管那是什么东西他都不要。这些丸子有可能是速度丸，又或是安眠酮。他不要，白天这个时间不行，这个女人给的更不行。“你肯定不要？那好吧，亚伦，我也不想现在吃。不想，还不到时候。”

她站得离他很近，气都喷到他脸上，但是她还是放过他了。她有意无意地把手背从他的肚皮和大腿根部滑过去，碰到他硬邦邦的命根子。他的脑子里好像撞响的钟一般嗡嗡作响。

“对不起，我去去就回来。”

德鲁卡到门外的洗手间去了。这个不请自来的女人依旧像来过这个屋子一样对这里很熟悉。克鲁尔恨得咬牙切齿，他已经不是一个人人可以玩于股掌的孩子了。在洗手间，德鲁卡似乎有意不把门关上。听到洗手间里嘘嘘作响的声音，克鲁尔只好捂上耳朵跑到楼下去，他想跑到屋外去，跑到库房里去藏起来，最好跑到屋后的树丛里去，小时候他就常常莫名其妙地藏在那里。这一次是为了躲这个可恶的女人。然而，他在一楼停住了脚步，他听到洗手间里冲水的声音，听到头顶上女人的脚步声，不是母亲的脚步声。这女人是在等我？赤身裸体地在楼上等我？

他的心在扑扑乱跳，阴茎坚硬充血，他感到那玩意儿好像动物本能爆发，像锋利的刀片刺穿裤子。他不由自主地再次登上他惊恐地踏下的楼梯。德鲁卡正从洗手间走出来，对着他笑："噢！亚伦，你在呀。"她的声音几近女孩的羞怯，充满挑逗，有如唱歌。她没有全裸但也脱得差不多了。她把V领上衣拉起，正在解乳罩，巨大的双峰往下垂坠，诱人的奶头红得像草莓又黑得像眼球。他不想看到那对乳房，但是眼睛又不能自已。德鲁卡轻柔地用手托着双峰往上抬。克鲁尔想，她的乳房是不是饱含乳汁，就要喷出来的温暖甜蜜的乳汁？德鲁卡对克鲁尔笑笑，奶声细气地说："他不在维修铺，也不在别的地方，我打过电话给他，要告诉他我找过他。如果他想知道，你告诉他好了。"克鲁尔对这些话毫无反应，也没有去靠近这个女人，而是这个女人主动靠过来。她光着脚，把露趾鞋子踢掉，身上仍然穿着色彩斑斓颜色的松紧裤，这条裤子很适合她的肥臀，可以把她的肚皮扎紧。她把亚伦的头扯过来按在她脸上（亚伦比她要高得多），张开令人憎恶的血盆大口堵住亚伦的嘴，把软舌探进去又吸又搅。

她把他往下压，裸露多汁的巨乳压着克鲁尔，一边取笑他一边引他回卧室铺着金缎面的床上，像牵引一个醉汉，像引导一个盲人。这缎面床罩是佐伊买的，现在已经残旧，点点斑痕依然历历在目。在这缎面床罩上，激情如火的伴侣曾经无数次欢然翻滚。这一次，克鲁尔清楚地看到她身体上面垂坠的巨乳之间金晃晃的十字架。

佐伊保佑我，在你现在安息的地方保佑我。

在你安息的地方，我爱你。

36

1984年2月

他醒了，但弄不清时光流转。

楼下厨房餐台上歪歪斜斜地摊着一份《斯巴塔日报》，是德尔莱专门留给他的。几分钟前，他听到德尔莱重重的关门声，也听到他打电话时发出的吼叫声。他瞥了一眼报纸，这才明白是什么事惹老爸发火。报纸的头版刊登了一条醒目的标题新闻：

斯巴塔警方宣称：克鲁拉谋杀案尚无新“线索”

标题下面是佐伊的照片，照片下方注明，佐伊－克鲁拉，1983 年谋杀案受害人。这张照片在《斯巴塔日报》上不知刊登了多少次，克鲁尔实在不想再看到！太可怕了，整整一年过去，佐伊已经去世整整一年，照片上的金发女郎像是挑战命运般继续微笑，她的微笑是对命运的嘲讽。

照片里，浓密睫毛下的大眼睛格外美丽，无论面对着什么，她只有一个天真无邪的诉求——

这就是我，爱我吧。

再下方是一对酷似孪生兄弟的照片，德尔莱－克鲁拉和爱德华－迪尔尼，斯巴塔警方把他们列为与本案有紧密关联的人士。这两张照片也在这家报纸和别的媒体上出现过无数次。克鲁尔耐着性子继续浏览报纸的相关内容。报纸头版一共有 3 段文字，没登完的则在第 8 版接续。内容是“本地尚未侦结的谋杀案一周年纪念。斯巴塔警方调查人员与州调查人员密切合作，但显然尚未找到新的证据，尚未有新的信息来源和新的线索，亦未找到与本案有关的新‘密切相关人士’或‘嫌疑人’。”

克鲁尔顿时无名火起，愤怒地把报纸撕了。

他真想把写文章的人和刊登文章的人一起撕了。这些人用母亲的脸蛋来推销报纸，用私人的微笑来推销报纸。

“可恶！”

那天晚上，维亚拉姑妈打来电话。

“亚伦，我只是打电话来试试，想知道你过得还好吗？”

德鲁尔踌躇着含含糊糊地回答。

“我哥在家吗？”

不在，德尔莱不在家。

“你知道他什么时候回来吗？”

不知道，克鲁尔的确不知道德尔莱什么时候回来。

“我想你看了……”

看了。

“……浑蛋，他们为什么不让我们消停一下？为什么不让你父亲清静一下？他已经受够了。”

德鲁尔听得出维亚拉气急败坏，也许在抽泣，急喘抽泣显然是因生气所致。

“看看那些在报纸上的照片！总是那些照片！可怜啊佐伊，可怜啊德尔莱！想想人们怎样看这些事吧，只有事情发生在你身上……我的天。”

德尔莱的家族是一个大家族，亲戚们分别居住在南阿迪隆达克黑河及莫哈克河沿岸的3个郡。克鲁尔想，今天他们一定都在相互之间打电话对这个意想不到的地方新闻故事表达困惑，表达愤怒和不满。也许克鲁尔还不知道，也懒得问的还有本地电视台也在播放相同的内容，斯巴塔居民，34岁的佐伊－克鲁拉谋杀一周年纪念，本案尚未侦结。

维亚拉痛苦地继续说，为什么那些天杀的记者们不去写一些与“人类利益”有关的故事，说说整天被警察和记者们跟尾的无辜的人？说说他的汽车维修铺都因为这些闹心的事搞到要破产？为什么不去说说谋杀受害人被这些故事撕开的伤口已经无法愈合？

维亚拉问克鲁尔在做什么，克鲁拉嘴里嘟嘟囔囔，好像在说没做什么。

其实，克鲁尔正在拿着木柄地拖，将清洁剂和在热水里，心烦意乱地擦洗脚下黏糊糊的油毡地板。他把地拖捅进橱柜，捅进冰箱与灶台之间的空隙里乱擦，这些地方已经积累了好几个月灰尘和污垢。

“那么亚伦，你今晚吃什么?”

她清了清嗓子，想说得更清楚一些，让哥哥的儿子知道她真的很关心他。

克鲁尔喃喃地说还好，他有东西吃，德尔莱给他留了食物。

“是吗? 都有些什么呢?”

克鲁尔不想再说话，他盼着姑妈赶快把电话挂断，和姑妈说话使他精神紧张。

“亚伦，德尔莱应该花更多的时间照顾你，他现在的表现对你不公平，我对他说过，可是他死到哪里去了? 维修铺的人总是说‘德尔莱刚出去一会儿。’”

克鲁尔说他也不知道，爹地应该在做他要做的事吧!

“对呀，你爸总是这样，这才麻烦呢。”

克鲁尔实在不想再说话。从维亚拉那头突然传来好像收音机的声音，又好像一个男人在大声说话，有人在笑着说话。

“亚伦，宝贝，我还想和你说话，可我得挂电话了，我听到有人在喊我，不是什么友好的声音。烦人的‘一周年纪念’总是这样。德尔莱应该陪着你才对，该死的德尔莱。你虽然不是孩子了，可是他该多一些时间陪你呀。”维亚拉停了一会儿，德鲁尔真希望她就此打住。他显得焦躁不安，姑妈为什么要打电话给他? 她最好现在就挂断电话，不要再问他是不是饿了，不要再问他是不是感到孤独无助，不要说今晚和她一起吃饭之类的话。话筒那边传来十字柱保龄球的撞击声，难道这就是嘈杂声的来源? 也许是公路附近烧烤场传来打十字柱保龄球的嘈杂声……就在他猜想的时候，维亚拉说话了：“亚伦，你就一个人在家吗? 你饿了吗? 我这就过来带你，我下班后和一些朋友在一起，不会不方便。我们在一起吃比萨饼，过来一起吃烤肉好吗?”

克鲁尔把电话挂断了。

维亚拉没有再打电话来。

37

人类生来应该彼此相爱。

这是我们俩之间美丽的秘密。

也是你母亲的秘密，佐伊在保佑我们！

一阵狂乱烦躁之后，克鲁尔把房门关在身后。

亚伦关上曾经是父母共有的卧室。佐伊亲手贴的鲜花墙纸已经褪色，父母共有的床犹如污泥中的猪圈，床罩早就破损不堪。他不想再看一眼挂在衣柜里的衣服，属于佐伊所有的漂亮衣服，更不想再看一眼那个叫德鲁卡的女人挂在衣柜里的那些衣服。

他没有告诉父亲杰奇－德鲁卡来过，自己知道就行了。

他希望从此不再去想那个叫德鲁卡的女人，但又禁不住想她，想起她对他做的事，想起她的嘴巴，她的手，她圆润的肥臀。她引导他插入。再深一点，直到他爆发，盲目地喷发出一股白热。

亚伦，我都可以做你妈妈了，可是我们都正当年。

他害怕她再来找他，也害怕她去维修铺找德尔莱－克鲁拉，怕她在那里看到他。

她兴奋地呻吟，兴奋地吻他的嘴，不，简直就是咬。德鲁尔看见她皮肤上有明显的灼伤痕迹，眼睛碌碌转动，棕色染发被汗水打湿，飘出一股化学汗臭味儿。她喘着，紧紧地抓住他呻吟，就像深海动物一样抽搐，哦哦哦哦，救我，主啊，我爱你，爱你。

克鲁尔射了，喷出一股炽热的浓液，喷出他的灵魂。

几周过去了，他手上、头发上还可以嗅到棕色染发的那股化学臭味儿，脊背上指甲划痕还清晰可见，有些已经开始感染，瘙痒不已，嘴巴仍然涩涩的，苦苦的。

每当无眠的夜晚，克鲁尔会掏出曾经擦伤的阴茎用力撸。每当进入梦乡，他会梦到那个女人，醒来之后大腿根部就射出一股黏稠，使他高声呻吟，使他兴奋不已，使他羞愧难当。

哦哦哦，亚伦，我爱你。

皱巴巴的床单上精痕斑斑，腥味难掩。克鲁尔只得打开窗户让风灌进来，但仍然难以驱散腥气。唉，那腥气。

“猪！”

也弄不清他是说自己还是说德鲁卡。他对佐伊近乎病态的思念已经被德鲁卡取代，他恨德鲁卡。他躺在床上辗转难眠，脑子里想的尽是他们一起苟且，那个女人逼他做的苟且勾当。他想着想着又慢慢勃起，渐次坚挺，肚皮下犹如一条懒洋洋的肥蛇在无意识中突然苏醒，像野兔猛烈地挣脱束缚，一阵莫名的亢奋。你得提醒自己，再不可陷入深渊难以自拔。

哦哦哦，亚伦，太棒了，我服死你了。

克鲁拉维修铺的生意每下愈况，大多数时候只有一两个人在做事。克鲁尔每天要做的只剩下加油。每一次，当克鲁尔看到奎利路加油站方向开来一辆紧凑型小车，他就会想到可能是浅绿色福特睿斯，车里一定是德鲁卡，会想到她站到窗前盯着他的情景，假装很吃惊的样子，他会想到她咧开涂满红唇膏的大嘴，哦哦哦，亚伦！好想你。克鲁尔毫无笑意，像不认识这个女人，但这更令这个女人亢奋不已。

杰奇－德鲁卡再也没有来过奎利路，似乎她放弃了找德尔莱的念头，也许她另有找到他的门路？克鲁尔是知道杰奇来访唯一的人。

佐伊已经不再和他们住在一起，这也许一种解脱。如果佐伊看到精痕斑斑的床单，她会扯下来拿去洗，可是床垫上的斑痕呢？过去，佐伊会取笑他，让他难堪，孩子，你又尿床了！再尿一次看看……

她说过，孩子总会长大的。

她没有爱过他，这就是他俩之间的秘密。

“太高兴了，这母猪终于走了。”

现在，他们再也用不着担心失去她了。

38

1985 年 3 月

德尔莱说，在他一生中有过一些过错。

上帝保佑，如圣经警示，这些错误不要延续到下一代人。

他是在毫无醉态的情况下说的这番话。他说这番话的时候把手沉沉地按在儿子的肩膀上，儿子想挣脱父亲的手但无能为力。父亲没有喝醉，他说的不是一般意义上的醉话。

德尔莱以忧郁、忏悔的口吻说起自己的父亲，父亲的父亲。与印第安血统和塞内加部族相关的某种不良基因可能传给了德尔莱。

“他们到底想从你身上得到什么，无非是想吸干你的血，即使这样，他们也说不出他们想得到什么，就是想吸干你的血，你身上流淌着的‘白色血液’，‘白色骨髓’，他们想把它吸出来。这些想法在我娶佐伊时就像鬼魂附体一样缠着我，我在保留地的所有亲戚都这样想，见鬼！我有一个很亲的堂兄弟就因为我和佐伊结婚和我呕气，不再理我。如今他已经死去，我们的关系再也无法修复了。”

父亲的话让儿子感到很不自在，因为他无法理解父亲的话。

儿子佩服父亲，父亲无论受到何种伤害都能很快恢复，他是一个男人，男人中的男人。

“我说，你不要想再回到塞内加部族去了，你做不到。你和那些家伙打草地网兜球的时候，不要以为他们认可你，不要以为你和他们是‘同一血脉的兄弟’。放屁，你不是他们的兄弟。”

德尔莱的父亲有一半塞内加血统，他父亲的父亲则是纯正塞内加人，这两个人德尔莱的儿子都不认识，都未曾见过一面。

佐伊说过："如果你父亲想让你知道这些事，他会告诉的。你父亲有太多事没有告诉过我，你知道为什么吗？"

为什么？

"为了某种目的，这就是为什么。该告诉的和不该告诉的，都不要去问。"

第二天早上，传来一个有关那个德鲁卡女人的消息。

《斯巴塔日报》有关夜晚发生人身攻击的报道：

切特琴键俱乐部的鸡尾酒服务生，39 岁的东斯巴塔居民杰奎琳一德鲁卡，周一早晨被保安人员发现倒在大男孩折扣电器店停车场，流血不止且失去知觉。

尚未发现行凶者（行凶者们）。受害人已被送去斯巴塔总医院救治，目前情况稳定。斯巴塔警方已经介入调查。

放在第二版的这篇报道极其简略，也没有随报道附上照片。要不是在维修铺看到顾客随手扔在等候区的几张报纸，克鲁尔差点就错过了这条消息。

他的嘴唇麻木地动着："杰奎琳一德鲁卡。"

他不敢想，也没有理由去想德尔莱会不会与这次攻击有关，他没有理由去想德尔莱与德鲁卡有任何关联，克鲁尔也不会与德鲁卡的事有任何关联。自从两年前德鲁卡来过他们家送佐伊的遗物之后，他就再没有见到过她。

我已经可以做你的妈妈了。佐伊在保佑我们。

打那天起，克鲁尔就没有再见过那个女人，除了在荒唐的性梦中，他没有再见到过她本人。报纸上没有提到那个女人曾经是 1983 年谋杀受害人佐伊一克鲁拉的亲密朋友。克鲁尔不想再看这女人一眼，他想尽力忘记这女人。

……

那天晚上，克鲁尔和朋友们一起去了火车站。那几个晚上，克鲁尔都不需要加班，也不需要跟随克鲁拉汽车维修铺提供 24 小时服务的拖车出勤。他和几个小学同学出去瞎逛。这些朋友都比他年长，和他很合得来。克鲁尔是个未成年人，他的朋友们则是成年人。时间过得真快，几年前他还是个辍学少年，不久就二十郎当岁了。像德尔莱少年时代一样，这些家伙无法无天，什么事都想去试一下，包括和姑娘们“邂逅”。克鲁尔的不好之处是喝啤酒，也开始喜欢一些有如梦幻的刺激，不介意吸点大麻和拉努佛卡因这类的刺激物。这些药物会使他兴奋以致麻木，会让他经历某种波浪冲击的幻觉，会使他的头缓缓摆动以致迟钝，遭人笑话。

佐伊曾经是一个嗜毒者，海洛因吸食者（这样说一个死者似乎有点大不敬)。

克鲁尔喜欢吸食大麻，想找到麻木不仁的乐趣，越吸就越能体会“泡芙”的乐趣。在这种状态下，人们所看到的一切都是虚幻。当你打开门的时候，你看到床上摆着血淋淋的睡袍，你对一切还会那么认真吗？

他的朋友邓肯－梅兹劝他说，放纵一下吧，所有烦人事情都会忘记，你不可能回去改变它。梅兹比克鲁尔大 10 岁以上，但他喜欢克鲁尔。据说梅兹家族曾经出过一个杀人犯，也许还不止一个。梅兹也是一个混血儿，长着一身草橄榄色的皮肤，比克鲁尔的皮肤黑一些，和克鲁尔一样，也有深陷在眼窝里的眼睛，这一类人物以类聚是再自然不过的事。

梅兹给克鲁尔的另一种毒品是他自己叫做牙买加大麻的毒品，这种毒品比普通大麻要贵很多，也厉害很多，它使人有一种被踢到恶心的“泡芙”感觉，使你的心像给狂野的物体撞击后那样扑扑乱跳。这不是什么人都能吸的，尤其是女孩子们，她们担心吸食之后，和在一起的男孩子们会有控制不住的欲望冲动。当那些男孩子们把大麻烟深深吸入肺的时候，会想入非非，产生把别人整得飘飘欲仙的感觉，而克鲁尔恰恰喜欢上了牙买加大麻。

39

斯巴塔中学二楼化学实验室门前挂着一块姓名牌，本－迪尔尼名列其中。

克鲁尔没有选所有化学科课程，也没有选生物、物理、高等数学以及所有的语言科课程。他不想考大学，所以选了“职业艺术”科课程。这是一门“实践操作”课程，包括英语、社会研究、健康、体育、汽车驾驶以及实际操作，所有这些课程都是获得斯巴塔高中文凭的必修课。

哈，汽车驾驶！克鲁尔从来没有开过小轿车，也没有开过卡车，因为他只有 11 岁。

鬼使神差，克鲁尔在二楼看到本－迪尔尼的名字，名字旁边标着成绩“A”。爱迪－迪尔尼是一个建筑工人，一个“手工劳动者”，可是他儿子却如此优秀。

据克鲁尔了解，本－迪尔尼的父亲爱迪根据斯巴塔警方命令搬出斯巴塔，已经不在斯巴塔居住，而克鲁尔也没有听说过他要搬回来。

在佐伊搬出去之前，在她被杀之前，克鲁尔曾经在垃圾填埋场看到那辆皮卡，看到爱迪－迪尔尼和她在一起，德尔莱却毫无察觉。

这一年，克鲁尔常常在学校看到本－迪尔尼，这使他牙齿痒痒的。一定是课程安排使他们有很多碰面机会，这种巧合是命运在作弄他们。在学校餐厅、楼梯上、走廊上，克鲁尔晃着高瘦的身躯，走路快得像条蛇。他盯着身材瘦小、红头发的怯脸小男生，小男生装作没有看见克鲁尔，胆怯地想避开，但像在屁股上横着一杆扫把动也不能动。本肯定看到克鲁尔了，他惊惶无措，无法移动脚步，像一条蛇等着另一条蛇过来挑衅。

还有一个女孩子，本有一个妹妹。

克鲁尔还没有打算去堵本一迪尔尼，他在打别的主意。他已经看到本一迪尔尼早他一步进了体育馆的男储物间。克鲁尔注意到，这个小男生每次都形单影只，每一次都怯生生地手足无措，一只脚跨进去了，另一只脚却脆弱得像给没有弹性的骷髅拽住似的。你一眼就能看出这个男孩子完全不具备运动员的基本素质，嘴里嘟嘟囔囔像是自己跟自己吵架。他身高只有 1.70 米，体重也只有 120 磅。他身上穿着衬衫、牛仔裤和一对运动鞋。这些都是班里同学喜欢的样式，只是穿在本一迪尔尼身上显得不伦不类，可笑至极。这就是迪尔尼，一个怪物！克鲁尔有点不相信，这个怪物一点都不像他父亲爱迪一迪尔尼，一个英俊的男子汉(至少曾经是一个英俊的男子汉)。本一迪尔尼背负着他父亲的臭名和耻辱，使他有负罪感，也可以理解为他该受到惩罚。

因为留级，克鲁尔不用上第五节体育课，他现在是二年级而不是三年级学生。他尾随迪尔尼来到储物间，看着迪尔尼把背包放在储物间一角的凳子上。旁边的同学看到克鲁尔迅速走近迪尔尼，很明显是要过去教训迪尔尼，但是这些同学噤若寒蝉，转身闪了出去。克鲁尔比迪尔尼要高 7 寸，体重至少比迪尔尼重 20 磅。储物间里已经没有目击证人，只剩下迪尔尼惊恐地凝视着克鲁尔，眼里流露出负罪的神色，似乎已经预料到会有今日。他结结巴巴地问：“你，你想干……干什么?”克鲁尔瞪着德尔尼瘦小的肩膀，直接一拳打过去，把德尔尼逼到储物柜，把整排储物柜撞得摇摇晃晃。克鲁尔用尽全力挥手一拳，迪尔尼来不及反应，也无力防卫，整个人摔倒在冰冷的瓷砖地上，缩在凳子脚下。克鲁尔把凳子踢开，脸涨红了，抽搐着，冷冷地瞪着他。

“傻×，起来，滚起来。”

门外有人听到本—迪尔尼求饶的声音：“别，别打我。我怎么惹你啦？走开，我没有惹过你。”本一脸惊恐，无奈地哀求。克鲁尔一拳接一拳猛揍过去，临了还补上一脚。

克鲁尔并不急于离开储物间，也不理会有七八个同学在远处默默地看着他，眼里充满敬畏神色。克鲁尔觉得没有必要警告这些人不要报告，他们心里肯定明白这一点。

你现在该知道了吧，只要我想，随时都可以揍你。

活该，谁叫你父亲杀了我妈？

他无视这个男同学的存在，这个叫迪尔尼的蠢蛋。他真想把他做了，用他的赤脚踩死他。他觉得他们之间碰面的机会很快不会再有。克鲁尔快满 16 岁了，斯巴塔高中很快就会开除他，这正是他渴望的，想很快就体验到的事。

你该在学校待着，浑蛋。你知道，你母亲希望你待在学校。

他不干。

爸，你不是也没有高中毕业吗？为什么我就要待在学校呢？

因为你不能像我一样，像我一样的人已经过时了。

德尔莱说出来的话使儿子的心凉了半截。佐伊死后，他们之间出现一种奇怪的气氛，一种极不协调的气氛。

德尔莱说，你母亲从来不希望你那么小就跟着我混。你母亲说过，亚伦应该尝试另一种生活，而不是成为机器的奴隶。

去她的。

看到克鲁尔心不在焉，德尔莱眼睛一动不动地瞪着他。

妈妈，去你的。你干吗要我那样做？是你把我们扔下不管的呀。

德尔莱一巴掌对着不理不睬的克鲁尔脸上扇过来，克鲁尔转脸避开，这一巴掌打到他头上，差点把他打倒在地上。

你这小兔崽子，你不能这样说你母亲，你该对你母亲有点尊重，否则我打烂你的屁股。

如果说以前还会有一丝犹豫的话，现在完全没有了。从此之后，儿子对父亲的忠诚无可置疑地消失殆尽。

似乎是不可能的事，但不可能的偶然还是发生了。一个名叫克鲁尔一克鲁拉的男孩子，一个身形硕大的印第安长相男孩子，那个母亲被人谋杀的男孩子出现在通向河流泥泞的人行道边上，一个名叫本一迪尔尼的男孩子也正好爬上人行道往河上的人行天桥走去。

本一迪尔尼一脸恐慌。

自从上一次在体育馆储物间不期而遇的攻击之后，本一迪尔尼希望能抚平克鲁尔的愤怒，同时也减少自己的负罪感，所以没有向体育馆的指导老师报告，也没有向学校当局报告，甚至没有如实告诉他母亲，他只是对母亲说是自己不小心从板凳上滑下来碰到储物柜，然后跌倒在地上受伤了。这种说法他自己都觉得好笑。

没有别的男同学证实这一点，也没有别的男同学卷入其中。

几个星期过去了，现在是潮湿的冬季。本一迪尔尼身穿灯芯绒夹克，把风帽套在头上。克鲁尔穿着不带风帽的银色化纤夹克。本一迪尔尼挎着装满书的背包走着，专注脚下的泥泞，克鲁尔则昂起着头，像一只掠食动物警觉地四处张望。那天，他没有预谋要跟踪“堵截”本一迪尔尼。这次碰面纯属偶然。

我本无意，既然发生我又能如何？

是佐伊的声音？是佐伊在唱她唱过的一首传统乡村歌曲？

克鲁尔听到了，听到了这首很有名的歌曲，这是乔尼一卡什唱的，克鲁尔听到的却是佐伊的嗓音。

他原本没有发起第二次攻击的打算，可是这一次没有目击证人在场。

命该如此，天注定的！

犹如电闪雷鸣，他刹那间兴奋了。离惊惶无措的本—迪尔尼只有不到 20 码的距离，克鲁尔开始发力跑动，肌肉隆起，四肢肌腱兴奋不已。奔跑中，他突然看到桥边的警示牌上写着：人行天桥关闭维修，行人禁止通行。本—迪尔尼已经无路可退，克鲁尔已经把他逼到桥上。一眨眼工夫，克鲁尔就把本—迪尔尼撂倒，他抓住本—迪尔尼的手臂不断摇晃，像是摇动布娃娃一般。他一边摇一边说："你想从我这里溜走？没门。快转过身来，要不我就踹烂你的屁股。"

本—迪尔尼企图摆脱克鲁尔，双臂突然力气大增，惊恐万分又愤怒地张开大口露出白森森的牙齿。克鲁尔见状大吃一惊，这个迪尔尼简直就像发疯的小老鼠在恐吓他。克鲁尔摇得更凶了，他把本—迪尔尼狠力摔在护栏上，彼此贴得很近，克鲁尔已经可以闻到到迪尔尼喷在他脸上的粗气，他自己也开始气喘气急。桥下，黑河由于最近的降雨变得黑流湍急。克鲁尔顿生邪念，在这里做了他，没有人会知道的，他的尸体至少过几个星期才会被发现。

他嘴里说的却是："你父亲在哪儿？"

本—迪尔尼结结巴巴地说不知道。

"你知道！他杀了我妈妈。"

本—迪尔尼还是结结巴巴地说不是。

"就是他！他逃走了！他现在住在别的地方。他逃不脱惩罚。"

这两个男孩子打得不亦乐乎，几近肉搏。本—迪尔尼想挣脱克鲁尔，抓住他的肩膀和脖子，克鲁尔则像摔跤手那样死死拽住他。一个想攻击，一个在躲避。克鲁尔不断地重复："他为什么要那样做，为什么要杀她？"本则反复提出抗议："他没有，他没有杀她。"突然，本—迪尔尼从夹克口袋掏出一把折叠刀，挣扎着把 4 寸长的刀锋拉开，疯狂地刺向克鲁尔。克鲁尔来不及反应，闪亮的刀锋已经刺到他的袖口，他只好不顾一切地伸手向刀抓去。刀锋在他手指上划开一道口子。在这危急关头，克鲁尔来不及考虑伤势，飞快地扑向迪尔尼。本一迪尔尼的头脑也清醒过来了，他想把小刀从克鲁尔的手里抽回来再刺，他已经陷入极度狂乱。克鲁尔一边骂一边夺刀，两只手都流血，但他还是挥起一记力量十足的勾拳向本一迪尔尼击去，击在本一迪尔尼的右眼窝下方，小刀从迪尔尼的手里松开掉在地上。在克鲁尔的重拳打击下，本一迪尔尼摇摇晃晃地倒在地上。克鲁尔的拳头雨点般地击在迪尔尼的脸上、头上和肩膀上。迪尔尼惨白的脸上鲜血直流，克鲁尔的脸则火辣辣的一片通红。他恶狠狠地说："我杀了你这浑蛋！把你推下河淹死，谁也看不见！"克鲁尔看到踢到几码以外的小刀血迹斑斑，一定是自己的血！他把小刀捡起来扔到栏杆外面的河里，这样本一迪尔尼就再也无法用小刀刺他了。他很欣赏自己近乎杀戮的行为，但要把迪尔尼推下河就不同了，虽然了无痕迹，虽然不会牵连到别的人，但性质变了。本一迪尔尼在木板桥上缩成一团，像一条蠕虫为了保护自己一样蜷缩成团。他踢迪尔尼的小腿、大腿，踢他的屁股，但不踢他的肋骨，会踢断的，他也小心地避开本一迪尔尼的脸，可怜的孩子，脸上已经血迹斑斑了。这时，克鲁尔清醒了许多，气喘吁吁地说："看着，我可以杀了你！回去告诉你的浑蛋父亲！告诉他'亚伦一克鲁拉本来可以把你杀了，可他不想这样做。'去告诉他。"

克鲁尔把本一迪尔尼扔在桥上转身就走，一到泥泞的人行道上就头也不回地跑了起来。他黑着脸用衣服擦了擦还在流血的手，开始感到疼了，揪心地疼。他想，这件事做得不错，早该这么做了。那天晚上，他喝醉了，跑到火车站去嗑药并且勾了一个叫米拉的女孩子。米拉正在车站里嗑得晕乎乎地傻笑，把脚捅进克鲁尔的大腿根上亲他的嘴大声哼哼。克鲁尔手上缠着的绷带松开了，他擦了擦手，也不管手上还沾满血迹，一把插进米拉乱蓬蓬的头发里。

40

那女孩，本一迪尔尼的妹妹。

一开始，克鲁尔还以为是巧合。

其实，她的年纪还太小，还不在克鲁尔性欲考虑范围内。这个身材娇小的金发女孩有一对忧郁的眼睛，胆怯羞涩。当克鲁尔在学校附近的7－11便利店看她第一眼时，她左顾右盼，并且立即转身退到便利店的后头。克鲁尔盯着这小女孩，心想，我的天，她不会在跟踪我吧，会不会呢？他觉得好笑，也很惊讶。他今年15岁，而这小女孩看起来要小很多。

想起来了，他还在别的地方见过这小女孩。前几天，当他骑自行车在街上经过时就偶然看到她，应该是在邮政街后头的胡同里，他骑车抄近路到旁边的学校时见过她。同学们都把自行车停在斯巴塔高中后墙根，克鲁尔也把旧斯维恩停在那里。这辆车浑身斑驳，硬胶皮座，把手故意调低，挡板锈得疙疙瘩瘩，谁都知道那辆车是克鲁尔的。很难想象，一个不在斯巴塔高中上学的小女生为什么会出现在这样一个地方，在离他不远处盯着他看。

他想起来了，是她，迪尔尼的女儿。她想干什么？

克鲁尔感到紧张、害怕，感到惊恐。

克鲁尔可没对她哥哥太过分，他已经及时制止自己下狠手。而今，他妹妹却像鬼魂附体一样跟踪他。

克鲁尔知道有危险，最好不要去招惹这个女孩子。她在用忧郁、神秘莫测的眼神盯着他，他只好头也不回，骑着斑驳的旧斯维恩转身就走。

自从人行天桥事件之后，克鲁尔尽量避免与本一迪尔尼碰面。他们之间好像互有默契，处在停战状态。克鲁尔知道，本一迪尔尼也知道，克鲁尔已经饶了本的命，他本来可以把本推下河去淹死，可以用本自己的刀把本捅死（有哪个敢这么大胆对克鲁尔拔刀相向？如果不是有人给他小刀，本一迪尔尼有这样的胆量吗？）。克鲁尔的退让是出于怜悯，他本不必如此。本一迪尔尼的刀已经把克鲁尔的手指划破，把他双手的掌心割破了，要过很久才能愈合，这难道还不够吗？

41

在任何人身上发生的事情都是社会本身要发生的事情，但不会是单一事件。假如发生了死人事件，这并不意味着你会和他们说话。死人会盯着你，以某种方式说我在这里。你会相信冥冥中有上帝存在，有主存在，但并不意味着两者一起出现。

帮他补习英语的老师海耶老师把亚伦一克鲁拉绞尽脑汁撰写的作文退回给他，用紫墨水写了一段鼓励他的评语。每一次作文，亚伦冥思苦想也写不出两三行流畅的文字，而且写出来的文字令人费解，连海耶老师也无法一下子明白其中所表达的意思。在补习班里，半数以上的同学交上来的作文都是用打字机打出来的，虽然打字质量不尽相同，但至少不会像亚伦那样连小孩都不如，他用笨拙的大手抓着笔艰难地写画，皱巴巴的作业本上每一页都留下他努力书写的墨迹和隐约可见的油污。

斯巴塔高中英语补习班的成绩评判不像普通班那样用数字标出来，只标上“通过”或“不通过”（大部分都是“通过”）。如果亚伦的作业偶然获得“通过”，他就会看到作业本上画着莫名其妙的3个“???”，然后附上一张纸条，上面写着海耶老师要求他在上学期间来办公室见她的字语。

玛莎一海耶老师不像别的老师用红色墨水写评语，她喜欢用紫色墨水，她觉得紫色比红色显得没那么“残酷”。红色是停止的标志，危险的标志，是出口和火灾的标志，在学生作业本上用红色墨水写评语有点像微型创口上渗出来的血一样，紫色则不同，它是一种“善意”的颜色，是一种“流畅”的颜色。亚伦－克鲁拉二年级上半学期，原来上这个班的老师因为身体原因辞职了，因此斯巴塔校区请海耶来临时代课。海耶老师主张对学生不攻击，不伤害，也不要让学生感到沮丧。她认为，这个少年学生本来就存在“阅读障碍”、“天资缺陷”以及“个性问题”，还存在某种暴力威胁倾向。

无论在学校走廊上看到亚伦还是在上课铃声响起的最后一刻亚伦偷偷地溜进课室，海耶老师都会满脸笑容地和亚伦打招呼：“‘亚伦－克鲁拉’你好！”亚伦比海耶老师要高好几寸，小眼睛，厚眼皮，目光涣散，几近古铜色的印第安黑发永远飘着一股难闻的油味儿。但是，在海耶老师眼里，亚伦是本班37个学生中最具潜质的一个，如果考虑到他的家庭背景，又是最具危险的一个。

海耶老师年近五十，在她身上不乏温情脉脉的母爱，也一直热情似火，总是对学生有一往情深的期许。在她浅浅的睫毛下，水汪汪的眼睛激情闪烁。她长着一张少女的脸，却一脸菜色。为了掩饰缺陷，海耶老师总是一身“时尚穿扮”，质地上乘的品牌上装，剪裁得体、艳丽的橘红色套裤，暗褐色的头发繁复盘绕，橘红色的嘴唇，脸上略施灰色淡妆，在斯巴塔高中的教职员中鹤立鸡群。海耶老师讲课时总是声音高昂，激情洋溢，充满鼓励的词语重复不断，如我承诺，你不妨试试，你可以的，永远不要说自己不行等等。据说，海耶老师曾做过多次乳房切除和子宫切除之类的妇科手术，又据说海耶老师有一个坐轮椅的大龄丈夫（或是父亲?）。更加烦心的是，她有一个调皮捣蛋的儿子，他会在背后叫她“多毛夫人”（海耶的英语发音近似多毛——译者注）。真的，海耶老师穿短袖衣时，你一眼瞄去会发现她腋下浓密的黑毛，调皮的女生会彼此交换嘲笑的眼神，捣蛋的男生更是恶作剧地从海耶老师桌边的废纸篓里把废纸巾偷偷放在桌上，用一沓干净纸巾草草盖住。但是每次上课之前，亚伦－克鲁拉都怒气冲冲地拿着废纸篓到焚烧炉去把废纸烧掉。因此，海耶老师从来没有因为这些恶作剧遭殃，这些恶作剧也就玩不起来了。

有一次，海耶老师无意间在亚伦－克鲁拉面前提起他最不愿意听到的那个叫德鲁卡的女人。海耶老师水汪汪的眼睛直视着亚伦的脸。这位中年女人有一副鲜肉姑娘般的身材，难于琢磨的眼睛似乎充满了女性的渴求。她说："亚伦，如果你有什么话要对我说，随时告诉我好吗？"她还说："我可以为你参详参详。"

亚伦避开海耶老师渴求的眼神，用几乎听不到的声音说，好的，老师。

一个是中年英语女教师，一个是快到16岁的老成少年，一个应该是姑妈的年纪，一个应该是外甥的年纪，但是他们之间似乎有一种说不清的关系。

一天下午，亚伦按海耶老师的要求不情愿地来到课室见她。老师的桌上摆着亚伦的作文，作文上紫墨水批语清晰可见。

亚伦坐在单薄的塑料椅上，很怀疑这把椅子是否能承受他的体重。只见海耶老师把细长的双手交叉放在胸前，像准备高台跳水但又勇气不足的运动员那样深深地吸了一口气，然后缓缓地说："亚伦，我很矛盾，可是我想对你说，在我的家族里也曾经发生过一桩恶性案件。这桩案件发生在我母亲住的特洛伊市。我的一个堂姐被人绑架刺死扔进水渠，失踪几周后才被发现，可怕的谋杀。一位正准备结婚的19岁漂亮姑娘就这样没了，几十年了，这桩可怕的谋杀案件一直给我们的生活留下阴影。那时我只有12岁，而现在已经是中年妇女了。因此，亚伦，我很理解你。"海耶老师声音发颤，但充满同情和希望。"我真的希望我能理解你。"

这些话犹如电击，克鲁拉丝毫没有准备，他需要镇定，但他做不到。

“……假如你想把心里的话说出来，明白吗？你应该更加直接一些，把心里的话说出来或者写出来，我可以感觉到你想接触这样的主题，我说不准是什么主题，可你从来没有直接面对它，它几乎要把你吞噬了。你必须从阴影中把自己解脱出来。”

亚伦坐在吱吱作响的塑料椅子上一动也不敢不动，脑子在打架，但嘴巴紧闭。过了一会儿，海耶老师有点精神紧张地接着说：

“我的意思是，亚伦，你当然可以自己做出选择。我指的是，在课室之外，在学校之外，你可以成为一个公民或者像一头‘到处游历’的大象那样，做一个‘游手好闲的人’。你尽可以因为某种原因脱离社会生活，就因为你受过伤害、生气，很明显，你很生气。我知道别的同学怕你，你打过架，你也‘干扰’过别人。可是我很感激你为我做过的好事，非常好的事，非常有潜力的事。你让我继续说，只因为你还年少，你可以这么做，也许在30岁之前都可以这么做。可是以后呢？你想成为一个公民，你就要设法忘记那桩罪恶，这样你才能开始新的生活，一个有作为的生活，一个成年人的生活。如果你甘愿游手好闲，甘愿被社会遗弃，仍然生活在受伤的阴影下，那么你就不会有一个正常的生活。”海耶夫人停了一会儿，嗓子发颤，迟疑不决。她好像登上了一座危险的高山，从高山上俯视亚伦。“照此下去，你不会活得很长命的。那才是我担心的事。”

这个下午，他们之间的对话是由于亚伦交上来的一篇作文引发的。亚伦作文的题目是《社会中的个体》，他绞尽脑汁就写了一段两句话21个字，这还是他坐在维修铺迪尔尼的办公台前艰难地一个字一个字画出来的，而且他还不得不中途放下笔。有一个电话打进来说在州际公路上有一辆车碰坏了，需要拖车去救援，他和一个技工不得不开车出去了。回来后，他看着自己写下的几个字，“所有要发生在任何人身上的事都一定会”……时，他有点难堪，有点气急败坏，真浑，他知道自己想说什么可就是表达不出来，那些词在脑子里卡住了。

海耶老师在说话之前已经将作文还给克鲁尔了。他偷偷瞅了一眼，发现“社会”一词写错了，他写字经常出错。看着看着，他真想把作文本撕掉。

“亚伦，你在听我说话吗？”

海耶老师说话间把两人之间距离拉近了，亲爱的，你在听我说话吗？

克鲁尔嘟嘟囔囔不知说些什么，脸唰地红了。他扭了扭身体，打算离开。

“亚伦，你看起来——很伤心，你这是……？”

克鲁尔站起来，手里抓着作文本，他想一离开课室就把它撕碎。

“无论如何，我希望，希望你再改一下作文，我是说再写下去，你应该有很多要写出来的话，你没有写出来。亚伦，按规定最少写500字。当然，你不一定写这么多字，可是……”

克鲁尔伤心地起身离开课室，希望这不是最坏的结局。这时，他脑子里栩栩如生地出现了佐伊恐怖的脸，流血破损的眼眶。他感悟到一些东西，因此喃喃地说道，老师，我知道怎么做了！

海耶老师像电视上的女主人那样把克鲁尔送到门口。

课室就是玛莎－海耶老师的家。当你走进课室，你会发现墙上挂着各种动物的光面照片、风景画和河流风光。课室里摆放着各式各样的泥花盆，花盆里插满簇簇人造葵花、蕨类植物和非洲紫罗兰。课室里还摆着各种奇形怪状的小木雕作品。这就是佐伊形容的典型女性感情流露。接眼看去，海耶老师好像和克鲁尔差不多高，但是只要站在一起，你就会发觉海耶老师实在太矮，老师的尊严似乎瞬间消失殆尽。不过，克鲁尔还是规规矩矩地说，谢谢海耶老师，我会重新写过，老师，我知道了。可就在第二天，克鲁尔和两个男同学（两个“白人”男同学）在体育馆上课时打起来了，一场乱战。起因是那两个男同学看到克鲁尔时好像闻到他身上有一股味儿，就啐了一口痰，另外一些男同学也加入了战团，有帮克鲁尔的，大部分则乘机凑热闹。乱战持续了好几分钟，有不少人领略了克鲁尔的凶狠劲儿，站在一旁的凯瑟老师也被打得满鼻子血。在骚乱几个小时之后，克鲁尔被斯巴塔的警官带到警察局去了，所记录的罪名是攻击、扰乱秩序以及抗拒逮捕。克鲁尔被斯巴塔高中永久除名，从此再也回不到学校，也不可能毕业，再也不能见到玛莎－海耶了。

42

那个女孩子，爱迪－迪尔尼的女儿。

他终于知道她叫克丽丝塔，可是她为什么要跟踪他呢？这样一个精灵一般的淡金头发的女孩对克鲁尔来说年纪实在太小了，见到都不想瞟上第二眼。

她还在远处盯着他。当发现克鲁尔看到她，她就往别处看，慢慢地转过头往别处看。女孩清澈的眼睛里似乎要表达一种什么信息，似乎在对克鲁尔说，来呀，来打我呀。

不错，克鲁尔曾经打过她哥哥本，也许她已经知道，也许本告诉过她（克鲁尔怀疑本没有胆量把这件事告诉别人，毕竟这是一件很丢脸的事）。无论如何，克鲁尔不会打女孩子，哪怕他知道这个女孩是迪尔尼的女儿。

他也不会走近这个女孩子，绝不。

克鲁尔知道眼前这个女孩子是爱迪的女儿，记得是米拉－罗彻告诉他的。眼前这个女孩子年纪不大，甜甜的脸会使你认为她天真无邪，值得信赖。可怜的克鲁尔几乎对她产生了怜悯之情，可是她父亲……

克鲁尔不想知道她父亲。

……警方还在找她父亲的麻烦。据说她父亲已经搬离斯巴塔。

邓肯－梅兹和他的朋友们聚在火车站里，克丽丝塔猜不出邓肯－梅兹会对她怎样。

米拉笑了，笑得很勉强，她敏感地看出克鲁尔陷入了感情的旋涡。

（克鲁尔肯定不会和这帮人混得很火，一直和这帮人保持一段距离。这帮人称不上是朋友，但克鲁尔也说不出应该怎样和这帮人相处才叫合适。混在一起的女孩子们对克鲁尔简直迷疯了，只是没有直接说出来。她们都是一帮猪脑子，只要这帮家伙吩咐，她们就乖乖就范，照他们的吩咐一起嗑药。谁都知道，一旦嗑药，在没有清醒之前她们什么见不得人的事都敢做。唉，这些貌似清纯的女孩子如米拉－罗彻……那个叫邓肯－梅兹的家伙自称是克鲁尔的好朋友，但从来也没有完全信任过他。梅兹之所以欣赏克鲁尔，是因为克鲁尔虽然只有16岁，但经常打架，在这帮人中颇有名气。克鲁尔从来没有进过局子，最了不起也只是在拘留所待过几天。而今，梅兹已经用不着通过打架来扬名立万，他把兴趣放在赚钱上，已经赚了很多钱。他和赫金玛郡治安局有某种神秘的联系，他的一个堂兄是治安局的副局长，梅兹有可能是他们的线人，通过和执法部门交换信息来获得特别关照。上一次，克鲁尔和梅兹在州际公路上飙车，梅兹把紧凑型火鸟开到每小时90迈。克鲁尔坐在副驾驶席上，反复要他慢一点，慢一点，但吸过晶毒的梅兹正在兴头上。他大笑着说，克鲁尔，高兴点，我不会搞砸的。）

自从被学校开除后，克鲁尔在维修铺的工作时间长了很多。现在冬天来了，克鲁拉维修铺得到一个外包生意，去做清雪服务，因此清淡的生意略有起色。但是，迪尔尼仍然不敢多请工人，他现在只有两个全职技工加上两三个年轻的兼职帮手。他付给儿子的工钱一分可怜，有时甚至几个星期都赖账。当迪尔尼不在维修铺的时候，克鲁尔接手接听电话的活，和顾客们打交道，也学着做维修评估。在电话一头的人谁也想不到这个满口好的，先生，好的，夫人的还是一个只有 17 岁的半大小伙子。更令人诧异的是，迪尔尼还交给他两辆车，让他负责深夜清雪服务。这种工作在暴雪之后得彻夜不眠才能做完，而且在清雪之前还得在维修铺做足一天的准备工作。迪尔尼称这种工作是恶搞功夫，可是报酬可观啊。

克鲁尔可喜欢清雪工作了，尤其是晚上，这工作疯狂刺激，极像打草地网兜球。你得和一帮家伙组成团队去拼命，去对付这种危险的工作，只要你拼命，只要你敢彻夜不眠去干，你就会很有成就感。

要得到尽可能多的活得学会玩花招。其实也很简单，你只要痛快答应主家，这活我接了，我会把活干好的，再就是把价码压得比竞争对手少几块钱，事情就搞定了。

有使用价值的感觉也很爽。人们对你的到来充满期待，充满感激之情，尤其是妇女和老人。真是的，如果没有铲开他们门前的厚雪，还有什么感激呀。

有使用价值，这是克鲁尔长大以后感到最惬意的一件事。他不由得想起了海耶老师，老师曾经对他寄予极大希望。一想到这位老师喜欢“亚伦一克鲁拉”，一想到才过了几个月就被开除，他突然怀念起这位老师来。诚然，看到可恨的学校，他做梦都想回去把学校的墙拆了。但是，他记得海耶老师说过的话，你可以成为“游手好闲”的人，也可以成为一个“公民”，这里有一个质的区别，就看你怎样去选择。克鲁尔不会去想过一个“有意义的”生活，对谁有意义？他甚至不会去想成为一个“公民”，但是他必须帮迪尔尼渡过难关，他不想这么年轻就不明不白地死去。

每周星期四上午 9 点，亚伦一克鲁拉都要到位于斯巴塔联合街的纽约州拘役处保释和假释办公室去报到。自从上次在学校被逮捕之后，他被判了 3 年拘役但缓期执行。迪尔尼对带他去这件事十分恼火，但恼火归恼火，冷静下来后又感到后怕，如果克鲁尔不是为了他，是不会鸟任何人的。

那个女孩子，爱迪－迪尔尼的女儿，乍一看你会以为她还是一个不懂事的小妞。米拉说这女孩子长得很甜，一副楚楚怜人的样子，看到就会信任她。

克鲁尔从来没有想过去接近她，尽管米拉不断提起她，他照样毫不动心。他不想因为她给自己惹麻烦，他们之间毫无关联。那天收工之后，克鲁尔开车到城里去，到火车站去和一帮家伙鬼混。那里有一帮浪子，还有一伙浪女。在那里，他碰到了那个不知深浅的金发克丽丝塔。他拦住了想侮辱女孩子的梅兹。他不会容忍梅兹胡来，梅兹可能吸了很厉害的晶毒，整个人变得穷凶极恶。他睁着喷火的眼睛，但有点胆怯地打量着克鲁尔，弄不清他到底是谁。克鲁尔告诉梅兹别碰这个女孩子，他们之间很快出现了语言争执和肢体碰撞。事后，克鲁尔已经不记得当时发了什么事，只记得当时他感到奇怪，梅兹竟然在退缩，口里嚷着，去你的，你带她走，去你的两个浑蛋。

这是梅兹的原话，克鲁尔感到很好笑，但这就是真实的生活，不是开玩笑。

他记住了这女孩子，这个克丽丝塔－迪尔尼。克鲁尔认为自己有责任带她回家。

爱迪－迪尔尼的女儿，那个在不远处尾随他的女孩子，用清澈的眼睛打量他的那个女孩子。此刻，克鲁尔想，这也许是一种考验，来自上帝的考验，考验他会把她带往何处，考验他会对她做些什么。

克鲁尔不是一个信仰上帝的人，他什么都不信。但是就像圣经说的那样，有些事你不能不去做。

把你推到经受考验的地方，看你如何去做，看你怎样去接受最后的审判。

佐伊大多数时候都不相信上帝，但她十分精明，如果你在该信的时候不信，这就不得了啦，你就该遭罪。

也有例外的时候，只要不是紧要关头，你能够逃过，但你必须小心翼翼，不要心不在焉，不要把时间混淆了。

“保持清醒，把眼睛睁开。你如果睡过去就再也醒不来了。”

天哪！克鲁尔恼火地看到这女孩一头闪亮的金发被呕吐的脏东西粘成一团面，她呕出来的脏东西滴得到处都是，衣服上，甚至鞋子上。克鲁尔气不打一处来。

克丽丝塔脸色惨白，呼吸短促，克鲁尔认为她是吸毒过量。去年夏天，他曾经在火车站后头见过一个女孩子坐在一辆旅行车里服用速度丸过量的状态。那个女孩子脸上肌肉松弛，眼球乱转，像一个病婴那样张开嘴巴呼吸，她旁边的那个家伙不断摇动女孩，不断拍打她的脸，让她保持清醒。因此，克鲁尔学起来，像晃动布娃娃那样不断摇晃克丽丝塔，她的头耷拉在肩膀上，嘟哝着要克鲁尔停手。

克丽丝塔终于清醒了，在克鲁尔的帮助下站了起来。突然，曾经服用的混账物体喷口而出，呕吐出来的脏东西弄得克鲁尔满靴子都是，克鲁尔不由得骂骂咧咧，满口脏话。

“我的天，看你！”

他一脸怒气，恼火极了。恼火归恼火，克鲁尔还是忘不了嘲笑这个漂亮的金发小妞。女孩脸上毫无血色，显得那么无助，像翅膀湿透的小鸟，羽毛沾在身上动弹不得。

想起来都觉得莫名其妙，这可是本－迪尔尼的妹妹，爱迪－迪尔尼的女儿呀，如今却依赖他来救助。

克鲁尔把呕吐得到处都是的女孩塞进车里，一边咒骂，一边开着车沿弗利街、联合街和邮政街开，惘然不知该开往何处。最好把她扔到医院急诊室，让他们去帮她吐干净！曾经有人把药物过量的人扔在斯巴塔医院门前，然后迅速开车溜走。

克鲁尔不想这样做，决定到他姑妈维亚拉那里去。当他姑妈看到这个半醒半瘫的姑娘后十分震惊，甚至还来不及了解这个姑娘的身份，就已经不愿意了。这个姑娘看上去如此年幼，还未成年，究竟是不是侄儿亚伦的女朋友，亚伦会不会已经上了她？如果趁人之危就等同强奸。这个姑娘如此年少，现在又似乎吸毒过量，不出几分钟也许会死去。亚伦哪，你也太不懂事了，这种状况你还把她带来这里？克鲁尔说，他不知道除了这里还有什么地方可去。在这种情况下又不能把她直接送回家，也不想冒险把她扔在急诊室，万一有人看见他的车牌或者他的脸该如何是好？再说，他不想把她扔在街角或野地，也不想把她扔在火车车皮里，那个浑蛋邓肯－梅兹早先就想这么干。维亚拉问克鲁尔这女孩是不是他的马子，克鲁尔厌恶地说不是，他不会和这种年纪的女孩子乱搞，上帝可以做证，他也没有上过这个女孩子。

维亚拉涨红着脸问：

“亚伦，这是强奸。她还未成年，而你已经成年了，他们把这个叫做‘强奸幼女’罪。”

“我说过，我没有上过她。”

“那别的人呢？谁干过？”

克鲁尔不知道，他也不想知道在火车站梅兹是不是干过克丽丝塔－迪尔尼。

姑妈不得不拿了一条毛巾给姑娘擦脸，克鲁尔看到女孩的腿晃了一下。这个叫迪尔尼的女孩子似乎对这里没有一丝感觉。克鲁尔搞不明白是什么把他俩连在一起，他和她。他搞不明白他们之间究竟有什么关系，如此强烈如血缘关系？说不清楚。

来呀，来打我！你试试？

那么，他们之间究竟发生了什么事呢？

说不清楚。

他告诉姑妈这女孩子是谁，她诧异地看着克鲁尔，然后转身去打电话。在姑妈的盥洗室里，孤零零地只留下克鲁尔和这女孩子。克鲁尔把两个水龙头都拧开，让女孩子自己洗脸。但女孩头重脚轻，一副手脚不协调的样子。

他不想再去碰她，他递过毛巾让女孩子自己擦洗，而女孩把毛巾捏在手里不知所措。突然，他走近女孩，站在她身后，无法自已。他用手搂向女孩细长的脖子，感觉到女孩在惊恐地发抖。他紧紧地扣着她的脖子，下身硬了起来，像铁锤般硬了起来。他脑子里一片空白，嘴里却讥讽道："他就是这么做的吗？你父亲……"

克鲁尔似乎回忆起来了，是爱迪－迪尔尼把佐伊掐死在床上的，他用毛巾绕在亚伦母亲的脖子上，是先掐死再用毛巾绕在脖子上？也许他在佐伊已经失血的脖子上、皮肤上留下了淡淡的手印？记不清了。

克鲁尔没有注意母亲的喉咙，也没有注意母亲的脸，但是只要闭上眼睛他就会看到死去母亲的脸，一张流血和肿如西瓜的脸，破碎的颊骨和已经变淡渗血的脸部皮肤以及糜烂的眼眶，死不瞑目的大眼瞪得像葡萄一般，眼里毛细血管渗出丝丝鲜血，典型的掐压窒息症状。

克鲁尔目睹了母亲的死态，亲闻了母亲的尸味儿。曾经美丽的母亲，现在已经美丽不再。克鲁尔曾经听到，或者隐约听到有人说，这是佐伊的报应，这是上帝对佐伊的惩罚，可怜的女人。每当听到这些话，克鲁尔禁不住怒火燃烧。惩罚？

"……这样？像这样吗？这样……"

他重重地压在她的背上，用力掐住她的喉咙。女孩软弱地捏住他的手指，但无力松开身体。她惊恐、发疯地抓他，使得他更加愤怒。女孩还没完全丧失理智，她以为克鲁尔是在开玩笑，不像邓肯－梅兹那样真的用力（或许邓肯也没用力，没有打算强奸她，只是想让她在车皮上因为用药过量死去?），也许过一会儿克鲁尔会松开手，会再一次取笑她，笑她没胆子。开玩笑吧？

男孩子们都喜欢把你逼到生死边缘，让你体会死的滋味，让你知道他们是怎样取笑你，怎样嘲弄你。然后，他们会向她的朋友们描述，让她们也来嘲弄她。

但是你不会知道他们究竟想对你做些什么，等你明白过来已经为时太晚。克丽丝塔的朋友们如米拉、伯纳迪迪就曾经对她说起过。唉，这些损友们！

其实，克鲁尔和她不完全是单独相处，他姑妈维亚拉就在不远的门外打电话。假如他和克丽丝塔单独相处，假如他把她带到奎利路的家里，事情就可能会另有说法。但是克鲁尔的姑妈就在屋子里，而克鲁尔只是在女孩背后狠狠地压着而没有去宽衣解带，也没有松开自己的裤头，没有脱下她的牛仔裤，没有掰开她柔嫩的后臀狠力戳她，使她流血。没有，一切都没有发生，姑妈就在附近。几分钟的摩擦，克鲁尔很快有了快感，白色液体喷射而出，他亢奋得几乎晕眩。她不会知道的，他俩永远都不会弄明白发生了什么事。

高潮转瞬即逝，他松开了掐在她脖子上的手指，松开了压在她背后的身体。他几乎晕过去，夹紧的双膝也同时松开。他自言自语地说他没做什么，没有碰过她。

他喉咙痒痒地说："嘿，没有人伤你。来吧，吸口气。"

他装作没事一样，笑着戳戳她，女孩半靠在生锈的洗脸盆上大口喘气。克鲁尔希望没有弄湿她的衣服，但可能吗？她本来就在洗脸，水龙头下水在哗哗流着呢！他估摸着女孩可能有 85 磅左右。突然，他脸上冒出冷汗，担心在压这女孩的时候弄伤了她的脊骨，在掐脖子时用力过猛伤了她的颈椎。然而，性冲动如此强烈，他无法管住自己。

维亚拉回来了。他整了整身上的衣服从女孩身边走开，但愿不会有事。维亚拉像是做了一个困难的决定，走过来大呼小叫："让我来帮她洗脸。我的天，她的头发弄得这么脏。"

克丽丝塔恢复得差不多了，维亚拉建议她给家里去个电话告诉她母亲，说放学晚了，去了斯巴塔的朋友家。你就说有一个什么年鉴研讨会，说体育训练，篮球什么的，总之找个借口，说早些时候打过电话但家里忙音，说找不到电话，说朋友家的电话线路不行。她要克丽丝塔告诉家里她和朋友吃过晚饭了，朋友的母亲马上开车送她回家，如此等等。

本来，维亚拉想自己开车送克丽丝塔回家，但克鲁尔坚持由他来送，既然事情由他而起，那么还是由他结束为好。他在维亚拉冰箱里拿了一罐啤酒边开车边喝。他直接驶上河滨路，他知道迪尔尼住在哪里。一路上，他俩都互相不敢说话。此刻，克鲁尔忘了几乎把她掐死的事，忘了重重地压在女孩身上几乎伤了她的事，也忘了自己的冲动，忘了喷射而出的快感和快感过后软下来的双膝。他希望这一切都没有发生过，从来没有发生过。他或许希望以另外一种形式发生，可惜姑妈在盥洗室门口出现打破了成就好事的欲望。无论克鲁尔在做什么，他很想占有的这个女孩是他把她从药物过量的死亡边沿带回家的，姑妈可以做证，他没有对她非礼，没有进行性攻击，也不是强奸少女罪。不会是克鲁尔，因为克鲁尔太精明，太谨慎。

克鲁尔把克丽丝塔放在她家的车道上转身离开，朝着黑洞洞的奎利路开去，朝着"家"开去了。他要回到佐伊抛弃他的地方，让上帝谴责她吧，他也不会原谅她！他永远不会原谅他们所有的人，该死的他们！他从冰箱里拿出一罐啤酒大口快喝，想驱散寒冷，驱散令他作呕的想法，像蟑螂爬过之后留在墙纸上的涎痕一样恶心的想法。他撞开房门，一头倒在床上，昏昏沉沉地进入无梦的梦乡。

43

1987年11月17日

克鲁尔开着拖车前往伯纳维尔，他此行是去拖一辆事故车辆。一条干渠外瘫放着一辆残破的道奇－柯尔特，车轮后边横躺着一个酒驾小崽子的尸体。这辆廉价的四缸车引擎罩下的发动机已经绞得像猪鼻子一般，这个少年也就因此被卷在轮下。从破车里飘出的刺鼻汽油和机油味熏得克鲁尔头晕脑胀。克鲁尔因此心烦意乱，这才使他分心听到拖车上的收音机传出高分贝的爆炸新闻。他似乎听到迪尔尼的名字。是吗？直到晚上，当他在加里森路的小酒馆吃饭的时候，11点的地方电视台新闻频道下方出现一个画面：斯巴塔警方的警车停靠在一家汽车旅馆的停车场上，接着传来的是一个女播音员激情话音。紧接着屏幕上插入一帧照片并注明：尚在侦破中的1983年谋杀案疑犯爱德华－迪尔尼！第二天早上，斯巴塔日报刊登了一条极具煽动性的新闻：爱德华－迪尔尼，现年45岁，佐伊－克鲁拉谋杀案的多年“疑凶”，在位于31号公路的天天客栈被斯巴塔警方及县治安警员在双方交火中当场击毙。

最早的报道似乎在暗示，迪尔尼在死前曾经“承认”是1983年2月佐伊－克鲁拉谋杀案的凶手。这个“多年的疑凶”把自己15岁的女儿在旅馆房间内“绑为人质”，并要求其前妻来旅馆与之对话，但招到其前妻（经确认是家住呼隆派克路的鲁西妮－迪尔尼夫人）拒绝并打911报警。

克鲁尔感到震惊。心想，事情就此完结了？真是这样吗？

接下来的新闻披露了一个事实，即爱德华－迪尔尼在旅馆房间门外与警方对峙时“一弹”未发。虽然警方断言疑犯手持一把经确认为史密斯－维森的.38的左轮手枪，并断言疑犯用枪瞄准警察以及威胁射击。

事后的新闻报道还披露，爱德华－迪尔尼并没有承认杀害佐伊－克鲁拉。

在斯巴塔日报头版刊登的照片是一帧反复出现的爱德华－迪尔尼半露微笑的照片：中年男子身躯，男孩子般的小眼睛，一副困惑与不信任但又充满希冀的神情。克鲁拉在日报上，在其他本地报纸以及电视上曾经多次见过这张照片。因此，他对迪尔尼的熟悉程度宛若亲戚（记得在垃圾填埋场，克鲁尔似乎看到过这个男人和母亲在一起。这件事从此成为克鲁尔不愉快心结的开端。）在报纸连接的专栏中是克鲁尔母亲的照片。可恶的报纸已经反反复复刊登这张照片，并且冠以如此大标题：佐伊－克鲁拉，1983 年惨遭凶杀的受害者。

克鲁尔在报纸上寻找迪尔尼绑为人质的 15 岁女儿克丽丝塔－迪尔尼的照片，但就是找不到。

不过，他记得她的脸。

“克丽丝塔。”

此后的几个小时里，此后的几天里，克鲁尔除了克丽丝塔之外别无他想，心中亦别无他人。

他真想见见她，想极了。这个女孩！

如果真的见到克丽丝塔－迪尔尼，克鲁尔不知道该说些什么。不过如果真的见到她，或许会有话冲口而出。

克鲁尔羞于打电话给克丽丝塔－迪尔尼。他在电话上商谈维修业务时可以把话说得比德尔莱还溜，但是，他不善于在电话上做个人的情感交流。

他 19 岁了，有一个经常约会的女伴，一个带着两个拖油瓶的

20 好几的离婚女人。他也约会其他女人，但鲜有与“姑娘”约会。有时他也与这些女人上床，但不会与她们一起过夜。他不愿意与这些女人走得太近。他不善辞藻，不善表达情感，他对情感的表达一如阵风中转动的巨型风车叶片，粗鲁和超常。他在不断提醒自己与她保持距离，

莫要把咸猪手伸向她。他似乎觉得自己曾经强插过她的私处强奸她。他似乎觉得自己要被送往阿提卡坐 20 年牢。你已经被通缉了。

44

1990 年 3 月

次日正午。

昨天晚上，克鲁尔接到维亚拉姑妈的电话，要他到她家去接他的醉鬼父亲回家。回到家后，克鲁尔把父亲放倒在一楼空房间的床垫上。他告诉父亲，打算送他去沃特顿戒酒。人们只要说起沃特顿就明白那是一家荣军医院，几年前迪尔尼曾经去做过一般性戒酒治疗。迪尔尼颤抖着用皮包骨的手指擦了擦充满血丝的眼睛，显得很恼火，他不知道克鲁尔是诚心要带他去还是取笑他："是吗，还是去好吧?"

看到老头破罐子破摔的劲头，克鲁尔坚持说："爸，如果你再不去，你就死定了。你的肝已经不行了。"

"你说得没错。我不是说过了吗？还是去好。"

迪尔尼坐在厨房塌陷的椅子上，沉重得像沙包的身体几经努力才坐稳。他努力睁开眼屎遮住的双眼瞪着模糊不清的儿子。

迪尔尼光着上身，下身穿着一条未系皮带的工作裤，肥胖多肉的身上长着浓密的灰毛，褪色的皮肤上长满痣斑，曾经作为炫耀资本的刺青如老鹰、骷髅、卷扬旗帜下的刺字已经渐渐淡去。

克鲁尔点燃一根香烟，狠力吸了一口，用怀疑的眼光嬉皮笑脸地看着老头。

"你真的去？你决定了?"

"浑蛋，我不是说过了吗？你和维亚拉都劝过我。"

现在要做的事就剩下到底是迪尔尼自己去还是克鲁尔或者他妹妹陪她去。迪尔尼坚持自己开车去沃特顿，他说自己现在神清气爽，越来越精神，再说自己以前也去治疗过，肯定没有问题，肯定会有好结果的。

克鲁尔问："什么样的好结果？"

"好结果就是好结果。住院两周，然后出院。"

克鲁尔可不敢肯定。他记得佐伊曾经对着迪尔尼大哭大闹，当着他的面在厨房摔碗打碟。也许时过境迁，也许是迪尔尼再次入院，总之人会变的，就当这次不是迪尔尼而是其他亲戚住院吧。但愿这次迪尔尼主动去沃特顿，事情会不一样。

克鲁尔打电话向姑妈报告了这个好消息。维亚拉听到后禁不住哭了。她说，上帝在帮我们，上帝一定听到了我每天的祷告。她乞告上帝，如果迪尔尼不去医院寻求专家根治酒瘾，她就和他死在一起算了，大哥是她的最爱，再多说一句她就会遭谴。如果全能的上帝能拯救大哥，她的灵魂会得到慰藉。

"亚伦，我也为你祷告。让上帝进入你的灵魂，哪怕是一点也好。"

电话打过了，沃特顿那边也在戒酒部为迪尔尼安排了一个床位。问题是克鲁尔担心佐伊曾经不相信的事会再次出现。

那天下午 4 点，迪尔尼自己开车去了沃特顿。沃特顿在圣劳伦斯河西北边，开车大约需要 3 个小时。出发之前，克鲁尔帮迪尔尼好好地洗了一个热水澡，把身上积聚多日的老泥彻底洗了个干净。克鲁尔很不好意思地请了佐伊过去的小姐妹们帮他把迪尔尼板结的披肩长发和野人一样打结的灰色络腮胡子彻底修剪了一遍。这时的父亲一脱过去酒鬼气色、笨拙可怜的神态以及老态车手的样貌，这才真的叫神清气爽。维亚拉过来了，显得既激动又充满希望。她帮着整理行李箱和行李袋，她偷偷告诉克鲁尔，她在行李袋里放了一本圣经。克鲁尔和维亚拉都提出送迪尔尼去医院，但迪尔尼坚持自己去办理一切住院手续。迪尔尼说在戒掉酒瘾之后，他会自己出院的。

"佐伊说过，醉酒最可耻的是在自己的痛苦中使家庭遭受不幸。这一次，我听你们的。”

迪尔尼还常常想起佐伊。这一整天，他们都在忙碌地准备。这一整天，迪尔尼都在沉思，焦急地等待。迪尔尼把这种状态叫做完完全全的清醒。

“就像用钉耙在你心里钯了一遍，虽然有点痛，可感觉很舒服。”

家庭之外，事情可不一定是这样。这也许是安慰的想法，也许是可怕的想法，克鲁尔不知道哪一种才是对的。

那天晚上，沃特顿医院戒酒治疗所的主治医生打电话给亚伦一克鲁拉，通知他说他父亲迪尔尼已经自己办理了酒精康复计划手续，迪尔尼的名字和病历已经输入电脑，他的退伍军人身份也已经确认。克鲁尔问他父亲要住多长时间，回答是至少 6—8 周。

6—8 周！在这么长的时间里，克鲁尔得亲自打理父亲的生意。

克鲁尔已经 21 岁。自从佐伊死后，奎利路那间屋子二楼佐伊的房间成了他心中的阴影。打那时起，他对作为小孩，那个叫“亚伦”的小男孩的记忆已经在心中模糊不清。

克鲁尔问医生他什么时候可以去探望父亲，医生说在患者没有“明显”好转之前医院不鼓励家属探望。根据迪尔尼目前的情况，需要 4—5 周吧。

克鲁尔告诉医生，在他父亲可以见他的时候，他和他姑妈会开车去看他的。

在汽车维修铺，克鲁尔告诉技工们迪尔尼要“出城办事”一段时间。这就意味着在克鲁尔接电话和处理单据、账单、订单、接待顾客以及处理其他事务时，最有经验的技师乔伊一苏沙要负责照管维修铺的日常工作。员工们听到这个消息后都感到震惊和焦虑，他们不敢直面克鲁尔，因为他们知道，这个消息的意思是迪尔尼又再次去戒酒了，情况或者比想的还要糟糕。

45

“克鲁尔，开门。”

克鲁尔？店里的技工们不会这样称呼他，知道他是迪尔尼－克鲁拉儿子的人也不会这样叫他。克鲁尔明白，出麻烦了。

克鲁拉汽车与摩托车维修铺的关门时间是晚上 8 点，现在已经过了晚上 10 点了。克鲁尔正在父亲的旧办公台前埋头查阅父亲的记账本，想理出一点头绪来。一大堆的账单、发票、供货订单、不规则的手写通知、兑现和没有兑现的凌乱支票，抽屉里还有乱七八糟的旧收据、州政府和联邦政府所得税文件、银行通知等等。克鲁尔搞不清楚克鲁拉汽车与摩托车维修铺到底赚不赚钱，每个月有没有“利润”，德尔莱不规整的记账本有没有反映真实的经济状况。德尔莱支付支票的做法从来不扣除营业账户的总额，也习惯把一大堆账单塞在抽屉里不去支付。抽屉里一大堆皱巴巴的客户支票，签发日期已经过去很长时间，早已作废多时。

拥有自己的生意是件好事，打理自己的生意却是一件麻烦的事。

德尔莱去沃特顿荣军医院住院还不到 3 天。这段时间里，克鲁尔每天得花上至少 15 个钟头扎在维修铺里。打理自己的生意意味着你不会有自己支配的自由时间。

德尔莱如是说，这就是为什么一个男人要酗酒，要麻醉自己的原因。

克鲁尔大多数可憎的时间都得躺在空间狭窄的吉普车底盘下维修可恶的引擎，而维修吉普不是克鲁尔的专项。他想念浑蛋德尔莱了。克鲁尔身上沾满油污，眼睛被油污弄得如同浣熊的大眼，垒球帽沿的头发也沾满了油污，不久前他和朋友在尼亚拉加瀑布旅游时在刺青店刺的紫色蛇形刺青也被弄得污浊不堪。但克鲁尔不愿意回家去弄干净。在办公桌上，他发现一些似乎很关键的数据，可他没有兴趣理会……

拥有自己的生意是令人自豪的，但是如果濒临破产呢？

门外传来一阵砸门声，是那个荷兰男孩格鲁纳。他在挥拳砸克鲁拉维修铺的后门，这种事克鲁尔以前也干过。维修铺已经关门，灯也灭了，只有屋后德尔莱办公室里还亮着灯。透过窗户，克鲁尔看到那个长得像幽灵、骨瘦如柴的高个荷兰男孩格鲁纳。当克鲁尔开门后，荷兰男孩眨巴着淡睫毛眼睛说："克鲁尔，你老头德尔一勒在……在哪里？我……我要找……找德尔一勒。他死到哪……哪里去了？"他说话的语速很快，目的是想掩盖口吃，他的话似乎是从太阳穴沿着神经突然冲到喉咙里似的，他说的德尔一勒听起来滑稽可笑。荷兰男孩有个很不好的名声，性格多变，为人残忍，像邓肯一梅兹一样，你永远不知道他是对你好还是不好。还在高中的时候，克鲁尔曾经和在邓肯一梅兹手下的荷兰男孩打过交道，15 岁那年他家就把他扫地出门了。他比克鲁尔大三四岁，比他高 1 寸，瘦骨嶙峋的肩膀犹如秃鹰一般，单薄的眼皮，满口脏牙在闪亮的金牙中显得十分突兀。他曾经因为贩卖毒品和走私枪械在波兹丹关了至少 3 年，并且不准保释。正因为这样，释放后斯巴塔警方无权监视他，无权因为"可疑"行为再把他关进去。有谣传说，荷兰男孩曾经受邓肯一梅兹指使参与杀害同在波兹丹的狱友。荷兰男孩穿着一件黑色皮衣和一对车手靴，可惜皮衣是劣质的仿皮货并且有一股怪味儿，靴子也不是皮革的，而是硫化胶的。这个家伙浅色睫毛下的眼睛里透出甲基苯丙胺的光焰，染成古铜色的头发一根根竖起。这家伙打着颤音激动地说："克鲁尔，德尔一勒欠我钱。他死到哪里去了？下一次我……我见到他不仅要打……打他屁股，还要……要打烂他的头。"

克鲁尔终于明白，为什么他父亲老是给别人揍。

如果父亲给荷兰男孩格鲁纳打的话，肯定与毒品有关，可能是大麻、速度丸之类，也可能是更硬的冰毒、可卡因、海洛因之类。德尔莱在维修铺后门推销，当然不是他亲自经手，而是通过一些年轻的技工，克鲁尔很清楚都是些谁。够浑的。

“你好像——什么？你不相信我？呃？克鲁尔，去……去问你老头。问他……他那天晚上为……为什么屁股……股开花，他会……会告诉你的。”

克鲁尔告诉他父亲不在城里。

“呃？‘不在城里’是他娘的什么意思？是不是跑路了？”

“他欠你们多少钱？”

“‘欠我们多少钱？’就这……这么简单？克鲁尔，你要明……明白没那么简单。”

不就是要钱嘛，就这么简单。但是，欠款加上可怕的利息这就会要克鲁尔的命。佐伊死后诸事不顺，德尔莱已经把房屋抵押两次了。他还身背打老婆和杀老婆的恶名，虽然在德尔莱被警方击毙之后，人们可能视线转移，但对德尔莱的看法变化不大。既然已经对德尔莱一克鲁拉以及爱迪一德尔莱形成了固定认识，人们也就懒得改变了。

再有，斯巴塔一带又新开了一些加油站和维修铺，其中就有哈雷一戴维森连锁经营的店铺。作为越南老兵的德尔莱这一代人已经渐渐落伍，正如德尔莱自己说的苟延残喘而已。可是德尔莱还不到50岁呀。

这个狭窄的空间仅仅是用塑料隔板隔开的，墙上挂着月历、招贴画和广告。荷兰男孩是自己闯入德尔莱办公室的，克鲁尔已经将近一年时间没有见到过他了。克鲁尔圈子里有松散联系的道友们大多数和荷兰男孩有联系，下场都很不妙，像米拉一罗彻就由于大麻和片状可卡因吸食过量死亡，死的时候只有18岁。她的照片在报纸和电视上出现过一两天就撤下来了：

警方宣称在斯巴塔青少年中“流行吸食毒品”

斯巴塔警察局与郡治安局联手打击毒品犯罪

本年度赫金玛郡发生 4 起与毒品有关的死亡事件

既然德尔莱需要他，克鲁尔就要与毒品环境保持一段距离。克鲁尔的弱点是性子急，只要把他火扇起来，他就一定去做，就这么定了！最近，他的手出现了颤抖现象，在昏睡 20 小时之后，他会头晕眼花，脑瓜迟钝得像泡水的树干一般发涨。有一天，他穿上裤子时发现裤子松了，腰围缩小了，就这么几天他一下子瘦了 10 磅，肌肉也开始松弛，牙齿脱落造成头脑出现问题，他知道这是吸食大麻之后的必然现象。

荷兰男孩死缠他不放，结结巴巴地唾沫横飞，说有人欠他钱，他也欠人家钱。克鲁尔想，这就像爬梯子，有人欠你钱，在梯子下面的人没有还给你，而你又无法还钱给在你上面的人，这才是问题的症结，一个纠缠不清的连环债。

克鲁尔耸耸肩说，这该怎么办呢？

“克鲁尔，你……你最好打电话给他，给你老头。你……你知道他在哪里，打……打，快打，克……克鲁尔，把你老头拽到电话上来。不要惹恼我。”

克鲁尔冷静地想，再不行我就在这里杀了这家伙，有谁会知道？

“克鲁尔，你在听我说吗？快，就在这里给，给他打电话。”

德尔莱的桌子上摆着电话机，荷兰男孩把它推向克鲁尔，但克鲁尔把他的手甩开了。他摇摇头说他不知道他父亲在哪里，无法给他打电话。他讨厌荷兰男孩在耳边嚷嚷，转身避开。这时，他抬头看见荷兰男孩背后的工具架上有一把大扳手，如果他找到合适的位置，他就可以(或者可以）一把砸过去把荷兰男孩的头开个瓢。这样，如果不是为了他自己，也为德尔莱把问题解决了，一了百了。

一阵头脑发热之后，克鲁尔又想，他不在乎弄死荷兰男孩，但担心会给人抓走，他这条年轻的生命就会给扔进波兹丹或者阿提卡，就可能死在那里。失去唯一儿子的德尔莱会肝肠寸裂。划不过来，不能冒这个险。

荷兰男孩的本名叫丹尼斯，在学校的大号是丹尼斯一格鲁纳。他不知从哪里偷来一把扳手威胁同学。他原本长着一副皮包骨的难看身材，不知怎么的一下子长高了。他在学校横行霸道，脾气火爆，只要有人挑事，他就会像点燃的毒气爆发起来。

克鲁尔冷静地说他父亲现在病了，接着又冷静地问父亲欠他多少钱。

荷兰男孩胡乱说了个数。克鲁尔轻轻吐了口气，心想，无论德尔莱用这些钱做了些什么，但愿是值得的。

第二天早上，沃特顿荣军医院酒精与药物康复诊所给亚伦一克鲁拉打来电话通知亚伦，前一天晚上他父亲德尔莱自己离开了诊所，没有告诉任何人他要走，也没有告诉任何人他去哪里。

听到这话，克鲁尔像给人在肚子上踹了一脚。

“操，早知道会这样。”

上一次住院，德尔莱也在这个戒酒诊所干过同样的事。这一次待的时间稍微长一些，但也是没到出院时间就溜了，同样混账的事情再次发生。那一年是佐伊接的电话，克鲁尔听到佐伊在电话上嘶叫。

就这样吧，让他把自己喝死吧，克鲁尔不在乎了。

他和荷兰男孩订了个分期还款的协定，每次还 500 块钱。他当场交了首期款，还有 6 期要还。当然，他不想把这件事告诉维亚拉姑妈，也不会告诉克鲁拉家族的其他亲戚。他真的不想让维亚拉姑妈为这件事和他一起操心。他唯有自己借酒消愁，他一直喝到头脑发晕，肚子发胀，想一头扎在水里溺死。糟透了，佐伊一头扎进地狱了，最好带着他们像掉进污水管道一样跟着她去。这样的家庭境况，或许你可以叫做遗传。面对这种状况，你很自然会想到麻醉自己，一直到不省人事为止。

46

1990 年 5 月 11 日

几个星期过去了，德尔莱仍然下落不明。

像一只迎风飞翔的老鹰，克鲁尔在呼唤老爸。他相信德尔莱依然活着，一定的。

空中展翅翱翔的老鹰在盘旋着、俯视着小小的猎物，随时准备俯冲，随时准备抓向猎物，把它撕碎。但是，他是一只迎着狂风摇摇欲坠的醉鹰，堕落的醉鹰。

就在清晨，他吸了冰毒。

“克鲁尔，你醒醒。你还行吗？看这里。”

他艰难地转过头，时候已经不早了。太阳当空，火红的太阳有如一只带血的蛋黄将阳光洒向黑暗。但灯一定要开的，这是德尔莱一直坚持的原则。

他已经记不得梦中情景。是好事还是坏事？

这是一个温暖宜人的劳动节。但是，克鲁尔醒来就有一个不祥的预感，这种感觉佐伊也有过。不祥的预感，迷信一般的感觉，像渗入你指甲里的轴承机油，如此深入，你想挑出来也不行。

“克鲁尔，浑蛋。睁开你的狗眼，你要毁了我们哪。”

克鲁尔不是那种给毒品弄坏了脑子的人，他不会严重依赖毒品，也不会轻易受到不祥预感和迷信影响。但是，当荷兰男孩叫他的时候，他感觉事情有点不对。

汽车驶离了斯巴塔的布恩威尔路。冰川山丘宛如远古动物脊背隆起，碎岩犬牙交错，沟壑深坠。城里的道路沿河上升，开一整天车也看不到蓝天，你只能伸长脖子往上仰视。只有到了郊外，沿着漫长的低坡开车你才能视野开阔一些。你或许会产生一种幻觉，仿佛看到了未来世界。

“克鲁尔，在路边停住，让我来开。”

克鲁尔才不管呢。他笑着，嘴里嘟嘟囔囔，好像在说浑蛋，我精神好着呢。

“他是头蠢猪。该×的猪。操!”

克鲁尔开的是一辆1988款的微型旅行车，他喜欢开容易操作的小型车。这辆车是从荷兰男孩那里借了4000块钱买来的，登记在亚伦—克鲁拉的名下。

克鲁尔正处于亢奋状态，不敢确定他是否已经完成使命并且得到了回报，如果他没有完成使命要受到惩罚。就像昨晚的梦境一样，他不知道自己肩负什么使命，自己是如何接受的使命，只觉得有些很要紧的事，很紧急的事。荷兰男孩说，这一次你不想挨骂吧!

像是在黑冰上打了个滑，克鲁尔突然来了个急转弯。车还在动，还来得及问朝哪里开，为什么要这样走。

车来到一条平坦的车道上，停在了医生家的门前。

“夫人，对不起，现金交割。”

虽然克鲁尔显得很急，他的工作靴也沾满泥污，医生的妻子劳伦妮还是坚持请他进屋去。克鲁尔肮脏的靴子重得就像马镫，他可不敢就这样踏在考究的奶黄色地毯上，他选择了从后门进去。透过花格玻璃，眼前是与豪华宾馆无异的豪宅，室内游泳池碧波荡漾。

这是一座俯视斯巴塔高尔夫球场的半山砖砌落地玻璃住宅。虽然克鲁尔不是第一次来这里送货，但是第一次见到医生的妻子出来向他挥手致意。她毫不顾忌地凑过来，似乎希望克鲁尔亲近她，爱抚她。妈呀，她真的把脸贴过来，嘴唇贴到克鲁尔的嘴唇上了，也许接着就要把软舌伸进克鲁尔的嘴里寻吻。克鲁尔惊呆了，这个女人伸出的舌尖宛如长蛇吐信，宛如蛇在他大腿上滑行，溜进他的裤裆。“不，不，夫人，请往后。”他的年龄，他的惊惶无措的表情，加上他的印第安长相，是女人都喜欢，都愿意亲近。但是，如果这女人喝醉了或药迷了呢？他听得太多了，如果她事后反悔，就可能反过来告你强奸、性侵犯和以死威胁。只要是女人声称你对她非礼，没有人会不相信的。如果眼前这个地道的白人女性指控，皮肤黝黑、胡子拉碴的克鲁尔更加百口难辩。妈的，克鲁尔还有更好的事情要做呢。所以，克鲁尔晃开劳伦妮，让她惊愕不已，好像扇了她一巴掌似的。他不敢去回味那女人的吻和情意绵绵的丑态，即使要不到货款他也想转身就走。这位杰克比医生的妻子也年近四十了吧？见到荷兰男孩的时候，他就像背诵电视广告那样简单随意地说了一句话：“对不起，夫人，我们只收现金。”听到这话，荷兰男孩一下子笑翻了。

荷兰男孩极富挑衅性地咧嘴大笑。别以为他在笑，别以为他动作缓慢。他像一头像带角的肥牛崽，你不惹它就没事，但只要靠近，只要错走一步，你随时有可能给牛角挂上。

有人说，克鲁尔是荷兰男孩的副手，他的左右手，是荷兰男孩唯一信赖的的人，也是一个能使荷兰男孩开怀大笑的人。

只有在嗑药“泡芙”的时候，克鲁尔才会显得可笑，像深夜电视节里出现的怪人那样可笑。

克鲁尔有点神不守舍地扳动挡位。这时，荷兰男孩叫了起来：

“克鲁尔，停在这里，我来……”

克鲁尔想笑，牙齿却在咯咯打战。气温太高了，他把 T 恤袖子捋到手臂上，紧包肋骨的皮肤湿滑滑的，直冒汗。这段时间他瘦了许多，坐不下来吃口饭，也没有胃口吃饭，大麻搞得他没有胃口，舌头麻木，嘴里就像塞了一只死老鼠一样说话不利索。当那个发了疯的女人想把软如蛇信的舌头伸进他惊愕的嘴巴时，她靠上来的架势熟练得就像一位母亲揽紧自己的孩子，她伸出双手扑向他、搂住他，向他诉说孤独之情。

她如此孤独，渴望得到他的爱抚，就让她尽情吧。克鲁尔不得不推开她，一脸惊愕地看着这张虎狼大嘴如此猴急地想吞下他的舌头。

很多年前，佐伊的朋友杰奇－德鲁卡就是这样对他的。克鲁尔到现在还怀念那个再没见过的女人。

他从来没有找到德尔莱打德鲁卡的证据，这不该是他问老爸的事。

诚然，杀害佐伊是爱迪－德尔莱被击毙的理由，但在爱迪－德尔莱被击毙之前从来也没有承认他杀害佐伊。后来，人们把注意力转向德尔莱，也许是出于对德尔莱的积怨，也许是想诋毁德尔莱的名声。这种转变来自郡治安局里对德尔莱有敌意的人，明显是出于怨恨。据说，佐伊侄女的男朋友与此事也有关联。在这个小城里，所有人就像在一张蜘蛛网里，互相之间纠缠不清。

蜘蛛网中心是一个死了的人。

德尔莱死后，他们一家，前妻、儿子本和女儿克丽丝塔都搬离了斯巴塔。

克鲁尔差点把那个女孩掐死，强奸。没有，他只是用手做了动作。

克鲁尔向荷兰男孩屈服了。这个荷兰男孩的前副手屈服了。究竟发生了什么事，没人知道。

如果克鲁尔下午去过医生老婆家拿了现款，那就意味着交易做成了。如果克鲁尔手里仍然拿着毒品，那就是交易没做成。如果克鲁尔既拿不出现款又拿不出冰毒，那他的麻烦就大了。大家都磕了药，大家都昏了头。

只要有人拉克鲁尔的手，他就甩开，只要有人想和他理论，他就火冒三丈，骂骂咧咧，神经质地大笑不止。克鲁尔伸过手去拉车门，却扭反了方向，再拉一次，门突然砰地弹开了，他的脑瓜已经麻木了，叫骂着把油门一踩到底。

记起来了，他去过那医生老婆家。她披头散发地半倒在克鲁尔怀里，像溺水者那样眼睛死死盯着克鲁尔。正是克鲁尔自己，想扶她起来的人。你这可怜虫，乡巴佬，蠢驴，还不赶快松开你的狗爪子，赶快松开医生老婆粉脸上的狗爪。

克鲁尔一直在想，德尔莱会回来的。他想问德尔莱怎样对付荷兰男孩。如果德尔莱没有失踪，荷兰男孩就不可能进入克鲁尔的生活。

邓肯-梅兹已经离开斯巴塔不知去向。据说有人要他走，据说受了伤。他可能去了布法罗，也可能去了宾州的艾利尔。荷兰男孩自称接手了梅兹的武器库，说库里有大批军用步枪、短枪和半自动手枪，还有一支快如闪电的单发雷明顿手枪。

在敌人还没有充分理由要杀你之前，你要随时准备好杀他的计划。问题是你的敌人可能已经发现你，可能在逐渐黑下来的郊野等你的车头灯在他屋外晃动。

天还亮着，但乌云已经聚集成团。

风在吹，人却不知在何处。

4 月中旬，克鲁尔听说德尔莱“经过”阿迪隆达克的长湖，住在堂弟家里，等克鲁尔驱车赶到，他又“搬走”了。

克鲁尔问道，你觉得我父亲情况如何？

从亲戚的眼睛里，克鲁尔知道这问题太难回答了。

还有一次，克鲁尔听说德尔莱意外地出现在加拿大边境的普拉兹堡另一个亲戚家。这次是克鲁尔的堂叔，早年和德尔莱差不多同期服役去了越南。堂叔母告诉克鲁尔，德尔莱“来了又走了”，看得出他“喝得很厉害”，“有时满嘴胡话”。克鲁尔问了她一连串的问题，德尔莱是不是说过要回到沃特顿去做康复，是不是说过要回斯巴塔，是不是……堂叔母说：“他和鲁克不停地说话，不停地喝酒。鲁克有个坏习惯，说起话来没完没了。你明白我的意思吗？他喜欢谈越南话题，喜欢谈他们经历过的那场可憎的战争。德尔莱只在傻笑。那已经是很遥远的事了，这种事现在和他们还有什么关系呢？我要德尔莱多吃点饭，可是他只意思一下就不吃了。我问他斯巴塔家里的事，儿子长得怎么样，我是说你，而德尔莱说出来的话会笑死你，他说‘这也是很遥远的事了。’我说到了你母亲，我说的话可能有点唐突，可他没有恼我。晚上我醒来时听到他和鲁克还在楼下谈笑风生，也许没有笑，也许只是在说话。第二天早上德尔莱就走了。”

“去哪里了?”

“亚伦，我也不知道啊。德尔连他自己从哪里来的都说不清楚。”

5 月初，克鲁尔在维修铺听到曾经是德尔莱高中同学的一位顾客说起，德尔在沙拉纳克湖和一个女人同居并且在那里做维修工。克鲁尔说：“浑蛋，爸爸为什么要干那种活？他在这里有自己的店铺啊。”听到这个消息后，克鲁尔立即开车去了沙拉纳克湖。他沿着 28 号公路一直朝北开，在险峻出名的山区陡坡颠簸了几天几夜。在沙拉纳克近郊的每一个加油站、维修铺、饭馆、酒吧和露天餐馆，克鲁尔都会停下来拿出德尔莱的照片（有年轻时候的，有身体好时候的）询问见到的每一个人，向他们描述现在德尔莱的长相，问到的人都说记不清见过这个人。但是，天无绝人之路，在湖边露天餐馆里，有一个年轻的女服务生声称见过这个人，他到过这家餐馆好几次，一个人来的，没看见有女人陪着。她说记得这个人的样子，“衣衫不整，脸上带着伤痕”，但他付小费时出手大方，是一个和善的人。

克鲁尔苦笑一番，他也称得上和善？德尔莱就是这么一个人，兜里钱越少，出手就越大方。德尔莱就是这么一个人，哪怕是通向不归之路，也会漫不经心。

那女子问克鲁尔他父亲叫什么名字，克鲁尔笑了笑，嘟哝着好像说“那是遥远的事了。”

克鲁尔在沙拉纳克待了一天半。他不想花钱去住汽车旅馆，就凑合在车里过夜，只是没有地方可以刮刮胡子和换洗已经有味儿的衣服。他绝望地追寻老爸，不停地喝啤酒。他下了决心一定要找到老爸。没有其他办法，只能沿着主要的旅行路线逐个找，露天餐馆、酒吧、饭馆、饭店，一个个无望地询问。这可不是演电视剧，一个儿子在寻找的过程中突然会出现一个人，像那位女服务生一样，帮他找到父亲，带他回家，送他回康复所去救他的命。克鲁尔只希望有好心人抽出时间来帮他。大多数人会表现出同情心，希望能帮上忙，尤其女士们，她们会盯着克鲁尔到处散发的皱巴巴的照片说，哦，这就是你父亲？他好像有病呀。她们会说，你长得很像他，你看这眼睛。

她们看克鲁尔的眼神就好像有病的不是父亲而是儿子。也许克鲁尔受德尔莱病态的影响，一脸憔悴疲惫。

身陷如此家庭状况，你需要的是麻醉自己，一直麻醉下去。

克鲁尔回家了。有些事令他震惊，等着他的可不是什么好事。

乔伊－苏沙对克鲁尔说："……亚伦，我真不希望看到德尔和你现在的处境。可是，德尔什么时候能回来呀？你也知道，我有自己的家庭要照顾。我从下个星期一开始不去维修铺上班了，你告诉德尔，下一次你见到他对他说……"

听到这话，克鲁尔呆住了。他没想到乔伊会说这些话。乔伊－苏沙可是克鲁拉维修铺最老资格的技师啊。

在维修铺做了12年，也许已经做够了。克鲁尔看到乔伊的眼睛里充满悲伤，充满内疚但又不无释然。看不到前景，他只能辞职不干了。

……衣衫不整，脸上带着伤痕……

这些话就像是形容一头受伤的野兽，一头老鹿，一头被打中的老鹿，一头拖着带血的躯体穿过树林的老鹿，在雪地里晃着残肢钻进树叶堆里。克鲁尔没有狩猎经历，但是他天生熟悉狩猎。按照塞内加人的传统，一个猎人有义务寻找你打伤的猎物，有义务帮助受伤的猎物解除痛苦。

但是，你得首先找到受伤的鹿。

47

“好，我就来。”

克鲁尔现在养成了大声说话的习惯。

在离西斯巴塔12里路的布纳威尔叉路口，在乔纳瓜与布法罗火车站铁路旁边有一个大约三层楼高的废粮库，粮库周边是一片荒地。布纳威尔路凹凸不平，再往前是一条叫七里路的狭窄土路，往回一里路是农户们过去的耕地。那里有六间农舍，其中两间已经倒塌，只剩下地基，一间被火烧到地基脚下，一间从屋顶往下烧，露出残缺不全的阁楼，人们可以清楚地看到里边房间烧剩的墙纸和残损窗户上的烂玻璃，烧黑的窗帘随风飘拂。一直处于紧张状态的克鲁尔凝视着一间已经烧毁的窗户，窗前似乎有一个女人在拉上烧黑的窗帘，她看着克鲁尔，向他打招呼。

“你在叫我吗？”

克鲁尔说话的声音很粗，怪怪的，自己都觉得好像是回音一般。

“你不认识我，我不是你想见的那个人。”

克鲁尔笑着说，表示没有恶意。其实窗户里没有女人，也没有人在看克鲁尔。

这怪事已经不是第一次出现了，也不是克鲁尔第一次看到窗户里出现模糊的女人脸孔。他知道，他脑子里出现的不是这个地方，也不是佐伊。他明白，佐伊已经死了，他目睹了佐伊的死状，亲闻了佐伊的尸臭味儿，也在佐伊的尸身上撒过爽身粉，以此掩盖佐伊身上发出的尸臭味儿。这是民间的通常做法，当一只动物死后，往往会撒上石灰来掩盖臭味并且赶快烧掉。

克鲁尔来这里见过荷兰男孩两次。第一次是邓肯－梅兹买下（租下）那间农舍的时候。上个星期克鲁尔听说梅兹就埋在农舍地下。

现在，荷兰男孩把这间农舍叫做荷兰男孩领地。这间农舍不在斯巴塔警方的监控范围内（这很关键），而是在卡塔瓦格郡的郊区边沿地带。荷兰男孩曾经吹嘘他在卡塔瓦格郡治安局有内线，这可能是真的。

克鲁尔从车里爬出来。他开的是一辆福特野马，4门8缸，古铜色的，上一年的型号。如果德尔莱看到儿子开这种车会赞赏有加，但是儿子哪来的钱呢？这会是德尔第一个要问的问题。

“交换的，太值了。”

克鲁尔自己也搞不清楚他为什么一直站在外边，周围长着一片很高的野草（蒲草?）凉风吹过，搅动野草拂在克鲁尔的脸上，把他的头皮弄得痒痒的。突然，他好像看到一个巨大的黑影，像人，但模糊不清。只见这个黑影拨开草丛移动，只见野草在这个黑影身后恢复原状。这吓不着克鲁尔，他知道这里根本不会有人。

一具死尸只是一件死物，对死尸只有埋了它或者烧了它，像处理一堆垃圾一样埋了或烧了。但是，人们都有一种奇怪的念想，总觉得人死后会灵魂出窍。克鲁尔告诉自己，你母亲已经死了，再不会回来了。

克鲁尔环视着火后废墟。到处是烧剩的木材和木板，四处堆放着残砖烂瓦，还有过火后倒下的死树，生命就这样无声无息地消逝了。带有甜香味儿的野草开始在残垣断壁中顽强生长，野丁香已经长高过膝。克鲁尔不禁想起奎利路桃红色农舍后面的灌木丛，眼前出现的，耳边听到的是，沉落的心，倾倒的树，炫目的灯光照在破败的树林。她在林中放歌。他折下一支野丁香递给她，残枝像从草窝里伸出来的手臂在摇曳，佐伊没有责怪他残害树木，但也似乎没有注意到他。她不是过去的妈咪，过去的妈咪特别关注他，对他礼貌的举止一定会说声谢谢并且亲吻他。我们所需只是有地栖息，天堂的小鸟就在我的面前。克鲁尔醉了，醉得迷迷糊糊，是甜蜜的醉。不过，甜味的醉里混杂朽木的味儿，混杂着树木的焦味。在六间破屋中，还有一间可以住人，吉米一维更斯就住过上一代人留下未事修缮的斜屋。他的房屋斜得怪诞，宛如倒插在土里，宛如斜没在土中。荷兰男孩和他的团伙现在就住在这间农舍里。

从远处看，这间农舍是一间老式的带沉降式遮顶阳台的斜顶建筑，屋顶最高处竖起一根像冰插一样的避雷针，窗户上挂着脏兮兮的半透明塑料胶帘。斜屋顶上，砖砌烟囱已几近坍塌，阳台上空的铁板遮盖更是朽烂不堪。如果说这间农舍尚有一点值得称道的话，就是高高的阳台边上装饰的花点雕刻，它有点图书上彩绘的味道。农舍前院寸草不生，到处散落着破车胎。今天傍晚（应该是傍晚了，克鲁尔记得他是下午离开斯巴塔的），有几辆车停在院子里，最抢眼的是荷兰男孩深紫色的 1984 款 T 顶希捷，可惜的是车左边刮了一道大口，撞破的前挡板用一条铁丝缠在底盘上。

他爬上车沿着车道开进院子，算是正式进入了荷兰男孩的领地。克鲁尔没有带武器，只在副驾驶座底放了一根撬杠。荷兰男孩好几次都想给克鲁尔一把半自动手枪，被他拒绝了。他说如果带了武器就会有人要他使用，自己也会找理由使用。克鲁尔明白，当他吸食冰毒（而且是最厉害的“黑冰”）开始“泡芙”的时候，神经会绷得很紧，脑子里会出现嗡嗡的杂音，手脚会不由自主地发抖，那感觉就像是蝴蝶和蜂鸟扑翅，就像是花丝巾在风中飘拂，心就会像受到肾上腺素刺激一般扑扑跳动。不过，即便在精神十分紧张的状态下，克鲁尔还是心如明镜，他知道吸毒对他有害。

18 个小时前（不管是几小时前）吸食的高浓度冰毒已经开始发作，克鲁尔的心开始扑扑乱跳，让他担心，使他害怕。他还没有打开车头灯（他认为这是对的）。太阳还没有沉落，西边的天空还有一抹夕阳映照在安大略湖上，血红一片，红得令人心惊胆战。

他记得，德尔莱曾经对他说过要带他去安大略湖游玩，他朋友有一条游艇，他们可以去那里钓鱼。克鲁尔一直认为，德尔莱的承诺有可能实现，老爸会回来，他将来会从汽车与摩托车维修铺“光荣退休”，然后他们就一定可以在周末去实现游玩愿望。

克鲁尔希望每天都是白天，因为白天的荷兰男孩不像晚上那样疯狂。

克鲁尔百思不得其解，吉米－维更斯的祖辈们为什么会住在这里，为什么会在布纳威尔这条泥路上用他们的一生从事农活，种小麦，种玉米，养奶牛，为什么会在这里生儿育女，给子孙们留下这间农舍和近50英亩的地产。然而，他们的儿孙们长大后对这片土地毫不眷恋，他们逐渐把地产变卖或租给其他农户，然后一个个搬到斯巴塔或其他城市去生活。最后一个留下来的是吉米－维更斯。他是一个嗜毒者，年仅35岁就落得个满口烂牙，一张脸长得像万圣节的南瓜鬼脸。到了80年代中期，他那未事修缮的屋子也快要倒塌了。

吉米是邓肯－梅兹的长期搭档，现在又是荷兰男孩格鲁纳的合伙人，负责生产冰毒。这间老屋的地下室是“蒸馏实验室”，后头则是化学废料堆放场，几里外的人们都能闻到废料的刺鼻味儿。正如荷兰男孩吹嘘的，郡执法官员们从来不会来调查，也没想过来调查。

荷兰男孩也是毒品的主要供货商。在他这里，各种毒品应有尽有，大麻、可卡、处方止痛片、抗压抑药、减肥药和海洛因无所不有。克鲁尔没带武器，唯一能够防身的是一根撬杠，但他不可能把它带进屋。

克鲁尔双手捂着嘴进来了，屋里的一切永远不可预知。他看到一楼其中一扇窗里有个人，就打了个招呼：“嘿，是我，克鲁尔。”

他一进门就看到荷兰男孩年轻的女朋友莎拉白抱着纤细的双臂在发抖，左眼睫上夹着一个金属夹。莎拉白曾经有一段时间做过克鲁尔的马子，所以她看到克鲁尔后有点紧张和不好意思。她告诉克鲁尔：“他正在火头上，也不知道为什么事。”克鲁尔当然不止她一个女朋友，他们在一起厮混的时间也不长，感情不见得太好，互相之间一直觉得内疚。莎拉白大概 18 岁或 20 岁，这是她自己说的，你会觉得她已经 25 岁，甚至更大一些，自以为性感富于幻想。她是一个富家闺秀，家住在奥尔伯尼郊区景色优美的阿维利尔公园区。莎拉白曾经是一个漂亮的模特儿，至少是希拉卡斯的一个漂亮的应召女郎。她茶色的眼睛虽小，也有点近视，但水灵灵的，在正常的情况下睁大眼睛会吓死人。不可思议的是，她居然离家出走。她什么毒品都用，嘴唇永远是干涩的。她咬住嘴唇，用颤抖的小手搂着克鲁尔的手臂悄悄地在克鲁尔耳边带警告性地吹风：“他现在很亢奋，别去惹他。”荷兰男孩在厨房改装的小房间里打电话，说话的声音斩钉截铁，恼怒使他的口吃显露无遗。克鲁尔揣测他是在和希拉卡斯的供货商通话。克鲁尔那天在斯巴塔一共推了 5 笔货，每一笔都推得很顺当，他这次来是来向荷兰男孩交货款的，交一卷沾满粉末臭味的钞票。没办法，哪怕是从上流社会如医生老婆颤抖的手中接过来的崭新钞票，只要经过克鲁尔手也会沾上粉味儿。荷兰男孩要亲自花时间点钞票，他从来不相信他称之为“中间商”的人。这时，荷兰男孩已经挂上话筒，转过身用眼睛盯着克鲁尔。一开始，他好像不认得面前的是什么人，过了一会儿才说：“是你呀，你这浑蛋跑到哪里去了？”克鲁尔似乎用不着当做一个问题回答他。

克鲁尔把钞票扔到桌上。这是一张厨房专用的老式珐琅面桌子，可惜到处是刮痕和污渍。克鲁尔记得爷爷厨房里就有一张这样的餐桌，佐伊父母家里也有一张。很久以前，每到星期天他们都到这两家度周末，他看见过这种桌子，但不知道几位老人是否都还健在。如果他们看到现在的克鲁尔，他们一定会联想到德尔莱。

房间里有几扇窗户，每一扇都遮得严严实实，但也特意留出一点空隙让阳光照射进来。地上铺着的油毛毡已经污渍斑斑，房间里到处飘着强烈的化肥气味，氮肥味。克鲁尔不想去干煮药的活，他十分清楚这活的性质，打死也不会干，当然也没有人要他去干。屋里的人似乎对强烈的化学臭味儿麻木不仁，克鲁尔也只是刚进来的时候有点敏感而已。正如莎拉白刚刚提醒和感到焦虑的那样，荷兰男孩仍然十分激动，可能是有什么事情出了些差错。荷兰男孩穿着人造革马甲，袒露凹胸，胸前的皮肤浅色无毛，乳突稍带紫红色，肩膀和前臂骨瘦如柴，肌肉全无，古铜色的染发露出棕色的发根。他下巴突出、眼睛通红、满脸褶皱，十足是一个万圣节扮鬼孩童，遭人取笑的对象。荷兰男孩气急败坏地和克鲁尔说话时露出满口锈牙。他瞪着一对无神的斗鸡眼，尽量装作真诚平和的样子与克鲁尔说话，向他承诺。不过，他话中带着威胁，他含混不清的话不仅克鲁尔，他自己听起来也像是梦呓。克鲁尔只得含混地应了一声好的、对的之类，语气中不无安抚之意。这一次，荷兰男孩明显没有配枪，要是平时，他会拿着一支埃菲尔德国军用步枪，有时也会就近摆着一支 12 响洛特维尔手枪。据克鲁尔所知，荷兰男孩除了打靶，除了瞄准篱笆标杆和射击食腐鸟之外从来没有开过枪。珐琅桌面上散落着荷兰男孩的笔记本，画得乱七八糟的字纸和天书一般的签字、莫名其妙的太阳和原子图案、龇牙咧嘴的骷髅以及小丑脸谱。这就是荷兰男孩的爱好，总有一天他会宣称自己已经成为像 R. 克兰博那种风格的卡通画家。

克鲁尔转身朝后边的厕所走去，荷兰男孩还在他背后不停地说着话。

克鲁尔无法估计下一步荷兰男孩该做出什么举动来。当他走出厕所，也就是荷兰男孩正在火头上的时候，车道上出现一道意想不到的车头灯光。只见荷兰男孩像小孩一样咬牙切齿地骂着，踉跄着走到阳台上。三声速射，枪声就像在克鲁尔头上开炸，惊天动地。一阵沉寂，然后一阵雷炸，只听到莎拉白大声尖叫：“哦，不，不，天啊，不能……”

克鲁尔从窗户往外看去，只见一个大胡子男人，难道是邓肯－梅兹？只见两个和邓肯－梅兹兄弟长得一模一样的男人倒在屋子一侧，其中一个一瘸一拐地往外窜。荷兰男孩追出来在这个男人后面尖叫着："浑蛋，你这浑……浑蛋！"这个男人继续往草丛跑去，嘴里发出痛苦的呻吟声，脊背上闪着血光。如果这个男人是梅兹，荷兰男孩一点都不会怵他。克鲁尔看到荷兰男孩冲过去一枪打在那男人的后脑勺上，男人毫无反抗地往前扑倒，荷兰男孩愤怒地踢了踢还在蠕动的身体，又补了一枪，那男人的脑袋鲜血如注。

一切发生得那么突然，克鲁尔几乎还没看见，也来不及想究竟发生了什么事。

一切就像是一场草地网兜球赛，当运动员状态良好的时候，你的眼睛就来不及跟上他神速的动作。

克鲁尔猜想，会不会是梅兹？他到底是从什么地方冒出来的？如果我能躲过这一劫，我就此金盆洗手。

克鲁尔从窗前缩回头，看到身后的莎拉白还在大声呻吟。只见荷兰男孩跌跌撞撞地回到屋里，右手挥舞着手枪，激动地自言自语。他手中的枪是长枪管的，笨重难看，大概是45口径的，克鲁尔自认为过去从来没有见过这把枪。荷兰男孩浑浊的眼睛飞快地瞪了克鲁尔一眼说："你……你，克……克鲁尔，你……你在……在看什么？"克鲁尔差点笑了出来，但控制住了，他不想冒险。他貌似镇静，其实心在打鼓，不知道荷兰男孩会不会对他动手？他站在洗手盆边上偷眼向打开的抽屉望去，想看看抽屉里有没有一把刀，最好是长刀，这样他就可以拿来自卫。但就在这时，荷兰男孩像疾奔过后的狗那样气喘吁吁地走进来问："克……克鲁尔，你没……没事吧？"克鲁尔立即回答说没事，他什么也没看到。荷兰男孩说："妈的，我还以为我可以相信这龟孙子。你看看，我不得不这样干。"克鲁尔说："不会是邓肯吧？"荷兰男孩说："谁？你说是谁?”克鲁尔说:“你自己知道就行。你信任我就行。”抽屉里有一把猎刀,但克鲁尔知道他不可能把它从抽屉里拿出来,即使他有如神助地拿得到也不可能用,时间来不及。

“克,克鲁尔,你在听我说话吗?”

荷兰男孩身上一阵瘙痒。他用闪亮的枪管捅了捅胳肢窝里。人造革的马甲下,胸前流着油亮的汗水。克鲁尔茫然地转过身朝后门走出去,惊慌失措地冲向门外。门外,空气清新。他穿过香气袭人的草丛,冲向在脚下蔓延的野玫瑰和野石楠。荷兰男孩在背后叫他:“克……克鲁尔,克……克鲁尔!”那逐渐升高的声音就像一个受伤后感到委屈的小孩的声音。一声枪响,克鲁尔听到子弹从耳边呼啸而过,落在草丛里。他不敢回头,继续跑着,希望荷兰男孩只是向空射击,只是一种警告,荷兰男孩并不真的想杀他,不会杀了他的副手!如果荷兰男孩起了杀意,就意味着有别的人取代他。克鲁尔穿过倒塌的库房和火烧过的栅栏拼命地跑。背后,荷兰男孩还在叫他,接着又是第二声枪响。克鲁尔听到莎拉白微弱的叫声,也听到另一个男性声音,可能是吉米—维更斯。

克鲁尔没命地跑,像一头受伤的野兽,像一头绝望的野兽,埋头往前冲。逃命要紧。

……克鲁尔跌跌撞撞地穿过泥沼地,不敢回头去找自己的汽车。太阳已经落在地平线下,好像从来就没有升起来过。眼前一片湿润香甜的过头草丛,一片乌黑流油的软土,软土上无数跳跃的雨蛙和小树蛙。克鲁尔脚下湿漉漉的,脑子一片空白,疼痛难忍,他知道,这是嗑药后遗症。他只感到汗流满面,像流血似的一直流到脖子上(是不是荷兰男孩的子弹擦伤了?是不是荷兰男孩以为打中他了,让他像受伤的野鹿一般趴在地上死了?)。他穿过荒芜的田野,穿过曾经耕耘,而今长满野草,零零散散布满小树丛的田野,跌跌绊绊地不知跑了多少路。阿迪隆达克山麓东边的天空上响起炸雷,他只得躲在一条不知名的两车道沥青路边，希望能搭上一辆顺风车。但是，当车头灯在远处黑暗中晃起的时候，他不敢抬头，生怕荷兰男孩或吉米－维更斯会尾随过来，只好又潜入路边的草丛。黑暗中，他忽然看到伯纳维尔交叉路口的火车路轨。他往上爬了大约 5 码，来到铁轨上，藏在那里。他校准斯巴塔方向，也不知道还要走多久才能到。他出于本能往山下走，往河边走，沿着黑河一直走就到家了。在漆黑的夜里，他气喘吁吁，步履踉跄。终于，他发现铁轨旁边有一间货仓。在货仓的泥地上，他铺了一些油毡纸，像受伤的狗那样蜷曲着身子气喘吁吁地躺下来。5 月里冰冷的寒风一直刺进他骨子里。恍惚中，他听到佐伊在唱着，爱你的人，只要你保持温暖，一切都会好转，只要你还有呼吸，一切都会过去。他想念佐伊，心都碎了。不知为什么，他想念德尔莱了。如果说他对佐伊的思念是常思所致的话，他对德尔莱的思念则是重新唤起来的。他曾经苦苦寻找德尔莱，但一切都归徒劳。他忘记了在荷兰男孩那里的遭遇，这应该是符合逻辑的，不言而喻的逻辑。一切正如德尔莱所说是金钱惹的事。克鲁尔累极了，睡了又醒，醒了又睡。迷迷糊糊中，他听到远处有一个奋力吐痰的声音，似乎有人在莫名其妙地对他说话，似乎是德尔莱蹲在他身旁向他解释工具的用法。声音渐渐清晰，克鲁尔不禁热血沸腾。德尔莱在对他说，扳手应该如此如此用，像这样用。看到了吗？这种螺丝刀是飞利浦的，顶部有小十字刀口，我来教你用。作业槽上方，停着一辆底部宛如僵尸大虫的手动挡古董车，各种线路一览无遗。克鲁尔的小手战战兢兢地握着扳手，爸爸的大手扶着他的小手举起工具。亚伦，看明白了吗？只要你肯花时间，我一定能教会你。他记不清这是在什么地方。一阵激灵，他醒过来了，发现自己躺在货仓冰冷的油毡地上，脊骨僵硬，关节疼痛。他不由得联想到老爸的关节，联想到打草地网兜球时扭伤腰的情景。据年长的家伙们说，现在你以为伤痛不要紧，但几年后你会感觉撕心裂肺的骨痛，尽情玩耍是孩童时代才有的事，那时候谁会在意将来发生什么事呢？谁会想到45岁的年龄人开始老，50岁的时候开始步履蹒跚？运动员眼里只有那个滑动的圆球在破墙边上滚动，紧盯着的只是快如闪电滚动的影子。嘿，孩子，是我。克鲁尔挣扎着爬起来走到货仓门前张望。外边依旧漆黑一团，还不到破晓时分，迎面而来的风把一切破烂吹往四处。树林里一阵咆哮的疾风把他的头发吹起。黑暗中，克鲁尔恍惚看到一件不可思议的怪事，老爸就静静地站在20码开外的地方，靠在一棵落叶大树树干前勇敢地迎着大风。老爸乌黑的脸纹路清晰，褶皱可见，但脸形模糊怪异，克鲁尔惊愕地瞪着老爸。孩子，很久不见了。孩子，你就让我走吧，我累了。清晨，当克鲁尔醒过来后，发现他误以为是父亲僵硬地站着的影子其实是枯树干上密密麻麻生长的真菌，这些真菌平整排列，恰似穿着军服的士兵。克鲁尔从来没有见过真菌如此生长，密密地布满整棵树，从树干底部包围整棵树，吞噬整棵树，使树只留下残枝枯叶。如果你盯着真菌看，真菌像一张人脸，但你一定不会去靠近真菌，一定不想去感受那张痛苦的脸。

“喂，要搭车吗?”

一辆农用平板车朝这边开过来，车灯在雾中闪烁。克鲁尔用屋檐上滴下来的水擦了擦冻僵的脸，湿了湿板结的头发，理了理污损的衣服，像当年风华正茂的德尔莱潇洒地从哈雷－戴维森上一跃而下那样，忍着背疼昂首走进车道，装作没事的人一样。你本来就没有遭遇任何事嘛。

“对，想搭您的车进城。谢谢。”

车开了7里路，跨过黑河，穿过晨雾进入斯巴塔，进入了陡峭冰川山丘上的小城。惨白的阳光刺穿浓雾。城里还灯光闪烁，街灯、广告灯、房屋的走廊灯，还有卡车的车头灯…… 这一切对克鲁尔来说既新鲜又心酸，但也充满希望。身边这位农夫叫弗洛伊德－唐纳豪尔，他遇见克鲁尔纯属偶然，他要把损坏的约翰－迪尔拖拉机送到克鲁拉汽车维修铺修理。他说，他很久以前就认识维修铺老板德尔莱了。他把克鲁尔送到奎利路的家里。克鲁尔想，可能以后也不会再见到他了。

那天下午，德尔莱办公室的电话响了，克鲁尔听到那头传来的是一个女孩子在他耳边吹气般的声音，原来是莎拉白。她告诉克鲁尔，荷兰男孩希望他明白他“没有恶意”，也“希望继续合作”，他那边的问题已经“解决了”，尸体埋在谷仓背后的腐地里。

克鲁尔不想理会这个电话，因为他正在维修农夫的拖拉机油路，沾满油污的手有点抖，但他设法控制住了。

“克鲁尔，你在听吗?”

克鲁尔喃喃道，好像说：“在听呢。”

“昨天晚上我害怕极了，不知道发生了什么事，我的意思是我什么都没有看见，确切地说我不在现场。我想现在事情已经解决了，荷兰男孩说他会处理好的。他要我转告你，让你知道，这就是我要说的。”

“太好了。你告诉丹尼斯，太好了。”

他还不到22岁，他想过一个干干净净的生活。德尔莱答应过，有些事我可以教你。克鲁尔想知道德尔莱要教他做什么。

第三部

48

2002 年 11 月

这一天，我看到他了，亚伦。

他也看到我，他在等我。还没等他开口，我就直接叫出他的名字：“亚伦。”

这么多年过去了，亚伦一直活在我的梦中，在我无以言表的梦中。我不会把这种甜蜜的梦示以他人，也不能告诉亚伦－克鲁拉。

“克丽丝塔。”

他也直接叫我的名字，没有浪漫的语调，没有热切的语气。亚伦还是一对小眼睛，那对熟悉的男人眼睛。34 年过去，他对我还是那么拘谨。我按捺不住心中的激动，他是来带我回斯巴塔的吗？

没有比初恋的爱情更令人刻骨铭心。

他们眼睛里充满希冀，盲目的希冀。面对如此眼神，我不得不把目光移开。

或许他们眼睛里充满愤怒，如酸燃化的愤怒充斥在他们糜烂的眼球里。

克劳德－卢米斯是一个典型的案例。不到两个月前，就在这间探视室，就在这张桌子前，我还和他交谈过案情，今天再见，他却视我如路人。他猝然向前，极不情愿地扭动僵硬的身躯靠在分隔我们二人的金属桌前。突然，他嘟嘟囔囔地吐出几个字，夫人，我没有听清你的话。克劳德肩膀瘦削，乍一看你会以为这个囚犯卡其服下面没有双手，从肩膀以下双臂被整齐截断。夫人，没有听到你的话。克劳德有点多礼地重复了一遍。他紫黑带斑的脸半边狰狞，他用手捂着这一边糜烂不成形的耳朵。

对，就是这只耳朵，糜烂不成形，但“已经治愈”。

我们中间隔着一张长条桌。令人讨厌的是，桌子中间还隔着一块大约 8 寸厚的有机玻璃，毫不掩饰地告诉你，这是探视者与囚徒当事人之间的见面，是在狱警监视下的见面，使我们之间无法逾越这层屏障接触，囚犯也无法击碎玻璃拿它作为攻击武器。

……夫人，再说一遍。

克劳德一卢米斯是 1991 年关进纽堡的纽约州立男犯惩戒中心的。他被指控二级谋杀、使用致命性武器、拥有非法火器和抗拒逮捕等罪名，判了 25 年至终身监禁，已经服刑 11 年。他的脸宛如毕加索笔下的原始人面具，扭曲的脸上残留的血块化了又凝，凝了又化。他上嘴唇有一块被残忍地割破的月牙形白疤，眼睛亮黑但明显突起，如同脑子受到外来巨大压力挤压使然。

“夫人，我没有告诉过你吗？我真的记不起来了……”

夫人是这里的囚犯习惯称呼我的，他用含混不清的声音从嘴角逼出来。他们之所以叫我夫人，可能是因为他们记不住我的名字，又可能是因为我的名字太难叫，德尔莱听起来就像是“顶你”，而顶你他们说不出口，因为我的名字代表了一个为贫困无助的囚徒争取权益的公益律师，这些囚徒的判决有待调查，有待提起上诉。

（有人会问我“克劳德一卢米斯”是假名吗？是的，我是一个有道德的专业人士，有义务尊重个人隐私和为所有我接案的事主保密。）

（正如我在这份文件上使用的“克丽丝塔－德尔莱”一样，只用几个字写出来代表一下。）

我向克劳德－卢米斯说明了来意，期盼为他出点力。他眯起凸起的眼睛不无怀疑地盯着我。这个男人对别人失望过，当然不是我，而是像我一样职业的其他人。他稍年轻的时候也曾经充满希望，所以受挫以后会产生失望，感情受伤。不难想象，当你的喉咙被撕咬开的时候，乞求怜悯往往是一件很危险的事情。

我来这里多次会见克劳德－卢米斯并不重要，重要的是我坐在被探视者对面，背靠着门，而门外就是狱警，这对他来说我就是一个陌生人。

几个月前，我第一次来探视克劳德－卢米斯。他问我：“夫人，你是干什么的？”我说我是来帮人解难的。

克劳德－卢米斯咧开满口锈牙干笑：“夫人，就这么简单？你的工作可以挣多少钱？”

门外站着的狱警是一个健硕的白人男子，来自喀兹奇尔，名叫艾默特。我对惩戒中心和监狱工作的人一贯彬彬有礼，见面一定会向他们打招呼，不像我那些同行傲慢无礼。艾默特大约有 250 磅重，剪着钢丝一般的平头，一脸横肉。每次看到我来，他灰色的眼睛会看着我咧嘴笑笑，是友好还是嘲弄？我不得而知。我的职业并不为监狱的工作群体所欢迎，确切地说是彼此对立，互有敌意。法律工作者来寻求翻案和放人，监狱人员的责任则是收人和维持安全。我的优势是年轻，我看上去比实际年龄年轻，而且又是一个金发女士，所以我理所当然地想，我和艾默特自然就是朋友。我希望是，希望不会成为这个健硕、穿制服男人的敌人，希望在我需要的时候他能保护我，至少不会对我反感，因为我是一个受到特殊礼遇的访问者，可以在“探视室”询问当事人而不必在遍布狱警的开放空间和当事人见面。

我希望艾默特是我的朋友。

我坐的塑料椅突然翻倒，我大叫了一声。艾默特立即开门冲进来准备施救。假如需要的话，他随时准备把我从克劳德－卢米斯手里解救出来。

卢米斯先生当然明白这一点，所有的囚犯都明白这一点，这就是卢米斯用讥讽的眼神看着他对面协办律师的原因。他知道我一直在注视着他嘴唇上的伤疤，一直在看着他紫黑色的皮肤和被撕烂的耳朵。我镇静地解释道："……卢米斯先生，你看到这些文件了吗？如果你能确认的话……对不起，这些照片有些皱，他们给我的时候就这样。你的档案里还缺少经过公证的出生证明，我和哈根郡法院联系过很多次……"

阿拉巴马州的哈根郡。他们也许根本就没有为克劳德－卢米斯颁发过出生证明。卢米斯声称，他不是在医院出生的，所以不会有人为他登记。据我估计，在 20 世纪 50 年代中期，这种情况常有发生。

在这一摞几乎处理完毕与克劳德－T－卢米斯有关的文件里，既没有出生证明，也没有社会安全号码。同时，"教育程度"、"职业记录"、"兵役状况"、"住址"以及"家庭状况"这些栏目也不是卢米斯自己的笔迹，看来是别人代为填写的。这说明这份档案不完整、不连续，也不能作为办案依据。

(事实上，卢米斯的名字是不是叫克劳德都存疑问。在最早由纽堡警察局简单的逮捕记录里，文件上打出来的名字叫希尔德，是希尔德?)

这个不足 20 平方尺的探视间没有窗户，通风条件极差，只靠日光灯照明。我要从克劳德－卢米斯那里获得关键信息显然是徒劳的。我天真地想，如果能在宽阔的大海上，如果能够在救生艇上进行谈话就好了。探视间的灯光昏暗闪烁。我极具专业意识，心里却充满焦虑。克劳德－卢米斯把我递过去的文件看了一遍，眨巴着斜眼似乎想集中精力看。充满怨恨的当事人压低声音和我说话，显然不想让门外的狱警听到："夫人，这简直是一堆废纸。"

我不能把眼前这位先生称为囚犯，正确的法律用语应该是当事人，我所代表的机构把这些人群一律称为当事人，而不是囚犯、囚徒、罪犯和重罪罪犯。在我们所接受的案件记录中，这位叫做克劳德－卢米斯的个体是被错误收押在戒备最森严的监狱里的，是州执法部门错误行动造成的连续后果，其中包括不公正逮捕。政府执法官员把他列为"嫌疑人"和列举多项罪名把他逮捕本身就是一种"种族歧视"。12 小时的"盘问"实际上是审问，一种让被捕人士"认罪"并放弃上诉的做法，紧接着是在证据不充分的情况下由大陪审团提起审议，然后是由疑犯放弃申诉及认罪，接着就是辩护律师在超量工作和准备不充分的情况下任由法庭进行宣判。这种宣判和所判刑罚足够他在监狱里度过余生。

我特别为这次探视穿上我的协办律师常服，深蓝色的毛料外套，白绸上衣和洁净的黑色小短靴。我认定这次探视一定成功。我把丝一般的淡金色头发梳成辫子，用玳瑁梳子拢在颈后。我戴着一副教师式的珍珠耳坠，手腕上戴着一块超大（男式）手表。我强作镇静，耐心地询问："……卢米斯先生，如果你看不清这些小字，让我来替你读出来，按表格要求……"

卢米斯不为所动，像断了脊骨一般缩在远离台面的地方。在他简单的记录里，除了糖尿病和高血压，好像没有任何有脊椎病的记录。他缩着身体在不安分地扭动。我不敢想，也不愿意想，是不是他控制不住意念中的性欲冲动把我当成他的泄欲对象？

"卢米斯先生，让我读……"

卢米斯终于停住了，但不断地用手擦头，用力抠大拇指，闪亮的眼睛盯在摊在他面前的文件上。我一边读一边想，在这份文件里并没有一处明显的事实可以证明这个人的一生能作为重罪罪犯关在这里。不错，他现在是罪犯，但极有可能是无辜的。克劳德－卢米斯可能是时运不佳，在错误的时间被关在错误的地方。他可能是在某个星期六深夜偶然被纽堡的巡警发现后被捕，被“指认”并且被指控为抢劫杀人。在纽堡管辖区可能发生过一起抢劫杀人案件。根据最近收集的证据判断，极可能是有一个长相、皮肤、年龄、身高及口音与卢米斯极为相似的黑人作的案。经过警察几小时的连续审问，最后迫使卢米斯“认罪”，然后就是用卢米斯签字的“供词”（但可以明显看出不是卢米斯本人的笔迹）材料作为依据。事实证明，卢米斯根本不会写字，他只会写如同小孩子书写的单字，这份证据明显是纽堡探员代写的，他只是在一张专门留作签名的空白单页纸下方“签字”，用单字一个一个组合成的签字：克劳德－罗密斯（拼写错误——译者注）。两天的法庭审判，陪审团只用了40 分钟审议，然后就宣判了。卢米斯被投进戒备最森严的监狱已经超过 10 年了。

卢米斯声称，他签字的只是一张白纸，他的“供词”没有一个字是他自己写的。

“……追溯到 1991 年，据记录显示，你最早的辩护律师没有反复查验检方证词，所以他有失……”

有失验证！这么多年过去了。

我这一次与克劳德－卢米斯的谈话大多都是重复过去的谈话。我们代理的案件（克劳德－卢米斯案件）很具代表性。案件的进展宛如缓慢飘上山的污染物，慢得让人无法忍受。我无从了解我的当事人是不是视力有问题，他可能是近视眼，也许患有白内障，或者他根本就没有阅读能力，有可能还是个瘾君子，还可能是弱智。我对克劳德－卢米斯的了解并不多，就像他对我的了解不多一样。如果卢米斯是个文盲，他会像大多数囚犯一样隐瞒实情，文盲有自己的尊严。他躬起身斜视文件的做法只是不想和我对视，也许他想的不是性的吸引，而是对我产生的性躁动。我想，对克劳德－卢米斯来说，面对一个男性协办律师，最好是黑人或者西班牙裔协办律师会自然得多。我能理解，但我无法改变事实。

在斯巴塔，我还是姑娘时就知道，只要你玩牌，你就会给人牵着走。在办案时，克丽丝塔就是一张牌，给人牵着走的一张牌，我不能不继续玩下去。

为了唤起他的激情，为了让他振作，我给了他一个鼓励性的微笑："……克劳德，我们办事处对上诉法庭很有信心，最近他们对一桩类似你的案件作出推翻判决的决定，认为'警方线人提供的证词有待进一步确认'……对你过去的律师没有反复验证的证人，我们有可能提出抗辩……"

诚然，我只是一个协办律师，但我的口气听起来很有律师范儿，我把这两者之间的区别向我的当事人解释，但他似乎并不在意。

"克劳德，对不起，请你把文件还给我好吗？我想……"

我叫他克劳德了？不止一次，而是两次。我想通过这种亲昵的叫法唤起他对我的信任。

我不想放弃！可是他并不信任我。

这个男人为什么要信任你，白妞。

我把档案从当事人手中拿回来，又从公文包里拿出不太整洁的文件夹、卷角的法庭原件、易碎泛黄的法律文书和纽堡郡地方检察官办公室发布的装订文件。我把这些文件统统摆在桌面。成百页纸，成千上万个字，没有人能够阅读完，即使你把头埋在文件堆里也不可能装下这么多内容，尤其是在这间空气稀薄的房间里，阅读文件会使人有窒息之感。像在枯草堆里吸收氧气一样，这种环境让人窒息。

我记得几年前在奥西宁，第一次在没有同僚在场的情况下单独会见当事人。我感到无助，狼狈。会见时间过了 15 分钟，我还找不到方向。一个小时之后，我开始有了反应，听到远处有机器轰鸣、颤动，还有怦怦的响声，其实那只是自己脉搏跳动的声音。我感到昏眩，很想呕吐。所幸没有人看到我当时的狼狈相。

鲁西尼对我说过，你想用你的一生来证明你自己做成的一件事，来证明你力量的源泉，可是那是什么事呢？所有的事情都已经结束，他不可能看到你做成的事了。

爱迪对我说的则是，如果你不想受伤，你就不要打球。但是我坚持打球，而且我认为我所做的一切都是对的。

至少我还没有失败。

我还年轻，来日方长。

“……你能修正这些表格吗？在‘其他相关信息’……”

克劳德在狱中有没有受到过伤害？有没有人打过他，造成他脑溢血？如果发生过，这就不难解释他面瘫的原因。他可能被人打过，但没有向狱方报告。“克劳德，我来给你读吧，看我们能不能从中找到感觉……”一阵陈腐的味儿飘进我的鼻腔，许是克劳德－卢米斯绝望的气息，许是来自那一堆文件的陈腐味儿。这一切都使我莫名其妙地想低下头用双手抱紧，让抽搐的脑瓜在臂弯里憩息。我很想用手遮住面孔，让脸盘避开闪烁的日光灯。我很想闭上眼睛好好地睡上一觉。

克劳德又怎么啦？他凸起的眼睛半闭着，合起的眼帘恰似外星蠕虫一般。当我问他有什么不舒服的时候，他只是嘟嘟囔囔不知说些什么，好象像说，夫人，我……，又好像只是呜呜呜地发声。

在这座戒备森严的监狱里，克劳德－卢米斯是一个老监趸，少说也有 50 岁。这里的大部分囚犯都是年轻人，白人、黑人和西班牙裔人，年龄介乎 20—30 岁，只有少数人年届四十。克劳德－卢米斯的申诉被上诉法庭驳回了。他的身体状况极差，极有可能要死在这个可怕的地方。更糟糕的是，他的精神已经崩溃，有如骨髓被抽干一般。即使他获准新的上诉，即使他在拘禁 11 年后被宣判无罪释放，那又如何？

我的生活面临无端烦事，

无端烦事将终结我的生命。

我偷偷地瞄了一眼手表（这是父亲的白金链手表），不无惊讶地发现从我进到这间探访室到现在还不到30分钟。30分钟！

进入这座带电网的12尺高墙后，你就走进了没有出口标志的迷宫长廊，只有输入密码之后，沉重的铁门才会开启。你好像进入了原始社会，时间被严密包裹起来。不错，你是一个“探视者”，你可以“自由”进出，但当你屏住呼吸拾步而出的时候，你会觉得不可思议，从你进入到现在只不过短短的时间，却宛如经历了漫长的时光。在这里，一天等于几天，等于一个月，等于一年，用囚犯的话说是在熬时间。在这种地方，时间是用来熬的，像做重体力劳动一样盼望时间逝去。

至少，我父亲躲过了这一劫，他选择了行刑队，让他们以最快的方式结束了自己的生命。

我常常（也许是每一个夜晚）梦到他——爱德华－德尔莱。在梦中，当你觉得有一种东西在你心中敲击和撕咬的时候，当你听到乐队合唱重复高潮的时候，当你发现不可预知的死亡事实的时候，斯巴塔这个城市就会浮现在我的记忆中，无言的身体感知使我的心出现一种冲动，回去吧，回到那里去吧。

在那里，我失去了他们，我的父亲，我的家。

还有我曾经爱过的亚伦－克鲁拉。

我至今不愿意诉诸他人的这些原因驱使我在关键的时刻来到纽堡的这所监狱，驱使我通过重重关卡独自进入这座建筑，来到纽堡的州立男性罪犯惩戒中心，来到这座俯视哈孙河的旧式石墙建筑。

在狂风席卷、乌云密布的11月中午，在这刻骨铭心的时刻，爱德华－德尔莱离开了人世，整整14年11个月零5天。

我真想把克劳德和父亲作个比较，我真想伸过手去触碰一下这个男人的手臂和手腕。把手伸过有机玻璃隔板并非难事。我想轻轻地触碰一下这双手，我的心跳加快，我几乎要不顾一切了。

卢米斯似乎感到我们之间存在某种不可言状的气氛，他凝视着我，警觉地缩了回去。

夫人，别碰我！

当然，我不会伸过手去触碰克劳德－卢米斯！如此说不清楚的肢体动作在这里是被禁止的，任何私人接触、任何私人交流都是被禁止的，正如违禁品不能带进来一样。每一次你进入这座监狱的时候，有人会预先提醒你。

(除非监狱当局秘密违反法律。依照法律，探视室不能有任何监控设施，不能有摄像头，不能有人观察和监听。依据联邦和纽约州法律，监狱方要保证律师和当事人的隐私权以及保密权。）我向克劳德－卢米斯解释，要他认真听我说话并且回答我的提问，我提问的都是很关键的问题。我尽量做到不夸大其词，告诉他怎样提出新的申诉，告诉他如果配合，他就有可能获得释放……

卢米斯仍然板着脸孔盯着我。我的努力落空了，连我自己都不能说服自己这个男人会信任我，对我有信心，更不用说让他“喜欢”我。他咧咧嘴嘟嘟囔囔不知说些什么，听起来像是，即使，夫人你知道，他们死了，我没有家了，夫人，只剩下我自己……他一会儿皱起眉头，一会儿做做鬼脸，像是在幻觉中与什么人在争论。难道克劳德－卢米斯一直在和我争论？我了解他的过去吗？克劳德突然一阵痉挛性抽搐，把一个文件夹碰出桌面，我的圆珠笔也随之啪一声飞到地上。在这空气不流通的狭窄房间里出现一阵响声，克劳德－卢米斯突然站起来，他发怒了，可为什么呀？

这一切如此突然，至今我也想不明白到底发生了什么事。

我原本是想和这个神经质的男人平和地说话，请他保持镇静，安慰他没有说错什么。我请他坐好不要大声说话，否则狱警会进来干预，我们的谈话会因此中断。但是，克劳德－卢米斯安静不下来，我的话也无济于事。哈哈，这个狗屁白人小娘们协办律师害怕得瞪大眼睛不敢说话了。卢米斯像对待敌人一样瞪着我，好像不认识我，好像记不起我是谁。他一脸烦躁，一脸愤怒，闪亮的黑眼睛如同一只受惊的野兽向上翻白。我不知道自己什么地方惹恼了他，是不是我不自觉地把在汽车旅馆房间里对我父亲作出的动作使他敏感？我伸手靠近他，但是他诅咒着甩开我的手，像甩开一条蛇似的甩开我的手。

克劳德－卢米斯踢翻椅子，椅子绊住了他的腿，他就愤怒地把椅子踢到墙角，接着又走到有机玻璃前面用手抓住我的肩膀和我的海军蓝毛料制服，使劲把我推到墙边。就在此时，那位健硕的白人狱警冲进来大声呵斥卢米斯，用警察特有的语言大声呵斥，对亵渎法律的浑蛋大声怒吼。他把克劳德－卢米斯按倒在地。小小的房间里顿时吼声大作，门外也传来震天的喊声。这一切宛如汽车碰撞，瞬间发生，快得使我来不及反应，我尽力抓住手头能抓到的东西来保持身体平衡，使自己不至于内急失禁。我被挤到墙角，不由得一阵晕眩，眼睁睁看着宝贵的文件散落一地，克劳德－T－卢米斯的案件档案、文件、文件夹以及法庭原件散落一地。我的皮肩包和公文包也掉在地上。就在这时，艾默特把犯人背朝天脸贴地按在地上。艾默特利索地用膝盖顶着犯人的后腰，用手铐铐住犯人的手腕，拽住卢米斯的手腕和手臂，将之反转在背后，手铐紧紧地掐进卢米斯紫黑色的糙肉，使他痛不欲生。这是警察的标准程序，是警察的规范动作，也是今年狱警在单调乏味的时间过程中耐心等待的凯旋时刻。这种宛如肾上腺素对心脏的刺激，远胜于毒品的刺激，远胜于男女之间的刺激。

虽然，这一次毫无疑问是狱警与囚犯之间的问题，但我仍然试图干预事态发展，想向狱警解释可能错在我而不是克劳德－卢米斯，我可能对他说了一些不应该说的话，说了一些没有深思熟虑的话，让克劳德－卢米斯想起了他的家庭，我的当事人可能因为健康原因失控，这不是他的错。我的话无济于事，另一个长得很像艾默特的狱警（也许是他的兄弟或堂兄弟）又冲了进来，引我走出探视室。我想反抗，抗议他强行拽我走出探视室。但是这个男子明显比我重100磅不止，他叫我夫人，大声对我说，夫人，探视已经结束，请您从这里走出去。我一边踉踉跄跄地走着，一边说我得收好我的法律文件，这些文件不能落在监狱里。狱警强忍着火气说，夫人，这事您出去和门卫说吧。

就这样，我来不及收拾和带上文件，黯然神伤地回到了皮克斯齐尔！

我颤颤抖抖地开车回到了皮克斯齐尔。

这都是我的错，无心酿成的大错。我可能真的触碰了克劳德－卢米斯，把他当成了一个仅是受到伤害的人，而不是心中怒火燃烧的人。

白妞，别碰我，不要靠近我。

我作为协办律师从事法律救援工作的机构是一家非营利性机构，全称叫检控观察责任有限公司。我虔诚地希望通过自己的努力和当事人“分享成功，消除界限”，和贫困无力、精神缺失的人群“分享成功，消除界限”。这些按人口比例失之平衡的人群大都是黑人、西班牙裔人和土著美国人。我引用发生在我父亲身上的案例，天真热切地和那些男男女女交谈，对他们说，我是一个被执法者谋杀男人的女儿，我父亲的死不是因为他犯罪，而是因为他被怀疑犯罪。

我对他们说，我父亲因为被怀疑犯罪而死。

我没有对他们说我目睹了父亲的死，也没有向他们描绘父亲主动招来枪击、痛苦挣扎的恐怖场面以及举起双手想避开子弹的情景，当然也不会告诉他们当时我父亲绑我为人质。

我不会告诉他们父亲由于绝望把我作为人质。他爱我，永远不会伤害我。

我也没有必要告诉他们父亲爱我，他没有理由要伤害我！

我恍惚看到父亲的手被一个陌生人握住，握在克劳德-卢米斯神经质的手中。爹地有一双灵活的手，强壮的手指，一个典型的劳动者的手。

我认为，有些时候我的话在某种程度上会起作用，但也有失灵的时候。我的当事人往往心不在焉地瞟我一眼，甚至嗤之以鼻。有些人根本就不在听我说话，使我的满腔热忱变成一个像泄了气的皮球。在我的幻想中，我会和这些人热烈交流，对他们说，你看，我理解你，因为我父亲的遭遇，我和你们惺惺相惜。你们千万不要把我拒之门外，我来这里就是要和你们分享，向你们提供帮助。尽管如此，他们像是看透了我的心思，无动于衷，不会主动上钩。

从此，我不再提起我的父亲，不再和同事们、朋友们说出“爱德华-德尔莱”的名字。在万不得已的时候，我会含糊其词地说我父亲“已经不在”，他“多年以前当我还是小姑娘的时候”就在斯巴塔去世了。我告诉他们，斯巴塔是纽约州的一个小地方，是阿迪隆达克山脉的一个山城。

我现在没有“家乡”，我的父母，我的哥哥和我都离开了斯巴塔，我只是暂居一隅而已。

“亚伦。”

在他还没有开口之前，我立即就认出他来，立即叫出了他的名字。

他站在办公室门外走廊上等我（我和一些协办律师同事们共用一个办公室）。

虽然我们之间多年未见，但是他还是直接、不假思索地叫出我的名字：“克丽丝塔。”

他脸没有笑容，也没有像人们通常做的那样伸出手来和我握手，反倒是我主动伸手去抓住他的手。

“亚伦！见到你真是太高兴了……”

自从发生纽堡事件之后，我整天觉得头重脚轻。当我工作过度，当我感到疲惫，我常常耳鸣。而今，我清醒了，他是来带我回家的，带我回斯巴塔的。

没有什么比初恋的爱更刻骨铭心了。

(也许只是鲁西尼嘲讽的声音。最近几年我很少看到过我母亲。越是如此，她说话的语气就越是深深印在我的脑海里。)

我如此轻松地说话，如此热烈地致意，我的微笑体现了我对亚伦的期盼。我看得出亚伦这些年的生活并不如意。在我面前，亚伦似乎有点拘谨，有点胆怯。他说他是通过我在斯巴塔的亲戚了解到我在皮克斯齐尔的。他穿着一件羊皮夹克和一双工作靴，满头黑发比以前稠密了许多，还是那么硬若铁丝，但也开始从前额往后收拢。在我的记忆中，他的皮肤是带斑带点的。眼前的亚伦，双眼还是那么炯炯有神，也那么游离不定。记得那天晚上，我在他姑妈家盥洗室里通过洗手盆上方水迹斑斑的镜子看到的就是现在这对眼睛。

尽管我很自信，他的出现还是让我感到吃惊。这是我成年生活中少有的吃惊。

我不想问他为什么不首先叫我，那似乎有点不礼貌。他为什么会驱车 300 里来看我？是宿命使然？我父亲曾经这么做过，父亲曾经驱车穿过半个州，就一个目的，想见见我，想和我母亲说句话，或者是想和本，想和我说句话。他不敢事先打电话联系，怕遭到我母亲的拒绝。

或者个性使然，亚伦不愿意隔空发生冲突，电话交谈可能会使他处于不利位置。这是一种刚愎自用的男性羞怯，大多数攻击性很强的大男子主义者都如出一辙。

我从纽堡监狱回到办公室之后没有看到主管，不由得松了一口气。

办公室的一位律师告诉我二楼有个人在等着见我。我问他是不是某个事主，这种时候我确实没有心情面见当事人。他说不一定是，接着又说：“可能吧，但至少现在还不是。”

亚伦告诉我一个令人震惊的消息，说斯巴塔有个人想对我们俩透露佐伊之死的新信息，希望亚伦和我都能同时了解。

“‘新信息’？是什么信息呢？”

“她没说，可是她希望我们去拜访她，就今晚。”

我猜那一定是杰奇－德鲁卡。我记得有一年，我去西弗利街的排屋见过她，和她有一面之缘，临走时她还怪怪地在我的头上吻了一下并且送我离开。亚伦怎么会知道这位佐伊室友的住处呢？亚伦说这个想见我们的女人告诉他，她是佐伊死前“像姐妹一样亲密的朋友”，她现在得了癌症，临死之前希望向我们透露一些有关佐伊死因的事实。

“她说的‘透露’？就对我俩？”

亚伦尽量用平淡的口气对我说话，但我看得出亚伦在设法掩饰激动的心情。

亚伦已经站在我办公室门口（办公室用隔板隔成小方间分配给我们这些协办律师办公），不太情愿地跟我进入办公室。他可能以为检控观察有限公司是一个附属于地方检察官办公室的政府机构，以为我是一个律师。他以为我离开斯巴塔之后加入了律师圈，成为有地位有权力的治安执法官员。他没有直接看我，只是有点不自然地放慢口气说话，像不得已地陈述一个不能不说的事。我猜他一定还在克鲁拉汽车与摩托车维修铺工作，还在斯巴塔过着一成不变的生活。这个曾经浑身浪漫气息的男人，这个曾经浑身充满阳刚力量的浪漫男子，而今就在我面前，一句平常的话在他口里说出来竟要费尽气力，可能这个主题对他来说是难以言表的。

我不会忘记，是他戏剧性地把我从邓肯－梅兹孔武有力的手中夺过来，也不会忘记在他姑妈家盥洗室里共处一室的情景，不会忘记后来在他车上一言不发但心中无数遍交流的情景。看他现在手足无措的样子，我想他一定也不会忘记他曾经做过的事。

他一定在想我会怎样对待他说的事。其实只要是他说的，都是我想知道的。

他以自己的方式对我说起我哥哥本。很惭愧，我现在和本每年也只见上一两次面，而且还是在我母亲家里。我母亲在纽约西部的澳里斯卡尼港湾市安了家。

鲁西尼已经再婚。她的丈夫比她年长 15 岁，是澳里斯卡尼港湾市一家滚珠轴承公司的产品代表，已经半退休，自认为是一个基督徒。鲁西尼已经不再是那个斯巴塔的家庭妇女，正如一个为了自救，放弃沉船的人，她已经彻底抛弃了过去绝望的生活。

"'杰奇-德鲁卡'？我已经 20 年没见过她了。"

亚伦听到我直接说出杰奇-德鲁卡的名字，感到很吃惊，但没有表露出来。我进一步问他，杰奇要对我说些什么，他只是耸耸肩说不知道，也不愿意猜。即使现在，只要提到他母亲，他还伤心不已，他声音颤抖地吐出一个勉强能够听出的名字：佐伊。

我不由得心里一阵悸动，佐伊-克鲁拉。我想起了哈尼斯通奶品店那个穿着白色工作服的美丽天使，哈哈，我就想到是你。从她口里吐出来迷人的声音，"我能做什么为你？"

狡黠渴求的微笑，希冀热忱的眼睛。

过了一会儿，亚伦终于敢直视我了。从他的眼睛里我看到了佐伊热切的神情，看到了一个性欲很强的男性。虽然不敢完全肯定他能控制我，但我自己呢？我能控制住自己吗？他记得彼此之间曾经有过的关系吗？

在他姑妈维亚拉的盥洗室里，他姑妈不在我们面前的那段时间里，亚伦－克鲁拉用他沉重的身体压在我的身后，用双手紧紧地扣在我的脖子上……

他脸红了，一定是记起来了。他说：

“……必须今晚就走，现在。克丽丝塔，我开车带你去。”

“今晚？我今晚走不开……”

我彻底震惊了。看着这17年后走进我办公室的男人，我故作镇静的假面具被彻底撕破。

亚伦坚持说：“如果我们现在走，今晚11点我们就能到达斯巴塔，第二天早上就可以如约去见杰奇－德鲁卡。她在电话上对我说‘上午是我精神最好的时候。’”

我站不住了，头晕。在这个男人面前，我隐隐感到荷尔蒙在上升，感到羞愧而且震惊。但是我还是说：“亚伦，你不会这么固执吧！我今晚确实不能去斯巴塔，我现在的工作不是说走就能走的。我需要……”但我心动了，思绪就像陷在泥泞中的车轮飞快地转动。当然，我也感到自尊心受到伤害，我想让亚伦－克鲁拉知道，我现在的生活对我来说是多么的重要，尽管办公空间狭小，但是我所负的责任对我来说是多么的重要。我想请你欣赏一下，小小的办公室里摆着的实用桌子，不甚明亮的墙上张贴着的乔治亚－奥奇菲和爱德华－哈珀的画作，这一切都有我的心血。“我需要安排好工作，我明天一整天都有约会，要去奥西宁。再有，我还得先预定在斯巴塔的旅馆呀……”

“你可以和亲戚住，也可以到维亚拉姑妈家住，她知道你要去的事。”

“知道你要去的事。”眼前这个男人一贯喜欢自作主张，不容他人反对。一个习惯发号施令的男人！

我告诉他不行，我不想住在亲戚家，也不想到他姑妈家住。他说“假如你对这很看重”，他可以在临近斯巴塔时在车上用电话为我联系一家旅馆。他不停地晃动挂在手指上的车钥匙，不耐烦地踱步，脸上男性权威一览无遗，性感的，强迫性的。他自己可能没有意识到，但自尊心使我隐隐不快，真想开口反抗。为什么不在来皮克斯齐尔之前打电话给我？为什么 17 年都不和我联系？

最伤我心的是，我父亲死的时候，亚伦既不打电话给我也不来看我。要知道，我和他之间有一种很深的无法用语言表达的关系，比我和本之间的关系要紧密得多，这是无法解开的情结。

亚伦以为我在发嗲，在暗示他什么。此刻，我能感觉到他浑身发热，一种迫切强烈的冲动从他的手上，从他的大腿根部隐隐可见男性的渴望，这是我成年生活中从来没有体会过的感觉，这是我俩之间无法解开的情结。

今天，我决定先来皮克斯齐尔第七街，先回检控观察有限公司的办公室，而没有直接回家。这似乎很偶然，但或许是天意使然。现在是下午 4 点半，我的许多同事，甚至连我的上司都已经离开公司。在监狱的遭遇使我沮丧，我的后脑勺到现在都还疼得厉害，令我感到羞辱的还有，我的海军蓝毛料制服被撕烂了，我脑后的发辫也松乱不整。在这种情况下，我无法忍受空荡荡的公寓，虽然那也叫家。

“大约要过一个小时我才能走，我得先回家收拾一下。我开自己的车去斯巴塔。”

“我开。”

“然后呢？明天你送我会皮克斯齐尔？”

“当然，就这么定了。”

“6 个小时哪。亚伦，这太不可思议了。”

我想都没想就直呼其名：“亚伦。”当然，我刻意不带感情、装作毫不在意地直呼其名。但是，我不知道眼前这个男人是不是下意识地直接叫出我的名字：“克丽丝塔。”

我感觉到亚伦－克鲁拉并不想在小事情上引起争执。他本来就打算开车带我去斯巴塔，但我拒绝了，我的表情已经告诉他我不愿意坐他的车，亚伦也预感到我会反对，我要自己开车是情理之中的事。亚伦怀疑我能不能单独开这么远的路程，更关键的是，如果坐他的车，我俩就可以一起去看杰奇－德鲁卡。

或者他真希望我俩坐在同一辆车上，沿着朝北的高速公路一起经历荒凉的夜间景色，一起在深夜抵达斯巴塔的下榻旅馆。

没有什么比初恋的感觉更刻骨铭心了。

我感到心里一紧，反抗男人的心理油然而生，天生的优越感油然而生。我不再是斯巴塔的那个小姑娘，我现在是一个受雇于检控观察有限公司的年轻职业女性，拥有大学文凭，不依赖任何人生活。我没有结婚，也没有与任何人订婚，左手没有戴戒指。我有过男人，但他不能左右我的生活。这一切亚伦－克鲁拉都知道吗？

我告诉他，我自己开车，我行的，再不然我在前面开，他在后面跟着我保持视野距离还不行吗？

他说同一辆车要简单多了，如果下雪怎么办？这个季节上纽约随时会下雪。

随时会下雪？我怎么没有听说过？

“克丽丝塔，也许你不习惯夜间开车，可我习惯。”

“你怎么知道？还‘也许’呢！”

“6个小时，你行吗？”

6个小时，太恐怖了。就我现在这种状态，开6个小时太不现实。然而，我不想改变想法，我坚持自己开，我可以在1个小时之后走。我说：

“亚伦，我开自己的车，要不我就不去。”

亚伦犹豫了一会儿就不再坚持了。他笑了，这表示他已经放弃坚持："好吧，克丽丝塔，就依你。"

可怜的断腿，不能忍受的鬼腿。

你不能撑着一只假肢工作。

这两句文墨不通的话是我的一位当事人用大字画在一块硬纸板上的，就挂在正对桌子的窗帘上。

我真想让亚伦一克鲁拉注意到这块纸板并且发表评论，但这不是亚伦一克鲁拉的风格。

我的当事人是一个患有严重糖尿病的妇女，名叫杰西米。她因为把常年家暴的丈夫刺死，在 1974 年被控二级谋杀罪名成立，被含糊其辞地判了"终身监禁"。当案子引起检控观察有限公司注意的时候，杰西米关在林德一赫斯特监狱已经 27 年。她的糖尿病没有得到很好的治疗，右腿也因为坏疽而截断。她一直饱受病腿折磨，有时候痛不欲生。

然而，杰西米认为"鬼腿之痛"，这折磨之痛是她生来必须经历的。在她心里，无腿无脚疼痛就不复存在，但是她习惯不了装上的假肢。

我所代表的机构成功地把杰西米的二级谋杀指控减判为蓄意谋杀罪，使杰西米在"终身监禁"27 年后获得释放。

轻一级的罪名使她至少在监狱里多待几倍时间。

那时，杰西米已经 61 岁了，也就是说，她生命的大部分被人为剥夺了。但是杰西米并不感到失去什么，她反倒因为释放感激检控观察有限公司，从来没有一个当事人像她这样对公司如此感激涕零。

"克丽丝塔，谢谢，谢谢！你们把我的命捡回来，把我的希望要回来了，谢谢！"

她把我一双姑娘丝柔般的手紧紧握在她手里，我在她 61 岁颤抖的深黑双手里体会到她的感激之情。这还不够，她抱住我紧紧不放。

"克丽丝塔，你知道吗？我在为你祈祷，我不仅因为自己在为你祈祷，我所有的祈祷都是真诚地为了你。"

我希望这是真的，我的帮助挽回了这位妇女的生命和她的希望。

我希望这是真的，虽然我没有能力改变我的过去和我的将来，但是我可以帮助像杰西米这样的人，我做得到！通过检控观察有限公司的力量，我可以尽力做到。

那天下午，我真希望亚伦一克鲁拉注意到我窗帘上方的那段话，我希望他能抬起头至少好奇地望一眼，大声读出来（很多来访者都会这么做），然后问我这是什么意思，然后我就会告诉他这段话的来由，向他解释这段话的意思。

这样，亚伦就会说，克丽丝塔，你棒极了。

这样，亚伦就会说，克丽丝塔，太令人感动了。这样，克丽丝塔就会让人刮目相看。

这样，亚伦就会说，克丽丝塔，你做了一件很有意义的事，你为被法律坑骗的人，像你父亲我父亲那样的人做了一件了不起的事。

亚伦可能已经看到了窗帘上方那段大写的话，但是他不是凑过去看的，也没有读出来，更不用说大声好奇地读出来。他只是说他到楼下门口等我，他急着想去抽根烟，因为这里规定不允许抽烟。

在高速公路上，亚伦开着他的新款别克尾随着我。我开的是一辆同事以优惠价格转让给我的 1999 款萨博。我通过后视镜看到亚伦的车头灯稳稳地照着我的车。天气糟糕透了，冰雨夹着冷风吹拂，我只能将车速控制在每小时 60 迈以内，车后，亚伦耐心地跟着，他应该是在仔细观察周边环境。我想，17 年后，他再一次勇敢地承担起保护我的责任。

身后这个男人令我思绪万千，亚伦一克鲁拉重新进入了我的生活。

如果知道，他一定会感到惊奇，因为他从来就没有离开过我的生活。

还有那个杰奇一德鲁卡，我母亲曾经轻蔑地说，难道她没有廉耻心吗？

或者还有我母亲曾经提起过的女人佐伊－克鲁拉。这两个在西弗利街一起生活的女人，两个我母亲称之为脱衣舞俱乐部的“酒吧女郎”（“荡妇”的另外一种蔑称）的女人，两个男人手中的玩物。

鲁西尼－鲍尔生来就具羞耻之心！不仅如此，我母亲从骨子里视羞耻比污浊之物更甚。

一路向北，我不由得想起杰奇－德鲁卡这个浓妆艳抹但仍然脸色苍白的女人，一副大耳喜听软话，一对眼睛渴望怜爱，多肉的身体散发出浓重的体味儿。她曾经煽情地揉着我的手臂说，佐伊是我的心肝，酸得使我发怵，这种成年女人对陌生少女亲昵说话的口气一点儿也不像我母亲。母亲哪怕在情绪低落的时候，也说不出这种肉麻的话来。

克丽丝塔，答应我，再回来看我哟。

我答应了，可是再也没有回头去看她。

而今，没有人再叫我克丽丝塔，即使家里人也不再这么叫我。自从离开斯巴塔后，就再没有人这样叫过我。

在我的记忆中，只有爹地以这种亲昵的方式叫我，那是一种无条件的、毫无亵渎的方式。爹地爱我，爹地间或的呵斥恰恰是爱的一部分。你知道爹地爱你，猫咪？是啊，我理解了爹地的爱。

一路上我也在想佐伊－克鲁拉是如何进入我们的生活的。我永远不会忘记有一天下午，当我从学校回到家的时候，看见佐伊在我家厨房里！恰恰在我母亲不在家的时候出现在我们家厨房里！这情景宛如童话故事里的公主进入乞丐的小屋，令人吃惊，不可思议。我虽然是个小姑娘，但隐约猜得出佐伊－克鲁拉进入我母亲的卧室意味着什么。她是在和母亲分享父亲的爱。

在我母亲的床上，在母亲“祖传”的乳白色针织被子下面，佐伊躺在床上。

我至今记忆犹新，佐伊用充满爱意的眼神看着我，叫我克丽丝。

我至今记忆犹新，佐伊给我的藏着象鼻虫的雪糕筒！为此我遭到父亲的呵斥，为此我不能原谅佐伊。但是，我最终还是原谅了佐伊。

真不公平，爹地只怪我运气不好，拿到有虫的雪糕。如果卖给我们雪糕的不是佐伊而是另一个人，爹地可能会带我回到店里去要他们免费换一个。

回去，回来。还是不去想它了吧，最好不去回忆岁月留在心中的伤痛。

在奥尔伯尼前边的阿姆斯特丹出口，我们下了高速公路，停车去吃晚餐。这一定是亚伦事先设计好的。已经晚上 8 点半了，我们没有算好上路的时间。这个时间不仅雷电交加，而且路上载重汽车往来不断。我们来到在煤堆旁边的一家莫名其妙地叫做“灯塔咖啡馆”的路边快餐店，一家和“选择一个方式汽车旅馆”。我们选择了一个灯光昏暗的厢座，下意识地面面相左而坐。不知道的人可能会说这是一对错配的夫妻，他们之间可能发生了龃龉，可为什么呀？亚伦把手肘撑在桌上，一只手揉着眼睛在打哈欠。他至少驱车 6 小时来皮克斯齐尔见我，紧接着又马不停蹄地开车回斯巴塔。

一个令人着魔，固执个性的男人，或许是一个危险的男人。

我们的职业习惯是在尚未接案之前先行对当事人进行评估，看他们的个性是否能够承受重启案件的精神压力，是否适合重启调查程序和重审。有些人由于长期关押已经失去希望，有些人则因为狱中生活使他们神经错乱。最理想的状态是和他们进行交流，谈刑期，谈州长赦免，希望起诉方放弃所有指控，希望法官不再刑求。毋庸置疑，重审是一柄双刃剑。

重回斯巴塔就从某种意义上说是一次重新审判。我的突发奇想可是绝妙？

一个女服务生过来招呼我们。很明显亚伦被她吸引住了，他们像老朋友那样开怀大笑。亚伦的眼睛像熟人一样盯着她打转，而面对我时却悄然无语，在我面前手足无措。他执拗地以一种自我封闭的方式排斥我。我感到很受伤，感到很生气，也感到很懊恼。

我觉得有一种说不清道不明的暧昧情结在我们之间存在。在我的办公室里，亚伦就尽量避免环视周边，尽量不去注意墙上的彩色招贴画，也不去看窗帘上方的硬纸板。

终于，在喝啤酒时亚伦开口了，问我还好吗？他不是指目前生活还好吗，而是指路上开得还好吗。

我说还好。

我告诉他我享受独自驾车，也习惯在天气不好的情况下开车。一个人开车的时候我喜欢听音乐。

我告诉他，我听巴赫的有键竖琴序曲和赋格曲以及键盘协奏曲，我告诉他没有人能像巴赫那样能抚平人们的思绪，“给人希望”。

亚伦说他听斧头乐队、比格先生和重金属。他告诉我，他车上装有卫星电台，在卡车上、在平板拖车上都装了这种设备。

他尽量说得平淡，但又略带嘲讽。突然间，他发出一声尖声爆笑，不由得使我心里一紧。

我知道什么是卫星中继电台吗？我不敢说知道。我也从来没有听说过斧头乐队、比格先生和重金属，但我猜得到这是一种什么类型的音乐。

亚伦把脱下的羊皮夹克扔到厢座一角，高高卷起法兰绒衬衫袖口。我注视他充满肌肉的前臂，臂上刺着紫色的蜘蛛网状刺青，一双大手关节上布满伤痕，厚厚的男性指甲里积满油污。这是一双劳动者的手，像我父亲。他应该知道我爱他。

他并不知道我现在的想法。我是不是不想让他知道我对他的想法？

亚伦吃得很快。他只关注吃饭，对其他事物毫无兴趣。他是那种习惯独自用餐的人，从不介意吃什么。他喝了一瓶啤酒，又点了一根香烟，他没有注意到灯塔咖啡馆是禁烟的。

我想知道杰奇－德鲁卡是不是要告诉我们谁杀了佐伊。几乎 20 年之后，她想“披露”的秘密就是这个？但我不能问。原因是要把谋杀佐伊一类的话在亚伦－克鲁拉面前开口说出来似乎很难。

在昏暗的灯光下，在阵阵乐曲声中，在周边顾客悄言细语中，我不禁想起了乡村一线餐馆，想起了父亲带我去的那个夜晚。想到这些，我不禁头晕，觉得无助。那时父亲还活着，而今他不在了，就像现在，亚伦活着，就坐在我对面。

亚伦的出现使我思绪万千。他的双手勾起我对父亲的回忆，我真想伸过手去紧紧握住这一双手。但是，儿时的往事不时提醒我们，儿时的噩梦使我们之间好像筑起一道鸿沟。其实，报纸上经常刊登各种事故的消息。当我还是个小姑娘的时候，斯巴塔石膏矿采矿场就曾经有一个开推土机的工人掉进深沟立即丧生。

工人被成吨的碎石掩埋，尸体尚未找到。事主窒息而死，但尚未确定尸体位置。

突然，亚伦伸过手抓住我的手臂。他的举动如此突然，使我一阵紧张：“嘿，你没事吧？”

我立即说，没事，我没事。

我可能有点晕，开车有点晕。该死的高速公路、该死的地方土路和晃眼的的车头灯，最该死的是过往的拖挂车。

“……我想起了你家附近奎利路的石膏矿。斯巴塔石膏矿还在吗？”

“还在。我有朋友在那里工作。”

“你父亲的维修铺还在奎利路吗？”

我的问题有点幼稚，有点可笑，好像我要亚伦－克鲁拉把维修铺的方位交代明白似的。

“不在那里了。”

我无语了。亚伦还在喝酒，还在吃，粗黑的下巴一动一动的，眼睛愠怒地朝下看，是不是对我的话生气了？女服务生又走过来，满脸笑容，她用飘逸的嗓音问我们：“还要点什么吗？”亚伦扬了扬手中的啤酒瓶，意思是告诉她再来一瓶，他懒得说话，甚至眼睛也没有抬起来。他的肢体语言像是故作友善又拒人千里。我舒服了，但觉得自己有点心怀鬼胎，有点小气。

“你还骑那辆旧自行车吗？那辆看上去像拼凑在一起的自行车。”

“我的老天，早就不骑了。”

我们一起笑了，突然一起笑了，像提起奎利路一样愚蠢的问题，但愚蠢的提问使我们开怀大笑。我的心在剧烈跳动，身体在旋转，我恍惚看到脚下的地在下陷，我不敢动，我在情感上投降了。

“你还以为我是个光腚的小屁孩，还骑那残破的自行车？”

此刻，亚伦终于敢直眼看我了，和在皮克斯齐尔那时完全不一样。我 32 岁，再不是那个 15 岁的小屁孩，自认为是一个适合做任何事的年龄。我也喜欢自己的名字，克丽丝塔－德尔莱，一个听起来就像是闪闪发亮的水晶戒指的名字。我在公共场合保持着一个让人感到安全的举止，全套装扮（笔挺的套装）使人感到平和宁静，即使在克劳德－卢米斯面前也会有一种威慑之感。我的头发浅得好像没有颜色，亮灰色，我用发夹把辫子拢在颈后。一个想成为我男朋友的人形容我是金发莫蒂里－安妮，一个自命不凡的雕塑家。但是，我说莫蒂里－安妮雕刻刀下的女人只有一副空洞的眼眶。

我可不像亚伦那样沉默寡言，我渴望交流。我向他询问他的家庭，他的父亲，他的姑妈维亚拉和他的克鲁拉亲戚们。我压低嗓音说话，像是怕别人听到。

亚伦还是以他钝钝、平淡无奇的口气说话，毫无表情，像是不屑回答。他告诉我，他父亲几年前死了。

“对不起。”

亚伦耸耸肩，又喝了一口啤酒。

我问起他姑妈维亚拉，亚伦说维亚拉还不错。

“她终于结婚了。她曾经有过一次婚姻，这一次好像比以前好一些。”

我告诉他我很高兴听到这个消息：“那天晚上你姑妈对我确实很好。”

那天晚上我控制不住自己的呕吐，记不起发生过什么事。我只记得亚伦的姑妈打电话给我母亲说我在一个朋友家，朋友家发生点意外，我不方便亲自打电话回家，鲁西尼明显信了她的话。

我那个焦虑多疑的母亲！听到另一家人家里有事多少是一种安慰。

亚伦像是看穿了我的心思，突然笑起来。他用厚厚的指甲刮着酒瓶上的商标对我说：“是啊，维亚拉过得还不错。你有机会见到她的。”

我为什么要去见亚伦的姑妈？

“你哥怎样？我说本。”

我没想到亚伦－克鲁拉会记得我哥，还记得我哥的名字。或者他只是随便问问？

“本现在是一个化学工程师，在斯切纳塔迪的皮耶尔－庞特实验室工作。他结婚了，有一个儿子。”我没有告诉他，我们之间鲜有交流。本认为父亲是罪犯、杀人凶手，我则仍然爱着父亲。这种奇怪的关系是从那一刻开始的。

“我没想到你会认识本。你们好像不在一个班吧？”

“我们确实认识。”亚伦停了一会儿，又喝了一口酒。他已经吃完饭了，把面前的盘子轻轻推到一边，脸上露出一种微妙的神色，防卫性的不屑神色。“本认识我。”

现在，那些传言终于得到证实，亚伦打过我哥。

亚伦用撒谎保护他的父亲德尔莱。亚伦的谎话使得针对我父亲案子的证据更加充实。

不是证据，而是似是而非的证据。

而今，德尔莱已经死了，德尔莱也死了。

这真是一对难兄难弟。

我想向亚伦打听我中学同学米拉和伯纳迪迪，毫无人性的假朋友，廉价装扮的假朋友。我听说米拉一罗彻死于药物过量，但多少年来一直不知道伯纳迪迪的下落，也不知道邓肯一梅兹的下落。

我问亚伦，梅兹后来怎样啦？亚伦略带不屑地说梅兹“失踪了”。

“失踪了？这怎么说？”

“可能是在毒品交易中被人杀了，没人发现过他的尸体。”

被人杀了！这句话传递着一种带有结论性、最后证实的味道。

亲爱的亚伦，谢谢你救了我的命。

我从来就没有寄出过那些信，我害怕母亲看到，所以把那些信都撕了。但是现在，我有一丝不安的感觉，亚伦似乎看过那些信。

亚伦问我在皮克斯齐尔住了多长时间，我说两年。我一直等着他问我是否已经成婚，但他一定不会问。我告诉他，我的工作很有意思，当然也有失望和不愉快的时候。我告诉他检控观察有限公司是一个非营利性的民间机构，是 1972 年成立的，这家公司成立的目的是为了调查警方和检方处理不当的案件。

“就是说当有人被错误逮捕、错误审问、错误审判和错误判刑并且投入监狱甚至误杀的时候，我们就会介入。”

我告诉亚伦，我曾经在纽约州立大学宾汉顿分校上大学，在康奈尔研究生院读犯罪学并且拿到硕士学位。我现在是协办律师，即律师助手，检控观察公司大多数律师都是义务性质的，但协办律师有薪酬收人。我告诉亚伦我在存钱，在积累经验，争取一两年后去考法学院。

对此，亚伦毫无反应，一如我哥本毫无反应。

我猜亚伦连高中都没有毕业，记得他在高中二年级就被开除了。

我想让亚伦了解我的生活现状，这是我的外部生活，我的外部包装。

我告诉亚伦我当上协办律师不久就设法联系斯巴塔的探员马提诺和布里西亚。我永远不会忘记这两个名字，他们是调查亚伦母亲死亡案件的探员。马提诺已经退休，布里西亚则从来不接我的电话。我也设法联系斯巴塔警察局（接替退休局长斯纳格尔的）局长，他同样不接我的电话，我联系的所有人都拒绝接听电话。最后一次我威胁说，如果再不接电话我就要拿一张告票去见他们，去斯巴塔警察局查阅他们保存的档案。在这种情况下，电话那边传来的声音才不情愿地说："夫人，请您稍候。"

我笑了，我希望亚伦一克鲁拉和我一起笑，但他把头扭开了。他板着脸，眼睛往远处看。

亚伦就是这种男人，当他发现你跨过疆界侵入他领地的时候就会做出如此反应。

他的眼睛越过我，凝视着进入饭馆停车场的一排车头灯。

透过雨打的窗户，眼前一片梦幻般的车灯流。亚伦脸上的反应就像是岩石上熠熠生辉的水花。我窃笑，亚伦在意我了。

我问亚伦，自从我 1988 年离开之后，斯巴塔有没有变化？他说应该有吧，一定有。"老住在一个地方是不会在意的，我一直住在那里。"

我问亚伦，他是不是把克鲁拉汽车与摩托车维修铺变卖了？他说是，如果照你说的是"变卖"的话。他把变卖资产的钱用来偿还德尔莱该死的抵押和贷款。不过他现在是加里森路一家维修铺的合伙人，生意还不错。

“我现在像一个‘公民’了，我有自己的生意，给为我工作的人发工资，当然我自己也干活。”

“你很喜欢你的工作吧？你父亲曾经干……”

“是啊。”亚伦笑出声来了。我问得太愚蠢了，根本不值得认真回答。

我真想问亚伦有没有结婚，但我知道他不会主动说出他的个人信息。因此我只好问一些有关维修铺的事。我问他维修铺在加里森路哪个位置，问他合伙人是谁，“维修铺”主要工种是什么？

女服务生拿着账单走过来了。亚伦坚持由他付两人的账。他打开钱包，让我看一张笑得酒窝毕现的婴儿照片。他用高深莫测的声音告诉我：“这是戴维两岁时候的照片。他现在大多了。”

“你的——儿子？”

我凝视着照片，心跳加剧，突然觉得有点妒忌。

“亚伦，他很漂亮。”

“不太像我，这才好。他还不错。”

这孩子有一对他父亲一般忧郁的眼睛，他父亲一般的下巴，但他的头发浅色带卷，皮肤颜色比亚伦浅很多，长得几乎不像印第安人。我一直在猜谁是他的母亲，他的母亲又在哪里？为什么亚伦在我面前不提她，也没有向我炫耀她的照片？

很奇怪，照片上的小男孩只是孤身一个坐在一片阳光照射下的草地，对着头顶的照相机张开小嘴甜甜地笑着。照片上明显有一个成人的影子斜对着他，应该是他父亲吧！

亚伦很快把钱包合上扔到一边，他并不是很情愿给我看的。只见他的眼神又游离开了，大概是在想儿子的母亲吧？他喝完了最后一瓶啤酒，已经喝了好几瓶了。据我所知，在我熟悉的人当中没几个人喝那么多酒还照样开车无事的，亚伦是个例外。现在的亚伦－克鲁拉并不为我熟知，我对他说话得小心谨慎，而我和熟知的人说话从来都百无禁忌。亚伦说："人们常说生活就像掷骰子那样充满风险。一个孩子是怎样出生的都是一种偶然。"他大笑起来，像在开自己的玩笑。

我说："不会，每一种生活都有一个目的，都有一种意义。"

亚伦的话不无嘲讽地反问："'一种意义'，就一种？比如说生活？"

"像我们在一起，就现在。这么多年过去了，你和我还一起开车去斯巴塔，这就是意义所在。"

我的声音在颤抖，一种莫名的情感油然而生。我感到焦躁，感到不安。亚伦好像有点尴尬地把眼睛移开了。

女服务生再次出现，仍旧笑容满面地对着亚伦。亚伦给她几块钱小费，拿起羊皮夹克溜出了厢座。

在我们还没有成人很久以前，我们是否曾经彼此相爱？事实无法否定。这是一首乐曲，一首只有闭上眼睛聆听的性爱乐曲。当你沉浸在浓浓睡意之中，这首乐曲会有如令人窒息的欲望之波把你深深漫过。

斯巴塔，一座建筑在冰川山丘上的小城。

当我们开着各自的车跨过黑河的时候，河水在黑暗中从我们身下默默流淌，黑暗几乎吞没了整个河面。在茫茫的冰雨中，这座小城的灯光若隐若现。我们沿着 31 号公路东继续朝城市北部驶去，我将在出口附近新建的喜来登酒店下榻。我们到达的时候已经将近 11 点，我拖着疲乏的身子走下车。亚伦陪我从停车场朝酒店大门走去，他坚持要把我送到我下榻的五楼房间。在门廊里，当我即将关门，我看见亚伦迟迟不肯离开，像是等我邀请他进屋，像是盼我回头对他诉说，亚伦，我太孤单了，我害怕。亚伦，别离开我，别。

但是，当我微笑着伸出双手向他说再见的时候，他只淡淡说了一句，明天上午 9 点来接我，然后转身走了。

49

“……上帝还是眷顾我的。在我死之前，我要为你，克丽丝塔，还有你，亚伦祈祷。我知道主就在我心中。我要替自己赎罪，我曾经错怪过你们，我一生中错怪过很多人，可你们是活着的人，那么年轻。我错怪过的许多人。主啊，宽恕我吧！”

杰奇－德鲁卡用沙哑急促的声音动情地说。

几乎 20 年没见过面了，眼前的杰奇－德鲁卡变化很大，我已经认不出她来。

昔日尽显风采和咄咄逼人的身段一如地陷，消失得无影踪。她穿着一件颜色不协调的粉红色法兰呢汗衫，衣内身体凹凸无致，缺陷毕现，往日圆月般性感的脸上曾经描画得光彩夺人，而今一片蜡黄，曾经平滑的脸颊而今褶皱如吹沙，昔日闪亮的眼睛眉毛稀疏，眼窝深陷，描画夸张的眼睫毛脱落无几。杰奇应该不到 60 岁，但说她是七旬老妇也不为过。可怜的女人！她头上套着的假发却很时髦，宛如银丝织成。她摸着假发，下意识地扶正，然后自嘲自讽地说：“这是我的‘头发’！不是用来糊弄人的！谁想看到我光秃秃的头呀？连我自己都不想看到。”

杰奇靠过来一把抓住我的手，贪婪地揉着我娇软的手指，她也想伸过手去抓亚伦的手，但够不上。我坐在挨近杰奇躺着的破沙发床边一张塌陷的转椅上，亚伦则站在我身后。杰奇的两条废腿上面盖着一条破毛毯。她说：“迪格斯神父自己掏钱为我买的，神父真是一个圣人！我对他说，‘买条老式头巾就很好了，我已经过了女人爱虚荣的年龄。’迪格斯神父却说，‘杰奇，对一个灵魂来说，有一点点虚荣是必要的，男女都一样。’”我猜杰奇是在说她那顶廉价的银丝假发。

可怜的杰奇－德鲁卡，她的眼神使我心乱，房间里的气味和屋外神秘喧嚣的噪音又使我分神。屋外传来阵阵呼喊和嬉笑，疑似有人在搬家具，又或是附近有建筑工地？杰奇－德鲁卡住在一个几乎没有装修和几乎没有家庭设备的房子里。这种建筑属于某种居民区性质的红砖建筑，尚未建成的房子应该是无家可归者的庇护所。这所房子位于汉密尔顿大道，周边有许多老式的大型教堂和市政建筑物，有一段时间曾经是斯巴塔第一圣公会教堂所在地。汉密尔顿大道与呼隆大街平行，在我还没有出生之前就是斯巴塔最繁华的居民区，砂石的、石灰石的、砖砌的、花岗岩的各式建筑林立，到处是装饰着立柱、廊柱和围着高高的女贞子树篱的私人住宅。而今，这些私人住宅逐步变成了小商铺、写字楼和公寓房，女贞子树篱也被铲除殆尽。

“亚一伦，请坐！把椅子拉过了一点……”

亚伦像一个不听话的孩子，不情愿地拖过一把破椅子坐在杰奇－德鲁卡斜对面，他向我眨了眨眼，满脸凄惨神色。

“……有太多的事要说出来了。在时间还来得及的时候……”

亚伦把车停在屋外堆满垃圾的开阔地。在城市重建期间，政府尽了很大努力把一批房屋夷为平地，但不知为什么突然停下来。过了许多年后，年久失修的斯巴塔市中心大部分地方我已经很陌生。迷宫一般的单行道、南大街上曾经辉煌一时的步行商业街现在几近荒废。半里长的河滨公园边上，一边是巨型油罐，一边是斯巴塔优质滚珠轴承厂，上面挂着迎风招展的横幅，标语写着：社区拓展工程，黑河游憩区。11 月早晨的冷风昏灯下的游憩区里，一些身上裹得严严实实的流浪汉模样的人懒散如浮游生物一般躺在长椅上，活脱是乔治－西格尔笔下的绷带伤兵。河上传来几声游船的鸣笛声，但是大多数游船只是静静地停靠在岸边。这种安静不像是沉寂，而是带着隐隐的躁动，在不安中躁动。斯巴塔这个曾经为父亲所倾情的城市，这个父亲生于斯长于斯的城市，这个父亲曾经由木匠而建筑工头，关乎他毕生的城市已经不复存在，他所看重的生活因他的死不复存在了。

"……克丽丝塔，你父亲爱迪－德尔莱是一个英俊的男人。我记得，很久以前我在切特俱乐部第一次见到爱迪－德尔莱……"杰奇－德鲁卡用沙哑、颤抖的嗓子热切地说话。她把我的手紧紧攥在她冰凉枯瘦的手指里，紧紧地盯着我像要认出我是谁来。不知在这座住宅楼的什么地方传来刺耳的咔嗒咔嗒响声，椅子脚擦地的响声和收音机里摇滚乐的响声，还有早餐的气味儿，烤肉的油味儿、烙饼味儿和焦糊的鸡蛋味儿，总之是倒胃口的气味儿，再加上杰奇－德鲁卡身上的腐朽的体味儿，我不由得把鼻孔缩紧。"……克丽丝塔，我从来没有见过你可怜的母亲。克丽丝塔，但愿她过得还好。我希望她能……在经过那样的悲惨和艰难之后……'挺过来'。"杰奇叹了一口气，脸上一片迷茫。我握住她的手想给她一丝温暖。我现在才发现，她穿着的粉红色的汗衫其实是一件睡衣，杰奇头上的银丝假发戴得有点歪，我很想给她扶正一点。坐在我身边的亚伦－克鲁拉显得烦躁不安，目光游离地看着杰奇－德鲁卡，这使我有点紧张。"……在厨房里干活是我最愉快的时候，我喜欢厨艺！我最爱的是烙饼和威化饼，有许多比单纯甜面团好吃的东西。我会在面团里揉进草莓、苹果和杏仁。在搬来这里之前，我可是一个你们说的'整洁女人'，可惜我病了，病得很厉害，就是人们说的肺结核。我因为得病，肝就不行了，行动也'迟缓'了。就在这个时候，主进入了我的心。如果不是主，我熬不过那段可怕的时光。是迪格斯神父引我进入神的世界，这个天堂之家的好心人帮我安了家。迪格斯神父说，'当时候到了，一天也不会提早。'他会为我安排临终关怀。唉，可怕的肝癌！他们给我做了各种化疗，太可怕了，孩子，但愿你们永远不会知道什么是化疗。有一天他们告诉我，一旦癌细胞进入我的骨头，化疗就不用做了。医生说，'杰奇，我们已经尽力，让你的灵魂安静下来吧。'沃尔德洛普医生是个基督徒，是个好人，迪格斯神父也是……"杰奇停下来揉揉眼睛，再次揉揉我的手后就松开了。亚伦狼狈地从破椅子上站起来，他受不了令人窒息的房间，走到唯一的窗前想打开窗户。窗户好像在油漆时粘紧了，亚伦费尽力气才拽开一个缝。但是，杰奇不干了，她说："……亲爱的，别让风吹进来，我受不了风。亲爱的，吹了风我会咳嗽。我为什么要裹得严严实实，在我的腿上盖着毛毯，就因为我的脚冰凉，我可怜的腿循环不好。沃尔德洛普医生说……"亚伦不得不把窗户关上，把百叶窗帘往下拉紧。我偷眼看去，亚伦毫无表情地绷紧脸。他朝我看，一脸无法形容的凄惨和怒气。

让她说话，催她快点说。

作为一个协办律师，我对此类当事人太了解了。他们有许多至关重要的话要对你说，就是苦于找不到切入点，他们几乎用消耗体能的方式试图说出痛苦的事实和说不出口的事实。我学会了耐心，学会了同情，我从许多次失败、羞辱中学会了把握时机。我轻柔地问杰奇－德鲁卡，今天上午请我们来是不是有"要紧的事"告诉我们？

杰奇用一种夸张和令人不安的姿势挪动了一下身体，拍着我的手臂说："干吗？我当然记得你啦！你是爱迪－德尔莱的女儿克丽丝汀，不，是克丽丝塔。你在斯巴塔长大，后来搬走了，现在回来看我。而你是……"杰奇略带点轻佻愤愤地提高声音说："佐伊的宝贝儿子亚伦。我难道没有为这个谢过你……"来之前，我出主意让亚伦买了沉沉一盆绣球花。绣球花在花店里不那么显眼。但在这个破旧不堪的房子里，简陋的沙发床、破旧的捐献家具、锈迹斑斑的破旧地毯，摆放一盆美丽盛开的花实在有点不伦不类。"……美丽的鲜花，看起来像……肉色纸……皱纸……亲爱的，难道我没有谢过你吗？有时我会忘记我说过的话，都是吃药造成的！我吃了太多讨厌的药丸子！佐伊喜欢花，可她说没有工夫照料它们。有些男人送她一大把玫瑰花，圣诞到了也送她一品红，他们一点也不在乎花钱。佐伊会随手把花给我，说，'杰奇，帮我照料这些花。'她没有耐心做这种事，她好像永远都很忙。我年轻的时候不在意这些，我可不是在评论我的朋友。我的眼睛不好，有白内障。我过去不会评论别人，现在也不会。主说，‘爱邻及己。’主说，‘勿议人，人勿议汝。’

“主还没有进入我心灵之前的那些年里，我就不会议论别人，我不残忍，对别人也没有恶意。佐伊死后，死得那么凄惨，我就进入了‘死亡阴影之谷’（监狱），生活在黑暗世界之中。我有海洛因瘾，每天要买200块钱来满足自己，有时还更多。我玩花招去骗毒品，就是不顾自己该死的身体。佐伊死得那么凄惨，我有负罪感！”杰奇停下来深深吸了一口气。亚伦－克鲁拉还站在窗口关窗，我不敢转过脸去望他，生怕他忍不住火气。杰奇接着说：“我不是指因为我招来杀佐伊的人，不是这个意思。那个人是切特俱乐部的老板，名叫安顿－卡萨巴。我知道，他不一定要通过我和佐伊约会，他有自己的门路。可我才是安顿的第一个女朋友，我也知道除我之外他还有许多女朋友。佐伊搬来和我一起住之后，我们一起去切特做事，安顿有时候会安排佐伊在俱乐部唱歌。俱乐部里有一些家伙向我俩提供可卡，我们也乐得享用，那里每个人都是那样做的。那些可恶的伪君子警察，那些可恶的‘探员们’，常常会来找碴，好像这个世界上除了我就没有别的人吸可卡和兴奋剂什么的。你知道那些下了班的浑蛋来俱乐部把自己装成卧底，狗屁！说出来都不好意思，我喜欢吸毒，我把佐伊当成女朋友，她长得那么迷人，有自己的乐队伴奏，那才叫一个迷死人。佐伊是我的好朋友，她经常找我一起嗑药。嗑药是很危险的事。出点差错的时候，你需要可信的朋友，可男人们都靠不住……有人说，如果你要保持健康就要服用维生素，加上一些海洛因，只要不增加剂量，你尽可以一直吸，这样你的静脉就不会硬死！说出来还真不好意思，即使现在我还想吸。佐伊说，‘交欢是那些拿不到海洛因的人做的。’”杰奇似乎觉得自己的话很诙谐，得意地笑起来，全然不顾亚伦瞪着她的眼神。在这个寓所的另一端传来闷雷一般的噪音，像是匆匆上下楼的脚步声。杰奇急忙补充道：“当然，佐伊不是‘瘾君子’，也不是‘滥吸者’，从来都不是，其实我也不是。那些混账男人把药给别人是为了控制别人的灵魂。可佐伊太独立了，她追求的是自己的‘前程’，她担心像她那时的年龄实现不了梦想。我现在能说了，不好意思，那时我有点妒忌佐伊，如果她想从一个男人那里得到什么，她不会掩饰。佐伊要到的多得比我们所有的人加在一起都多。如果佐伊想借钱，她一定弄得到。借到之后，那些家伙会‘忘记’借过钱，克什特姆从来不会忘记借过钱给我，安顿－卡萨巴也一样。佐伊错就错在太把卡萨巴当回事了。如果你见到这个男人，你会不知不觉地被他吸引，因为他说话从来都轻声慢语，从来都不会抬高声音。他以为自己爱上了佐伊，佐伊也以为他爱上了自己，所以她犯错了。他答应过佐伊一些事，自称是佐伊的‘音乐合伙人’，是她的‘投资人’，也注册了乐队。佐伊以为她交的这个新男人很靠谱。他们是怎样认识的我不知道，我想是某个夜晚佐伊在俱乐部唱歌时认识的。现在我可以告诉你们，那时我就知道安顿是一个危险的男人，他曾经伤害过背叛他的女人，这是安顿说话的方式，他把女人的一些行为叫做‘背叛’。不过，我还是认为安顿是一个很文雅的男人，他的举止，君子味十足。他说他出生在布达佩斯，在匈牙利那个国家，欧洲很古老的一个地方。安顿是一个很有派的人，穿貂皮大衣，戴软呢帽，手套是用‘未出生的羊羔’皮制成的。你们听说过什么是未出生的羊羔皮吗？他开的车要么是凯迪，要么是林肯，开一年就不开了。他有太多的豪车，轮着开也开不过来。他还有一个嗜好就是玩女人，只要把你玩厌了，就不想再见到你，给你一件‘分手礼物’了事，可是如果他还对你有兴趣，你不能一走了事。安顿喜欢我，把我叫做‘我的杰奇姑娘’。当我为他填上俱乐部空缺时，他知道可以靠我撑台，我那时感到很幸运，因为他只‘喜欢’我一个，就这么多。佐伊很讨安顿喜欢，可他形容佐伊是‘附着在我皮下的’玩意儿，就像虱子，他一抖就可以甩掉。他穿很贵的套装，但似乎从来都不合身，佐伊在背后笑他穿得像死人一样，叫他‘那个小模特男人’、‘我的鲍里斯－卡洛夫’，说得真绝，我们都笑，这话可能安顿也听到了。我对你们说过佐伊有许多漂亮的衣服吗？那是安顿给佐伊的。那时佐伊很感激他，真心感激，可是不久她就忘得一干二净……那时也有警察来切特鬼混，‘警察局长’就是安顿的朋友，他们在一起抽雪茄。谁都知道安顿给警察塞钱，这样他们就不会来找麻烦，里边的猫腻可多了去。佐伊被杀的时候，有人就把‘安顿－卡萨巴’的名字报给探员了，可是之后再也没有下文。探员们明明知道凶手不是爱迪－德尔莱，佐伊的房间里到处都是爱迪的指纹，但没有一只是带血的。我听说过，很多人都知道，杀佐伊的人一定戴了手套。他们都知道佐伊被杀时爱迪不在现场。他们把爱迪带去问话，想整他，不是因为爱迪杀了佐伊，仅仅是那些警察不喜欢爱迪这个人。这些该死的警察，他们怎么能够这样来报复人呢？他们也想过逮捕德尔莱，可是斯巴塔人都认为德尔莱已经给佐伊的事整得够惨了，而德尔莱的儿子，我说的是亚伦，我就是从那时才知道亚伦的。亚伦做证说那天晚上他整夜都和他老爹在家。因此，到了陪审团审议，他们会作出德尔莱‘无罪’的裁决。就这样，探员们没有逮捕任何人。那个该死的马提诺问我的每一个问题都在玩花样，在引诱我说出‘爱迪－德尔莱’这个名字，我当然不会上当。不过我也不会说出‘安顿－卡萨巴’这个名字，如果说了，我活不过一个星期。除了斯巴塔，我还有什么地方可去？有什么地方是安顿找不到的？该死的马提诺不断打电话来骚扰我，不断来家找我。我只好搬出可怜的佐伊死去的那个寓所。我住在图瓦卡，该死的马提诺还是追来戏弄我，说是下班经过，说是回家路上顺便过来。该死的猪，他厚颜无耻地对我说‘杰奎琳，你在呀，你是叫杰奎琳－肯尼迪吗？你用这个名字接客吗？’这个疯狗搞得我不得不嗑药，不得不酗酒来麻木自己。这个流氓弄完我之后，一点感激心都没有。‘你没去女子拘留所算你走运，你这个肥妞杰奇。你干扰司法，帮助和教唆谋杀，还在家里吸毒。’他弄完我后把我像破烂一样甩在床上，扔在地上。这个无耻的淫棍，提上裤子一个子也没留下扭头就走。像他这样的破男人还有那个‘警察局长’斯克纳贝尔。据说斯克纳贝尔从来就没有签署过调查安顿—卡萨巴的命令，更不用说逮捕他。没天理呀！”说着说着，杰奇浑身颤抖了。房间似乎太热。几乎同时，我又感觉到窗户那边吹来一阵风，我打了一个激灵，又找了一条毛毯披在杰奇肩膀上。亚伦还是离我们远远地站着，像小孩一样变得越来越烦躁不安，危险随时都会爆发。杰奇在说最后一句话时，似乎没有注意到有第三者在场，她流着泪向我眨眼，似乎在乞求什么，我不得不避开她的眼神往别处看。随着时间的消逝，这个女人身上的味儿好像没那么刺鼻了。我心想，等她讲完之后，我去帮她洗个澡。

“……事情过后的第三年，安顿去布法罗见一些‘投资人’，然后不明不白就‘失踪’了，谁也不能准确地知道发生了什么事，大概是这样吧！那个时候，他正和某个合伙人把脱衣俱乐部的资产全盘下来，准备扩大经营规模。有人说他这样做是树敌，后来就被人杀了。人们只听说这件事，本地报纸从来没有登过安顿—卡萨巴的讣告，尸体也没有找到。日报上只是登了一条消息说，‘斯巴塔著名的发展商失踪 12 天。’我把这条消息剪下了保存着，谁也不相信报纸上说的安顿只有 49 岁，看他的照片至少要老 10 岁以上。人们只知道他生在布达佩斯，只知道他是生活在纽约的一个‘幸存的孩子’，谁也不知道安顿是不是像其他正常人一样有个家庭。人们听到的是安顿死了，大概是在 1986 年，他该死！他可能被埋在某个水泥坟墓里，或者被扔进了尼亚加拉河。切特被卖了，转作普通的脱衣舞会所，过去那些玩意儿没有了。这就是报应，还可怜的佐伊一个‘历史的公正’，也还她的家庭一个公正，虽然他们可能并不满意这种公正。没有人知道安顿—卡萨巴的事，那些做掉他的人不会说出来。我见过德尔莱和德尔莱回斯巴塔时来过脱衣舞场，我很想向他们解释那些浑蛋们是怎样骚扰她们的。我真浑，我能说些什么呢？我手头没有可以证明的证据，什么都没有，因为那些证据都被销毁了。再说，即使安顿死了那么多年，他在斯巴塔还有很多死党，如果他们听到我说出来那我会很惨。在这么一个该死的小城里有该死的小圈子！像那些残忍虚伪的浑蛋，如恶棍马提诺和他的上司斯克纳贝尔。我只好闭嘴。我唯一感到安慰的是我了解事情的始末。但愿佐伊能够宽恕我。我知道她临终之前对自己的生活忏悔，在未来的日子里，她一定会在'两个世界'都活着。我相信是佐伊祈求主保佑我，在我失去活着勇气的时候让我保持欢喜的心。我现在住在图瓦卡这个地方，常年卧床不起，佐伊就常来陪伴我，我知道她在说，'杰奇，是你呀！'她说话带点戏谑，很温柔。当她戏弄你的时候，说明她喜欢你，爱你。只有我孤独时才能感觉到和她在心灵沟通。我能感觉到她在空中飘游，听到她在空中说话，听到她在空中用甜蜜性感的嗓子唱属于她自己的歌，可是我看不见佐伊！只有我闭上眼睛的时候，才能看得到她。有时，我脑子里会出现有一种特有的可卡因迷幻想象，不那么清醒，有一种'天崩地裂'的感觉。这个时候我就能够'看见'佐伊像天使一样浑身光环，我就能和她对话，哦，佐伊，你为什么要拿那个男人那么多钱，还要拿那么多衣服？你知道那男人是什么人吗？你知道他是斯巴塔的什么人吗？你难道不知道他是魔鬼吗？如果你接受了魔鬼的礼物，你就要受到魔鬼的支配。你戏弄魔鬼，魔鬼也反过来戏弄你，带你和他一起坠入地狱。佐伊吸毒，有人让她吸毒。当你吸毒飘飘然的时候你就会失去判断力。据说佐伊已经'部分'脑残了。佐伊认为自己可以像支配斯巴塔的男人，像摆布自己的老公和情人一样摆布那个男人，她有点不顾后果。佐伊打算和一个'企业家'去维加斯，结果给安顿知道了。安顿问我佐伊是怎样认识那个人的，问我佐伊打算什么时候动身？我说，'佐伊要离开斯巴塔很长时间，她会很想念她儿子的。’安顿屁话不说，一巴掌狠狠地掴在我脸上。我哭着说，‘噢，你为什么要打我——’为什么？因为你撒谎。我有点绝望，魔鬼都能看穿我们的心事，是不是主不在我们的心里保佑我们？我只好说‘佐伊明天一早动身，和——’，那个男人的名字叫斯克鲁尼，似乎是‘沃尔特－斯克鲁尼’，佐伊就是这么说的，后来才知道应该是叫‘乔治－哈代’。没有一个人叫这个名字，警察也找不到叫这个名字的人。我怕安顿再打我，疯狂地揍我，就把我知道的都告诉他。我说佐伊和一个叫‘沃尔特－斯克鲁尼’的男人一起走，他是个‘音乐制作人’。他大概明天上午10点钟来接佐伊，然后开车去奥尔伯尼，从那里去机场。我又说，‘如果你见到佐伊，千万不要说是我告诉你的。’这就是我告诉安顿－卡萨巴所有的话。安顿只是笑一笑。过后，他把我介绍给一个真叫做‘乔治－哈代’的男人，他给了我1000块钱，请那个男人那天晚上带我出去度周末。我们去了乔托瓜瀑布一家叫‘历史景点’的度假村酒店。这是一家很特别、很贵的酒店。当我们回到斯巴塔，回到西弗利街的时候，就好像看到电影上才有的桥段，我们住所的街上到处都是警车，整条街给封闭了，寓所的门大开，门内都是警察。他们告诉我，说我的‘室友’死了，如果我在家也一样会死。屋里屋外见不到一个女人，清一色的男人，穿制服的警察和探员，还有急救医护人员，全是男人。他们看我的眼神就像是看到一堆狗屎。我晕了，我想该是我进入‘死亡阴影之谷’的时候到了，我会在那里待很长时间，一直到……”

杰奇干笑了一声，把堵在心口最后一丝气艰难地吐出后就大哭起来，脸上堆起初生婴儿般的褶皱，头上的银丝假发像嬉皮士的帽子歪在一边。我小心翼翼地帮她扶正假发，把围在她肩上的毛毯往上拽了拽。

亚伦不再来回踱步，非常安静地站在我身后。杰奇睁大眼睛望着亚伦，似乎记不得眼前这个男人是谁了。她用乞求的口气对我俩说：

“……克丽丝汀——克丽丝塔，还有你——亚伦，请相信我，请你们相信我，佐伊是我最亲密的朋友，是我的心肝，我从来也不情愿伤害她，我也从来不会背叛她。在主面前，我只能说那些年我太软弱。魔鬼可以通过任何手段来引诱我，一个眼神，一个抚摸甚至一个承诺都能够引诱我。虚荣、邪念、妒忌和自负心使我昏了头。我没有把主给的勇气去救我的姐妹，我要为那件可怕的事痛苦一生。那时如果我骗安顿－卡萨巴相信我的谎言，假如我能够找到很好的谎言，就可以救佐伊。可是，如果谎言被戳穿，他会整死我。假如当时我说，佐伊不会第二天一早就走，不会去几天维加斯，安顿－卡萨巴就不会尾随她去害她，要知道当时安顿有多生气。可是，谎言很快会戳穿，这样安顿反过来会伤害我。我太软弱了，我无法救佐伊，只好选择救自己。我犯下的罪孽会使我成为人类渣滓，断子绝孙，给公义责骂一生。我曾经被关在拘留所，就在法庭后面那个。这是一个专门关女犯的拘留所，他们把我关进‘精神牢房’。我大哭大闹，扯头发掴脸蛋。我不知道为什么逮捕我，是不是因为我‘藏有控制物品’？我猜这是马提诺在我房间里下的套。我从监狱里释放出来时已经一文不值了，这是我一生最倒霉的时候。我来到圣公会联合教堂，梅隆－迪格斯神父和可敬的基督徒们没有抛弃沉沦的姐妹杰奇，他们为我祈祷，还无畏地接纳了我。在那天晚上的祷告会上，迪格斯神父和可敬的基督徒们聚在一起迎接主来到我们心中。我忽然感到浑身充满力量，像电流推我走上正轨，主的温暖和爱在我心中流淌，从那一刻起，我和主再不分离。如迪格斯神父所说，‘杰奇－德鲁卡已经完全得到救赎，从可怕的罪孽中得到救赎了。’迪格斯神父说，无论生死，都不要介意，你不再会‘绝——望’。我最幸福的事是主让我明白，杰奇，你被宽恕了。已经过去 6 年了，6 年呀！我已经获得力量去忍受病魔，让病魔考验我虔诚的心，把我放到水流中冲洗。化疗已经结束，‘已经无可挽回’。主给了我力量，我等着主的召唤。现在我向你们敞开我的心，你们愿意原谅我吗？你们愿意为我祈祷吗？”

我告诉杰奇我们愿意。是啊，我们该为她“祈祷”。但是我没有勇气回头去看亚伦一克鲁拉。

我抱住杰奇一德鲁卡，让她在我怀里哭泣。我抱住这个瘦弱颤抖的身体，嘴里呢喃自语。我想，我笑了。我看着头戴银丝假发的杰奇一德鲁卡，杰奇看着梳着浅色发辫的克丽丝塔一德尔莱。我们脸上泪花闪烁，恰似一幅圣母怜子图，一幅卡通式的圣母怜子图，我不会去考证圣母是不是真的做了母亲，但我确信上帝的仁慈永在。我的耳边一阵轰鸣，几近晕眩，嘴唇干燥如砂纸。我平静地吻了她。

房间里只有我们两个人，杰奇一德鲁卡和克丽丝塔一德尔莱。至于另外一个人，亚伦一克鲁拉不知什么时候走出去了，他厌恶、恼怒地离开了我们？或者对我们极度同情？我不知道。我和杰奇尴尬地拥抱的时候，花盆不知为什么倒了，我只好起身把它扶起来。杰奇破烂的沙发床边，桌子上摆着几个小药瓶和一个脏兮兮的水杯。我注意到塑料墙纸的墙上贴着一幅放大的圣经宗教画。令我惊讶不已的是，这是杰奇自己制作的3尺高的手工耶稣画像。耶稣穿着一件黑色绒袍，僵硬地伸开双臂站着，向我们展现惨不忍睹、血淋淋的双手。耶稣脸膛惨白，黑眼圆睁，腥红色的嘴唇宛若处子。画像用几近残忍的明色在耶稣前额画上血淋淋的光环。画像的左下方突出地签上杰奇名字的缩写：J. D. 。

杰奇看到我注视这幅画像，就像姑娘一样羞涩地说，这是她看到耶稣模样时画的，你看像吗？

我说：“杰奇，太漂亮了，这就是主的模样，就是这个样子的。主和我们同在。”

“主啊，终于来到新鲜空气中了。”

亚伦在门外等我。他不耐烦地拽着我的手臂往屋后门走去，一路上不停地诅咒。

我们一起跌跌撞撞、摇摇晃晃地走着。我无法理解我能长时间忍受杰奇—德鲁卡房间里腐朽、令人作呕的甜味儿。出于本能，我只能屏住呼吸小口吞气，这使我头晕眼花。屋外，清新的空气扑面而来，令我神清气爽。

亚伦显得不安、生气和慌张，就好像刚刚逃离摇摇欲坠的危楼。我说：

“亚伦，进去和她说声再见吧，你不能这样就走了，她可是一个行将就木的女人呀。”

“去她的，去所有浑蛋的，他们都该死。”

我挣开亚伦的手，但是亚伦紧紧用手指扣住我的手臂，好像是哥哥扯住生气的妹妹不放。也不知道为什么，亚伦毫无道理地发火了，好像要对准最近的目标挥拳击去。

“亚伦，我们不能这样就走，我不跟你走。”

“去你的，走啊!”

我们对视着，我很想对着这个固执的男人一拳打过去。你看他脸上的表情，一副顽冥不化、自以为是的表情。突然，他爆发出一阵狂笑，一阵令人发冷的毫无笑意的狂笑。我跟在他后面，他毫不理会我的请求，甩开我的手。我对临终女人的一片真诚在这个男人看来就是狗屁，毫无商量余地。

我们继续跌跌撞撞地走过爆满、臭气熏天的垃圾桶。我想，这个可怜的女人可能已经死了，住在这种地狱般的地方，我们又能为她做些什么呢?

几近荒芜的斯巴塔市中心，圣公会联合教堂周边在举行不寻常的各种活动。刚才我们在杰奇房间听到的噪声原来是一群志愿者从友和出租汽车公司的卡车上搬卸慈善捐献的旧家具。卡车附近排队站着长长一队表情麻木、目光呆滞、身上衣衫不协调的人群，大部分是男人，大部分是四十上下的男人，中间也混着一些很难区别出来的女人。他们一如忏悔者，出奇地耐心顺从，或许他们连忏悔者都不如，他们是被生活抛弃的人群，像杰奇—德鲁卡那样属于地狱的居民。他们对现实毫无反抗能力，对被公然抛弃忍辱负重，只要有口吃的，别无他求。他们向着一个施粥站模样的门口鱼贯而入。热辣辣的粥香味儿与垃圾臭味儿混在一起飘进我们的鼻腔。饥寒交迫的人群谁也不会在意我和亚伦的存在。

我想，在我将来力所能及的时候，我一定会回到这个地方做一个志愿者。

我们走过一片开阔地，来到亚伦的车前。风很大，到处堆满坍塌建筑的残砖碎瓦。如果我蒙眼来到这里，如果我被问起这是什么地方，我只会哑口无言。人们见过战争摧毁的美国城市废墟，人们见过纽约后工业化后的城市废墟，可是在这里究竟发生了什么呢？如果说有一种古老废墟叫做奇光闪现的残缺美，那么，眼前这一片废墟无法形容，更不值得庆贺。这是一种毫无历史记忆和历史标记的废墟。

上车了，终于松了一口气！亚伦的车是流线型的美国新款车，车里装有卫星电台，最重要的是四轮驱动，应付上纽约天气恶劣的冬季绰绰有余。我俩的手突然握在一起。刚才我还绝望地攥紧拳头要锤击的这个男人，现在却紧紧地抱着他。亚伦敞开着他的羊皮夹克，那股男人特有的气味儿直往我鼻子里钻。他把手伸进我的外衣，解开我的上衣纽扣，把我揽在他的身边。一阵湿润的风吹来，我闻到河水的味道，带嘲弄的味道。亚伦猛然把我挤到车门边上，双手捧住我的头，张开口堵住我的嘴亲吻下去。我们嘴对嘴互相咬着，不可遏制的欲望缠绕着这一对男女，像是死里逃生，我们都醉了？如果有人看到我们刚刚从教堂后面的屋子踉踉跄跄牵手出来的情景，会以为是一对酗酒男女，在大白天不顾廉耻的酗酒男女。

在去往 31 号公路北部喜来登的路边，亚伦从一间酒品店买了一瓶威士忌和半打啤酒。一路上，我紧紧贴在亚伦身上。亚伦一手把着方向盘，一手抓牢我的大腿不断地揉捏，欲望使我们难于自已。很长时间了，我把自己的身体裹在蚕茧里，丝毫没有性的欲念。而今，连我自己也感到吃惊，对着面前这个男人竟然如此怦然心动，竟然如此如饥似渴，我的身体在性的诱导下渐渐舒展。这是不是另一种莫名的麻木？是不是一种纯粹的身体渴求？我突然感到一阵兴奋，这是天意使然。都结束了，都死了，只有我们仍然活着。

我们终于来到激流如注、咆哮奔腾地穿越斯巴塔的黑河，终于跨过雄伟壮观的老悬索桥。冥冥中我感觉到，在我今后的日子里再不会从这座桥上跨过。望着巍峨的桥顶，望着蜿蜒曲折的河流，我迷茫了，难道这就是宿命？远处高耸的南阿迪隆达克山脉上，山峰云雾缭绕。我对这座高山记忆犹新，它寄托了我姑娘时代的梦幻：

星湖之山，形似驼鹿，貌若牛首，在洁白如缎的山梁之间，地平线上一峰冲天。

再见了，岸边的码头，再见了，古老的船坞、仓库磨坊。再见了，卵石街道。再见了，街道上十八轮卸斗车装物卸物的繁忙景象。再见了，储油罐和漂浮油花的水池。再见了，炼油厂。再见了，高耸入云的炼油烟囱上如蛇吐信的火焰。过去的林克女式针织内衣厂如今藏身何方？我无法寻觅。

11 月的白天潮湿多风，天空偶尔露出点点阳光。头顶，巨云如团随风飘散，装点着如画蓝天。

亚伦说："她说的正是我想的。我早就知道德尔莱不是杀人犯。"

在兴奋如斯的男人身边，我无语。我不能说我也早就知道我父亲从来都不可能是杀人犯。我不能说我要你美妙的雄性象征去探寻我身体深处，越深越好。

到了喜来登，亚伦一手拎着威士忌和半打啤酒，一手挽着我进入大堂，像是怕我自顾自溜走。此刻，他脸上红潮泛起，不那么生气了。我告诉前台服务员我要再住一晚，服务员先是抬眼诧异地看了看亚伦和我，随后，直勾勾的眼睛似乎想从我俩眼睛里读出点什么来。

到了五楼房间，亚伦随手关上门，上了两道安全锁，我也毫无意识地把窗帘拉上。两个迫不急待的身体紧抱在一起，猴急地扯开彼此的衣衫。我们笑着，气喘如牛，像是一直跑上五楼那样气喘如牛。我们倒了，倒在床上。亚伦喘着粗气嘟哝着用嘴撬开我的嘴唇，像在停车场时那样张开大嘴贴在我的嘴上，牙齿不停歇地敲击我的牙齿。我们半裸着身体。亚伦倒在我的大腿之间，我紧紧地抱着亚伦。我们脸贴着脸相互寻觅，像是沉溺水底的泳者，屏住呼吸挣扎换气。这就是接吻？这就是我梦寐以求的激情？我们笑着，我们吻着。我们笑得开心，笑得如痴如醉。我紧紧地搂着这个男人的脖子，双肘紧紧地撑在这个男人身上，毫不顾及斯文。假如我想，我会扭断这个男人的脖子的。

我们一起坠落，如同高空坠落，用我们的躯体去撞击坚实的土地，使我瞬间闭气，使我们的大脑瞬间空白。彼此无语，只有声响，彼此之间呻吟无词。

这是克丽丝塔忏悔的时刻。我终于说出来了，我永远爱你，我永远不会忘记这销魂的一刻。

亚伦的渴求是非人的，无以名状的，一如在如饥似渴的性欲需求中把你吞食，宛如食肉动物把你吞食。

销魂的一刻终于过去。亚伦打开那瓶威士忌，你一口我一口。我毫无意识地把塑料杯里的酒往口里倒，酒精在我口里燃烧。晕眩中，我兴奋地和亚伦又纠缠在一起。接着又是你一口我一口，亚伦一口威士忌，一口啤酒，天昏地暗，彼此嘴流酒香，彼此汗流浃背，彼此口咬舌拌，又是纠缠不止。项下的软枕唾液浸透，赤身裸体下的卷乱床单如水浸透。我们终于相拥着沉入梦乡。醒来之后，我只觉得一阵虚妄，无法回忆我身处何方，无法知道与谁共枕。只见我的裸腿架在一个男人腰腿之上，架在他小股之上。我们都醒了，轮流去盥洗室冲洗身上的留痕。当然，克丽丝塔先洗，然后是亚伦。亮晃晃的盥洗室灯光直刺眼睛，使我步履蹒跚。看着赤裸相对，其窘难掩，我们忽而爆发大笑。我们有过极度欢愉，我们或许沉醉。在赤裸中，在汗水中，我们听不到隔壁房间的吸尘器噪声，听不到门外走廊的吵杂声，恍然不知今夕何年。已经接近晌午时分，已经是下午了，我们这才注意到新的一轮房客入住的声音，或许已经接近黄昏了。在漫不经心拉上的窗帘外边，11 月的白天原本明亮如火，但现在亮光已经开始消逝，迅速入黑了。现在是一天中最昏暗的时刻，或许应该是在皮克斯齐尔最昏暗的时刻，但我是在斯巴塔。我摸索着去找我的塑料杯，等着亚伦给我倒酒，只要我想，杯中总是满的。亚伦已经开始喝第二瓶啤酒。亚伦叫了房间餐饮服务，奶酪汉堡、土耳其小牛排带培根奶酪、薯条带番茄酱、甜菜沙拉以及烤面包片。我们吃得杯盘狼藉，残羹剩饭整盘倾在墙角，跌落在电视机后面蓬松的地毯上，清洁工可能要几个小时后才会发现。在窗帘的缝隙中，我看到一丝光亮，一牙新月。或许是停车场的车灯？又或许是高耸电线杆上的灯光？我捧起这个男人酒味熏天的嘴巴，如饥似渴地又一阵狂吻，像亲吻爹地一般亲吻这个男人。这个男人赤裸裸地展开身体，敞开皱巴巴的睡衣毫无掩饰私处之意。他一手包住我的粉嫩的乳房揉着捏着，像是敲打抚摸动物一样发出欢愉的尖叫，要你知道你在承受爱抚。低吟间，我突然想起一件事，我动情地说：“噢，亚伦，噢，上帝，我忘了我说过要为她做的一件事。”这个男人问：“为谁——做什么？”我说：“杰奇－德鲁卡，我忘了我答应去做的事。”这个男人又问：“亲爱的，什么事？”我泪流满面地说：“亚伦，我答应过要帮她洗个澡！帮她洗澡，帮她换床单，留下她的地址好寄钱给她。”这个男人大笑地说：“老天，又是她！去她的老杰奇。”

“亚伦，别这样说话。”

“为什么？为什么我不能这样说？”

“亚伦，她使我们的灵魂得到了安宁。她需要这么做，这是一种善意。”

他不再揉捏我的乳房，转过来踢了踢拌住他大腿的床单。

“去！谁有灵魂？”

“你就有灵魂。”

我把这个男人的脸拥在自己的手里告诉他，你有灵魂，我把灵魂注入了你的体内。

爱使我说话颇有深意。

尤其是醉后的爱，颇有痴迷的深意。

亚伦笑了，笑着晃晃我的手。

我坚持说你有灵魂，我看见了，我是唯一看见的人。

亚伦说你醉了。但他又说我就喜欢你这个样子。

亚伦憨憨地笑了，饱含欢愉地笑了，脸上洋溢着愉快的神色。他拽住我，把我从他身上搬下来躺在他一边，然后把脸埋在我的颈窝，像小孩子捉迷藏一般不让我看到他的脸。他的双臂缠绕在我赤裸的臀部和背部，双手老实不客气地在我身上游动，弄得我皮酥骨软。亚伦用低得不能再低的声音对我说：“别回去了，留在这里好吗？”

“留在哪里？”我以为他说的是酒店。

“留下来和我在一起，留在我生活的地方。我住的地方有房间。”

“我不能留下来和你在一起，我还不了解你。”

“你知道我是什么人。”

眼看我在他沉重的臂弯里又要睡过去了，他摇摇我的头，要我清醒。我的手臂压在自己的身下，已经麻木了。我不习惯喝烈酒，即使白葡萄酒我也是偶尔为之，从来没有醉过，但是这次是我主动求醉。我想抬起这个男人沉重温暖的手臂，但他手臂枕在我的头发下边，我只能小心翼翼松开，莫要伤了我的头发哟。我浑身发热，灼人的热，我的颈窝已经热不可当，一股汗水从我赤裸的身上流下。我记得我母亲曾经呵斥我：克丽丝塔，闻闻你身上的味道！对于一位姑娘，没有比身上有味儿更加羞愧难当。身边这个男人一股辛辣刺鼻的体味儿，一股令人难以忘怀的特有的男人体味儿，一股雄性荷尔蒙的味儿，直截了当，难以回避。这个男人无视身边的我，毫无顾忌地伸展赤裸的身体沉沉地睡着，半开着口粗重地呼吸。我想，是男人都会打呼噜，用打呼噜去驱赶心中的恶魔。想到这里，我笑了，为我这个奇思妙想笑了，为我全新的天才理论创新笑了。当亚伦亲吻我的时候，他下巴的短须骚扰我的皮肤，像是太阳暴晒之后一样奇痒难忍。我小而硬实的乳房很是瘙痒，柔软的下腹，嫩滑的双腿根部亦宛如砂纸摩擦，鲜红一片。当他进入我的红湿之处，当他兴致所至深入擦摩，我只觉得瘙痒难耐，但又爽快不已。从来没有一个人像这个男人那样在我身上纵深直入，即便这样，我也能舍他而去。

身边这个男人张开赤裸的身体趴在床上，一只手臂枕在头上睡得猪一般死沉，这个样子就好像被警察反扣逮捕无异。他的额头上有一道沟痕，眼角上有明显的褶皱。孩子般的脸上一道道旧时的伤痕，即使在昏睡中他也显得紧张好动，轻声呻吟，狠劲地磨牙。他的前臂充满肌肉，在浓密的黑毛下是深紫色的刺青，但已经暗淡不清。在他的股沟、小腹和大腿根部长着像海草似的卷毛。这就是刚刚一起在水下缠扭的一对，这就是刚刚双臂缠绕放纵的一对，绷紧的身体赤裸紧贴，像滑溜的鱼儿、如钻动的泥鳅相互探寻，不仅赤裸，简直是脱离了皮囊的束缚。而今，我已是完全清醒，我想唤醒这个扔下我继续沉睡的男人。我在回味历历在目的狂荡场面，他雄浑直挺，纵深在我温暖湿润之处，他的手指也随之戳入，使我几近晕眩，有生难忍如此激荡。我的身体无处不为此男游抚沁人，使我飘飘然欲死欲生。我想，这就是神经解剖学上的抽丝剥茧，每一层都有不同的爽快感觉（视觉的、气味的）。如今，我站在床前，冷眼俯视着这个男人。我的手轻轻地在这个男人胸前游过，触探他的胸膛，感受他粗糙皮肤的热气。这个男人的胸膛上一层坚硬的肌肉，皮肤干涩带锈，雄性奶突有如干果小而紧实。我小心翼翼地把手掌按在这个男人胸中深深跳动的心脏，拳头大小的心脏扑扑跳动，跳得比我的心跳强烈。我不由得想起在学校的时候，亚伦一克鲁拉和一帮印第安男孩玩耍的剧烈游戏如草地网兜球。记得有人说女孩子不能触碰球杆，否则球杆就会折断。此刻，我就在做他不知道的事，触碰他，触碰这个睡姿可爱的男人。我几乎失去平衡地把脸贴靠在这个男人胸上，一层一层的胸毛令我惊叹不已，我可以感觉到他的心跳，听到他的心跳，连我自己都感到震惊，我已经进入忘我境界，此情此景无以言表。我无法忍住对眼前这个男人痴迷的爱，我弹弄他的肉腰，弹弄他的肥臀，我笑了。这个睡梦中男人的身体，这个男人身上所有凹凸部分都在我眼前一览无遗。这个曾经瘦高孤独的印第安男孩亚伦一克鲁拉，在我的记忆中母亲曾经警告我远离这个男孩子，印第安人长得很快，有他们自己的生活方式。

我把手缩回，转而平静地欣赏这个沉睡的男人，今后不再可能这样欣赏他的睡姿了。我抽了一条皱巴巴的被单盖住他的小腹，他仍然昏睡不醒，毫无知觉。我从来没有见过如此美妙的人体，不能说这个男人很美丽，他的脸也不属于美丽型的，但坚实，轮廓分明，一张粗糙的脸，或有少许残忍和固执，属于男性特有的固执。如果他坚持，或许我会随他留在斯巴塔，我相信他，因为他确实想让我留下。我相信他如饥似渴的性欲是真爱，对我的爱。我可以预见在斯巴塔一起生活的前景，我愿意为这个男人生第二个孩子（我说的是真话？有可能吗？）（当然有可能！从这个男人体内喷射出来的液体聚集了生命的活体，也就有了生命延续的可能)。我预见到我们两个完全不同、互相排斥的生命在斯巴塔合二而一。如果亚伦要和我结合，就只能在斯巴塔，我们是斯巴塔罗曼蒂克的一对。我们的父母生于斯，我们也诞生于此。我父亲死在这里，而亚伦的父亲最终死了，也死在这块土地上。我想，事情尚未完结，世界上没有任何事情是会最终结束的。我看到眼前这个男人极像我父亲，嗜欲，身体里充满了强烈的性欲躁动，我爱他，但忍受不了他。每一次造爱都使这个男人加强对我的控制欲。在性生活中没有均等，随着他对我的爱逐渐减退，我却会增加对他的爱。我会夤夜守候，等候车头灯照亮天花，如同当年我母亲守候父亲的归来。从在饭店面面相对那一刻，从他姑妈盥洗室水迹斑斑的梳妆镜面前的那一刻，我就知道亚伦－克鲁拉钟情克丽丝塔－德尔莱，否则亚伦－克鲁拉不会容忍我的反抗。我的金发，我小骨架白人姑娘的身体无一不吸引他。如果他不是喜欢我，可能就会把我掐死，也不会强忍性欲，会毫无顾忌地把我强奸。作为一位姑娘，我毫无征兆地离开斯巴塔，毫无征兆地离开他，在他看来是一种侮辱。我现在已经成年，已经是专业人士眼里的协办律师，有犯罪学的专业知识，传讯、检控不当行为是我的工作。亚伦会迎娶我，娶我为妻并且呵护我，因为他是斯巴塔的儿子，会视我为斯巴塔的女儿，我们都是黑河边上走向没落小城的儿女。或许他永远不会离开我，他的第一次婚姻不欢而散，一定不会第二次犯同样的错误，他的傲骨不允许他犯同样的错误，也不会草率离开自己的家庭。当年，我父亲也不想离开家庭但最终不得不离开。我预感到这个男人可能会背叛我。我有什么理由认定亚伦－克鲁拉一定不会背叛克丽丝塔－德尔莱？从骨子里，他是一个嗜欲男性，是一个滥性、不安分甚至残忍的男性，他不可能掌控自己。作为一个女性，我对他是一种挑战，是一种成就。在酒店的床上，他使我欲仙欲死，但我天生不是他的伴侣，不是亚伦－克鲁拉的伴侣，还在高中的时候我就已经知道，在他扣住我的喉咙的那一刻我就已经知道。

如果我下嫁于他，我的后半辈子就可能慢慢地在生活中磨去。我可以预见，在皮克斯齐尔，人们会充满好奇、充满怜惜地说，克丽丝塔－德尔莱到哪里去了？她为什么要搬走？克丽丝塔真的结婚了吗？与她在斯巴塔的旧识结婚？姑娘时代的旧识？克丽丝塔现在住在斯巴塔吗？

在纽约州赫金玛郡斯巴塔市，在黑河河边，我真的会在那里度过我的余生？

我在晃眼的盥洗室里匆匆冲洗自己，用一条腿支撑着身体斜靠在洗手盆边冲洗身体的每一个部位。而今，我已经不太显醉，但醉酒后遗的痛楚开始在我的脑子里发作，我该服一片阿司匹林，我该用水冲脸，冲眼。此刻，我虽然不够清醒，但至少不会像刚刚那样醉态可掬，也不再口干舌燥。我尽量迅速地、安静地冲洗，像久违清水的流浪汉那样亲水，洗干净身体最为关键的部位，最有味的部位和最能暴露、示人的部位，我不敢用酒店提供的白浴巾擦拭，而是用纸巾认真地擦拭这些部位，擦拭腋窝和大腿根部。如果他看到我现在像他那样狼狈的样子，他会恼我吗？我仍然天真地认为，作为一个女性，就应该苛求一切，近乎恐怖的苛求。一个男人，任何一个男人，哪怕是曾经同床共枕的男人，哪怕是醉酒后与我经久不停地欢愉的男人，看到我把酒店的浴巾弄脏、弄乱，也应该原谅我。我又一次冲洗我的口腔，冲洗我嘴里残存威士忌的气味儿，残存着这个嗜欲动物的口舌唾液。我把水吐在洗手盆里时，仍然感觉到头晕脑涨，亢奋之后的下体有一种说不出来的刺痛，令我迟钝，令我失语，宛如头脑控制欲念的部位刺痛后失灵一般。只要我闭眼睁眼，盥洗室瓷砖墙面就开始倾斜晃动，我不得不强行平衡自己去看金属丝框架的梳妆镜（梳妆镜下面的洗手盆应该是用粉红色发泡塑料挤压而成的）。尽管抽搐疼痛，出于本能，我还是在私处塞了一团纸巾来吸干净男人的流液，免得它流出来弄脏我的律师服（我事先在房间摸到这些衣服并且带进盥洗室）。我相信我已经把该穿的衣服（包括这个男人猴急地从我身上扯下来的内衣裤）都带进来了。我颤抖着手设法穿好衣服，首先把一件长袖带珍珠纽扣的白绸套衫套过头。庆幸的是，我还算清醒，还能立刻分出里外，还能分出正反面。这个男人在床上用他的大手指扯着我的头发又拉又拽，发辫已经开散，可怜的金发在这个男人的手指里像变魔术一般卷皱，乱成一团，简直就像可怜的杰奇－德鲁卡的银丝假发。我从镜子里凑脸看去，只见脸上浮肿带痕，惨不忍睹，和这个男人相互扯咬、相互亲吻的嘴唇也肿胀不堪一看。盥洗室外，我的鞋子东一只西一只踢倒在蓬松的地毯上，黑绒外套垂在椅子上，亚伦厚重的羊皮夹克更是被胡乱地扔在地上。更有甚之，我带来的所有物件，我心爱的意大利名牌皮坤包（它是我的一个朋友作为生日礼物送给我的，这个朋友此后再没见过面，我已经和他失去联系。其实，我和许多朋友，和许多亲戚都失去了联系），我的文件包，我轻便的格子花呢滚轮旅行箱（我几乎忘记了这个最适合搭乘定点航班和穿梭巴士的旅行箱），这一切都凌乱不堪地散落一地。这个男人还趴在床上毫无遮掩地沉睡不醒，鼻鼾声如雷鸣一般。当我从半掩的盥洗室出来，门内透出来的微弱光线使我几乎不敢再看床上的男人一眼，怕控制不住自己对他浓浓的爱意，怕再一次扑到凌乱不堪的床上，躺在他身边拥抱他，把脸埋在他的颈弯里，从此不再分离，不再分开。亚伦宛若心有灵犀，在沉睡中突然向我张开手臂。睡意正浓的亚伦好像感觉到我的出现，呢喃着说道："回来，亲爱的，来呀，到这里来呀。"我似乎听到他在呼唤我的名字。如果我真的俯身一吻，他一定会说："克丽丝塔吗？回来……"

克丽丝塔，回来呀，我爱你。

我离开房间，迅速、果断地走了出去！我以为我已经完全清醒，但抽搐的头疼又开始了，这可能是我完全清醒后的忏悔吧。痛楚是可以对付的，痛楚是与生俱来的，我能接受。在我这一生中，在我个人生活以及职业生涯中，我经历过痛楚，学会了应对痛楚。我抬手看了看表，已经是晚上 8 点 10 分了，一天的时光就在沉醉中、欢愉中溜过去了。我已经提前用维萨卡付过房钱，所以没有必要再去大堂忍受前台服务员的眼色。我从标着“出口”的侧门逃了出去。经过几分钟惊慌失措的找寻，我终于发现了自己的车，终于发现了我的二手外国品牌汽车所在位置。我把滚轮旅行箱扔到车里，打着火一溜烟开车走了。我坚持自己开车来的执着是多么明智啊！我庆幸没有屈服于这个男人，没有与他共乘一辆车过来。我驾车沿着 31 号公路一路南行，一路上，我小心翼翼地低于速度限制驾驶，害怕因为超速带来不当驾驶的麻烦，我不能冒着危险被执法人员拦车，被他们强行进行酒精检测，被他们发现不当驾驶。我要在交叉路口进入州立高速公路，前一天晚上，我就是从这个出口在亚伦尾随下开下路的。我要一路南行，然后折向东方。一路上，我会按照路标指示经过乌提卡、奥尔伯尼和纽约市。

路标最终会把我带到皮克斯齐尔。

终于离开斯巴塔了。身后的小城空气清新，偶尔飘过一泼轻雾。透过后视镜，我清晰地看到依冰川山丘而建的斯巴塔，入夜的灯光如天上银河星光闪烁。直到夜雾掩来，远处的小城渐渐消失在我的眼前。

译者简介

陈腾华，毕业于中山大学外国语言文学系，1986 年曾经在美国纽约州首府奥尔伯尼的圣路西学院（The College of Saint Rose）研究生部研修美国早期文学和美国历史。1989 年起在中华人民共和国驻美国洛杉矶总领事馆及驻以色列国大使馆工作凡 10 年有余。独立撰写过《为了一个民族的中兴——以色列教育概览》等书，并且翻译出版过《幕府将军》、《鬼使山庄》等小说。现在中山大学南方学院从事教学工作。

译后记

那是很久很久以前的事了。

20 世纪 80 年代中后期和几乎整个 90 年代中前期，我生活在我翻译的这本小说《天堂的小鸟》(Little Bird of Heaven) 所描述的区域和所描述的国度。

太熟悉了。小说恍惚把我重新带进了它所描述的意境。所以，2014 年 7 月，当中国社会科学院文学所钟志清博士向出版社引荐我，当出版社委托我翻译美国当代畅销小说《天堂的小鸟》(Little Bird of Heaven) 的时候，我欣然应命。

翻译这本小说对我来说绝非难事，因为我的学习、工作和生活经历使我有几近这个时期美国人的思维，但翻译本身又绝非一件容易之事。这不仅是因为语言水平的问题，还有对社会与文化背景的了解和理解是否深入，以及语言在社会与文化特定的背景下所产生的意境和表达的恰当性，也就是行家们所说的文化冲击 (Cultural Shock)。正如我在一本专著后记中写到的：“……我选择了翻译小说作为我总结体会的切入点。这是最容易的切入点，因为是复述别人的思想。……但是，动笔之后，我才发现自己错了。(囿于对文化的了解)，在翻译过程中无可置疑地要碰到许多不能够直接反映和表达的内容。”

拿到小说原稿后，我没有急于开始翻译，而是花了将近两个月的时间仔细研读，并循小说回忆我在该地域以及在美国其他地方经历过的每一件事。小说的情节固然吸引我，但更重要的是故事发生的地域（见插入地图）是我十分熟悉的地方，故事中描述的风土人情乃至社会背景也是我所熟知的。

20 世纪 80 年代中期，我曾经作为交换生在故事发生的那一带生活过一段时间。我和朋友们去过故事中描述的五大湖边上的尼亚拉加瀑布，导师带我考察过故事中描述的印第安保留地，在故事中的阿迪隆达克山脉印第安人居住的萨拉托噶湖畔流连忘返。在那里生活的一段时间里，我做过钟点工，接触过小说中描写的美国中下层人士；也去过小说中描写的纽约市繁华的 42 街和时代广场，参加过哥伦比亚大学附近一个大教堂的弥撒。在美国生活和工作的七八年间，我去过小说中提及的大西洋城和拉斯维加斯，到过许多风景名胜，与社会各阶层人士（其中包括政府官员、知识界、教育界人士、社会娱乐界名流乃至中下层人士）有过许多接触，以官员身份去探过监，和法律界人士探讨过案情，也以证人身份出过庭。我还去考察过与城市繁荣有巨大反差的流浪人士出没的市中心凋零世界。

我当尽所能地较为忠实、较为准确地将小说所描写的内容和作者试图向读者传递的思维内涵向中国读者展现出来。但囿于学识和能力，我之所愿不一定能实现。

我怀着惴惴不安的心情接受读者的评判。